贵州省决战决胜脱贫攻坚重点主题出版物

本书获2020年贵州省出版传媒事业发展专项资金资助

杨洪涛◎著

贵州192万人易地扶贫搬迁

壮阔大迁徙

易地扶贫搬迁贵州战法的深度诠释

书写世界减贫大搬迁的贵州实践

贵州出版集团

贵州人民出版社

图书在版编目（CIP）数据

壮阔大迁徙：贵州 192 万人易地扶贫搬迁 / 杨洪涛
著 .-- 贵阳：贵州人民出版社，2021.1
ISBN 978-7-221-15498-9

Ⅰ . ①壮… Ⅱ . ①杨… Ⅲ . ①报告文学 - 中国 - 当代
Ⅳ . ① I25

中国版本图书馆 CIP 数据核字 (2020) 第 076386 号

壮阔大迁徙：贵州 192 万人易地扶贫搬迁
ZHUANGKUO DAQIANXI:GUIZHOU 192WAN REN YIDI FUPIN BANQIAN

杨洪涛　著

出 版 人：王　旭
责任编辑：马文博　唐　博　陈继光
助理编辑：杨　悦
封面设计：源画设计
版式设计：唐锡璋
出版发行：贵州出版集团　贵州人民出版社
地　　址：贵阳市观山湖区会展东路 SOHO 办公区 A 座
邮　　编：550081
印　　刷：贵州新华印务有限责任公司
开　　本：787 毫米 ×1092 毫米　1/16
印　　张：23
字　　数：330 千字
版　　次：2021 年 1 月第 1 版
印　　次：2021 年 1 月第 1 次印刷
书　　号：ISBN 978-7-221-15498-9
定　　价：88.00 元

谨以此书，向贵州省及全国参与易地扶贫搬迁事业的干部群众致敬！

——题记

用心用情深刻记录呈现"千年之变"

当历史来到21世纪的第20个年头，贵州在以习近平同志为核心的党中央坚强领导下，在全省各族干部群众艰苦努力下，如期高质量打赢脱贫攻坚战，实现了全省66个贫困县整体脱贫，历史性地撕掉了千百年来绝对贫困的标签，正以深深镌刻在17.6万平方千米大地上的"千年之变"，与全国一道，昂首跨入全面小康，踏上社会主义现代化建设新征程。

习近平总书记指出，我们党是用马克思主义武装起来的政党，始终把为中国人民谋幸福、为中华民族谋复兴作为自己的初心和使命，并一以贯之体现到党的全部奋斗之中。贵州是全国脱贫攻坚的主战场。贵州省委、省政府团结带领各族群众摆脱贫困，始终牢记习近平总书记、党中央对我们的殷殷嘱托，始终坚守矢志不渝的初心、孜孜以求的梦想。党的十八大以来，全省上下牢记嘱托、感恩奋进，大力弘扬"团结奋进、拼搏创新、苦干实干、后发赶超"的新时代贵州精神，强力实施大扶贫、大数据、大生态三大战略行动，不仅夺取了脱贫攻坚战的全面胜利和新冠肺炎疫情防控阻击战的重大胜利，更创造了经济增速在全国连续领先的"黄金十年"，在大战大考中交出了一份党中央放心、人民满意的优异答卷。贵州翻天覆地的历史巨变，鼓舞人心，催人奋进，被习近平总书记赞誉为"党的十八大以来党和国家事业大踏步前进的一个缩影"。

看似寻常最奇崛，成如容易却艰辛。在打赢脱贫攻坚战的伟大征程中，为了光荣与梦想，许多同志牺牲在了脱贫攻坚一线。贵州全省上下尽锐出战，以不怕牺牲、排除万难的精神状态，实现923万贫困人口脱贫，从曾经是贫困人口最多的省份变为减贫人口最多的省份；全面完成192万人易地扶贫搬迁任务（含恒大集团援建毕节搬迁4万人），搬迁力度之大、人数之多、影响之深、成效之大，前所未有，世所罕见；纵深推进农村产业革命，连续三年农业增加值位居全国前列；在完成村村通硬化路的基础上，在西部地区率先提出并实现"组组通"公路，在西部地区第一个实现建制村100%通客运，率先在全国使用"通村村"平台；在西部率先实现县域义务教育基本均衡发展，在全国率先实现省市县乡四级远程医疗；东西部扶贫协作山海倾情携手，有力助推了贵州脱贫攻坚……

脱贫攻坚，是前无古人的伟大事业。在中国反贫困史上，矗立起的光彩熠熠的贵州里程碑，为中国乃至世界的反贫困事业提供了"贵州样本"，书写了中国减贫奇迹的贵州精彩篇章。

编纂"贵州省决战决胜脱贫攻坚重点主题出版物"系列图书，旨在全面总结宣传贵州决战决胜脱贫攻坚的巨大成就、宝贵精神、成功经验、先进事迹，讲好"英雄辈出"的脱贫攻坚故事。系列图书全方位、多角度记录和展现贵州脱贫攻坚的辉煌历程，必将为全省各族干部群众以更加昂扬的精神状态，紧密地团结在以习近平同志为核心的党中央周围，坚持以习近平新时代中国特色社会主义思想为指导，承前启后、继往开来、同心同德、拼搏进取，巩固拓展脱贫攻坚成果，续写新时代高质量发展新篇章，奋力开创百姓富、生态美的多彩贵州新未来提供重要的精神营养和文化支撑。

序

　　杨洪涛同志是新华社贵州分社的记者。我和他并不是很熟悉，但从新华社总社的朋友那里知道，他长期从事贵州"三农"的基层报道，并以对"三农"工作的深切热爱和深厚情怀，写出过许多引起高层重视、引发社会关注和深受农民欢迎的好报道。新华社总社的朋友还说，最近他又以"贵州易地扶贫搬迁"为对象，将自己这些年来深入基层和实际的感悟，用心用情创作了一本《壮阔大迁徙：贵州192万人易地扶贫搬迁》，并转达了杨洪涛同志请我为此书作序的希望。

　　我曾有机缘对贵州的易地扶贫搬迁有过一些接触和思考，但深度有限。故而接此邀约后，没敢贸然接受。但通读全书，不禁被该书深深地吸引和感动，欣然命笔，写下如下权做序言的文字。

　　党的十八大以来，以习近平同志为核心的党中央团结带领全党全国各族人民，通过精心组织和协调，打了一场漂亮的脱贫攻坚仗。国家主席习近平发表二〇二一年新年贺词时指出，历经8年，现行标准下近1亿农村贫困人口全部脱贫，832个贫困县全部摘帽。我国消除了绝对贫困和区域性整体贫困，取得了令全世界刮目相看的重大胜利。

　　众所周知，脱贫攻坚战的胜利是以"两不愁三保障"为核心目标，由一系列实现这个基本目标的具体路径和措施（如"五个一批"等）来实现的。其中，又以用5年时间把全国近1000万建档立卡贫困人口实施易地扶贫搬迁，着力解决居住在"一方水土养不起一方人"地区贫困人口的脱贫问题这一任务最为艰巨复杂、涉及问题最为系统广泛。不仅如此，这一措施还需要从"搬得出稳得住逐步能致富"三个环节连续发力，任何一个环节掉链子都会影响整体效果。

贵州是全国贫困人口最多、贫困面最广、贫困程度最深的省份，是脱贫攻坚的主战场之一。同时，由于多山、少地、高寒等自然条件，也是常规性扶贫措施难以着力的区域之一。这决定了贵州要完成脱贫攻坚任务，需要找到最适合他们在短时期内完成任务的路径。按照《全国"十三五"易地扶贫搬迁规划》，贵州承担易地扶贫任务151.4万。应该说，这个路径是比较符合贵州实际的，也正因如此，贵州各级党委和政府从2015年底开始，根据自身贫困地区和人口的特点，以"起步就是冲刺、开局就是决战"的气势，采取超常规举措开展了易地扶贫搬迁，率先在全国打响易地扶贫搬迁攻坚战。到2020年底，全面完成192万人易地扶贫搬迁任务（含恒大集团援建毕节搬迁4万人）。这彻底改变了贵州全域的贫困面貌，提高了群众居住和生活质量，极大地增强了贵州贫困地区人民群众获得感、幸福感和安全感。

不仅如此，贵州的易地扶贫搬迁与全国其他地方相比，还存在一个重大不同，它基本上是采取向城镇搬迁、无土安置来实现的。这样的安置方式，符合贵州省情，但其难度也更加艰深。

以上是杨洪涛同志写作这本书的时代背景。

他以5年多的持续跟踪调研，通过大量故事、案例，结合亲自所见、所闻、所思，精心写成的这本《壮阔大迁徙：贵州192万人易地扶贫搬迁》，记录的就是这样一个波澜壮阔、荡气回肠、可歌可泣的注定要载入历史史册的生动故事。

认真研读了这本书，感觉这本书有这么几个显著的特点。

首先，写实与分析兼具，感性与理性并存。全书运用调查采访获得的第一手资料，绝无"据说""戏说"之嫌。同时，我也发现，作者在写这本书时，克服和突破了媒体记者在写这类作品时"事实呈现多于背景分析、理性思考弱于感性叙述"的写作弊端，以内心充盈的感动，运用大量的故事、数据和来自基层的鲜活素材，对这场伟大的迁徙"是什么样、为什么要、该怎样做"等进行了深入的展现、客观的分析和无私的谏言。这其中，既有对政府关于顶层设计出来的相关政策的直接运用，同时也有自己对如何落实和执行好这些政策，即政策和制度应该更多需要考虑的问题等的理性分析。有兴趣的读者可以循着作者的脉络，获得对这场伟大搬迁情况和走向的整体了解。

其次，坚持人民立场，尊重群众观念。易地扶贫搬迁，出发点在于全面小康建设路上一个都不能少，目标是要让地处"一方水土养不起一方人"区域的极端贫困群众也能跟上小康社会建设的步伐，难点在于搬出来后能够"稳得住和逐步能致富"。这一"执政为民"的人民立场，在实践中还需要以适当的方式让群众接受和响应。作者在书中对搬迁群众在即将告别其熟悉的生产生活环境，迎接人生一次根本性改变面前的顾虑、彷徨进行了深刻的内心揭示，并没有对故土难离的群众简单地贴上落后的标签。同时，还以高度尊重搬迁群众的笔触，对他们如何由不理解甚至抵触转变为积极配合和安心迁移，进行了细致入微、触及心灵的具体展示。特别是书中以充满敬佩的心情，对坚持基层一线、直接与群众接触做群众工作的基层扶贫干部的艰辛工作、他们认真履行职责的责任感和使命感进行了深入的阐述。读者可以从中体会这场大搬迁的各种主体，特别是移民主体的心路历程，也可以看到贵州各级党和政府对做好易地扶贫搬迁工作的谋划和作为。

第三，顶层设计先行，上下左右协同。这是我理解的全国易地扶贫搬迁之所以能在短时间内取得成功的两大要因。而对贵州而言，这两个方面工作则更加凸显和行之有效。作者在书中围绕《关于贯彻落实"六个坚持"进一步加强和规范易地扶贫搬迁工作的意见》等纲领性文件，以及《贵州省人民政府办公厅关于印发〈贵州省易地扶贫搬迁对象识别登记办法〉等易地扶贫搬迁工作政策措施的通知》等具体操作性文件等共70多个文件，对由此构成的以"六个坚持""五个三""五个体系"为核心、以"高起点规划、强有力组织、多维度创新、超常规推进"为特点的顶层设计主调进行了深入阐述；同时，还就贵州在实施易地扶贫搬迁过程中形成的组织协同、政策协同、社会协同和区域协同工作机制进行了全面的呈现。尤其值得一提的是,这些并非以干巴巴的文字而是以生动鲜活的实例来呈现的。这有助于读者掩卷之余,吹沙见金,拨灰见火,不仅"知其然",更加增强了对"所以然"和对"为什么能"的深切感悟。

第四,夹述夹议可读性高,旁征博引史料性强。作者在书中以其高超的文学造诣和清新生动的文笔,寓大道理于故事和事实的讲述之中,持之有据、言之有理;故事和事实讲述又不是就事论事,而是夹述夹议、见微知著。书稿杜绝了八股气息,可读性强,耐读促思。更加难能可贵的是,全书还十分重视贵州反贫困的档案、文献和众多事实证据的收集和整理,旁征博引。并且这些资料的收集和整理是以学者的思维和视野来开展的,力求准确可靠。它们服务于本书的立论和为其提供实证支撑,同时也将为未来的理论和政策研究者重温这段历史、总结工作经验等,留下了丰厚的学术素材。

本书的特点和值得重视之处当然远不止这些!

伟大的时代孕育伟大的作品!祝愿并希望本书问世后,能够得到广大读者的喜爱,并成为理解中国(贵州)易地扶贫搬迁这个伟大时代经历的重大历史事件的重要参考书!

是为序!

中国社会科学院农村发展研究所研究员　杜志雄
2020年12月　于北京

编写说明

一、"易地扶贫搬迁一批"是脱贫攻坚"五个一批"的重要内容。为生动反映中国共产党领导下的全国易地扶贫搬迁1000万人这一伟大壮举，长期关注贵州脱贫攻坚工作的新华社记者，以5年多的持续跟踪调研，通过大量故事、案例，结合所见、所闻、所思，精心写成本书。通过贵州搬迁192万人的伟大实践，折射出在中国共产党领导下全国易地扶贫搬迁的艰辛历程及辉煌成就。

二、本书共分为七章。第一章从历史、地理等维度围绕"两不愁三保障"，恶劣的自然环境以及衣、食、住、行等生产生活条件方面，以讲故事的方式反映2015年实施易地扶贫搬迁之前贵州部分偏远山区触目惊心的贫困景象；第二章聚焦"搬迁谁""搬到哪"，以夹叙夹议形式，反映贵州易地扶贫搬迁的顶层制度设计；第三章聚焦"怎么搬"，从具体操作层面，通过大量白描式的案例讲述搬迁对象的心态转变、基层干部工作的难度、搬迁群众的获得感等；第四章至第七章聚焦"搬后怎么办"，各章节均有典型故事、案例，其中第四章重点阐述就业，第五章重点关注就学，第六章重点聚焦社区治理，第七章围绕就医等"下半篇文章"其他服务保障展开；最后在前面讲故事的基础上，进行进一步总结提炼，阐述贵州做法的效果，以及对其他地区乃至全球减贫工作的重要意义。

三、本书的文体，一律采用规范的语体文，使用的文字、标点、数字、计量单位，均按照国家颁发的相关规定规范书写。

四、本书依据的资料，绝大部分来源于作者本人在基层的调研采访，同时参阅部分新闻媒体报道及相关国内出版物。

目　录

前　言

久困于穷，冀以小康。全面建成小康社会，是中华民族追寻的千年梦想，是中国共产党人初心不改、前赴后继的百年拼搏目标。

2015年6月，习近平总书记在贵州考察调研时强调，要对"一方水土养不起一方人"地方的贫困人口实施易地扶贫搬迁，从根本上解决他们的生计问题。

2015年11月，《中共中央国务院关于打赢脱贫攻坚战的决定》吹响了决战脱贫攻坚、决胜同步小康的冲锋号。习近平总书记在中央扶贫开发工作会议上，进一步强调了精准扶贫、精准脱贫的基本方略，易地扶贫搬迁作为"五个一批"精准扶贫工程的重要组成部分，摆到了更加重要的位置。

2016年7月19日，习近平总书记在宁夏考察调研时指出，移民搬迁是脱贫攻坚的一种有效方式。要总结推广典型经验，把移民搬迁脱贫工作做好。

根据《全国"十三五"易地扶贫搬迁规划》要求，到2020年，我国将完成1000万建档立卡贫困人口易地扶贫搬迁任务。如此重大的战略举措和庞大的组织规模，在中外减贫史上前所未有。

贵州贫困面大、贫困人口多、贫困程度深，易地扶贫搬迁人口约占全国易地扶贫搬迁人口的15%，是全国易地扶贫搬迁任务最重的省份。按照中央部署，2015年12月，贵州省以"开局就是决战、起步就是冲刺"的气势，率先在全国打响易地扶贫搬迁攻坚战。

2019年12月23日，贵州省宣布全面完成"十三五"时期易地扶贫搬迁任务，截至2020年底，加上恒大集团援建毕节市新增搬迁4万人，贵州累计建成易地扶贫搬迁安置项目949个、安置住房46.5万套，完成搬迁安置192万人，其中建档立卡贫困人口157.8万人，创造了易地扶贫搬迁的"贵州奇迹"。

易地扶贫搬迁不仅是一项社区再造和重建工程，更是一项人口分布、资源环境、经济社会重新调整和完善的庞大社会系统工程，在脱贫攻坚"五个一批"中难度最大、政策性最强、标准最高。从目前来看，易地扶贫搬迁是最艰难的一批，也是最富有成效的一批。

挪穷窝、换穷业，贵州一直都是国家实施扶贫开发的重点区域。从1978年开始体制改革推动扶贫，到20世纪80年代大规模开发式扶贫，到20世纪90年代"国家八七扶贫攻坚计划"，再到新世纪以来的扶贫开发，贵州省经历了救济式扶贫、开发式扶贫、攻坚式扶贫和扶贫式开发等多个阶段，但"一方水土养不起一方人"的现象在贵州一些深度贫困地区表现得依然突出。

从"一方水土养不起一方人"地区的脱贫现实看，这些地区资源环境承载能力不足、自然灾害频发，且交通不便、信息不畅、人才短缺、市场不完善，形成了"贫困—经济社会发展落后—贫困程度加深"的恶性循环。经过多轮扶贫开发，贫困状况仍未发生根本改变。

从搬迁规模看，国家下达给贵州搬迁计划为151.4万人，约占全国搬迁总人数的15%，占全省"十三五"时期脱贫任务的30.6%；加上自然村寨整体搬迁中的同步搬迁人口，以及恒大集团援建毕节市的4万人，搬迁总规模达到192万人，是全国搬迁规模最大、任务最重的省。

从搬迁强度看，被称为"世界难题"的三峡移民历时17年，举全国之力搬迁安置129万人，其中农村移民只有55万人。而贵州搬迁192万人仅用了5年左右时间，强度之大前所未有。

从搬迁范围看，涉及全省9个市州、84个县，1254个乡镇，9449个行政村，其中96.5%以上的搬迁人口分布在集中连片特困地区、少数民族地区和国家扶贫开发工作重点县。

从搬迁对象看，需要搬迁的贫困人口，都是经过多轮扶贫开发没有啃下来的"硬骨头"。

从安置难度看，山多地少、资源短缺，人地矛盾突出，山地和丘陵占92.5%，贵州是全国唯一没有平原支撑的山区省份，农村有土安置不现实，城镇安置工作难度大。

要解决这类地区人口的贫困问题，需要更大的决心、更明确的思路，需要付出更大力气、采取超常规举措补齐这块"短板"。在新一轮的易地扶贫搬迁中，贵州无疑站在了实践的前沿。

面对时间紧、任务重、难度大的严峻挑战，贵州举全省之力、集全省之智，在探索中实践、在实践中创新，围绕"搬得出、稳得住、能致富"，形成了"六个坚持""五个三""五个体系"的实施路径和政策体系，以及"五步工作法"的推进机制，探索出一条在经济发展相对落后、耕地资源匮乏、生态环境脆弱、基础设施建设滞后地区的易地扶贫搬迁成功路子，获得中央肯定、社会认可、群众满意的实践效果。

在具体的实践中，贵州各地还提出了一系列的创新工作法。比如，晴隆县三宝乡创造性实施整乡搬迁方案，既有效解决了就业、就医、就学问题，又催生了一个以当地彝族文化为主题的新型旅游景区，进一步巩固了脱贫成果。再如，铜仁市、黔东南苗族侗族自治州、黔西南布依族苗族自治州等地实施大规模跨行政区域易地扶贫搬迁，进一步改善了深山群众的生产生活条件，增加了群众福祉，提高了惠民政策覆盖面，让搬迁群众更多享受改革发展的成果，提高了获得感。

新冠肺炎疫情发生后，贵州坚决贯彻落实习近平总书记重要指示精神和党中央决策部署，及时启动重大突发公共卫生事件一级响应，坚持早发现、早报告、早隔离、早治疗"四早"原则，及时构建查、防、控、治、保、导"六位一体"防控体系，较好控制了疫情。在常态化疫情防控中全面推进复工复产达产，恢复正常经济社会秩序，把耽误的时间抢回来、把遭受的损失补回来。优先支持贫困劳动力务工就业，在企业复工复产、重大项目开工、物流体系建设等方面优先组织和使用贫困劳动力。为帮助农民工就业，贵州出台《贵州省疫情防控期间农民工返岗就业工作指南》《扶持企业复工复产促进农民工返岗就业政策二十四条》，依托疫情防控台账、大数据等手段摸清返乡、外出务工农民工人数，加强与对口帮扶城市沟通协调，持续发布省内外企业复工复产信息，通过专车专列"点对点、一站式"运输保障农民工返岗出行。对于一时外出有困难或者不愿外出的群众，重点引导到12个特色产业和重点企业、重点项目优先就业。深入贯彻支持文化旅游业恢复并高质量发展十条措施，推动文化旅游业加快恢复、高质量发展，吸纳大量剩余劳动力。

历尽天华成此景，人间万事出艰辛！

接触过贵州脱贫攻坚工作的专家、学者、媒体记者等普遍认为，贵州易地扶贫搬迁是习近平总书记精准扶贫思想的具体实践，是中国坚决打赢脱贫攻坚战、决胜全面建成小康社会的缩影，具有鲜明的时代性、典型性和代表性，充分彰显出中国特色社会主义集中力量办大事的制度优势，折射出中国共产党人"不忘初心、牢记使命"的坚持与担当，是新的历史时期中国为全球减贫事业贡献的"中国方案"的"贵州答卷"。

贵州这场易地扶贫搬迁硬仗，时间短、规模大，创造了贵州减贫历史之最，不仅为高质量按时打赢脱贫攻坚战奠定了基础，而且对助推乡村振兴、助力城乡区域发展具有重要深远意义，为政府专项工程的实施提供了典范，更带给我们很多启示和思考。

启示一：必须始终坚持党对易地扶贫搬迁工作的全面领导

自新一轮易地扶贫搬迁实施以来，贵州始终突出党对易地扶贫搬迁的全面领导，形成了省、市、县、乡、村"五级书记"抓搬迁的工作格局。在省一级，成立由省委书记、省长任"双组长"的省扶贫开发领导小组，各级层层建立易地扶贫搬迁指挥部，实行党委、政府分管领导"双指挥长"制，发挥全方位统领的核心作用。

省级、市级移民局长同时兼任党委副秘书长，县级移民局局长由县委常委或副县长兼任，从同级党政机关抽调优秀干部充实市、县指挥部办公室。据统计，贵州所涉及的84个项目县中有43个县由县委常委、41个县由副县长任移民局局长。

严格执行易地扶贫搬迁党政一把手负责制，由县委书记、县长双包保或分头包保安置项目建设，形成县级党政一把手包对象精神、包项目管理规范、包工程建设进度和质量、包产业配套和就业安置、包资金使用安全的工作机制。

启示二：必须善于把握大势，抢抓历史机遇

中央把易地扶贫搬迁作为脱贫攻坚战最具有标志性意义的"头号工程"，安排资金最多、部署最早、力度最大。这对贵州来说，是千载难逢、稍纵即逝的历史机遇。贵州之所以能取得今天的成绩，关键是在这项工作中牢固树立了机遇意识，敏锐地发现了机遇，并且深刻地认识到了机遇，果断地抓住了机遇，创造性地运用好了机遇。

启示三：必须坚持实事求是，做好顶层制度设计

根据中央的统一政策框架，贵州结合自身实际，在深入调研、广泛征求意见的基础上，探索形成了富有贵州特色的政策体系和实施路径。据统计，自2015年底，易地扶贫搬迁工作启动实施以来，贵州已经出台易地扶贫搬迁各类政策70余个，以"六个坚持""五个三""五个体系"为核心，构建了贵州易地扶贫搬迁的基本思路和政策框架，全面回答了"为什么搬""怎么搬""搬后怎么办"等一系列关键性问题，成为全省易地扶贫搬迁的根本遵循和行动指南。

比如，既有《贵州省人民政府关于深入推进新时期易地扶贫搬迁工作的意见》《中共贵州省委贵州省人民政府关于精准实施易地扶贫搬迁的若

干政策意见》《中共贵州省委贵州省人民政府关于加强和完善易地扶贫搬迁后续工作的意见》等纲领性文件，也有《贵州省人民政府办公厅关于印发〈贵州省易地扶贫搬迁对象识别登记办法〉等易地扶贫搬迁工作政策措施的通知》《贵州省易地扶贫搬迁工程建设指挥部关于印发贵州省易地扶贫搬迁跨区域安置的实施意见》等具体操作性文件。此外，贵州省直相关部门也陆续出台了30多个部门协作支持文件，如贵州省人力资源和社会保障厅先后印发了《关于进一步加强易地扶贫搬迁劳动力就业创业帮扶工作的通知》《关于印发〈贵州省2018年易地扶贫搬迁就业和社会保障工作方案〉的通知》等。

启示四：必须"踏石留印、抓铁有痕"，推动政策扎根、开花、结果

贵州省顺利完成192万人易地扶贫搬迁，充分体现了社会主义集中力量办大事的制度优势。各级党委、政府坚决贯彻省委、省政府决策部署，切实加强领导，全力组织实施，克服重重困难，一级带着一级干，广泛动员各方面力量，高效有力地推动易地搬迁工作的实施。在易地扶贫搬迁实施过程中，全省大力推进省委提出的政策设计、工作部署、干部培训、督促检查、追责问责"五步工作法"，确保了各项工作任务有章可循、落到实处。

比如，在"抓好政策设计"方面，在不断探索实践、反复研究的基础上，逐步建立并完善了贵州易地扶贫搬迁"五个三""六个坚持""五个体系"；在"抓好工作部署"方面，贵州省委、省人民政府把易地扶贫搬迁作为贵州省脱贫攻坚的重中之重，主要领导亲自谋划、亲自部署、亲自推动，对整个指导思想、政策体系、实施路径和具体要求做出了一系列重要指示和工作部署；在"抓好干部培训"方面，全省多次组织易地扶贫搬迁专题培训、依托新时代学习大讲堂开展培训、加强政策宣传等系列活动，统一全省上下思想、提升干部能力、提高群

众知晓率；在"抓好督促检查"方面，贵州省委、省人民政府主要领导，省易地扶贫搬迁指挥部、省委督查室、省政府发展研究中心等部门加强明察暗访和督查调研力度，逐步建立了督查、审计、巡视、明察暗访、扶贫专线"五位一体"问题发现和纠错机制，在实践中不断完善政策设计和工作措施；在"抓好追责问责"方面，将工程实施情况纳入市（州）、县（市、区）政府年度目标绩效考核，并将考核结果与干部选拔任用和奖惩制度相挂钩。

总之，在实践中，贵州结合实际，自我施压、负重前行。比如，在资金筹措上，省级坚持扛起统贷统还的责任，以减轻市县负担；在搬迁对象的确定上，坚持以自然村寨整体搬迁为主，同步增加30多万非建档立卡贫困人口；在拆除旧房上，可谓是"走遍千家万户、说尽千言万语"。大批基层干部在"没有硝烟的战场"上一个个攻城拔寨。

贵州5年计划分3年实施。从2017年到2019年，贵州省审计厅每年组织600多名审计人员，连续3年对易地扶贫搬迁年度计划实施情况进行全面审计，审计覆盖至每个安置点，以审计问题倒逼政策规范执行、精准落实。

在一线持续作战的广大干部，尤其是年轻干部通过实践得到了淬炼，提高了做群众工作的能力、应对复杂问题的能力，让"党的声音飘进万家、走进群众心坎"，书写了新时期的"鱼水深情"。

启示五：必须要牢记嘱托，不忘初心，一心为民

易地扶贫搬迁凝聚着中央领导同志的心血智慧、承载着中央领导同志的殷切期盼。为了让贫困群众搬出大山，广大党员干部踏遍千山万水、想尽千方百计、说尽千言万语，深入山路崎岖村寨、走访最远的贫困户，在易地扶贫搬迁战场上冲锋陷阵、接续奉献。贵州在推进易地扶贫搬迁全过程中，处处体现出了人民至上的思想。在安置点选择上，坚持城镇化集中安置，这远比农村就近就地安置难得多。在建设标准上，坚持"保基

本", 不让群众因搬迁而负债。在安置规模上, 坚持以产定搬、以岗定搬, 不能让搬迁群众找不到工作、没有收入。可以说, "六个坚持"都是源于全心全意为人民服务的宗旨, 源于共产党人不变的初心和使命。

宽敞明亮的新房子、近在咫尺的医院和学校、贴心的社区服务中心……无不让搬出大山的群众感到精神愉悦。从群众脸上自然流露出的灿烂笑容中, 从他们对当地扶贫干部发自内心的感激之情中, 我们可以明显感受到易地扶贫搬迁的成效。"感谢党""感谢政府""感谢扶贫干部"是搬迁群众口中最高频的词汇。

> 修住房为人民, 又来考虑怎生存。
> 县政府来决定, 专人专管讲培训。
> 到广东去福建, 一年找它五六万。
> 家门口去上班, 边带孩子敬老人。
> 好政府为居民, 全家老小都满意……

如果说"易地扶贫搬迁任务"是时代出具的答卷, 那么, 遵义市正安县移民搬迁户韦运启这首平实的快板词, 便是对答卷人的最好评语。

第一章 SHAN ZHONG KUN JI

>>>>> 山中困羁

有一种艰难，困羁于山。

高寒荒凉、沟谷陡峭、峰际连天、顽石遍地……绵延不绝的乌蒙山脉和武陵山脉，千百年来，封印了多少世事悲歌和高原儿女的贫苦宿命。

很长一段时间，贵州一直是全国农村贫困面最大、贫困程度最深、贫困人口最多的省份。撕下贫困的标签，寄托了多少贵州山民的梦想和希望。

有一种力量，勃发于山！

团结奋进、拼搏创新、苦干实干、后发赶超……只有干出来的精彩，没有等出来的辉煌！党的十八大以来，贵州以"开局就是决战、起步就是冲刺"的姿态，向绝对贫困发起总攻！

2020年11月23日，贵州省宣布最后9个贫困县退出贫困县序列。全国贫困人口最多的省份，变成全国减贫人数最多的省份。贵州世代贫困的宿命彻底改变！

以使命为笔，以奋斗做毫！易地扶贫搬迁是脱贫攻坚的标志性工程，贵州将此作为"当头炮"！

当192万名"一方水土养不起一方人"贫困群众"挪穷窝、换穷业、斩穷根"，漫漫群山见证的，是时光对亘古景象的全新书写！

在习近平新时代中国特色社会主义思想指引下，按照党中央安排部署，在贵州省委、省人民政府的坚强领导下，在壁立千仞的乌蒙山区，在陡峭荒凉的武陵山区，在生态脆弱的滇黔桂石漠化地区，一场足以改变历史、波澜壮阔的大迁徙徐徐展开。

大山深处的贵州省惠水县王佑镇董上村麦迁组（2016年9月11日　刘续　摄）

一、久困于贫

贵州省，简称"黔"或"贵"，地处中国西南腹地，与重庆、四川、湖南、云南、广西接壤，全省面积17.6万平方千米。

贵州的贫困由来已久。明永乐十一年（1413），贵州成为中国的第13个行省。与其他省份不同的是，贵州成为行省并非因为贵州的经济社会发展到足以立省的程度，而是出于军事、政治方面的考虑。所以，自诞生之日起，贵州行省可以说是"先天不足、后天失调"。

贫瘠与绝望，拼搏与奋斗，希冀与梦想……不踏上贵州的土地，不置身茫茫大山，你很难理解一条"路"与这块土地千百年来的万千纠缠；不走进苗乡侗寨，不涉足于茂密森林，你很难体会一捧"土"之于这里山民生存的重要意义；不深入深山区、石山区，你更无法理解一滴水缘何会"贵如油"……

92.5%的面积为山地和丘陵、73%的面积为喀斯特地貌、全国唯一没有平原支撑的省份……从立体地理地形图上看，地处云贵高原东部的贵州省版图上几乎全部处于"凸起"区域。很难想象，这片如此贫瘠的土地上繁衍生息着3600万人。

天下之山，萃于云贵。

西有磅礴的乌蒙山；北部盘踞着大娄山；中部苗岭绵延，雷公山是其最高峰；东北部是森林茂密、山势陡峭的梵净山，是武陵山脉的主峰。

这里的农村"开门见山"，这里的县城很多就建在山脊上。不是生活在大山深处的人，难以体会这崇山峻岭所带来的与世隔绝。

古籍，是最真实的刻录者。

元大德六年（1302）史书就记载道："西南远夷之地，重山复岭，陡涧深林，竹木丛茂，皆有长刺。军行径路在于其间，窄处容一人一骑，上如登天，下如入井……"

"连峰际天兮，飞鸟不通。"被贬至龙场驿时，王阳明这样形容当时的贵州。

明朝地理学家、旅行家徐霞客踏进贵州后，面对重峦叠嶂的苍茫群山，一声惊叹："磅礴数千里，为西南形胜。"

"驿站之险远最苦者莫过于黔省。"康熙年间，贵州巡抚佟凤彩如此叹息。

"黔处天末，重山复岭，鸟道羊肠，舟车不通，地狭民贫。"清代贵州学者陈法痛心地对家乡如此描述。

从秦朝开五尺道始，历经千余年，贵州的交通依然处于"孤岛"状态……

又何止是"孤岛"。当大山隔绝了一切，贫瘠、落后……也就成了这片土地相生相伴、挥之不去的印象和痛苦记忆。

据明弘治十五年（1502）统计，在全国13个布政司中，贵州全年税赋只占全国税收的0.07%，秋粮税赋只占2.98%。故嘉靖《贵州通志·财赋》称："贵州财赋所出不能当中原一大郡。""无薮泽之饶、桑麻之利，岁赋所入不敌内地一大县。"清代乾隆年间贵州巡抚爱必达也曾这样评价贵州。

由于贵州本省税赋极少，以至于当时外省来贵州做官者，其俸禄大部分要在原籍领取；有的官职低、俸禄少、责任大的官员甚至都不愿来贵州任职。嘉靖《贵州志·职官序》云："守令以下，授之官而不赴者，十之七八也。"

"中华民国"建立后，清廷规定的协济制度也随之被废弃，贵州的财政自此陷入困境。随后而来的南北军阀、各地军阀的割据混战，更让贵州人陷入苦难之中。新中国成立时，贵州一些偏远落后的少数民族地区，仍然存在封建地主经济和领主经济并存的现象。

1949年，贵州国内生产总值只有6.23亿元，人均只有44元，农业人口占全省总人口的91.7%，贵州工厂工人不超过3万人。大部分农村沿用传统的农耕劳作方式。在黔东南、黔西北一些少数民族山区，仍采用"轮歇丢荒"和"刀耕火种"的落后生产方式，甚至还使用木犁、木耙等古老的生产工具。田地耕作方面，更是粗放，种地不用化肥，种白地、栽白秧现象普遍。

交通情况更为落后。据统计，1949年贵州全省铁路总里程只有148千米；公路干线4条，加上支线有4082千米，但实际通车里程只有1950千米，全省有70%的县城和广大农村不通公路，全靠人背马驮。

当时，信息闭塞程度难以想象。1949年，贵州全省只有邮局86处、代办所256处，长顺、望谟、从江、台江、雷山、册亨6个县没有邮局；全省电信局、所共37处，有45个县城没有电信服务机构。

与全国其他省份情况类似，贵州先后进行土地改革、农业互助合作化、人民公社化运动等，促进了农业农村的发展、增加了农民收入，但由于经济基础十分薄弱，与全国相比仍存在相当大的差距。

统计数据显示：1978年，贵州全省的经济总量约占全国的1.27%，全省农村居民家庭人均收入为109.3元，比全国平均水平低24.3元。

据农业部人民公社管理局公布的《1977—1979年全国穷县情况》统计：

> 贵州省1977年至1979年连续三年人均分配收入在50元以下的穷县有毕节、纳雍、威宁、大方、赫章、织金、金沙、黔西、六枝、盘县、水城、普安、晴隆、兴仁、安龙、贞丰、册亨、望谟、普定、镇宁布依苗族自治、关岭、息烽、修文、紫云、仁怀、桐梓、正安、务川、凤冈、赤水、习水、德江、沿河、印江、思南、三都、罗甸、惠水、长顺、荔波、丹寨、从江、雷山43个县，占全国穷县总数的19.6%，占贵州省县数总量的49.4%。

一些新闻媒体记者记录下了当时贵州贫困的景象。

瑶山位于贵州省最南端的荔波县南部的高寒山区，是瑶族人民聚居区。1980年，新华社记者杨锡玲走进瑶山地区采访，记录下了当时的见闻：

> 一到瑶山，看到许多赤脚光身挺着大肚子的孩子。妇女光着

脚丫，衣着褴褛，几乎不能遮盖。据这里的负责人介绍，瑶山是荔波县最穷的公社，已经连续三年人均收入在40元以下，分配粮食在300斤左右。由于粮食不足，不少人长期吃着芭蕉芋叶。

农民的住房破破烂烂。全公社304户，只有14户住的是瓦房，其余都住茅草房。记者在瑶寨串门，所到之处，家家的房子都是又脏又破，稀牙透风，室内几乎没有什么家具。床是家庭的必需品，在瑶家也只有少数人家有，多数人家没有床，就只好睡在草窝和木板上。偶尔看到少数人家有棉絮，也是又黑又破，筋筋吊吊。

这里的农业生产更是落后，除了粮食外，几乎没有什么多种经营。耕作方法上至今还是刀耕火种，赶山吃饭。粮食产量低，1979年一个劳动日只有2角1分钱，1980年一些生产队开始实行包干到户，生活稍好一些。

据县里的同志讲，至今仍有个别生产队没有定居下来，人们叫他们为"过山瑶"。今年在这座山，明年又搬到那座山了，有时连公社干部也不知道他们搬到哪里去了。他们的行李很简单，一个铁三脚架，一两个顶罐，几个粗瓷粗钵，加上粮食等东西，也不过几百斤。

瑶族的教育、卫生、文化事业也很落后。这里87%的人是文盲，95%的妇女不会讲汉语。全公社至今没有一个大学生或中专生。瑶山公社小学，是这里的"最高学府"，学校设备简陋，既没有儿童读物，也没有文体活动设备。孩子们唯一的娱乐就是养鸟。

瑶山公社只有一个医生，因为农民付不起医药费，医院关门，医生回家种田去了……

文化生活更是缺乏，在这里看不到电影、戏剧，听不到音乐……

1986年出版的《富饶的贫困》中记录的情况，也同样令人震惊：

1981年，（安顺地区）镇宁县1731个生产队中甚至没有一个队订阅《贵州日报》。该县六马区区长说："邮路只通至公社，再往下走要等熟人顺路捎转，日报变成周报、半月报、月报。"……1982年，全省现有农话线路，85%是1956—1958年合作化、"大跃进"时架设的，至今未大修过。……（安顺地区）关岭县32个公社，8个不通电话。镇宁六马区9个公社，2个公社半通，1个不通，而且已经是两年多不通了。区里若要开会，花钱雇人通知，5元一天，把边远的4个公社一个一个跑到要花4天时间。紫云县打狼公社，仅8个大队，开会要提前六天派人通知，才能一一跑到。

……贵州省1983年是粮食总产量最高年，农村人均产粮不过523斤，人均口粮不过366斤。一般人是不够吃的。据省经委对87县32914户的调查，1983年人均产粮700斤以上的户占43.6%；同时，人均收入100元以下、口粮300斤以下的贫困户仍占20%。较发达的安顺地区，人均收入80元，口粮400斤以下的农户仍占15%左右。……广大地区既缺衣少食，又缺医少药。安顺全区每千人拥有卫生技术人员和病床分别为全国平均水平的66.7%和45.5%。镇宁县六马区方圆620平方公里，9个社区近5万人，区医院仅有12个床位，无透视，无化验。9个公社卫生所，每所2—3人，都是民办公助，未经专门训练。乐运公社5473人，卫生所1981年仅有价值31.5元的医药器械。全区地方性甲状腺肿患者占总人口6.35%。其中镇宁、关岭、紫云三县患者占人口比例竟分别达18%、20%和23%。

笔者在关岭县考察了柏油路边安隆公社所在地——团圆河大队胡家凹生产队。群众的贫困程度令人震惊。该地距县城20公里，海拔1400米。当时大雾弥漫，阴雨连绵，笔者身着毛衣毛裤加羽绒衣，尚感寒气袭人，而当地居民几乎全是两件单衣。十四五岁的姑娘有的连裤子都没有，两腿赤裸裸的冻得通红。走访的6户人家，家家都是透风漏雨的泥坯草房，人畜同居一室。

二十世纪七八十年代海雀村群众居住的老房子（资料图）

锅里煮的是玉米糊和白菜，粮食均只能吃到来年三四月。孩子们瑟瑟发抖地缩在火堆旁。杨开明一家九口，两床破被。杨和一个孩子躺在漆黑一团的床上，上吐下泻两天多了，没钱去看病。社员王德虎，爱人携大女儿三年前外出卖药，一去不返，杳无音信。家里没床，没有被子，女儿睡在"阁楼"上的草堆里，他身着一件三年前国家救济的烂棉袄，睡在距牛两米之遥的草堆里。

几乎在同一时期，另外一名新华社记者刘子富记录的贵州省东北部毕节市赫章县的情况，同样令人心情沉重：

贵州省赫章县各族农民中已有12001户、63061人断炊或即将断炊。

1985年5月29日，记者来到这个县的恒底区四方乡苗、彝族杂居的海雀村的3个村民组，看到了11户农户，家家断炊。

记者走进苗族人家，安美珍大娘瘦得只剩枯干的骨架支撑着脑袋。她家4口人，丈夫、两个儿子和她。全家终年不见食油，一年累计缺3个月的盐，4个人只有3个碗。已经断粮5天了。

……据了解，1984年，赫章县粮食总产量1.833亿斤，人均占有粮食396斤，纯收入110元。全县89个乡中，贫困乡88个。全县贫困面太大，钱粮缺口大。从春节过后，就陆续发放救济钱、粮，但仍不能解决问题。

1978—1985年，贵州省贫困人口从1840万人减少到1500万人，但仍占同期全国贫困总人口的12%，贫困发生率高出全国近三倍，是全国贫困情况最严重的省份。

"天无三日晴，地无三里平，人无三分银。"这句民谚，像紧箍咒一样，套在贵州人民的头上，千百年都难以解脱。

"天无三日晴"，是形容贵州天气时常阴雨绵绵，气候潮湿，难得有像北方那样艳阳高照的万里晴空。气象资料显示，贵州各地平均降雨日数160—220天，其中小雨（降水量小于10毫米）日数占全年总数的80%以上。

"地无三里平"，是说贵州地势凹凸不平，山高谷深，难得见一马平川的沃野田园，不管农村城市，全都"开门见山"。

"人无三分银"，讲的是在商品经济下贵州整体经济水平落后，老百姓贫穷落后，囊中羞涩。

"三无"令人绝望，让人看不到希望，看不到"明天"。"三无""夜郎自大""黔驴技穷"成为压在贵州人民头上的"三座大山"。有人开玩笑形容说，地处西南的贵州，"梧桐树"一直没种好，难以吸引"凤凰"，不仅"孔雀东南飞"，连"家雀儿都东南飞了"。玩笑的背后，更多的是苦楚与无奈！

"贵州的一些青年，常常抱怨自己生不逢时，怀疑在贵州能有多大用武之地。"1985年出版的《可爱的贵州》书中说道。

二、上下求索

大地苏醒，群山回响。

实际上，勤劳勇敢的贵州各族人民怀揣对美好生活的向往，一直和贫困斗争，从未停下反贫困的脚步。

在改革开放初期，贵州农村反贫困工作主要由农业相关部门负责。自1979年起，贵州相继成立了农业领导小组、农业委员会、农村工作部等，承担农村扶贫工作。1983年8月，贵州省扶贫工作领导小组办公室成立，这是贵州省首次设立的专门扶贫机构。1984年，贵州调整充实了扶贫工作领导小组，各地也纷纷成立扶贫领导小组，开始有系统地开展扶贫工作。通过救济式扶贫方式缓解了一部分贫困人口的贫困程度，但未能从根本上解决贫困问题。

俗话说"树挪死、人挪活"，"搬迁脱贫"自然是摆脱大山束缚、奔向美好生活的一条重要路径。

1983年，国家针对"三西"（河西、定西、西海固）地区严重干旱缺水和当地群众生存困难的情况，探索实施了"三西吊庄移民"政策，开始了扶贫搬迁的先河。为有效解决农村贫困人口温饱问题，从1986年开始，贵州就在一些贫困问题尤其突出、生存环境特别恶劣的地区，开展了以消除贫困与改善生态为目的的易地扶贫搬迁探索与实践。

1997年，在党中央支持下，原国家计委安排1000万元以工代赈资金支持贵州省计划部门在紫云、罗甸、长顺、普安4个县启动了"以工代赈移民搬迁试点"工程，为生态移民搬迁的实施打下了基础。试点重点是对严重缺土、缺水、缺交通、缺电力，不具备生产生活条件的深山区和石山区的极贫农户进行搬迁，以移民促进开发，以开发促进脱贫。

据统计，1997—2000年的以工代赈移民搬迁扶贫试点工程，住房由政府统一投资建设无偿分配居住，人均15平方米、户均60—70平方米，户均划拨耕地3.5亩。

进入21世纪以来，贵州发展提速。2000年10月，国家提出实施西部大开发战略，并组织实施《中国农村扶贫开发纲要（2001—2010年）》。针对"八七"扶贫攻坚结束后，农村贫困人口分布状况及特点，2001年在贵州、云南、宁夏、内蒙古4省（自治区）启动了生态移民试点工作。这是新阶段扶贫工作的重要内容和实施西部大开发战略的重要举措，对消除绝对贫困，改善生态环境，促进贫困地区人口、资源与环境协调发展意义重大。

这一时期实施的易地扶贫搬迁试点工程，中央人均补助5000元，不足部分由地方和农户自筹。这一时期的搬迁显著改善了搬迁人口的生产生活条件；同时，有效保护和恢复了脆弱地区的生态环境。但初步统计，2012年，贵州仍有二百多万农村人口生活在生态环境脆弱、生态区位重要、自然条件恶劣的地区。

在总结以往经验的基础上，贵州制定了《贵州省扶贫生态移民工程规划（2012—2020年）》，提出"贵州省从2012年到2020年的9年时间内，将投入约1600亿元，建设扶贫生态移民集中安置点1041个，对全省47.71万户204.3万人实施扶贫生态移民搬迁"，实施方案是"四坚持、五为主、四结合、一确保"。

"四坚持"是指坚持政府主导、群众自愿，坚持统筹规划、合理布局，坚持因地制宜、分类指导，坚持先易后难、有序推进。

"五为主"是指搬迁对象以居住在深山区、石山区特别是石漠化严重地区的贫困农户为主；以生态位置重要、生态环境脆弱地区贫困户为主；以集中连片特困地区和民族地区贫困农户为主；安置地以小城镇、产业园为主；实施方式以发挥基层党委、政府和矿山积极性、农民自力更生为主。

"四结合"是指工程实施与推进工业化、信息化、城镇化、农业现代化相结合，与发展旅游特色小城镇相结合，与农村危房改造、城镇保障性住房建设相结合，与基础设施向县及县以下延伸相结合。

"一确保"是指确保扶贫生态移民"搬得出、留得住、能就业、有保障"。

2012年至2015年实施的扶贫生态移民工程，中央和省住房人均补助1.2万元，据统计，2012年至2015年，贵州共建设扶贫生态移民安置点677个，搬迁入住54.92万人。

当时，贵州各地各级政府对扶贫生态移民初步形成了两种搬迁模式。

一种是以铜仁市为代表的"先易后难"搬迁模式，即鼓励常年在外经商打工、有一定积累的农户率先从山区搬迁出来。按照当时的物价水平，以户均80—120平方米计算，农户需自筹资金3万—8万元。由于搬迁户都有一定的积累，相对来说，可以负担得起几万元的费用，且可以获得一笔"溢价资产"——在农村，房子不值钱，不能抵押、不能买卖；通过生态移民搬迁，农民以低成本价获得了有产权、可流通、能增值的房产。

一种是以黔东南州为代表的"先难后易"搬迁模式，即利用空置的廉租房整村搬迁最贫困的农户。比如，榕江县率先探索整合廉租房与扶贫生态移民安置房建设，形成了"先搬迁最困难群众、将搬迁与脱贫有机结合的模式"。移民群众不花一分钱就可以得到一套约50平方米的住房。政府还为群众配备了床、沙发、电视、洗衣机等，帮助每户至少解决一个就业岗位。

由于扶贫生态移民工程持续时间较长、工程量大，当时的做法面临着不少困难。比如，因"投资大而财力小"，地方匹配资金困难；部分市县的主要精力放在争取项目和资金上，相关的配套政策措施没有完全对接到位并制定出台，在解决移民的就业、就学、就医、社保等方面考虑不多，导致入住率不高；"先易后难"模式容易造成"搬富不搬穷现象"，"先难后易"模式因住房面积、后续扶贫受限等，一定程度上影响了脱贫效果。

这些经验和教训，都为后来贵州新一轮易地扶贫搬迁的顶层设计，提供了非常有价值的借鉴。

三、角落贫困

2010年，中国成为世界第二大经济体。通过多年的扶贫，贫困地区的生产生活面貌得到了极大改善。

巴西圣保罗州立大学经济学教授保利诺曾数次到访中国内陆地区。他在接受新华社记者专访时感慨地说，当地农村的繁荣让他惊叹不已。"在乘车从江西前往湖北的途中，我曾询问同行的中国同事，中国的穷人在哪儿？因为我环顾四周想发现贫困的踪影，但看到的都是富足和繁荣。"保利诺的同事回答他说，中国的确还有贫困人口，不过是在内陆更加偏远的地方。

整体上看，通过这么多年的扶贫攻坚，我国农村贫困面大幅缩小，贫困被赶进了"角落"里，也就意味着今后的扶贫不得不去啃最硬的"骨头"。而那些最穷的地方，也正是底子最薄弱、条件最恶劣、工程最艰巨的贫困堡垒。

按照官方说法，2012年贵州省小康进程大体上落后西部平均水平4年、全国平均水平8年。

或许有人会问：新中国发展日新月异，改革开放这么多年了，党和国家也一直在帮扶，群众拼搏进取的脚步一刻也没停歇，为何这些地方依旧贫困？为何仍然存在"交通基本靠走、通信基本靠吼、治安基本靠狗、取暖基本靠抖、治病基本靠躺、娶媳妇基本靠想"现象？只有你亲自走进这些贫困山区，亲眼看见这里的山山水水、沟沟坎坎，或许才能找到答案。

2015年，新华社组织调研小分队分赴中西部脱贫攻坚任务最重的省份，深入到最艰苦、最偏远的贫困山区，去探访当时中国最贫困群体的生活状况。调研发现，经过多年脱贫攻坚，贫困的确已经被赶到"角落"里了，但受历史、地理等多种因素影响，这些"贫困角落的锅底人群"的衣、食、住、行，样样令人心酸，有的甚至可以说是触目惊心。

（一）"敢问路在何方"

"上山似登天，下山到溪边，两山能对话，走路大半天。"这是对崇山峻岭中贵州的"路"的真实写照。

1.山路不止十八弯

这里的山路十八弯，

这里的水路九连环，

这里的山歌排对排，

这里的山歌串对串……

歌曲《山路十八弯》勾勒出了山水相连的优美意境。

在贵州贫瘠的土地上，大自然犹如一支神奇的笔，画下了变幻的地貌，却也堵住了出行的道路，一代代人被迫与贫困为伍。生活在这里的山民们，体会到更多的是山路的崎岖和生活的无奈。

在黔西南州晴隆县城南郊有一段叫作"二十四道拐"的公路，是在倾角约60度的斜坡上呈S形建成的。这段以"雄、奇、险、峻"闻名的盘山公路，全长约4千米，从山脚到山顶直线长约350米，垂直高度约250米。第二次世界大战期间，国际援华物资经滇缅公路、中印公路运达昆明后，必须经滇黔公路线上"二十四道拐"咽喉要道，才能运到抗日前线，因此也被誉为"国际援华生命线"。

其实，"二十四道拐型"的公路在贵州大地随处可见。

在苗岭深处麻江县，通往两个苗寨的一段山路，从山脚到山顶，长度3.3千米、海拔落差366米，有36道弯。

在大娄山的遵义市桐梓县有"七十二道拐"——在方圆不足3平方千米的范围内，路面由海拔800米左右爬高到1450米，在长约12千米的地段上，就有72个回头弯。

晴隆县二十四道拐（杨洪涛 摄）

外人看来，山路上风景优美，但长期生活、工作在这里的一些干部群众却在山路上丢了性命。

雄虎村，雷公山腹地丹寨县排调镇崇山峻岭深处的一个偏远苗寨，全村有228户884人。从雄虎村到排调镇有20余千米山路，而从镇上到县城40多千米的山路需要绕过478道弯。

由于交通闭塞，当地群众长期过着日出而作、日落而息的农耕生活。2014年以前，全村农民人均纯收入不足4000元，约一半的群众生活在贫困线以下，是典型的一类贫困村。

2014年4月初的一天，为了摸清贫困人口情况，丹寨县由4名基层干部梁进冬、杨林、马定毅、龙文组成扶贫队，到雄虎村进行入户调查登记核实。

当时正值春耕时节，乡亲们白天要在山上干农活，只有晚上才在家，调查队决定下午6点以后再入户。他们走访完30户贫困农户时，已是晚上11点多了，还要将每一张表手抄汇总到全村工作台账，核对每个人的名字、身份证号和田土面积等，一直忙到凌晨1点多。

"天太晚了，就在家里住下吧，床都铺好了。"村民不忍心看他们走夜路。

"不碍事，材料催得紧，明天还有很多事情要办。"

怎么留也留不住，他们4个坚持要走。

大约1个多小时后，噩耗传来！

由于雨天雾大路滑，能见度低，这4名干部在返程途中发生了交通事故，车辆坠下150多米高的山崖，4人全部因公殉职，最小的杨林年仅24岁，将生命永远定格在了英年。

（二）羸弱的"命根子"

劳动是财富之父，土地是财富之母。对于土里刨食的农民来说，土地就是农民的"命根子"。在北方平原地区的农民，谁家都有自己的"一亩三分地"，可在贵州一些石漠化、荒漠化山区，土地成了农民奢侈的希望。

1."劈千古石、抠万年土"

罗甸县大关村地处典型的岩溶山区，被一些专家认为不具备人类基本生存条件。大关村岩山面积占70%以上、丘陵占20%以上，地形支离破碎。全村12个村民组，260多户1000多人散居在60多条山沟里。

据村里的老人们讲，1980年全村有耕地1332亩，分布在180多个山垭和陡坡上，其中80%的面积不能用牛耕，只能人工一点一点刨。村民们早出晚归，长年在一条条石缝里撒上几粒玉米种，风调雨顺的年份辛苦一

在贵州石漠化地区，土地十分金贵，即使巴掌大的地方也要种上一颗玉米（2013年5月6日 杨洪涛 摄）

年，也只够半年糊口。

大关村因此成为罗甸闻名的"三缺""三靠"村：缺钱、缺粮、缺水；用钱靠贷款、穿衣靠救济、吃粮靠返销。

对于大关人来说，泥土简直比金子还珍贵。有专家表示，像大关村这样的石山区，风化成土的速度1万年仅有2毫米多一点。

1983年，望着贫瘠的土地，大关村党支部书记何元亮不止一次流下了伤心的眼泪。

没水田怎么办？思索许久，何元亮找到村里的党员商量，提出带领群众投劳、投资、炸顽石、砌石坎、修梯田。

劈石造田、在穷山窝种出稻子，吃上米饭……当时，许多村民认为何元亮是异想天开，肯定是"脑子被门挤了"，一瓢瓢凉水不断泼过来：

"穷得裤裆都没底儿，哪有钱开乱石山？"

"要是能开水田，老祖宗早想到了，还轮得到我们了？"

"大关要是能种出水稻，除非太阳从西边出来。"……

村民大会开了几次，大伙儿都不相信在大关村也能开出水田来。大伙儿讲的也有道理：一无资金，二无技术，一穷二白，拿什么造田？

1984年春，何元亮决定以身示范，率先在自家门前的石窝窝里打响了"第一炮"：先用手或者小铲子把十分稀缺的泥土，从石头缝里一点一点抠出来，堆放在一旁；然后打炮眼、炸石头，用大一点的石头来垒边坎，小一点的石头回填、找平；然后再铺上更细的碎石；压实之后，最后再铺上一层30厘米左右的泥土，这才算勉强造成了田。

据村民们粗略统计，造一亩这样的"石头田"，平均要翻动800立方米石头，回填150立方米泥土，投工500多个，物资投入600元以上，有的高达1000元以上。

就这样，几个月下来，靠着从石头缝里抠土，硬生生造出来4分水田！

第二年春天，何元亮从山外讨来秧苗，小心翼翼把一棵棵秧苗栽进自家田里。几户人家像照顾婴儿一样，精心照看着秧苗。

到了秋天，这4分田竟然收获了100多公斤稻谷！

大关人竟然第一次吃上自己种的水稻！看到了希望后，大关人都豁出去了。

为了凑钱买大锤、钢钎，大关人把家里能卖的都卖掉，连下蛋的老母鸡也不留。

男人抢大锤，女人扶钢钎，小孩当小工。七八十岁的老人上山了，六七岁的娃娃上山了，帮着撮泥巴、捡碎石。

一个冬春干下来，每户人家至少造出二三分田。

老党员梁应昌从三处石旮旯里挖下去取土，每处挖了近5米深，搭着木架子，把泥土一篓一篓地背出来，硬是造出来1.1亩的田。

李必兴家造的一块田光石坎就垒了3米多高。之前这片石旮旯只能种出苞谷25公斤，造出一亩多田后，每年收获400多公斤水稻。

村民王明光夜以继日地拼命造田，导致过度疲劳，在点燃炸药导火线后，突然挪不开脚步，被炸药炸伤一只眼睛、炸断三根手指，这块田被命名为"血田"。

造完田后，村民们接着开始学种水稻。秋收一算，原来亩产30多公斤苞谷的石旮旯上，改成田后，亩产稻谷三四百公斤。

为解决灌溉问题，在造田的同时，村民们还修起了一个个小水窖，用胶皮管把雨水引进水窖，以备不时之需。在大关的山岭，水窖星罗棋布，胶皮管像一根根生命线，连接着农舍，连接着稻田，成为一道特有的景观。

1984年至1989年，整整6年时间，大关村人竟然靠双手劈石造田105亩！

大关人造田的壮举并非个案，在很多石漠化地区，都上演着类似的真实感人故事。

2. 34户轮流种1.5亩水田

武陵山区，幅员辽阔，是我国14个集中连片特困地区之一。

何为"武陵"？据《后汉书·先贤传》记载，太守赵厥问主簿潘京："贵郡何以名武陵？"潘京答道："《左传》曰：'止伐为武，高平曰陵。'"

"武陵"这个词在历史上长期使用，武陵山区是指以武陵山脉为中心的广袤区域，武陵山系连绵不断，蜿蜒千里，延伸至湖南、湖北、贵州、重庆、四川等境内。

世人常用"八山一水一分田"来形容贵州的地形地貌。而在贵州武陵山区腹地有些偏远山寨，有的一户人家连"一分田"都分不到。

"一口刀"村，贵州武陵山区沿河自治县思渠镇挂在悬崖峭壁上的一个土家族小村子。顾名思义，村名就是"建在刀背上"的意思。只听村名就让人打寒战，自然条件不言而喻，是当地名副其实的"贫困高地"。

由于地处乌江边，山高路陡、沟壑纵横，远远望去，多个寨子处在半山腰，高高的山梁形如一把横放的尖刀，村庄周围峭壁林立，属于典型的"悬崖村"。

全村360多户人家分为11个自然寨，散落在石山之间，最远的两个寨子间隔有七八千米。"腰里别着一口刀，日起陡子上高毛。转过坳口到龙湾，日落万丈下凉桥。"陡子、高毛、龙湾、凉桥等都是一口刀村村民组的名字，说的是走了一天还在村里打转转。

在这里举目皆是山，遍地都是石。即使是巴掌大的石缝间，也被栽下一棵苞谷苗。

"所有生活的苦楚都在这'一口刀'的村名上。"原一口刀村党支部书记朱永学说。全村条件最恶劣的是高毛堆村民组，整个寨子人均1亩左右旱地，但全寨总共只有一块一亩七分、可种水稻的"望天田"。

"就这么点田，给谁家种？"我不解地问。

"这是寨子里的宝贝，谁都想种。"朱永学回忆说。这丘田被整个寨子的人视为"掌上明珠"，比金子还要金贵，说是"供着"也一点都不为过。

"那怎么办？"

"开村民大会研究呗。分给哪家都不公平。我们开了四天三夜的会，最后决定每家轮种1年，34户人家分成两户为一组轮种，17年一个循环。"

这块地就在村民田桂花家门前，她家只轮种一回。"从来没有出现轮空的情况，所有农户都会种，从来没有荒过。"田桂花说。

村里其他寨子的情况也好不了多少，这种情况一直持续到2015年。如今，高毛堆组已经整体搬迁到铜仁市区的易地扶贫安置点。

石头缝里求生存。村民们世代辛劳，世代贫苦。在安顺市、毕节市、黔西南州等一些石漠化严重的山区，仍有季节性断粮现象。政府每月给每人30斤救济粮，有些村民还是不够吃，只能跟亲友借，来年打了新粮再还上。

"开荒开到天边边，种地种到山尖尖；起早贪黑都不说，种一坡来收一箩"是很多地方的真实写照。

3. "丢失"的土地

在贵州，地势相对平缓的土地叫"坝子"或者"坝区"。全省17.6万平方千米的国土面积上，500亩以上规模的坝区仅有1641个，涉及全省86个县（市、区），854个乡镇，4700个村。

在一些深石山区，别说坝子，就是水田也多是"挂壁田""斗笠田"。乌蒙山区曾广泛流传着一个令人心酸的"草帽盖块地"的故事：

> 有一个农户为了多收粮，起早贪黑在山上开辟了27块地。有一天，他给远道而来的客人介绍他开垦的田地，数来数去只有26块，怎么数都少了一块。尴尬之余、无奈之下，他只好放弃不数了。当他从地上捡起草帽准备回家时，突然发现原来是自己的草帽盖住了一块。

这并非笑话，而是贵州一些地方土地零散的真实写照。

榕江县月亮山区的项痛寨，是一个像凤凰羽毛一样美丽的水家寨，往外是重重大山，绿色把一座座大山覆盖，百鸟绕着林间鸣啼。月亮山区的稻田，长像带，弯如月，窄处刚好过一头牛，一丘丘从山下往山上叠。

定威水族乡村民潘国兴耕种的2.5亩责任田大小有42丘，最大的为5分田，最小的仅仅能栽下30棵稻秧，最远的有4千米，而且道路崎岖难行。

黔东南地区多为月亮山"腰带田"，无法使用大型农用机械作业（2013年9月　杨洪涛　摄）

农忙季节，天不亮他就要起床出发，中午吃干粮、喝山泉水，晚上月亮老高还没能回到家。

由于田土分散，他家的3头耕牛，秋冬季节关在家里的牛圈，春夏时节则关在坡上的牛棚。为了减轻耕牛的体力消耗，潘国兴在不同地方的傍田边建了4个牛棚，最远的一个牛棚离家2千米，走路去要40多分钟。

（三）望水喊"渴"

"天无三日晴"和"地表水贵如油、地下水滚滚流"，这两句话都是用来形容贵州的水资源状况。贵州全省年平均降水量都在1100毫米以上，约是北京市的两倍，并不是一个天然降雨稀少的省份，为什么还会缺水？贵州境内水资源丰富，中小河流众多，多年平均水资源量超过1000亿立方米，人均水资源约2800立方米，均高于全国平均水平，为什么还会缺水？

这还要从贵州的地形地貌说起。因喀斯特岩溶地貌发育，峰林、槽谷、漏斗、洞穴广布各地，蓄水难，保水更难，大多数的流水沿着地下暗河直接混入大河中。贵州境内的河流多为雨型河流，由雨水来补给河流水量，河水主要来源是地面径流，约占四分之三。加上水利基础设施欠账严重，水资源开发利用率不足10%，工程性缺水突出，"水贫困"长期困扰着山区百姓。

近几十年来，贵州大兴水利建设，实施大中小型水库建设、"渴望工程"、"农村饮水安全工程"等，极大缓解了人饮和农田灌溉问题，但一些偏远地区，仍被水源"卡脖子"。

1.苦涩的"望天水"

民以食为天，食以水为先。在贵州很多地方，由于缺少饮用水源，村民们只能将房顶上的雨水引入小水窖沉淀饮用。这种水被称为"房盖水""望天水"，水量少，水质差，遇到干旱，连水都没有。

2015年7月，笔者在步行前往黔南州长顺县敦操乡打召村川洞组的路上看见，村民罗小满家屋顶上用砖砌起一个高约10厘米的浅水池用来蓄积

在贵州麻山地区，未实施易地搬迁前，很多群众只能喝"望天水"（2010年3月 杨洪涛 摄）

雨水，一根塑料管连接着旁边一个容量约30立方米的露天水池。由于很久没有下雨，水池里的水已经所剩不多。

随行的当地乡干部说，由于没有水源，当地村民都用小水窖或者小水池积储雨水。那时候，仍住在瓦木结构房子的村民用竹竿饮水，把粗一点的竹竿从中间一劈两半，斜立在瓦檐处，将水引到池中，水池中的水都是死水，水质略有发黄，上面还漂浮着一些树叶，水池底沉淀了一层泥浆，水质看上去很差。

贞丰县者相镇60多岁的退休教师龚长能，至今难忘小时候挑水的经历：

> 每年农历的二三月间，是村民们最难熬的枯水季节。从能挑一担水的时候开始，龚长能就承担起给全家人供水的职责。天不亮就出门，挑着一对空桶到村子周围的水井找水。最刻骨铭心的

一次是，几乎舀遍了所有的水井，直到下午5点多钟，才挑得一担水回家。

历尽千辛万苦取来的水，自然万分珍惜，每一滴水都要最大化地利用：先洗手、洗脸，再洗脚，澄清之后再用来喂牲口。为了节约用水，家里的大人，会反复告知孩子用水的顺序。

在贵州，与龚长能年龄相仿的那一代人对背水、挑水的印象深刻。好客的山民们家里来了贵客，宁愿酒肉款待，却不愿意给客人多喝一杯水。这听上去虽然有点夸张，但充分说明了水的弥足珍贵，尤其是那些没有劳动力的人家，找水和挑水甚至成了天大的难事。

2.绝壁凿"天渠"

为了吃水，勤劳勇敢的山民们在喀斯特王国的大山里凿出一条条"天河"。

黔北深处，多为喀斯特地质。如今，时代楷模、遵义市播州区平正乡团结村老支书黄大发绝壁修"天渠"的故事已被传为佳话，他也被老百姓亲切地称为"当代愚公"。

黄大发居住的地方以前叫草王坝，海拔1250米，山高岩陡，雨水落地，就顺着空洞和石头缝流走，根本留不下来。

20世纪90年代以前，村里人去最近的水源地挑水，必须来回走两个小时，争水打架的事情时有发生，连"牛脚窝水"村民都要收集起来。

村民用水，第一遍淘米洗菜，第二遍洗脸洗脚，第三遍喂猪喂牛。县里的干部来草王坝考察，村民递过来的水杯里，满是浑黄。

因为缺水，当地只能种一些耐旱的苞谷。把苞谷粒炒熟去皮，再磨成粉；苞谷面蒸熟后，就成了当地人餐桌上的主食。这样做出来的饭难以下咽，在喉咙里直打转转。

没有水，别说发展产业，村民连温饱问题都不能解决，一些家庭甚至连吃盐都需要赊账。

对于贫穷，黄大发比别人有着更深刻的体会。

几岁时，母亲就去世；父亲抽大烟，败光了家中房屋和田地后撒手人寰。13岁，黄大发便成了孤儿，滚草窝，吃百家饭长大。

对于摆脱贫困，他有着比别人更强的决心。

"穷就穷在水上，一定要想法通上水，让大家吃上米饭。"1958年当选草王坝大队大队长那年，黄大发下了决心。

草王坝村几面大山的背后是螺丝水河。20世纪60年代开始，由当地

公社牵头，草王坝大队、健康大队、胜利大队共同开建"红旗大沟"，想引来稳定的水源。黄大发任指挥长。从开工修建主渠，到所有支渠完成，前前后后总共花了约3年时间。

修渠期间，黄大发的女儿和孙子相继因病去世。有一年年关将近，黄大发把家里的猪卖掉得了100多元钱，妻子徐开美以为是给女儿买药的钱，结果黄大发拿去买了修渠的炸药。

1994年，水渠的主渠贯通。清粼粼的水，第一次满满当当地流进了草

2017年3月24日，黄大发沿着陡峭的绝壁巡查，清理水渠（刘续　摄）

王坝村，流进了亘古干旱的坡地。村里的孩子们跟着水流跑，村民们捧着清澈的渠水大口大口地喝："真甜啊，真甜！……"

从来没见过黄大发流泪的村民发现，老支书躲在一个角落里，哭了。这眼泪中的滋味，只有他自己心里知道。

1995年，一条跨3个村、10余个村民组，主渠长7200米、支渠长2200米的水渠终于完工。群众以黄大发的名字命名这条渠，叫它"大发渠"。

在那个年代，为了喝上水，类似的开山挖渠的事情比比皆是。比如，在毕节市七星关区生机镇，为将山顶的一处处水源引往山间的村里，前赴后继的当地村民腰挂绳索、手持钢钎錾子，挂在一面面几百米高、刀削般的绝壁上，一锤一炮，硬生生开凿出十条沟渠。

3.壮观"送水图"

在历史上，贵州的春旱和夏旱频繁发生。1951年至1979年间发生较重春旱5年，中旱7年，轻旱11年，大致每隔4年一次重旱，两年一次中

黔北农村玉米已被"烤焦"（2013年7月13日　杨洪涛　摄）

旱。同时，有16年发生了明显的夏旱，其中6年"洗手干"（在夏旱中，一般以6月到7月上旬所发生的干旱叫"洗手干"，意思是水稻刚栽插完毕，洗净手之后所发生的干旱），10年伏旱。

"水在山下流，人在山上愁。"这是贵州不少有水又缺水地方的真实写照。由于严重的工程性缺水，遇到旱灾年份，更是"火上浇油"，更显水的弥足珍贵。

对于很多贵州农村人来说，可能永远忘不了缺水的滋味儿，难以忘怀大旱期间在党委、政府有力组织下的一幕幕送水图、找水图。

急！急！急！盘旋的山道上，成千上万辆车，为山区紧急送水。自2009年7月开始，贵州多地出现了极其罕见的夏秋冬连旱。到2010年3月下旬，贵州88个县（市、区）中，累计出现重旱级别以上的达83个。

在旱灾区走访，视线所及之处，原本是嫩绿初吐的土地、山野，灰茫茫连绵起伏，望不到边。山上的阔叶林早已经枯黄，风一吹，树叶哗啦啦落到地上，即使耐旱松树的松针也变得毫无生机。

在不少极度缺水的村寨，山泉、水窖、山塘甚至小水库都干涸了。地面上，山谷里，深涧里，村民找水的路越来越远，2千米、4千米、6千米、8千米……再也找不到水了。

贵州省委向全省发出抗旱动员令：动员一切力量给旱区特别是山区群众送水！

公路上，草绿色的军车送水车、红色的消防车、环卫部门的洒水车，以及各种满载着桶装水的货车、农用车、挂着水桶的摩托车，一辆又一辆，成千上万辆，向着灾区，向着极度缺水的山区，飞奔而去。

"隔山喊得应，走拢要一天。"山高谷深，在贵州仍不通路或路况很差的村组，要想把水送去，又谈何容易！

在六盘水市的盘州，由板桥镇前往李家湾村，山高路陡弯急，车子走了一半，就再也不能走了，一行人只好下车步行，一个多小时后才进村。

村里的两口山塘塘底早已开裂，小水沟也早已没有了水。镇里的干部说，有一次给村里送水，路险差点翻了车，还有一次车胎爆了，是村民把车推进村的。镇里正在设法另辟一条路送水，再难，也不能让村里断掉保命水。

贵州岩溶地貌发育典型，地下水资源丰富。一场规模空前的紧急地下找水战，也在山山岭岭间打响。

肩负水资源调度利用重任的贵州水利系统，发挥主力军的作用，先后组织全省上万名干部职工奔赴一线，组织应急打井1300多口，建设应急调水工程、"三小"工程、引水工程、调水工程及新辟应急水源1.1万多处，铺设输水管线3600多千米，解决了300多万人口的临时饮水困难。

在缺水的村、村民组，凡能走动的村民，都加入了满山遍野找水的行列。几百米的岩洞，钻过了，无数的岩缝也查看过了，有不少的村就这样找到了宝贵的水。

（四）寝食难安

"茅草房""杈杈房""土坯房"……对于东部发达地区来说，这些早已被列入了多年前的"乡愁"，只能在影视剧里才能看到。而在10多年前的贵州，这些场景依然存在。

在很多山区，贫困群众居住的房屋由于年久失修，坐在家里就能看星星、晒太阳。2008年，一场百年不遇的凝冻灾害袭击贵州，农村房屋倒塌、损坏十分严重。为改善困难群众住房条件，贵州成为全国率先推进农村危房改造的省份。这项旨在让百姓"安居"的工作一直在持续推进。受制于政策、资金等多种原因，时至2015年，在贵州一些偏远山区群众的住房条件仍然未能得到根本性改变。

1.连"家徒四壁"的"壁"都没有

"家徒四壁"这个成语常用来形容贫穷，可在偏远山区有的贫困户家里只有"三壁"，有的甚至连一面严格意义上的"墙壁"都没有。

"针尖大的窟窿能透斗大的风。"黔南布依族苗族自治州荔波县瑶山乡巴平村兰金华的家里，他和母亲住的"杈杈房"已有几十年历史，是用树枝、竹片拼成的，缝隙里抹着些牛粪，寒风和光线从无数孔洞透进来。

贵州省荔波县瑶山乡巴平村弄哄组，66岁的村民蒙二妹站在自家居住的房屋前
（2015年3月22日　陶亮　摄）

　　一盏昏暗的灯泡下，柴草、杂物、简单的农具堆在一起。长年烟火凝成的一条条黑毛絮从房顶、木架上垂下来，摇摇欲坠。角落里篾片围成的两个小窝，就是母子俩的"卧室"。家里更是没有几件像样的家具。

　　有一年，房顶漏雨，兰金华只好到隔壁弟弟家打地铺。弟弟的房子是多年前政府补贴2万元建的砖房，但没有门板，只挡了块竹编的薄片。

　　2."住茅草房、点煤油灯"

　　2015年春，笔者在毕节市纳雍县见到的情景更是令人五味杂陈。

　　当时，纳雍县锅圈岩苗族彝族乡马场村苏奢箐村民组还是一个未通电的苗寨，通往寨子的路还是泥巴路。笔者随机走访了寨子里几户人家，看到他们住的还是茅草房，家里几乎没有值钱的物件。

　　村民杨学伟家的茅草房紧挨着山坡边缘，全家3口人只有1亩多地，只养了4只鸭子。村民杨明远家的茅草房一共只有3间，连块像样的门板都没有，

由于当时没有通电，晚上村民们只能靠点煤油灯照明（2015年3月22日　杨洪涛　摄）

用10多根木头做了栅栏。因为没有电，屋子里黑乎乎的，家里的"床"用砖块充当床腿，几块木板拼成的床板上乱七八糟地放着一些旧衣服。

　　寨子里最好的房子要属村民杨明开家的，3间白墙黑瓦有100平方米大小。走进他家，只见靠墙一侧有一根竹竿，上面挂着用易拉罐做成的煤油灯。

　　"现在还点煤油灯？"

　　"是啊，没电啊！"

　　"家里有几个煤油灯？"

　　"两个，一间屋子一个。"

　　"一天要点几个小时？"

　　"没算过，大概两三个小时吧。主要有时候小孩要做作业用。"

　　"煤油在哪里买的？多少钱一斤？"

　　"现在卖煤油的少了。要走3个小时山路，到隔壁的赫章县才能买到煤油。10块钱一斤，我一般一次买个三四斤。一个月也要'烧掉'50

杨明开的媳妇用簸箕端进来一大堆刚煮熟的土豆（2015年3月22日　杨洪涛　摄）

元。我打听了，这比人家电费还要贵！"

正与杨明开交谈时，杨明开的媳妇用簸箕端进来一大堆刚煮熟的土豆，热情地招呼大家"赶紧趁热吃"。

土豆是这里最常见的主粮，也是唯一能拿得出款待客人的食物，配着土豆吃的是一碗辣椒面。

山里的手机信号不好，打电话时要跑到山坡上信号好的地方，能不能接通电话，完全看运气。由于没有通电，给手机充电也是一大难题。村里用手机的年轻人，都有备用电池，每隔四五天下一次山，到镇上去充电，一次把两块或者三块手机电池的电全充满。

据当地干部讲，为了解决寨子的贫困问题，早在10多年前，当地政府帮他们在山脚下一处平坦的地方修建了移民安置房，但寨子里的人不习惯，没住多久就全部重新搬回去了。如今，这个寨子已经通电、通路，各方面条件大为改善。

（五）"清汤寡水"

"房前屋后堆石头，挖地刨土人当牛。一年辛苦半年饭，从春到冬不见油。"这首令人心酸的山歌，唱出了一些深度贫困偏远山区群众生存的艰难。

1.借鸡待客

月亮山，美丽而富有诗意的名字，但只有亲自踏上这片土地，才能深切体会什么叫美丽背后的与世隔绝。5年前，笔者走进这里时的情景至今历历在目。

当越野车驶在蜿蜒的盘山路时，坐在车上紧系安全带、手握把手，身体依然被摇来甩去，路边就是悬崖，没有任何防护措施。望着车窗外数百米的深渊，悬着的心丝毫不敢放松。

由于路窄弯急，有几次迎面突然出现摩托车，紧急刹车让人惊出一身冷汗；遇到拖拉机、汽车，还要找一个相对宽敞的地方才能错车而过。有的地方道路狭窄、弯道又急，要倒好几次车才能勉强从这悬崖边通过。

当汽车行驶在稍微平直的路段，偷偷瞄一眼远处的山坡，可见十几户、二十几户的寨子挂在半山腰上。

月亮山区从江县加勉乡污生村加堆寨，乡人大代表、51岁的村民组长龙老动的家算是寨子里条件最好的。

进到屋内，首先看到的是一个火塘。煮饭时，用铁三脚架着一个顶罐，架在柴火上。只要一生火，整个屋子烟尘弥漫，熏得眼睛也睁不开。火塘正上方悬空吊着一个竹编的罩子，用来放辣椒、蒜头等食物。由于长期烟熏火燎，罩子上布满了灰尘。他的卧室没有门，只挂了块塑料布，被褥下铺的是一层散乱的稻草。

在屋子角落的一只白色塑料桶里，还存有五六斤猪挂油，就是一家3口改善生活的"美食"了：做饭时切一小块，在锅里擦一擦，就算是有油了。而大部分时间，就是清水煮野菜。

"哥，这只鸡行不？"正在采访时，忽然有个年轻人拎来一只大公鸡，冲着龙老动问。

"有点小，还有大点的吗？"吸着旱烟的龙老动瞟了一眼说道。

"有，我重新抓一只。"

"好，快！"

原来是龙老动要留我们吃晚饭。他家没有鸡，就跟邻居借了一只，准备杀给我们吃。他家两三个月才能吃上一次肉，却要杀鸡给我们吃。谢绝时，笔者的心情实在是难以描述。

加堆寨子里2014年才通电，龙老动那台电视机是全寨19户67口人唯一的电器，不是买的，而是社会捐赠的。

"农闲的时候，几乎每天晚上都有人来家里看电视。少的时候有五六个，多的时候，有十多个。"龙老动说。那时是他家最热闹的时候，"很多人没文化，给他安上电视，他也不会操作。"

龙老动只有小学五年级文化，但已经是寨子里学历最高的人。

2.断油了

龙老动家情况还算好的。如不是亲眼所见，真不敢相信已经到了2015年，还有断油的现象。

在加勉乡别通村，笔者到一户韦姓人家时已经晚上6点半左右，二层木房正中间的灯泡已经亮起，虽然微弱，但外面看上去感觉还是很温馨。当走进房间时，目光所及处，没有一样像样的家具，我的心立马像是被针扎了一样。

屋内只见一名30多岁、头发蓬松、衣着不整的男人在火塘边炒菜，一个三四岁的小男孩守在火塘边，眼巴巴地看着锅里的菜。听到脚步声，两人几乎同时回头看向我，男人目光有些呆滞，男孩眼中则充满了好奇，似乎是我的不约而至打乱了他们的生活，也可能是因为很少有陌生人闯入他们家中。

"老乡，你好！在炒菜哩！"我问。

"嗯。"男人又低下头，好像有点不好意思似的，继续翻炒菜。

"炒的什么菜？"

"蕨菜炒竹笋。"

"咦，怎么没见油花呢？"

"哎，家里没油好几天了。"

"啊？！……"

"那你们粮食够吃吗？"

"也不够，一年要缺三个月的口粮，多亏有政府救济。"

……

听到此，我一时语塞，不知该如何接话。男人似乎看出了我的尴尬，主动跟我搭起话来。

"你是外地的吧？我们这儿穷啊！"

"嗯，是啊，我是从贵阳来的。这是你儿子吗？几岁了？"

"这是我侄子，我没有孩子。"男人看了我一眼，叹了一口气，继续说："我老婆生病，八九年前就死了。我以前有个女儿，3岁时候生病发高烧，没有及时去医院，也没能活下来。我现在也讨不到老婆了。"

交谈中，我环顾屋内的陈设，几乎没有一样值钱的东西。房子全是木头的，已经被烟熏得乌黑。房间大约20平方米，与另一个房间也是用木板隔开的，一盏不太明亮的灯泡挂在这隔板的上方，灯泡上已经附着厚厚一层灰。

我正想继续追问，突然，门外一位弓腰几乎成90度的老奶奶走了进来，用蹩脚的普通话说："吃饭，吃饭。"然后，用苗语和男人叽里咕噜地说了几句。

这时，我才注意到，老奶奶手里端着3个碗、拿着3双筷子。

此时，我的双眼已经模糊。多么淳朴的老乡啊，几乎已经吃不上饭了，还是依然热情地招呼陌生客人吃饭！

（六）"起跑线"失衡

"再苦不能苦孩子，再穷不能穷教育。"教育是阻断贫困代际传递的根本途径，一些极贫地区由于教育的长期、全方位落后，陷入了贫困的恶性循环。

在一些偏远的贫困角落，教育基础设施的落后更令人心忧。

从江县下江镇高坪小学，建在高坪村的山坡上。2015年春，笔者到访时，151个住校生挤在几间活动板房里。其中一间是教室兼寝室，前半部分是课桌，后半部是上下铺。

"叔叔好！"正在课间休息的孩子们七嘴八舌喊道。

"同学们好！"我回应道，然后跟孩子们聊了起来。

"你们几年级了。"

"六年级！"孩子们异口同声回答。

"咦，你们怎么住在教室里呢?"

在乌蒙山区深处，一名小女孩蹲在自家门口写作业（2015年3月　杨洪涛　摄）

教室里顿时安静了下来，女同学们捂着嘴笑。沉默了十多秒钟，班长率先开腔了："宿舍被烧了，我们男生暂时住在这里，新的宿舍楼正在盖呢！"

"你们班有多少个男生？"笔者问。

"12个人。"

"不够睡啊，谁睡这里？"

"抽签！每张床睡2个人，一共可以睡8个人。抽中的，就睡床。抽不中的，就把课桌拼起来当床，在课桌上睡。"

……

即使这样，孩子们却开心地说："现在的住处比原来的宽敞多了。"

2014年，他们住在20世纪70年代建的一座两层木房里，所有男生都睡在课桌上，而60多个女生挤在房顶一个约30平方米的空间里，睡大通铺。2015年1月17日，寒假放假第一天，夜里12点左右木房突然失火了，烧光了全部教室、寝室、食堂。

不幸中的万幸是没有伤到人。

"假如大火早一天烧，孩子还没有放假，并且正是半夜睡觉时……"校长潘学文心有余悸地说。那天晚上的一把火把整个学校都烧光了；在上级部门的支持下，学校已经重新规划选址修建，孩子们暂时住在板房里。

"寒门难出贵子"现象在极贫地区尤为突出。以从江县加勉乡为例，全乡总人口约8000人，2012年、2013年考上二本以上的学生分别只有8人、2人，2014年则一个也没有；经过当地干部多次反复动员，才有8个学生去读了大专。

（七）"最后一根稻草"

有句俗语叫"贵州落雨如过冬"，意思是在贵州大山深处，出太阳时候，很暖和；但一旦下雨，气温就骤降，潮湿阴冷，感觉到彻骨的寒气。

2015年的阳春三月，笔者走进从江县宰便镇引略村，正值阴雨连绵，

2009年6月，吴开珠在家门口的台阶上刻下了"荣华富贵　幸福生活"（2015年3月26日
杨洪涛　摄）

切实体验到了"过冬"的感觉。

在引略村吴开珠家里，黑乎乎的房间里生着苗族特有的火塘，屋内烟雾缭绕。吴开珠外出割草了，他的妻子、母亲、2个儿子围在火塘旁烤火。

"疾病猛于虎。"吴开珠的妻子说。最近几年，她几乎肝肠寸断，三个"重病号"把这个家都快压垮了。

他家大儿子患有先天性精神病，有人带着还能干点简单的农活儿，要是没人看着，一溜烟儿就走丢了；小儿子有智力残疾，生活不能自理，饭送到嘴边都不会吃。

养家糊口、照顾年迈老人的担子，落在吴开珠夫妻俩肩上。养猪、养牛、租种别人的水田，加上政府的低保等各种救助，尽管不富裕，但日子过得还算安稳。一座简陋的木屋，被他们收拾得相对干净整洁。

谁知，2014年春天插秧时，他妻子突发脑溢血，一头栽倒在水田里……

给妻子治病，他前后花了10万多元，跟亲友借，从信用社贷，拆东墙补西墙，还有7万元没还上，每个季度光是银行利息就要还2000多元。政府给他两个儿子发低保金，每个季度2000多元，基本上两相抵消。

正在交谈时，吴开珠从外面割草回来。外面正下着雨，他的裤脚、绿胶鞋却连个泥点都没溅上，一看这是个干活爽利的人。

可债怎么还？他挠着花白的头发，苦笑。

出门告别时，我突然发现他家门前台阶上刻着一行字，是几年前趁着水泥未干，他用手指头划上去的，写得工工整整。

仔细看，竟然是"荣华富贵，幸福生活"。

在步履蹒跚的发展中，贵州仍然存在很多极贫地区，这是不争的事实。来自官方的数据，更令人心焦：

> 截至2015年底，贵州省仍有493万农村贫困人口，贫困人口数量排在全国第一位，占全国8.77%；全省共有66个贫困县、190个贫困乡、9000多个贫困村。贵州全省9个市（州）均存在不同程度的贫困人口，部分市（州）贫困人口总量比东部一些发达省份全省总的贫困人口还要多。

由于财力有限，国家相应的政策支持也有限，生态移民的规模不够大，贵州仍然有相当数量的贫困群众，仍居住在环境日益恶化、不具备生存条件的高山深谷地区，遭受着贫穷的折磨……

有人说贵州的"贵"字，拆开来看，就是"中国的一个宝贝"。既然是"宝贝"，什么时候能过上"吴开珠们"内心向往的"荣华富贵，幸福生活"呢？

≫≫≫≫≫ 世代夙愿

"江南千条水，云贵万重山。五百年后看，云贵胜江南。"明朝初年的政治家、军事家刘伯温曾经如此说。

时间拨至2015年，贵州面临的脱贫形势仍是"三艰"状态：

艰难！全省还有9000个贫困村、493万贫困人口，贫困人口数量排全国第一位。

艰巨！这一年，贵州全省GDP总量刚刚突破1万亿元，一般公共预算收入刚刚突破1500亿元，全省尚有上百万群众生活在"一方水土养不起一方人"的地区，任务艰巨。

艰辛！要不拖全国的后腿，要与全国一道彻底摆脱贫困，要历史性跨越进入小康社会，无论采取什么办法，都必将付出艰辛的努力！

群山漫漫，可以埋藏悲歌和宿命；

漫漫群山，也可以升腾起无尽的梦想和希望！

贵州的脱贫攻坚已经到了攻克最后堡垒的关键阶段，所面对的都是最顽固、经过多轮扶持没有啃下来的硬骨头！贵州省委、省人民政府清醒地意识到，倘若继续沿用常规思路，而不采用创新的、超常规方式方法，难以如期完成脱贫任务。没有任何退路和弹性，只能"背水一战"！

困难，困难，困在家里就难；出路，出路，走出去就有路！

"全国实施易地扶贫搬迁1000万人，着力解决居住在'一方水土养不起一方人'地区贫困人口的脱贫问题。"2015年底，党中央的好政策来了！

在这关键节点上，拥有多年移民经验的贵州，怎么抓住千年等一回的历史机遇？一个意料之外也是情理之中的问题，摆到了贵州决策者们的桌面上：全国搬1000万人，贵州搬多少？怎么个搬法？……

一场前无古人、承载着上百万人夙愿的千秋壮举由此拉开序幕。

一、村寨"消失"

云雾镇，位于黔南布依族苗族自治州贵定县最南端，距离县城50多千米，因境内的云雾山而得名。

俗话说，高山云雾产好茶。云雾山上出产的云雾茶早在盛唐时期已成为贡茶珍品，清朝时期成为全国八大名茶之一。史料中有"黔省各属皆产茶，贵定云雾山最有名""云雾茶为贵州之冠，岁以充贡，苗家以茶为生业"之类的记载。

然而，多年过去了，并非所有住在云雾镇的人都靠种茶过上了好日子。号称"贵定县的青藏高原"的云雾镇关口村直至2016年还是一个深度贫困村。

这一年的7月9日，对于很多人来说，只是一个普通的日子，但对于关口村腰箩滩寨人来说，却是终生难忘。

随着最后一根房梁的倒塌，居住了几十年的老屋瞬间成了一片废墟。

站在尘土飞扬的屋基前，村民岑光宗刚才还故作轻松的神情消失了，眼里噙满了泪水。

"岑家在这片山坳里，住了几辈子了，一直渴望搬出去。今天终于搬了，反而有点舍不得。再想看老屋的样子，只能看照片了……"岑光宗喃喃自语。

破瓦组的4个寨子被列入县里首批易地扶贫搬迁计划，腰箩滩寨的8户

贵州省大方县银川村张正英老人，从旧居搬到了新居后笑逐颜开（资料图）

人家最先行动，按照搬迁协议，7月5日搬家，7月9日拆除旧房。

7月9日这天早上，很多村民像他一样，天还没亮，就从30千米外的云雾镇安置点抄小路赶回老家，就为了再看一眼祖祖辈辈居住的老屋。对于这8户人家来说，拆除的不仅仅是旧房，还有多年的乡愁和心灵的寄托。

腰箩滩寨四面环山，进村的山路蜿蜒盘旋、崎岖险峻，一直到2008年寨子里才通上了电，电压有时还不稳定。

2015年，寨子里才修通了一条毛路，但村民们外出办事为了少走10千米的山路，依然选择划船过河，遇到河水上涨十分危险。寨子里曾住着8户40人，其中有32人是贫困人口。村民们靠种地、卖炭为生，每年几乎要占用小半年时间来砍树、烧木炭。

回想起往事，同村村民岑明富十分心酸。

"老家耕地少，只能上山砍柴、烧炭、开荒、种玉米。"他说，"其

腰箩滩寨拆除旧房腾出的宅基地正在复垦复绿中，昔日的"和尚坡"逐渐披上绿装（资料图片，2016年8月18日摄）

实寨子里的人也懂得保护森林、保护生态，也不想砍林烧炭，但生活所迫，没办法啊！除此之外，找不到别的活路。"

"今年砍这片山，明年砍那片山。没过几年，周边的山林都快砍光了。"他边算账边说。为了讨生活，村民们迫于无奈，只能砍树烧成木炭换钱，早些年1个壮劳力每年要砍掉十多亩山林。

不算不知道，一算吓一跳！一年下来，一个村民组破坏林地有几百亩，几年下来累计要砍伐上千亩林地！

即使长年累月这样，砍柴烧炭换来的钱，也仅能勉强填饱肚子，依然不能摆脱贫困。反而因为多年的砍伐，让寨子周围变得"千疮百孔、伤痕累累"——到处是砍柴留下的荒坡、烧炭用的小土窑。

久而久之，寨子周边一个个原本郁郁葱葱的山坡变成了"和尚坡"，寨子里的人也多了一个"卖炭翁"的名号。

"卖炭翁这个名号可不好听。"岑明富说，"我们盼了几辈子，都想搬出去，但哪有那么容易啊！"

日子慢慢流淌着，悄悄翻过了一页又一页。等待多年的机会来了！2016年初，贵定县生态移民局根据省里的搬迁政策，研究决定将他们寨子整体搬到镇上，让他们彻底挪出"穷窝"。

如今，4年过去了，腰箩滩寨及周边"和尚坡"的林木逐渐长大。因为寨子里旧房已经拆除且复垦复绿，人类足迹大量减少，这个寨子所在地与周边的山林逐渐融为一体，远远望去，就像从地图上"消失"一样。

按照贵州易地扶贫搬迁规划，贵州全省像腰箩滩寨这样符合整体搬迁条件的自然村寨有上万个。再过几年，像"腰箩滩寨"这样，贵州全省有10290个自然村寨将从地图上"消失"。

如今，看似合情合理的做法，在当初做决策时，可是大费了一番周折。

在几年前，贵州省新一轮易地扶贫搬迁工作刚启动时，并不是"坚持以自然村寨整体搬迁为主"，而是以建档立卡贫困人口零星搬迁为主。

按照国家政策规定，整体迁出的自然村同步搬迁农户所需建房资金，应由省级及以下政府统筹相关资源、农户自筹资金予以解决。考虑到财力问题，贵州最初在制定易地扶贫搬迁"十三五"规划时，提出搬迁对象全部为建档立卡贫困人口，以户为主零星搬迁，集中安置，以减少自然村搬迁中同步搬迁农户的投入。

这一看似"接地气"的方案，却经不住决策者们的仔细推敲：

"对贵州来说，偏远山区同一个寨子的人生活水平相差大不大？是不是天壤之别？"

"一个村民组中贫困户占多大比例？"

"这些贫困户、非贫困户是怎么认定的？"

"一个村民组是挑贫困户搬还是整组搬？"

"按照现在的政策，贫困户搬走后还有多少户？剩下的三五户非贫困户怎么办？"

"是不是还要给他们继续改善基础设施？还要投入多少钱？通路、通水的成本是多少？"

"计划搬迁的，是不是都愿意？没有列入搬迁计划的，有没有意见？"

"以前水库移民和扶贫生态移民，他们现在生活怎么样？你们研究过没有？"

"怎么个搬法，既能符合贵州实际，又能让老百姓彻底断穷根？"

……

一连串发问，让贵州负责移民搬迁的决策者们陷入深思。上级领导的担心，在彼时的贵州比比皆是。

遵义市播州区保海村茶山组村民罗良刚家有3口人，住在离村委会所在地3.5千米、名为"堰脚"的山头上。偌大的山头，仅他们一家。房屋两间，面积不到50平方米，一间是住房，一间是堆放生产工具的堂屋。不通水、不通电、不通路，生产生活受到严重制约。长期以来，他家照明都是靠点蜡烛。

他的妻子当年第一次去他家时，走到半道就不想去了。当看到他家老房子后，当场就不想和他谈恋爱了。所幸两人感情较好，才坚持下来。房屋因风吹雨打，已是破烂不堪，修修补补，很是简陋，经常外面下大雨、里面下小雨。

据电力部门测算，如果要给他家通电的话，需要9根电杆及线路配套设施，仅此一项就需要十多万元，再加上完善路、水利、通信等基础设施的话，可能需要几百万元。最终，当地党委、政府决定将他家纳入易地扶贫搬迁对象。

"山一家、水一家"是贵州很多农村的特点。从全省范围来看，类似于罗良刚这样居住分散的情况不在少数。

然而，有人也提出了不同观点：根据以往移民搬迁的经验，如果政府大包大揽搬迁，很容易让群众滋生懒惰思想，助长其惰性，很可能会带来不少"后遗症"，给党委、政府留下很大的包袱。

何去何从？

经过多次反复研究讨论后，在贵州省委、省人民政府主要领导的力

航拍贵州毕节黔西县绿化乡湾箐村的一处寨子（2016年9月12日　刘续　摄）

推下，易地扶贫搬迁决策者们初步达成一致：与全国相比，贵州的整体水平已经落后很多，广大农村群众居住非常分散，山区村寨规模相对较小，并且建档立卡贫困户与非贫困户之间的收入差距并不大，把建档立卡贫困户搬出来后，剩下的非贫困户生活水平仍然较低，仍然存在返贫风险。与其花钱给非贫困户改善基础设施，还不如把他们一起搬出来。要从实际出发，以自然村寨为重点实施整村搬迁，在2016、2017年优先搬迁最贫困的自然村寨。

自此，以自然村寨搬迁为主提上议事日程。

2016年1月12日，贵州省人民政府印发《贵州省2016年易地扶贫搬迁工程实施方案》，明确以自然村寨整体搬迁为主正式"落地"，明确易地扶贫搬迁对象为"一方水土养不起一方人"地方的建档立卡贫困人口，以50户以下、贫困发生率50%以上（后来，根据脱贫攻坚形势需要，深度贫困地区新增的搬迁自然村寨贫困发生率20%，以及"组组通"难以覆盖的自然村寨）的自然村寨整体搬迁为主。

贵州也成为全国率先实施以自然村寨整体搬迁为主的省份。

二、"192万"出炉记

搬迁对象解决了，搬多少合适？千载难逢的机遇转瞬即逝，更不可能重来，必须科学决策、慎之又慎。

据贵州省生态移民局主要负责同志介绍，全省易地扶贫搬迁规模的确定，是经过四轮自下而上、逐县逐乡逐村逐户开展精准识别排查确定的。早在2012年，贵州省发展改革委委托有关部门和专家通过逐县摸底调查，编制了《贵州省扶贫生态移民工程规划（2012—2020年）》，并经中国国际工程咨询公司审查评估，规划实施的扶贫生态移民规模为47.71万户204.3万人。2012年至2015年，贵州已实施扶贫生态移民54.92万人。

2015年11月，《中共中央国务院关于打赢脱贫攻坚战的决定》印发后，贵州先后组织了四轮搬迁对象排查核定，逐县逐乡逐村逐户开展精准识别工作，自下而上锁定搬迁对象和搬迁规模。

2015年12月，以"整村搬迁"为重点实施第一轮排查。全省以县为单位，组织干部对"一方水土养不起一方人"地方的自然村寨进行了全面排查，此轮共排查出需要整体搬迁的自然村寨18231个。

2016年2—3月，以"问题"为导向进行第二轮排查。此轮排查是为解决首轮排查中，由于政策和标准不够明确具体而存在搬迁规模不合理、搬迁对象不够精准问题。根据当时要求，以"一方水土养不起一方人"地方为前提条件，以扶贫部门最新建档立卡贫困人口为基础，界定了5个迁出地区域条件、5个搬迁家庭个体条件，各县组织县、乡、村干部，分乡、分村、分片深入基层和贫困户家庭调查了解，按照11个程序进行搬迁对象识别和登记。此轮排查，全省共识别出搬迁对象43.9万户177万人，其中建档立卡贫困人口36.98万户147.59万人。

2016年3月，笔者曾跟随贵州省移民系统调查组同志，到武陵山区铜仁市一个贫困县下乡入户，亲历了他们是如何确定整体搬迁的寨子和搬迁人口的。

那是一个阴雨天。从县城出发，先是走约半小时的高速路，下高速路后，接着转县道、乡道又走了近一个小时。在一处可以看到拟整体搬迁村寨的高坡上，调查组与乡镇、村里的干部交流起了这个村寨的情况。

"您看前面这个寨子，总共有38户，第一轮摸排下来，同意或有搬迁意愿的有36户，还有2户家里有国家干部，不符合搬迁条件。"

"这个寨子达到'双50'标准了吗？"

"达到了。整个寨子只有36户，是50户以下；有20户是贫困户，贫困发生率为72%。我们认为这里属于'一方水土养不起一方人'的地方。比如说这里的路，今天我们都感受到了，从县城来先走高速路，再走水泥路，现在我们走的是碎石路，再往前就没有路了，要入户，就只能步行了。还有，这里的手机信号也不稳定，断断续续的，电话经常打不通。"

"全乡类似这样的寨子有多少？"

"全乡有18个村，2万多人口，有建档立卡贫困户四千多人，整体贫困发生率超过20%。去年底，根据省里要求，乡里组织干部与村组干部一起对120多个自然村寨进行了排查，目前有4个寨子符合整体搬迁条件。"

"这4个寨子是什么情况？"

"这几个寨子条件都很差，人数多的有30来户，少的有20来户。"

"你们县是贫困县，从乡里整体来看，贫困发生率不低，农村人口这么多，符合条件的应该不止4个寨子吧？"

"我们是完全按照政策要求排查的啊！"

"你们对自然村寨是怎么理解的？"

"一个村民组就是一个自然村寨啊。"

"不一定啊！"调查组的同志深情地说，"贵州山多地少，山势切割大，居住分散，山一家、水一家的，有的地方一个小山头住着10多户，有的地方一个小山坳住着七八家，条件都很恶劣；有的还被专家认定为是不适合人类居住的地方。只要几户人家相对集中居住的，都应算作一个自然村寨。比如，有一个寨子只有15户，其中有8家是贫困户，就达到省里规定的'双50标准'了，如果这个寨子水、电、路以及通信等都很差，自然条件也恶劣，就应初步判定为可以实施整体搬迁……"

乡里、村里的干部们若有所思，不时点头。调查组接着又开始普及"整寨搬迁"的初衷：

为什么省里决定要实施整寨搬迁呢？这是根据贵州的实际情况决定的，坚持自然村寨整体搬迁兼顾全局，利于长远。整寨搬迁有这么几个方面的好处。首先，人是群居动物，一个寨子整体搬迁，居住环境改善了，但不会改变寨子的社会关系，减少了搬迁群众"人生地不熟"的陌生感，适应新生活会相对容易一些，也最大限度地保持了原有的邻里关系和社会网络。

第二，有利于形成规模效应。如果一个寨子有的搬迁了，有的没有搬迁，那么承包地、复垦的宅基地等就可能会有"插花式"种植方式存在，而寨子整体搬迁了，充分减轻了迁出地环境的承载压力，土地就能连成片，便于进一步盘活、开发利用。

第三，按照规定，整体迁出的自然村寨同步搬迁农户所需建房资金，应由省级及以下政府统筹相关资源、农户自筹资金解决。建档立卡贫困户搬迁所需费用的"大头"由政府出。但贵州还是坚持实施整寨搬迁，有一个重要原因就是，易地扶贫搬迁资金由省级统筹，非贫困户虽然要出一部分费用，但相对能承担得起。

2016年4—5月，按照"不留死角"的要求，进行了第三轮核查核实。根据全国精准扶贫建档立卡工作座谈会精神和全国易地扶贫搬迁工作推进会要求，贵州又组织了全省易地扶贫搬迁人口识别工作"回头看"工作，力求做到搬迁对象信息准确完整、真实可靠、群众公认、规模合理。

在三轮识别和核查的基础上，核定贵州省"十三五"易地扶贫搬迁人口162.5万人，其中建档立卡贫困人口130.37万人；自然村寨整体搬迁7654个，涉及同步搬迁非贫困人口32.13万人。

2016年9月，国家发改委《关于印发全国"十三五"易地扶贫搬迁规划的通知》核定贵州省易地扶贫搬迁规模为建档立卡贫困人口130万人。

2017年6月，中央召开深度贫困地区脱贫攻坚座谈会。为深入贯彻会议精神，贵州省政府研究印发了《贵州省人民政府办公厅关于认真调查核实新增易地扶贫搬迁人口的通知》，聚焦14个深度贫困县、20个极贫乡镇和2760个深度贫困村，全面开展需要新增的搬迁对象调查核实工作，确保"该搬的一户不少、不该搬的一个不进"。此轮排查，全省新增易地扶贫搬迁建档立卡贫困人口19.4万人。

根据《关于调整下达贵州省"十三五"易地扶贫搬迁项目和计划任务的通知》（黔迁指发〔2018〕20号），全省"十三五"易地扶贫搬迁规划实施总规模为188万人。后来，恒大集团援建毕节市实施易地扶贫搬迁4万人，贵州实际完成搬迁192万人。

192万，这不是一个简单的数字，其背后是几十万个家庭的命运，更凝聚了数万名基层干部的心血。

三、谋定而动

"吃愁穿愁睡也愁，脑壳垫个木枕头；苞谷壳里过冬夜，火塘坑里烟瞅瞅。""土如珍珠，水贵如油，漫山遍野大石头。"这两首流传的民谣，道出了武陵山区恶劣的生存环境，贫困"代际传递"多年来难以改变。

怎么能在短时间内摆脱这种困境？如果采取城镇化安置方式，势必会遇到很多难以想象的困难。如果采取就近安置，毫无疑问，安置成本低、安置速度快，群众工作好做，更容易完成任务。

搬到哪儿才能改变贫困"代际传递"？是搬到条件好一点的农村，还是一步到位搬到城镇？

一般而言，城镇化是指随着工业化发展，非农产业不断向城镇集聚，从而人口向城镇集中、乡村地域向城镇地域转化、城镇数量和规模不断扩大、城镇生活方式和城镇文明不断向农村传播扩散的过程。

实际上，贵州新一轮易地扶贫搬迁安置方式，经历了从"城镇化安置和农村安置相结合"，到"城镇安置为主、中心村安置为辅"，再到"全部城镇化集中安置"的演变。贵州结合本省实际情况，从群众长远利益出发，不断总结经验教训，进而做出了最理性选择。

2015年7月，贵州财经大学、中国减贫与发展研究院联合开展的第三方评估报告《贵州省扶贫生态移民工程实施效果评估（2012—2014年）》显示，城镇化安置与农村安置相比，移民生产生活条件明显改善，就业机会明显增多，且移民户安置地距离县城越近，移民家庭收入一般也越高。

为进一步论证易地扶贫搬迁不同安置方式对搬迁成效的影响，贵州省生态移民局选取了贵州1997—2000年、2001—2010年、2012—2015年3个时期6个易地扶贫搬迁项目，每个时期城镇、农村安置点各1个，进行了不同安置方式成效的对比调查。

调研组查阅了大量资料和档案，并实地调查了紫云县猫营镇沙子关、板当镇洞口村、格凸河镇格井村、坝羊镇五星村和西秀区蔡官镇6个安置点。通过综合比较不同安置方式搬迁群众的生产生活、脱贫发展、子女教育和心态意识等状况，得出的主要结论是：搬比不搬好，搬到城镇比搬到农村好！

从调研结果看，搬迁到城集镇的，安置更加稳定，发展潜力更足，脱贫效果更好。与农村安置相比，更能实现"搬得出、稳得住、逐步能致富"的目标。主要体现在以下几方面：

首先，城镇安置的脱贫率远高于农村安置，脱贫成效更明显。3个集镇安置点共搬迁安置229户，2015年开展贫困人口识别时有建档立卡贫困人口3户，占1.3%；3个农村安置点共搬迁安置89户，2015年有建档立卡贫困人口17户，占19.1%。城镇安置的建档立卡贫困人口比例比农村安置的低18个百分点，而且主要是因残、因病、因学而致贫。

第二，城镇安置返迁率低于农村安置，城镇安置更加"稳得住"。6个安置点318户中，共有56户返迁，返迁率为17.6%。不同安置方式的返迁率存在明显差异，农村安置尤其是"山上搬山腰、山腰搬山下、这村搬那村"就近搬迁安置的，返迁率较高。

其中，3个城镇安置点229户中仅有3户返迁，返迁率为1.3%；3个农村安置点89户中有53户返迁，返迁率为59.5%。总的来看，农村安置的返迁率比城镇安置的高58个百分点。

返迁问题在就近安置的农村安置点更突出。主要原因是，在本村内由一个组搬到另一个组，搬迁农户继续耕种原有土地，由于居住地和土地之间距离较远，为了耕种方便，农户大多选择搬回老家。返迁回老家表面上看，是为了方便耕种原有土地，但从根本上来说，还是因为安置点选址不合理，没有从根本上解决搬迁群众的生存发展问题。

"这里没有田地种，撒泡尿都是浇在人家的地上。"格凸河镇一位移民户说，"搬来了5户，有3户都搬回去了。"从农村搬到农村，虽然居住条件有所改善，但生产条件还是一样，既没有土地耕种，又没有产业和就业渠道，如不能外出打工，就只能返回老家种地。

2000年，启动"西电东送"工程时，贵州水库移民搬迁仍然以"后靠安置"和"外迁农村安置"为主，越来越大的搬迁规模，致使可调剂利用土地越来越少，因此安置工作越来越困难。

2006年和2007年，国家发展改革委在对"十五"时期易地扶贫搬迁试点工作进行总结时发现，贵州土地后备资源总量在西部各省中最少，如果继续采取农村安置方式，"十一五"时期将有80%以上的搬迁群众将无法落实土地。

第三，城镇安置住房条件明显改善，房产增值收益明显。1997—2004年搬迁的4个安置点涉及109户，其中54户已经重修了住房，占49.5%。2012年之后搬迁的2个安置点，因入住时间短，仅有1户在重修住房。

从不同安置方式来看，由于收入水平不一样，城镇安置的移民，重修住房的数量和质量都明显高于农村安置。重修住房的54户中，有48户为城镇安置的猫营镇沙子关和大庆安置点移民，占88.9%，且新修住房均为砖混结构，户均200平方米以上，新房的装修装潢水平也较好；农村安置的仅有6户重修住房，占11.1%，其中格井村上格井组的搬迁户中，没有1户新修住房。

在城镇安置还有一个突出优势，就是房产能得到稳定增值。西秀区蔡官镇安置点与镇政府相邻，距安顺城区12公里，交通便利；安置点毗邻西秀区产业园区，附近建有安顺机械工业学校，配套设施比较齐全，房产增值明显。当时安置房的造价为每平方米1000元，2017年市场价格已经是2500元以上，五年时间搬迁户的住房资产就已翻倍。

第四，城镇安置的基础设施变化大，居住和生活条件改善更加明显。由于贵州工业化、城镇化战略的实施，城镇发展加快，基础设施和公共服务设施发生了重大变化。搬迁到城镇的，生产生活条件得到了明显改变，公共服务水平明显提升，获得感和幸福感更高。

以2012年同期搬迁的蔡官镇长山安置点和坝羊镇五星村安置点为例，短短五年时间，蔡官镇已与安顺市区同城化，连为一体，搬迁移民已和城区居民一样享有平等的公共服务资源。而五星村农村安置点，周围未新建任何配套设施，因后来"组组通三年行动计划"的实施，才实现通组路硬化。

第五，城镇安置的更加重视子女教育，子女受教育水平更高。调研组在对不同安置方式的移民走访座谈中，感触最深的是对于子女教育的态度、观念以及子女接受教育水平的明显差异。

猫营镇两个城镇安置点中，1997年的沙子关安置点17户移民中，有7人考取大学；2004年的大庆安置点45户移民中，有14个移民子女考上大学。相比之下，同样从宗地、大营乡迁出，安置在板当镇洞口村的移民户，没有一个孩子读到高中，最多读完初中就外出务工了。

其他几个农村安置点也是如此。格井村和五星村安置点，不仅是移民，本地居民里都没有读高中的。城镇安置的家长对于子女教育更加重视、更愿意投入。猫营镇沙子关安置点一位移民群众说："我们来到这里，都希望好好供娃娃读书，以后才有好出路。"

第六，就业落实方面，无论是安置在农村，还是安置在城镇，大部分搬迁户都是以外出务工为主要收入来源，但是安置区域会影响到移民的就业形式以及就业的稳定性。总的来说，城镇安置的本地就业机会更多、就业组织化程度相对较高、能人带动效应更明显，使得移民的就业更加稳定，抗风险能力也更高。

根据调研结果，安置点选择对于安置成效的影响是复合性的，安置地基础设施越完善、交通条件越方便、搬迁农户就越容易转移就业，越能在安置点稳定居住下来，从而不容易返迁；安置地就医、就学等公共服务设施水平越高，孩子接受的教育资源就越好，家长的思想也会越开放，人口整体素质也会越高。

因此，安置到城镇不单单是改善人居环境，而是全方位地改变了贫困人口的生产生活条件和思想观念，影响的不仅是一代人，而是几代人的命运。

城镇，通常指以非农业人口为主，具有一定规模工商业的居民点。城镇有一定产业支撑，有较好的发展条件，可以让群众搬离穷山恶水，在城市扎根落户，脱胎换骨，长久发展致富。于是，基于综合研判，2016年初，贵州提出了"城镇安置为主、中心村安置为辅"的安置方案。

搬迁只是手段，脱贫才是目的。贵州省委、省人民政府，以及省生态移民局负责人在多次调研中发现，由于在中心村安置要比在城镇安置难度小，中心村安置规模数量难以控制，加上有的安置点选址不科学，存在"为搬迁而搬迁"现象，很可能会导致出现"搬迁了，但没脱贫"现象。

2016年春，笔者跟随贵州省移民系统调研指导组干部一行，白天调研拟迁出地、安置点，晚上开会研究，发现了前期规划不当、安置点选择不合理的情况，也切身体会到这一工作的不容易。

比如，在贵州北部贫困县的一个山区乡，全乡有4000余户1.4万余人，其中有8000余人生活在交通不便的地方。该乡镇经过排查，准备在乡政府所在地附近规划一片地作为易地扶贫搬迁安置区。以下是调研指导组与当地乡干部的对话：

"请乡长介绍一下这个安置点的情况。"

"我们这个安置点已经开始动工了，一期准备安置贫困户119户522人，其中包括3个整体搬迁的自然寨。"

"搬出来后，群众怎么生活？"

"我们摸过底了，有183个劳动力，其中有103个在县内打工，有47个在县外去打工了，剩下的在家务农。我们准备设立公益性岗位，建安置房的时候，配套修一百来个门面，到时候每户一个门面，做生意解决收入问题。"

"乡政府所在地有多少人口？"

"大约2200人。"

"这里赶场吗？"

"赶啊！五天一次。"

"除了乡政府所在地，还有没有其他赶场的地方？"

"还有几个。"

"门面收租金吗？准备收多少？测算过没有？"

"根据面积大小，一年的租金准备定在6000元至8000元之间。"

"从经济学上来讲，一个区域如果人流量达不到1万人的规模，商贸就很难活跃起来。那么问题来了，乡政府所在地的人口只有2000多人，这里交通不便，加上流动人口也不会超过5000人，人流量有限，并且乡里还有几个赶场的地方。修建的100多个门面会不会有生意？商业按8%的利润算，加上每年6000元的租金，1个门面一年的营业额要多少才能不亏本？仅靠1个门面能不能确保脱贫增收？……"

一连串的发问，让当地乡干部满脸通红，一时语塞。

"大家一定要认清形势，不要讲概念性、虚的东西，要实实在在。"调研指导组一位干部不留情面地说，"坦白讲，以前实施的扶贫生态移民工程因为成本高，需要老百姓自己出不少钱。"

在一些拉美国家推进农业人口市民化中，因人口转移在先，就业支撑不足，进而导致大量"贫民窟"现象。新一轮易地扶贫搬迁不能"先盖好了房子再去找人"，而是要以产业确定搬迁对象、以就业岗位确定搬迁对象，所涉及的每一户都要精准，先落实好以后的出路，然后动员搬迁。

这位干部继续说，安置点选择和规划时，要做好就业市场与搬迁劳动力"双向调查"，根据安置地可就业岗位和可脱贫产业，合理确定安置点建设规模，有多少就业岗位就安置多少人，要以能提供的"就业岗位"来倒推。

比如，这个安置点要安置119户，就要按照1户1.5个劳动力来考虑就业岗位；这样的话，至少安置点要能提供大约180个就业岗位。同时，这些岗位还必须得考虑"人岗匹配"的情况，50岁以上的人可以考虑小区的保洁员、保安、日常维修工等岗位；50岁以下的人，有多少人一定是要外出务工的，有多少人是可以在安置区租门面做生意的，有多少人是通过培训后可以到附近产业园区上班的，这些都要落实到每一个人头上。

在当天晚上的研讨会上，这个县里四大班子负责人，扶贫、发改、教育等相关部门以及部分乡镇主要负责人齐聚一堂。调研指导组的同志对这个县的易地扶贫搬迁工作进行了全面分析、点评：

> 今天我们一起看了几个点，刚才也听了县委领导整体上的汇报。总体感觉是五句话：领导重视、部署全面、组织有力、推进有序，还有一句就比较难听一点，那就是"经不起查"！

调研指导组组长的开场白，让全县的干部冒出一身冷汗，偌大的会议室顿时鸦雀无声，静得掉一根针都能听见。

这位组长继续说：

> 省里扶贫工作会和易地扶贫搬迁工作会召开后，县委、县政府特别是主要领导高度重视这项工作，及时召开会议进行了全面安排部署，而且垫资3000万元来启动2016年项目，对移民部门给予了专项工作经费，并且从扶贫、住建、发改等部门抽调了干部一起来做移民工作，出台了相关的工作方案。乡镇的党委、政府也是高度重视的，涉及的安置点，都按时进行了启动，有的还超前启动、超前谋划。部署全面。按照省委、省政府及易地扶贫搬迁指挥部要求，对每一个环节的工作都进行了部署，有思路、有措施、有责任单位，一步都没有落下。组织有力。县委、县政府真正把易地扶贫搬迁作为脱贫攻坚战中的关键之战来打，作为难中之难来打，提供了强有力的组织保障。涉及的相关党委、政府也真正当作当前的一项重要工作来抓。推进有序。都按照人口识别、调查摸底、规划涉及、征地拆迁、开工建设，一步一步推

进，这些都做得非常好。

但有一点，就是"经不起推敲、经不起查！"第一个表现就是，2015年11月份，省政府下达了紧急通知，要求对所有自然村寨进行全面摸底调查，我了解下来，各个乡镇也去摸了、也去排了，但是没有当作一回事，没引起足够的重视，导致现在上报的数据出了问题，事实上就是"走了过场"。这一次的识别，乡镇、村一级是真正出了力、动了真，但反映出的问题与我们的出发点不一致，说明我们的工作还没有做到位。这一次的识别，目的是什么？你们搞明白了没有？

政策的学习和把握上，你们搞精准了没有？这一次易地扶贫搬迁，中央的政策很明确，搬迁对象是居住在"一方水土养不起一方人"地方的建档立卡贫困人口，省委、省政府在贯彻落实时提出"以自然村寨整体搬迁为重点"，对整体搬迁的自然村寨中需要同步搬迁的非贫困户，也纳入易地搬迁的范围。也就是说，搬迁对象主要是两部分：一是建档立卡贫困户，二是整体搬迁自然村寨中需要同步搬迁的非贫困户。除此之外，所有的其他非贫困户都不能纳入易地扶贫搬迁范围，谁纳进来，就审计谁、处分谁！可是，你们这个县冒出来将近1万人的非贫困户。不是你想当然认为哪一户是"地质灾害户"，哪一户可以纳入进来就随便纳入搬迁范围。

同志们，要认清形势啊！当前，我们正在从过去的"扶贫生态移民"向"新一轮易地扶贫搬迁"转变和过渡中。过去的惯性思维、方法还在影响着我们，过去的老经验还在影响着我们。现在之所以出现这样、那样的问题，根本原因就是没有认真研究国家新一轮易地扶贫搬迁的政策，还在按照过去传统的思维思考、处理问题，还在按过去的老经验办事。这两者的政策有很大的区别。

实事求是说，过去扶贫生态移民基本上是先把房子建好，再去找搬迁对象；而现在，易地扶贫搬迁要先落实搬迁对象，搬哪些人要搞清楚。过去的搬迁，我们强调的是"扶贫"和"生态"两个功能，加上当时也没有搞建档立卡台账，所以在贫困户的搬迁比例上没有做硬性的规定；现在，必须要精准，贫困户必须是建档立卡中的贫困户，非贫困户必须是整体搬迁中同步搬迁的非贫困户，其他的非贫困户不能纳入进来。过去的房子，大部分都建得很大，尽管省政府的文件明确"户均面积80—120平方米"，但是因在实施中对房屋的成本造价控制不严，经常会出现超预算的情况，导致成本过高，一些真正的贫困户搬不出来。

今天，我们看的其中一个扶贫生态移民工程的点，宅基地面积160平方米，两层楼，户均建房320平方米，搞下来大概要三四十万元，按照政策，人均补助1.2万元，总共补助4.8万元。这就意味着，搬迁户自己要至少拿出25万元。试问，如果我们易地扶贫搬迁也这么搞，哪一个贫困户能拿得出25万元？要是能拿得出来，就肯定不是贫困户了，一般的农户都拿不出这个钱，搬迁的自然就不是贫困户。

今天我们看的另一个点，宅基地占地面积90平方米，3层楼，总共270平方米，每平方米造价1700元，总造价45.9万元，就算是一个5口之家，人均1.2万元的补助，自己还得出接近40万元。这样的房子，建完了卖给谁？有几个人能拿得起？我们确定这个标准的时候，有没有回过头来为贫困户想一想？

现在的新一轮易地扶贫搬迁，目的是"脱贫致富"，原则是"保基本住房"，底线是"不因搬迁而负债"。如果只把房子搞得大大的，不控制面积，贫困户怎么脱贫致富？本身就是贫困户，房子面积大了后，贫困户拿不出钱来，增加的成本谁来出？让老百姓去贷款？怎么实现"搬迁一户、脱贫一户"？所以，在建房面积上，城镇住房面积人均不超过20平方米，中心村安置的人均不超过25平方米。

在安置方式的确定上，根据本地资源禀赋和条件，结合贫困群众的生产生活习惯，以及本地政府的承受能力，因地制宜确定安置方式。安置方式的确定，要以脱贫为目标。脱贫靠什么呢？要靠就业、增收。安置到城镇，首先要确定能否有足够的就业岗位。贫困户原来在老家的时候，蔬菜自己种、自己吃，粮食自己种、自己吃，猪自己喂、自己吃，来到城镇后，没有土地了，吃棵葱、吃头蒜都要花钱买。所以，这个就业，不是简单的就业，而是高质量的、稳定的就业。不管工业园区，还是农业园区，都必须要实打实摸底统计，到底能提供多少高质量、稳定的就业岗位。如果能拿出100个岗位，按照户均1.5个劳动力，那么最多只能安置60户，如果安置100户，就意味着有40户没有就业岗位。所以，城镇化安置要"精准"，要看有多大就业容量，进而确定搬迁规模，而不是想当然地先把人搬来了，这个地方可能就业，那个地方可以开发。

"所以，从县里写的材料上看，貌似很完美了。但实际上，经不起查。"调查指导组组长说，"新一轮的易地扶贫搬迁，必须要认清形势。"一席话说完，五六十人的会场内笼罩着极其严肃的气氛。

在新一轮易地扶贫搬迁刚启动阶段，类似贵州北部这个县的情况，几乎在全省普遍存在。贵州省委、省人民政府也敏锐地洞察到这些苗头性、倾向性问题，并通过明察暗访形式进行了进一步调研。

2016年8月，贵州省委主要负责人到黔南州两个县调研时发现，有38户分散安置的群众找不到去向了，搬迁后有没有找到工作，也不清楚，存在"放任自由、一搬了之"现象。

2016年11月23日至24日，贵州省委、省人民政府召开全省第三次项目建设暨易地扶贫搬迁现场观摩会，由省委常委和省政府领导带队深入各地全面检查2016年项目实施情况。调研发现，一些地方安置点选址不合理、不科学现象突出；有的地方未系统考虑交通、资源、产业、就业等综合因素，仅仅是从"一座大山"搬到"另一座大山"，其中一个市没有一个安置点布局在资源要素聚集的县城，另一个市除一个县外，安置点全部建在农村。

2016年12月28日，贵州省政府主要领导只带上省移民部门主要负责人轻车简从，在"全省国土云易地扶贫搬迁点分布图"上，随机选取了毕节市黔西县化屋基村安置点进行暗访。暗访发现，移民群众在搬迁后仍以原有耕地为主，并没有找到新的增收路子；同时，搬迁群众子女仍在原住地学校就读，路、水、电、讯等设施也要重新规划布局。

上图：2020年12月23日，在贵州省大方县奢香古镇易地扶贫搬迁安置点，李昌德（中）牵着李思宇（右）和李青怡（左）放学归来（杨文斌 摄）
下图：2018年12月11日，在大方县三元乡河头村，李昌德用背篓背着李青怡、牵着李思宇，冒着严寒去上学（恒大集团提供）

山还是那座山，地还是那块地，人还是那些人，变的仅仅是房子！

据参与初期易地扶贫搬迁安置规划的同志介绍，全省易地扶贫搬迁在制定规划时，提出"以城镇安置与中心村安置相结合，以城镇集中安置为主"，但一些县在具体执行时，基本是按照安置扶贫生态移民的做法进行了细微调整，对县城安置方式考虑得并不多。

"不能为搬迁而搬迁，花费了大量财力、物力，却没有从根本上解决'挪穷窝'问题，安置点选择不能再这样搞下去了，必须要科学合理选择好！"贵州省负责易地扶贫搬迁的主要负责人清醒地意识到这一点。

在进一步调研的基础上，贵州省委、省人民政府研究认为，易地扶贫搬迁必须要把群众当前脱贫与长远发展结合起来，全部实行城镇化集中安置，不再实行中心村或旅游景区安置，不再搞分散安置。各地的安排计划不符合这一要求的，要进行调整。

2017年2月28日，在全省脱贫攻坚春季攻势推进工作电视电话会议上，正式提出"实践证明，只有坚持城镇化集中安置才有出路。贵州省委、省人民政府主要负责人反复强调，执行的政策不再是'城镇化集中安置为主'，没有'为主'两个字，必须进城区、进中心镇，也可以在有就业岗位的产业园区旁边建新城安置。不准搞分散安置，不得农村搬农村。各地的安排计划不符合这个要求的，要进行调整。本地没有安置条件的，鼓励跨市县、跨行政区划安置，往条件好的地方搬迁"。

至此，贵州省易地扶贫搬迁"坚持城镇化集中安置"被固定下来：城镇化是指县城、重点集镇和工业园区，不含旅游景区服务区和中心村；集中是指以安置点为单元集中安置，不得分散安置。

"通过利弊权衡，贵州省委、省人民政府自加压力，选择了这条极具自我挑战的路子。"贵州省生态移民局一位负责同志说。贵州山多地少、人地矛盾突出的省情实际，决定了"农村搬农村"模式不仅难以从根本上实现脱贫发展，还会因挤占安置地资源引发新的矛盾。

尽管城镇化集中安置在投资成本、项目建设、就业脱贫、社会管理和群众动员等方面面临更大的困难和挑战，但能从根本上改变生产生活条

贵州惠水县经开区明田易地扶贫搬迁安置点（2019年2月21日 周远钢 摄）

件、确保稳定脱贫和长远发展，让贫困农民平等享有城市更好的公共服务资源，让孩子与城镇子女站在同一起跑线上，彻底阻断代际贫困传递。贵州的选择充分体现了省委、省政府在贯彻落实中央脱贫攻坚决策部署中的政治担当和"以人民为中心"的发展理念。

四、"粮草"先行

2015年12月2日，贵州省一批易地扶贫搬迁项目在黔南州惠水县集中开工，标志着贵州新一轮易地扶贫搬迁工程启动。从武陵山区到乌蒙山区，从大娄山关到月亮山、雷公山下，一场轰轰烈烈的"建房大会战"拉开了帷幕。

如果在2016年、2017年、2018年，你来贵州的贫困山区，看到的是，各地把易地扶贫搬迁作为决战脱贫攻坚、决胜同步小康的重要抓手，资金省级统贷统还后，移民安置点建设如火如荼，全省仿佛变成了一个"大工地"，有的安置点甚至"一天一个样"。

所谓的"省级统筹"，指的是"省级统贷统还"，是指由省级成立市场化运作的投融资主体，负责筹集管理除中央预算内投资以外的易地扶贫搬迁所需资金，承接用于易地扶贫搬迁的国家专项建设资金、地方政府债券、金融机构贷款，统贷统还融资本息的投融资管理机制。

兵马未动，粮草先行。实施近200万人的易地扶贫搬迁，按照人均6万元匡算，需要上千亿元资金，投融资规模居全国首位。而需要实施易地扶贫搬迁的地方，又多为"吃饭型财政"，如何统筹资金是迫切需要解决的问题。

"贵州省一级把责任扛在肩上，为县级提供充足的'弹药'。"贵州省生态移民局主要负责人说。为破解大规模搬迁资金投入难题，财力十分薄弱的贵州省创新思路，实行省级"统贷统还"投融资机制，依托土地增减挂钩支持政策等渠道还贷，让市、县两级集中精力抓项目建设、抓贫困人口搬迁，不需承担筹资和还款责任。

以往，很多扶贫项目都是中央、省级出一部分资金，县里还要配套一部分资金，贫困县因拿不出配套资金而"忍痛放弃"项目；有的即使得到了项目，也需要花很多的时间精力去"化缘"筹备配套资金。易地扶贫搬迁资金由省级来统筹，解决了贫困县的资金压力，可以让贫困县心无旁骛抓好项目建设。

然而，一开始，贵州实施"统贷统还"运作方式，也并非一帆风顺。

2015年12月，贵州研究组建贵州扶贫开发投融资平台，统一筹集除中央预算内投资外的易地扶贫搬迁资金。国家规定的人均6万元中，中央预算内财政补助人均8000元，其他5.2万元需要地方统筹。在进一步细化方案时，地方通过专项建设基金、地方债务、金融机构长期贷款等方式人均筹集5万元，建档立卡贫困户人均自筹不超过2000元。

对于这一方案，各相关部门在"谁来归还"和"搬迁群众自筹资金标准"问题上一度存在争议：有的认为，省级统一贷款，还款应该按照"惯例"由省级、县级两级来分担；有的认为，建档立卡贫困户人均自筹2000元标准太低，必然财政负担过重。讨论了很久，因意见存在分歧，最终方案迟迟落不了地。

2015年12月29日，贵州省扶贫开发投资有限公司挂牌成立，标志着贵州易地扶贫搬迁统贷统还平台正式运行。经过一段时间运行，2016年5月26日，贵州省政府研究决定，由省扶贫开发投资有限公司作为承贷主体，负责统贷统还全省易地扶贫搬迁资金，从此"一锤定音"。

事实证明，省级"统贷统还"在贵州如此大体量的易地扶贫搬迁中起到了至关重要的作用。截至2018年12月，贵州扶贫开发投资有限公司统筹了803.28亿元专项资金，统还利息18.37亿元，有力保障了资金供给与还息，为体量庞大的易地扶贫搬迁工程提供了充足的"粮草"。

2016年，全国易地扶贫搬迁现场会在贵州召开，贵州易地扶贫搬迁工作得到中央领导的肯定。同年9月20日，国家发展和改革委员会印发了《全国"十三五"易地扶贫搬迁规划》提出，由市场化运作的省级投融资主体按照"统贷统还"模式承接贷款。

自此，中央要求的统贷统还模式率先在贵州得以全面落实。2016年以来，国家发改委要求其他省份严格按照要求落实。

五、"施工队长"

由于第一次实施如此大规模的工程，没有现成的、可借鉴的经验可供参考，大多数地方都是"摸着石头过河"，加上相关的政策不断调整，无数基层干部付出了大量心血。根据基层实际操作的经验，贵州在新一轮易地扶贫搬迁工程建设中，创造性提出了"坚持以县为单位集中建设"的方针。

"这是从实践中总结出来的。"贵州省生态移民局主要负责同志表示。在以往的移民工程建设中，搬迁一般是由乡镇自行组织实施，但新一轮易地扶贫搬迁工程量大、时间紧，乡镇一级缺乏项目管理经验，技术力量薄弱，并且还要花大量时间精力去做动员老百姓搬迁的工作，可能会影响工程质量。同时，从暗访情况看，乡镇负责工程建设的很多技术人员过去基本没有从事过相关工作，存在很大风险。全部实施城镇化集中安置后，在建设方式上坚持以县为单位集中建设，有利于"统规统建、控制成本、保证质量、缩短工期"。

事实证明，这一选择是明智的，也是管用的。

地处黔北地区的遵义市余庆县"十三五"期间易地扶贫搬迁工程规划搬迁安置2000户8003人，这些搬迁对象计划需于2016年底锁定。可是，2016年4月，省里取消了商品房安置方式，加之又取消中心村安置方式，全部往县城集中安置。安置方式的调整让搬迁对象也发生了变动，原计划搬迁农户多数不愿意搬往县城，导致锁定的搬迁对象曾一度不足5000人。

在此背景下，8003人的搬迁任务顿时搁浅，眼看就要遭遇"几乎不可能完成"的壁垒，县里顿时"压力山大"。为此，全县多次召开调度会进行研判，以求群策群力、另辟蹊径。

然而，一开会，就炸了锅，涉及的相关部门纷纷提出了困难。

"移民搬迁牵一发而动全身，群众工作难做，前些年的水库移民大家都经历过，现在这种情况充分说明了这个问题。"

"工程工作量大先不说，房子修好后，真的会有那么多人来住吗？我们的考核是要看搬迁入住率的，过不了关就是自讨苦吃，就是自己给自己挖坑。"

"一下子哪能征用那么多地？搬迁后迁出地的土地盘活利用，也有很大难度。"

"进城后，群众是要吃饭的。这么多人的就业怎么解决？我们就巴掌大的县城，去哪里找这么多岗位？"

"孩子上学怎么办？县城一下子增加好多适龄儿童，难不成都搞成大额班制？"

大家七嘴八舌，讨论来讨论去，都是在讲各种各样的困难，听上去都很有道理。几次会议下来，都没有形成定论。

私下里，有人建议好言劝告身为全县易地扶贫搬迁指挥部办公室主任的田茂国，易地扶贫搬迁要坚持自愿原则，既然客观现实如此，"十三五"期间只搬迁6000人；有人直言"事已至此，别太较真逞能了，别到时候落得个背着磨子唱戏的结局"；还有人建议去市里"请求调整、减少搬迁任务，缓解搬迁压力"……时间一天天过去了，转眼间已经到了2016年10月。

　　长年奋战在脱贫攻坚前沿阵地的田茂国是农民的儿子，并且在全县最贫困的大乌江、关兴两个镇工作过，深知精准扶贫对于贫困地区和贫穷农户意味着什么，更深谙此轮易地扶贫搬迁，对祖祖辈辈身居大山的老乡们意味着什么。

　　假如调减计划成功，只搬迁6000人，各级部门肯定会减轻工作压力，基层干部也不会受到上级问责。但是，2000多个本应享受到政策的贫困对

象，极有可能因此被忽略掉，进而痛失这一搬出大山千载难逢的脱贫机遇。

倘若坚持8003人，无疑还要做大量群众工作，各级部门工作量会翻倍，需要付出呈几何级数增长的时间和精力，甚至可能让一些一线干部产生怨言。

经过一番痛苦的抉择，叩问初心后的田茂国硬着头皮向县委、县政府立下军令状——坚决、按时完成8003人的搬迁任务！这就意味着，剩下的2个月，要准确无误地锁定8003人，并达成搬迁共识，为下一步规模性前往县城安置点打下基础。

大方县易地扶贫搬迁安置点"奢香古镇"全景（贵州省生态移民局　供图）

军令如山！

田茂国曾经在构皮滩电站建设时期从事移民搬迁工作8年，拥有丰富的移民群众工作经验。立下军令状后，他率队再次扎进各乡镇、村、组、户进行宣传，特别是到他曾经工作过的大乌江新场村、关兴镇狮山村、敖溪镇柏林村等贫困村当宣传员。

说破了嘴，跑断了腿。在农户家中、田间地头、村寨院坝、村委会办公室，到处有他的身影；在他的笔记本里，记录的都是贫困户致贫原因、家庭经济来源、劳动力、下一步脱贫措施；在他的脑海里满是贫困对象。

不少贫困户都是在田茂国的真情感召下，"故土难移、穷根难拔"的"坚冰"，终于被一一融化。就这样，从2016年10月开始的两个月时间内，1997户8117人的易地扶贫搬迁对象，被提前顺利锁定。

余庆县2017年的易地扶贫搬迁工程，分别在县城的东部产城和西部产城的水厂区域，是省委、省政府取消中心村安置后，重新选址筹建的。2017年6月动工，主体工程要求于当年12月底全面完成。

当时的现状是：东部产城安置点和水厂安置点，在10月份全省114个重点安置点建设项目中，排名均遥遥靠后，分别为88名、92名。同时，新锁定的搬迁对象，随时都有可能会出现打"退堂鼓"的反弹危机。

既要赶进度，又要保安全。面对重重压力，田茂国索性带队住进了施工工棚，和项目部、监理部的负责同志一起研究怎样破解道道难题。他亲自调度材料、调度上工人数、协调各监管部门，经常通宵加班。

很多时候，别人已经休息了，他还在工地督促施工；夜半三更，工地上经常能看见他疲惫的身影。他的家人经常抱怨他"不要命了，工地又不是你一个人的……"面对家人的爱惜和怨言，他心中有愧往往无言以对，谁叫他立下这个军令状呢？

"即便是我老田累倒下，也要把任务完成！"田茂国跟自己较上了狠劲。一个又一个通宵过去了，安置楼房在昼夜更替之间悄然长高。然而，高强度的工作中，田茂国的工作、生活规律被彻底打乱了。长时间的劳累，让他体重下降了30斤。

他的精神感动了承建商，也感化了建筑工人。在他的操心之下，施工进度安全、有序地朝着既定方向进展着。有一天，自以为铁打的汉子的他，终于扛不住劳累而躺进了医院。县领导看望他的时候，他打趣说："请领导放心，我这国防身体没问题，要不了几天就恢复了，保证如期完成任务……"

2017年12月，水厂安置点和东部产城安置点主体如期完成。验收那天，田茂国长长舒了一口气。

2018年5月，安置小区全部完工。

随后上千户曾经风雨飘摇的山野人家入住新家，同时也宣告了余庆县易地扶贫搬迁任务提前1年完成。

2018年12月，两个安置点分别在全省114个重点安置点建设项目进度排名中，已分别成为全省的第2名、第8名。

在易地扶贫搬迁安置点建设中，有无数像田茂国这样的"拼命三郎"。

铜仁市江口县凯德街道张家湾易地扶贫搬迁项目工程被命名为"梵瑞家园"，占地200余亩，建筑面积约27万平方米，计划安置2000多户近8000人。正常情况下，项目建设需要3至4年的时间。而实际上，县里从2017年1月初开始谋划，到2018年6月建成，满打满算也只有一年半的时间，其难度和力度可想而知。

征地、拆迁、谈判、招投标……一套前期工作程序走下来，直到2017年3月28日，梵瑞家园建设项目才正式启动。等走完征地、招投标程序，一年半的工期已溜走了半年。工程真正破土动工时，已是2017年7月9日。

打孔桩、平地面、灌浆……江口县副县长陈飞和员工们吃在工地上，住在工棚里。工程建设以"超常规"的速度推进着，但还难以保证在年底完成主体工程建设。

陈飞便与承建的中冶集团商量增加施工队伍力量，倒排工期，实行"三班倒"，保证工程24小时不停工。承建商同意这一意见，但问题来了——招不到工人。他便与县领导商量，并亲自出马用3天时间招来一批农民工，整个施工队最多时达到2000人。

没有休息日、没有节假日，工人们"三班倒"施工，陈飞和同事们"三班倒"监督，确保加快施工的同时保证质量。工程是加快了，新的"麻烦"又来了——施工所需的水泥、钢筋、砂石、砖头供应不上了。陈飞又到江口县内其他采砂场协调砂石，到隔壁的松桃县甚至湖南省去协调物资供应。

工地有4个标段，走一圈下来，需要两个多小时。而陈飞每天都要走一圈，他笑称"这是最好的锻炼方式"。

一双胶桶靴，一把手电筒，一个安全帽，一把雨伞或者一件雨衣——这些是陈飞车后备厢的"标配"。从工地到他家，驱车只需要10分钟，但为了一栋栋安置楼快速"长高"，陈飞多次过家门而不入。

"有钱没钱，回家过年。"眼瞅着2017年关将近，民工们三三两两地要求老板结工资回家过年。如果民工回乡过年，工程就得停下来。一旦停工，必然会影响施工进度。怎么办？

陈飞与承建商反复商量，最终决定"工期不能停，民工年要过。把民工家属接到工地上来过年！"他还与江口县委宣传部协商，请宣传部牵头组织文艺单位到建筑工地上搞一场文艺会演。

大年夜这天，"梵瑞家园"项目工地张灯结彩。"我在国内外承建了那么多年的工程，在工地上过年还是头一回。这个年过得很有意义，我一辈子也不会忘记！"一名工程承建商感慨地说。

经过努力，项目工程最终如期完工。而陈飞，每天睡眠不足5个小时，几个月下来整整瘦了10斤……

贵州坚持以县为单位集中建设，这是全国易地扶贫搬迁工程建设管理方式的实践创新。县级管建设、乡镇管搬迁，县、乡两级项目建设与搬迁安置的责任明确、分层压实，大大提高了工作效率。

在县一级，县级作为项目建设主体，大多数县城每年建设一两个或两三个安置点，有利于集中调度人力、物力、财力，项目规划设计更加注重品质，项目建设施工更加注重质量，脱贫措施更加注重精准。

在乡一级，乡镇不再同时担负"建设"与"搬迁"的双重任务，可以集中精力发挥本级优势，落实好所擅长的搬迁对象识别、群众搬迁组织、旧房拆除动员、帮扶措施落实等工作。

六、资金"守护神"

上千亿元的移民资金，事关上百万移民的生产生活。资金的规范使用是群众特别关心、社会广泛关注、舆论尤为聚焦的重点。无数的财务干部默默作为"幕后英雄"，牢牢守护着资金的安全有效运转，确保每一分财政资金都用在刀刃上。

蒋坤洋，1963年3月出生于深度贫困县遵义市务川仡佬族苗族自治县，现任贵州省生态移民局副局长。他从小学习勤奋，考取大学后走出了贫困的大山。他遍尝农民疾苦、深知贫困滋味；从武警部队转业后，毅然选择了进入与农村工作息息相关的移民部门，从事财务审计工作。

这一干就是十几年，他在工作上兢兢业业、精益求精。长期的业务素养，让他形成了细、严的风格，被基层干部称为"铁面会计"。

"移民资金事关移民群众的生产生活，每一分每一厘都得按规定用在刀刃上。"这是他经常挂在嘴边的一句话。在全省移民系统内，他还有一个外号——"守护神"。在他的影响下，贵州省生态移民局财务处的每个同志都非常严谨细致，有时甚至有点不近人情，无论是机关领导还是工勤人员，经常会有报销凭据因为一点瑕疵被打回重做。

由于移民资金事关重大，他始终放心不下基层移民部门的资金管理工作。仅仅两年多时间，他便走遍了全省46个县（市、区）322个移民安置点的山山水水，走访了近千户移民户的村落楼舍。

只要有时间，他就带队到各县移民部门帮助指导规范移民资金工作。他在基层经常一住就是一周左右，帮县生态移民局财务部门纠错整改，甚至手把手教基层财务人员做账，通常持续到深夜才回宾馆休息。

有一次，他到望谟县搞资金清理，连续两周都是白天理账、晚上写报告。原本他就身患肾上囊肿和呼吸道狭窄，在出差结束回到贵阳后，实在坚持不住才进了医院，但他事后正常上班，从未告知过单位。

2017年，蒋坤洋被提拔到领导岗位后，更是把一腔热情奉献给了脱贫攻坚事业。对发现的问题从不回避，他总是一针见血指出。有时为核实一个问题，他必须坚持到现场看个明白、问个究竟、搞个水落石出。

由于长期从事财务工作，他在细节上抠得特别细、特别准，对细节问题十分较真。由于不走"寻常路"，他经常不按地方安排的路线检查，常常搞得地方同志措手不及，有的市（州）移民部门听到是蒋坤洋带队都很"犯怵"，有的甚至期望省局能不能换一个领导带队。然而，正是这种较真务实的作风，让他从基层了解到最真实的情况，为领导决策提供了准确的第一手资料。

为了"大家"的事业，蒋坤洋放弃了"小家"的温存。

天有不测风云，人有旦夕福祸。他的妻子2003年以来一直患病在身，2015年瘫痪在床。由于妻子所属企业已倒闭，无工资收入，孩子还在大学读书。面对妻子生病和经济双重负担的压力，他从未向组织提出任何要求，甚至单位上很多同志都不知道他家的特殊情况。工作以来，他从没有因为私事而影响和耽误工作。

妻子很支持他的工作。为了不让丈夫牵挂，她让自己的母亲照顾自己。工作之余，蒋坤洋总是尽可能多地抽时间陪伴，但最终还是留下了永远的遗憾。

2018年6月，妻子病情加重，原本答应妻子"忙完这段时间，再陪她去医院看病"。但6月25日这天，他奉命率队对黔东南州16个县（市）开展易地扶贫搬迁大检查。7月3日早晨，出差在凯里的他接到家人电话，告知"妻子已病危、火速赶回"。交代完手上的工作任务后，他便匆匆往回赶。

噩耗传来！在赶回家的途中，妻子不幸病逝。

"我不是一个好丈夫。"为此，蒋坤洋常常深感愧疚，一直自责没有尽到自己作为丈夫的职责。如今，他化悲痛为力量，继续投入到易地扶贫搬迁的伟大事业中。

针对资金拨付使用政策盲点、支付标准、手续繁杂等问题，贵州省政府还出台了《关于加快易地扶贫搬迁资金支付使用有关问题的意见》，省扶贫办开发投资公司与国开行贵州省分行、农发行贵州省分行以及省政府金融办分别出台相关文件规范，打通了资金支付和使用"安全快车道"。

在工程推进中，还有一条"硬杠杠"，就是"坚持不让贫困户因搬迁而负债"——在不突破投资标准和搬迁群众自筹标准的前提下，按照"保基本"的原则，着力控制成本，为搬迁群众提供安全住房。

为此，贵州提出了四个"严控"：严格控制住房面积、严格控制建设成本、严格控制高层电梯房、严格控制个人自筹标准。

"要严格控制移民建房标准和成本，保证贫困户不拿钱或者少拿钱就可以搬得出。""要合理确定住房面积，控制建房成本，人均建房面积原则上在20平方米左右，农村可以适当高一点，因地制宜，从实际出发。""易地扶贫搬迁人均住房面积，要根据安置地的情况和安置方式合理确定，原则上是要求不增加搬迁户负担、不影响脱贫。""易地扶贫搬迁安置房是'保基本'。"……

为了让搬迁群众真正"搬得出"，而且"不负债"，在每一次专题讨论会上，安置房人均面积都成为决策者们关注的焦点。2016年1月12日，《贵州省2016年易地扶贫搬迁工程实施方案》正式发布，提出要"严格控制建筑面积，其中城镇安置的人均不超过20平方米，中心村安置的人均不超过25平方米，每户住房面积根据家庭实际人口合理确定"。

在2016年项目实施初期，贵州各地不断"试水"，探索安置房类型。在那一年的项目中可以说是"五花八门"：既有一户一宅的独栋房，也有多层步梯房，还有高层电梯房，安置房的结构、成本、质量、建设周期等都难以控制。从2017年项目起，贵州逐步实行最严格的建房制度，原则上只能由政府统规统建，不得再使用商品房、保障房、电梯房安置易地扶贫搬迁群众，确保实现"人房精准对接"。

为解决各安置点建设过程中暴露出的住房面积标准不统一、套型结构不合理、立面风格不突出、内部装修标准不明晰等问题，科学指引易地扶贫安置点的建设，达到"经济、适用、美观"的基本要求，贵州组织编制《贵州省易地扶贫搬迁安置房基本户型方案图集》，按不同家庭人口数量提供30种户型供各地参考使用，促进人房精准对接。

同时，贵州要求每平方米建筑造价控制在1500元以内、装修成本控制在300元以内，以大宗建筑材料集中采购为抓手，统一建设和装修；严格落实项目基本建设程序和"四制"要求，严禁边勘测、边设计、边施工的"三边"工程。通过以县为单位集中建设管理，为工程进度、建设质量、建筑成本和就业落实提供了制度保障。

2016年下半年开始，水泥、钢材等原材料价格持续上涨，易地扶贫搬迁安置项目建设面临的成本压力很大。

经贵州省发展改革委、省水库和生态移民局等有关部门和单位前期摸底调查，明确纳入易地扶贫搬迁工程统一采购范围的材料，主要是钢材、水泥、砖、管线、门窗等建筑材料及瓷砖等装饰材料，并推荐选择首钢水城钢铁集团公司作为钢材供应企业，推荐选择市（州）范围内实力最强的公司作为水泥供应企业。经过协调推动，有关建材生产、供应企业对易地扶贫搬迁房建设所需水泥、钢材给予价格优惠。

2018年1月18日，贵州易地扶贫搬迁建房控成本建筑材料集中采购签约仪式在贵阳举行。签约仪式上，织金县、长顺县和义龙新区建设业主单位与首钢水城钢铁集团公司等企业分别签署了集中采购合同。

按照协议，首钢水城钢铁集团公司对义龙新区和长顺县易地扶贫搬迁房建设所需钢材给予每吨优惠120元。根据义龙新区、长顺县钢材集中采购量计算，仅2018年就节约易地扶贫搬迁安置房建房钢材成本400余万元。

贵州织金西南水泥有限公司、贵州荣盛（集团）建材有限公司、华新贵州顶效特种水泥有限公司分别对织金县、义龙新区易地扶贫搬迁房建设所需水泥给予低于市场价5%的优惠。根据此次集中采购量计算，2018年织金县、义龙新区易地扶贫搬迁安置房建房水泥成本节约200余万元。

贵州省成本调查监审局负责人表示，易地扶贫搬迁建房的成本控制，切实能减轻移民的经济负担，建房者拿到了优质的产品、优惠的价格，材料生产供应商有了一个稳定的市场，实现了双赢。

七、项目"第三只眼"

为充分发挥好资金审计"第三只眼"作用，贵州一开始在制度顶层设计阶段，就把资金管理使用定位为"带电的高压线"。先后制定和出台了《贵州省易地扶贫搬迁资金监督管理办法》《贵州省易地扶贫搬迁资金封闭运行管理暂行办法》，对资金实行"专户存储、专账核算、物理隔离、封闭运行"管理体制，对专项资金拨付、使用、管理等各个环节，制定了具体规定和最严格的监管措施，确保资金运行规范和安全。

为确保资金规范使用，贵州还实施最严格的审计制度。如，2018年贵州省审计厅实施了易地扶贫搬迁专项审计，举全省审计之力打乱地域界限和专业分工，抽调全省各级审计机关近1000名审计人员，采取交叉审计的方式对全省2017年易地扶贫搬迁的90个项目情况进行了跟踪审计。

审计部门对管理使用情况进行全过程审计监督，对违规使用和贪污挪用资金等的移交纪检监察部门严肃处理。比如，根据毕节市纪委监察局通报，七星关区团结乡党委原书记闵若梦在易地扶贫搬迁工程中收受现金等问题。2016年3月，团结乡在实施易地扶贫搬迁工程中，闵若梦利用职务之便，擅自提高拦标价为他人谋取利益，收受施工方及其他人现金共计12.08万元。2017年3月，闵若梦受到开除党籍处分，收缴违纪所得，并移送司法机关。

威宁县幺站镇五嘎村党支部书记戴永相、村委会副主任祖正荣违规申报易地扶贫搬迁对象问题。在实施2015年搬迁工作中，五嘎村村委会副主任祖正荣违规将其妻弟范某及其他4人纳入搬迁对象，村党支部书记戴永相未严格审核把关。2016年11月，戴永相受到党内警告处分，祖正荣受到党内严重警告处分，取消4名搬迁对象的搬迁资格。

为确保工程进度，贵州还实施了最严格的督查制度，对在易地扶贫搬迁中弄虚作假的严肃追责。据中国纪检监察报2020年5月11日报道，贵州一干部在易地扶贫搬迁中"搬迁不足三成却谎报100%"，因弄虚作假被免职。

报道称：贵州省黔东南州岑巩县政府党组成员、原副县长、生态移民局局长陈跃因工作怠惰，弄虚作假，对该县脱贫攻坚工作造成消极负面影响，受到党内严重警告处分，并被免去副县长、生态移民局局长职务。

通报指出，陈跃在负责脱贫攻坚易地搬迁工作中，推动项目建设不力，在上报易地扶贫搬迁相关数据时，明知工作实际进展与工作标准还存在较大差距，却要求职能部门按住房主体建设完成率100%上报。

2019年7月，收到反映陈跃在易地扶贫搬迁项目建设工作中存在项目未按时完成和虚报工程进度的问题线索后，黔东南州纪委监委立即展开初步核实，发现陈跃在推进脱贫攻坚易地搬迁工作中存在履职不力、弄虚作假的情况。随后，对陈跃涉嫌违纪问题予以立案审查调查。

调查组在对岑巩县易地扶贫搬迁工程项目进展开展调查后发现，该县2018年度易地扶贫搬迁任务数为1324户5293人，规划用于安置易地扶贫搬迁住房共1324套。

按照贵州省委、省人民政府有关要求，2018年项目应于2019年6月底前全面搬迁入住。然而，截至2019年7月，岑巩县达到入住条件的安置房仅有584套，与任务数相差740套，工程建设进度缓慢，与"6月底前全面搬迁入住"的要求相距甚远。

对此，时任分管易地扶贫搬迁工作的副县长、生态移民局局长的陈跃，负有不可推卸的责任。

在接受调查期间，陈跃就自己推动易地扶贫搬迁项目建设不力的主要原因进行了检讨：思想认识不够，对易地扶贫搬迁入住工作的紧迫性、艰巨性认识不足，督促落实工作没抓实；攻坚本领缺乏，对工艺复杂、班组配合等不利因素没有深入研究，发现工程建设出现滞后情况后，没能及时找到有效办法突破瓶颈；工作统筹不够，没有做到科学调配，对易地扶贫搬迁组织力度不够，工作督促督导环节薄弱。

除推进易地扶贫搬迁项目建设不力外，陈跃还存在数据上报不实的问题。

在黔东南州生态移民局，州纪委监委调查组成员调取了岑巩县2018年度易地扶贫搬迁项目住房建设情况统计表。

经查，2019年1月20日，在统计表"工程进度（按完成住房套数）"一栏中，岑巩县填报的数据为90.61%。然而，就在填报这一数据4天后，黔东南州易地扶贫搬迁指挥部办公室到岑巩县进行现场督查，却发现岑巩县住房主体建设完成率仅为81.9%。

2019年5月10日，岑巩县上报完成住房主体建设1324套，完成率为100%。但从填报5天后州易地扶贫搬迁指挥部办公室到该县督查的情况看，岑巩县还有4栋216套住房刚进入一层主体施工，且配套基础设施及外部水电施工尚未进场，督查结果与报送的100%完成量差距较大。

发现上述情况后，州易地扶贫搬迁指挥部办公室先后三次对岑巩县下达了督办通知，要求该县围绕当年6月底前全面完成搬迁入住目标，加快工程建设，确保按期完成各项建设工作。但这些均未引起陈跃的重视。

2019年6月27日，陈跃明知易地扶贫搬迁上报数据与实际入住数据不一致，在县委、县政府主要负责人均要求据实上报的情况下，仍坚持虚报数据，再次上报住房主体建设计划任务数已全部完成。

然而，实际情况是，截至2019年7月26日，岑巩县达到入住条件的住房仅为584套，实际搬迁户和搬迁人数只占总计划的24.24%和26.17%，与报送数据存在较大差距。

黔东南州纪委监委党风政风监督室相关负责人认为："陈跃作为分管易地扶贫搬迁工作的副县长、生态移民局局长，违反政治纪律，在推进易地扶贫搬迁项目和上报数据过程中，存在工作推动不力，督促不到位，工作作风不实，明知县委、县政府主要领导要求据实上报数据的情况下仍虚报数据的问题，陈跃本人应承担主要领导责任和直接责任。"

"我的行为拖了全州易地扶贫搬迁工作后腿，带来了不良影响，我对此深感愧疚，我辜负了组织的培养和厚爱。"陈跃表示，完全接受组织对他的处理，"在今后的工作中，将以此为鉴。"

2020年4月，黔东南州以"严明纪律作风、决战决胜脱贫攻坚"为主题，召开全州党风廉政警示教育大会。岑巩县委、县政府直面问题，利用县委常委会议、县政府党组会议、县委理论学习中心组研讨会、专题民主生活会等形式，及时传达学习有关精神，对照党章党规找差距，深挖问题根源，从中汲取教训，明确整改措施。连续组织召开两次脱贫攻坚警示教育大会，强化以案示警。

在黔东南州生态移民局的督促指导下，岑巩县生态移民局督促施工方增加施工人员，加派施工设备，强化施工组织，使易地扶贫搬迁房屋全部达到入住条件。

岑巩县纪委监委开展"访村寨、重监督、助攻坚"专项行动和易地扶贫搬迁、"一折通"等专项监察，成立脱贫攻坚追责问责专班，及时高效查处扶贫领域突出问题。经过全县上下奋力决战，2020年3月3日，岑巩县正式退出贫困县序列。多地纪检监察机关紧盯易地扶贫搬迁中存在的形式主义、官僚主义问题，结合各自实际，有针对性地加强了监督检查。

此外，贵州还将易地扶贫搬迁项目纳入市、县政府年度目标绩效考核，层层签订责任状，实行督查、审计、稽查、明察暗访、考核"五位一体"监督，发现问题及时整改，形成常态化问题发现和纠错机制，全面提升易地扶贫搬迁成效。

"太热闹了，我们在老家时，从来没这么热闹过！国家的政策太好了，帮我们住上了新房、找到了工作，逢年过节还搞活动！"2020年6月23日上午，在贵阳市修文县易地扶贫安置点龙潭居委会旁的小广场上，搬迁户张廷阳兴奋地说。

这是修文县易地扶贫搬迁安置点连续第三年在端午节期间组织活动。当天上午10点，文艺演出在舞蹈《我和我的祖国》中拉开序幕。接着，男声独唱《贵州在哪里》、走秀《感恩》、相声《节日欢歌》、器乐演奏《苗岭的早晨》、舞蹈《领航新时代》《搬新家》等节目接连登场。

文艺演出中穿插的包粽子比赛，把现场气氛推向高潮。来自易地扶贫搬迁点的居民和居委会工作人员3人一组，分成10组进行比赛。大家相互配合，全力比赛，场外邻居们高声为参赛选手们加油打气，现场气氛热烈。如果不是告知，简直无法相信这些群众几年前还散居在深山、过着"面朝黄土、背朝天"的生活。

在不远处的修文县中国阳明文化园，高15.08米、为世人敬仰的明代大儒王阳明雕像静静矗立，目光似乎注视着脚下易地扶贫搬迁安置点的这一幕幕景象。试想，见证着大半个贵州数百年来沧海桑田的王阳明，此时会发出何种感叹？

知行合一，行稳致远。5年来，贵州大地上这场改变上百万人命运、跨越千年时空、史诗般的壮阔大迁徙，或许是王阳明至今为止"目击"过的最壮阔的、最能涤荡心灵的人间奇迹。

一步跨千年！这一步，有多艰难？

院坝会、地头会、"夜总会"……为了动员群众搬迁，无数基层干部跑断了腿，上门十几次、几十次那是常有的事情；算经济账、算亲情账、算健康账、算子孙后代账……为了说服群众搬迁说破了嘴；"小手拉大手""尖刀班突击""群众共商法""搬砖法搬迁"……为了尽快搬得出，各级干部绞尽脑汁各显神通，使出了"十八般武艺"……

一、"全家愿，祖宗随"

在黔西南州义龙新区麻山社区举行的"易地扶贫搬迁'住上好房子过上好日子'摄影大赛"中，一幅署名"胡韵"的作品尤为引人注目。

作品画面的内容是：在刚乔迁的新居里，一位男主人正在给客厅里的祖宗牌位烧香（在当地，群众有在家里供奉祖宗牌位的习俗），牌位上的对联内容却与众不同。一般情况下对联内容都是"××千秋照""××万代传"之类的，而这副"罗氏宗亲之位"的对联，内容却是"脱贫致富全家愿，易地搬迁祖宗随"。

"连'祖宗'都跟随搬迁了。"望谟县政协副主席、"兴义—义龙—望谟"易地扶贫搬迁联合指挥部副指挥长胡亦说，"在麻山这个地方，祖宗牌位的对联都有固定的说法，一般不会轻易改变的。这户人家把对联内容改变了，这从一个侧面充分反映了群众对易地扶贫搬迁政策的拥护。"

麻山，是贵州极贫石漠化地区的代名词。

缺水，是麻山人对于穷困的最直接印记。

"我从未在麻山洗过一次澡，经常是一个多月回一次县城，在家里猛洗一次。"胡亦说。在麻山，每家每户基本都有至少一口水窖，生活用水全靠水窖，生产用水则全靠老天爷。2006—2012年，胡亦在麻山乡担任党委书记，切身体会到极贫的滋味儿。

麻山地区位于贵州西南边境望谟、罗甸、紫云、惠水等五县交界处。按照清代关于麻山山脉的传说，其地貌是"头引红河水（位于今望谟县一带），身卧和宏州（今紫云县宗地乡和罗甸县木引乡一带），尾落大塘地（今平塘县大塘镇和新塘乡一带）"。之所以被称为麻山，是因为居住在这里的苗族早在明代以前迁徙过来时，就带来了大量的苎麻种籽，并经过长期耕耘培育，把这片石山区变成了盛产苎麻、构皮麻的山区。

如今，麻山地区总面积约3000平方千米，居住着汉族、苗族、布依族等各民族群众170万人。其中，少数民族人口比例达3%以上的民族聚居村有749个，约占行政村总数的80%。区域内人均耕地面积0.85亩，人均水田面积仅有0.34亩。

"麻山地区无棉农户占总农户15%，80%的农户住茅草房，有的人畜同舍、同寝，全部家产只值几十元。麻山片区政府下了很大功夫抓扶贫工作，然而由于基本条件恶劣，每年的返贫率高达30%—40%。"1996年出版的《走出怪圈——中国西部农村返贫现象研究》这样记载20世纪90年代初期的麻山地区。

地处麻山腹地的望谟县，始终是贵州脱贫攻坚的主战场之一，是名副其实的艰中之艰、贫中之贫。20世纪80年代中期，中央确定全国589个国家级贫困县时，望谟县因贫困面大、贫困程度深，戴上了"贫困县"的帽

子。进入20世纪90年代，望谟县又挂上"重点扶持县"的牌子。

30多年来，中央和省、州持续加大对望谟县的扶贫力度，投入贴息贷款、以工代赈等各类资金20多亿元，通过救济式扶贫、开发式扶贫、单纯扶持和综合扶持、易地扶贫搬迁试点等方式，累计实施水、电、路、教育、卫生等基础设施建设及种养业扶贫项目2000多个，增强了贫困村寨、贫困群众的"造血"功能，使部分村寨的生产生活条件得到明显改善，逐步走出"居住山洞、衣不蔽体、食不果腹"的生存状态。但整体看，麻山地区发展还是受到严重石漠化制约，群众生活仍然比较艰难。

屋漏偏逢连夜雨，船迟又遇打头风。望谟县本身自然条件就恶劣，偏

黔西南州洒金新城（粟坪社区）（贵州省生态移民局　供图）

偏又频繁遭遇灾害。望谟县特殊的地形地貌特别容易引发山洪灾害。望谟县中部以北为山地，海拔高度普遍在1500米以上；南部为南盘江河谷地带，海拔高度多在500米左右，海拔落差达500米至1000米，例如县城到打易镇27千米的路程，海拔落差将近1000米。同时，望谟地形复杂、沟深坡陡，极易造成雨水快速汇集，形成山洪。

2006年至2011年的6年间，望谟县连续遭受特大自然灾害，其中特大洪涝泥石流灾害就有3起，共造成经济损失40多亿元，一些群众常常因灾返贫。2013年中国科学院组织有关专家对望谟县进行了山洪、泥石流等地质灾害考察，经过3次特大山洪、泥石流灾害，全县还有地质灾害隐患点

麻山地区土地贫瘠，气候条件差，十分容易受灾（2010年　杨洪涛　摄）

140处，涉及8个乡镇57个行政村132个自然村寨，重大山洪泥石流灾害隐患依然存在。

由于水利基础设施薄弱，抗灾能力不足，望谟县5年内曾有3年遭遇洪涝灾害、2年遭遇旱灾侵袭，部分群众因灾返贫。当地很多桥梁、公路及建筑等都是"冲了之后再建、建好之后又被冲毁"。比如，2011年6月6日发生的特大洪灾，导致多条道路、多座桥梁严重损毁，多个乡镇一度沦为"孤岛"，造成超过50人死亡或失踪。

胡亦说，麻山乡没有什么大产业，人均八分田土（田指的是"水田"，土指的是"旱地"），就算是风调雨顺，农民在田地里辛苦劳作1年，还不一定够吃，有水田的人家，在春季耕田时节，半夜下雨都要起来打田蓄水。

交通就更是"马尾拴豆腐——别提了"。到了夏天，很多人家根本不敢买肉，一是因为没钱，二是因为"人还没到家，肉可能都已经臭了"。近些年，在国家扶贫政策支持下，麻山乡逐步发展了一些经济作物，搞了一点养殖，但底子实在是太差了，贫困户的比例还是很高。全乡1800多户中，低保户要占三分之一以上。

牛场村是进入麻山乡的第一个村，在全乡行政村中条件最好，也是多年来省、州、县扶持的重点。牛场村曾尝试种过金银花、杜仲、黄皮树、油茶、甘蔗，养过鸡、牛、羊等，但是不成规模、难成气候，而且由于严重缺水，根本搞不起来。"对牛场村的扶贫，就像'补窟窿'——堵好今年的，明年又漏了，永远堵不完。"牛场村村支书姚胜友形象地说。

国家扶贫资金持续不断投入，各级干部倾心尽力帮扶，群众每天也在苦苦挣扎……在这片石漠化土地上，似乎所有的努力都收效甚微，与发达地区的差距越来越大。焦虑、彷徨、绝望……这些始终成为麻山人头上挥之不去的乌云，"贫困代际传递"的魔咒始终未曾打破。

麻山还有出路吗？

有！搬迁，是摆脱贫困的唯一出路！

2016年5月19日，时任贵州省政府主要领导赴望谟县调研，第一次提出望谟县麻山乡要实施"整体搬迁"的构想。据不完全统计，自20世纪80年代以来，国家向麻山乡累计投入各项资金超过20亿元；若整乡搬迁的话，根据新一轮易地扶贫搬迁概算，总投资约5亿元。

2016年5月22日，时任黔西南州委主要领导在麻山乡召开共商会议。参加会议的大部分群众现场表示，愿意搬迁到更好的地方发展。2016年6月17日，贵州省委听取黔西南州工作情况汇报，同意麻山乡"整体搬迁"，搬迁重点安置到望谟县城和义龙试验区。

终于，麻山人看到了希望！新一轮易地扶贫搬迁政策的实施，让麻山乡彻底"换了天"！

2016年11月1日，望谟县麻山乡打务村。

天刚蒙蒙亮，寨子里的大喇叭开始吆喝了：父老乡亲们，请快带上搬家的行李，到牛场村的小广场集合，大家一起集中乘车！

通信基本靠吼，这看似是句玩笑话，但在贵州广大分散的村寨，用大喇叭下通知却是异常实用。寨子里的人，听到大喇叭通知，就如同听见集结号一样，陆续赶往集合地点。

"快点，快点。"打务村村民王永庆一边往塑料口袋里装棉被，一边对老伴说。收拾完后，老两口扛起行囊，匆匆赶往集合地点。毕竟是住了几十年了，王永庆的老伴内心深处还是舍不得，三步一回头，回头看自己的老房子，仿佛是母亲跟自己的孩子分别似的。

"老太婆，别看了，都看了几十年了，有啥好惦记的。"王永庆心里也恋恋不舍，嘴上却劝着老伴。

"知道，知道。你走你的，我就看一眼。"他老伴说。

"看啥啊，不是拍了照片嘛。到了咱家城里的新房子，你随便看。"

"哎呀！到时候也只能看照片了。这一走，还不知道下次什么时候能回来呢。"

"嘿嘿，你以前不是天天盼着搬出去嘛！快走吧！"

"好，好……"

在大喇叭的循环通知中，他们老两口带着对新生活的向往、对未来的无限期待，离开了打务村。

当天搬迁的其他寨子的人，也纷纷带着行李往牛场村赶。在崎岖的山路上，男人扛着大件的行李，妇女提着锅碗瓢盆，扶老携幼，远远望去，好像影视剧中战乱逃荒的情节。不同的是，逃荒情节是从条件好的城镇，往交通不便的山里跑，是连哭带号；而如今的搬迁画面，从条件恶劣的穷乡僻壤，奔向现代文明的城镇，一路上洋溢着欢歌笑语。

在牛场村的小广场上，十几辆大巴车整齐排列，仿佛在等待久违的贵客。"拔穷根、挪穷窝、换穷业""一搬住上好房子、一迁过上好日子""搬迁一阵子、幸福一辈子"……大巴车红绸缎上的标语，在朝阳的映照下显得异常醒目。

广场上集合起来的群众，个个脸上洋溢着幸福的笑容，不时相互打着招呼。

"我家在麻山已有八辈子，也穷了八辈子。到我这一代，总算搬出了穷山沟，过上了城里人的生活。"王永庆说，"好日子终于有了盼头，还要'再活五百年'"。

王永庆一语道出了万千移民的心声。

像王永庆这样"想得通、做得到"的群众成为各地首批易地扶贫搬迁对象，武陵山区腹地的刘大喜也是其中一个。在外漂泊了大半辈子的他，感觉"幸福来得太突然"，有时甚至会怀疑眼前的一切是不是真的。

铜仁市松桃县城天龙湖景区高速路口旁，一排排古色古香的小洋楼格外扎眼，九江街道2016年易地扶贫搬迁安置点，安置了100多户搬迁户。

"没有国家的好政策，哪有今天的好日子。"刘大喜说。作为安置点的首批搬迁户，跟过去相比，他家的生活简直是变好了上百倍。

刘大喜老家在松桃县九江街道小桂寅村，有三兄弟，过去兄弟仨一直在福建打工。刘大喜在老家只有一间半的破木房，随时可能倒塌，逢年过节回到家，连个睡觉的地方都没有。无奈之下，只好常年在外漂泊，指望凭借自己双手过上好日子，用他的话说"做梦都在娶媳妇"。然而，刘大喜的命运，就像老家的旧房子——摇摇欲坠。

在打工期间，刘大喜结识了四川姑娘陈国芳，靠谱的他很快赢得了姑娘的芳心。像很多情投意合的小情侣一样，刘大喜和陈国芳经历了一段时间的磨合之后，准备走进婚姻的殿堂。一切都显得那么顺其自然，直到2011年的一天，陈国芳的姐姐提出要去老家看一看。

"结婚是大事儿。我妹妹要嫁给你了，我这个当姐姐的，总得去你家看看吧？"陈国芳的姐姐说。对于姐姐这个提议，他心里早有准备，但亲耳听到，他的头先是"嗡"的一下，随即心里暗暗叫苦：完了！要是她们真的去看，结果多半是鸡飞蛋打，很可能就是"竹篮打水一场空"！

他打心眼儿里不想带她们回老家，但转眼一想，陈家姐妹提的要求并不过分。

在陈家姐妹的坚持下，他终于拗不过，只得带上陈家姐妹回老家小桂寅村看一眼。由于通往老家的最后一段路没有通车，他们只好步行。横亘在眼前的一座大山，让他们爬了大半天。

"近乡情更怯"。一路上，刘大喜有一种不祥的预感，他不停地默默祈祷，希望陈国芳姐姐能支持他，同意陈国芳跟他结婚，虽然这个愿望近乎奢望。

果然，一大早就出发，天快黑了，才来到刘大喜老家。当看见那一间半破的木板房时，陈国芳的姐姐心痛地吼了起来，眼泪哗哗地往下掉："妹妹，你这不是往火坑里跳嘛。"

陈国芳的姐姐说，她坚决反对这桩婚事。陈国芳也是被眼前的情景惊呆了，她心里明白姐姐是为了自己好，但她又放不下早已占满她内心的这个男人。

"走，坚决不能嫁！我们回家！"

男儿有泪不轻弹，只因未到伤心处。此时，刘大喜直接崩溃了，虽然有心理准备，但当陈国芳的姐姐说出这句话时，他还是流下了悲伤的泪水。他在心里一个劲儿后悔带她们走了这一趟。

怀着伤心甚至绝望的心情离开老家后，他们俩继续回福建打工。经过

2019年2月20日，铜仁市石阡县脱贫攻坚工作队队员和邻居们一起帮助贺正才搬家
（杨文斌　摄）

这次"刺激"后，刘大喜经常在想父母为什么给自己取名"大喜"，明明是受苦受累受穷的命，哪里来的"大喜"？再后来，两人因为有了孩子，所以仍然在一起，但老家是没法回，只能带着孩子四处漂泊。

"这样的苦日子什么时候是个头？将来落脚在什么地方？"这些问题始终萦绕在刘大喜的脑海。他发誓要给心爱的妻子、可爱的孩子一个温暖的家。可"一分钱难倒英雄汉"，残酷的现实一次次无情地将他的愿望击打得粉碎。

在福建打工那段时间，他已是两个孩子的父亲，但每月不到3000元的收入实在维持不了一家人的开支。妻子在带孩子之余，也打点零工、搞点兼职补贴家用。妻子的善解人意让他更加内疚。"日子过得太苦了。"陈国芳说。再苦不能苦孩子，她经常向打工的姐姐借奶粉钱。

日子一天天重复着，眼瞅着两个孩子一天天慢慢长大，刘大喜心里更加着急：大喜啊，大喜，你真是个窝囊废，本应"老婆孩子热炕头"，你却连个房子都没有！然而，再多的自责也换不来一套房子。凭他的收入，这辈子也别想在城里买上房子。

2016年，老家的村干部给他送来了好消息："大喜，你家符合易地扶贫搬迁条件，快回来看看！"

"好！"没有任何犹豫，刘大喜很快请假返回了老家。报名、填申请书、看房、选房、搬迁……不用干部们做工作，他一切都主动配合。最终，他在松桃县城九龙湖景区安置点分得一套80平方米的新房。

辞掉工作，带上妻孩，刘大喜一家回到了家乡，住上了新房，结束了多年漂泊的生活。"那简直比中了大奖还要高兴！"刘大喜说，"新家离学校、医院近，县城经济开发区就在家门口，厂房多，找工作也方便，生活越来越好！"

二、"老把式"遇"老顽固"

如今，走进贵州各地的移民安置区，看到的是一幅幅安居乐业的祥和画卷。然而，当年动员这些群众搬出大山时，可是费尽周折，遇到了各种意想不到的问题，有的问题令人哭笑不得，有时连长期在基层摸爬滚打的"老把式"都"招架不住"。

担任麻山乡大搬迁"突击队长"的胡亦就遇到了很多"趣事"。

胡亦曾经担任过麻山乡的党委书记多年，他自以为麻山乡的老书记，全乡大部分群众都认识他这张"老脸"，这次动员搬迁是给山里老乡们"送馅饼"，乡亲们肯定是"一呼百应"，绝对会给"面子"，动员整体搬迁应该是"小菜一碟"。

出乎意料的是，当他带着工作队到麻山做工作时，几乎处处被"泼冷水"。昔日打成一片的老乡们，要么"闭门谢客"，要么闭口不谈，根本不把搬迁当回事儿。此前，县、乡、村各级已经多次组织群众到安置区实地看房，搬迁政策也宣传过无数次，但就是一部分"硬骨头"想不通，死活不愿意在搬迁协议上签字。连他的小学同学都"不买账"。

有一天，他在下村做搬迁动员工作的山路上，偶遇小学同学老王。两人多年不见，甚是高兴，准备好好叙叙旧。胡亦满脸堆笑，正准备打招呼，没想到老王先开了腔："你来了，要是让我搬迁的，你就莫开口了，我也不请你来家里了。"

胡亦先是一怔，万万没想到，多年未见面的老同学会是这种态度。不过，他有心理准备，依然笑着说："是啊，我路过这里，正准备到你家讨口水喝呢！你还真不欢迎？"

这下反而让老王感到不好意思了，拉起胡亦就往家里走。一路上，胡亦也不提搬迁的事儿，只是话往昔、忆童年，谈起一起读书时爬树、掏鸟窝、搞恶作剧等调皮捣蛋的事儿，可谓谈笑风生。

不知不觉间，两人来到老王家门口。环顾了老王家破旧的房子，胡亦心里有了底儿。几杯茶过后，愉快的聊天氛围让老王彻底放松了"警惕"。

"听说天上掉馅饼啦，好多人都得吃了，你张嘴接没有？"

"什么馅饼？"

"搬迁啊。搬到城里，每户按人口分一套房子，老房子拆掉，还会有补助……"

"哦，这个啊！干部们以前来说过。"

"那你是咋个想来着？"

"他们说，老房子必须拆，我舍不得。"

"这话不假。按照国家政策，是必须要拆的。你想，国家出了那么多钱，分给你一套新房子，需要把老家的宅基地复垦了，有土地增减挂钩政策来筹集盖新房子的资金，咱不能好处两头都占啊。"

"道理是这样，我也都懂。我这房子虽然不值钱，但你说让马上就拆了，我接受不了！"

"新房子先住进去，老房子拆除有缓冲时间，等你慢慢处理好了。我不骗你，你好好考虑考虑。"

"真的吗？咱俩是老同学，我信得过你。"

"真的，我啥时候忽悠过你！"

"那我再考虑考虑。"

"还考虑啥啊！"胡亦接着分析搬迁的好处，并一一解答老王心中的疑惑。拉拉扯扯一上午时间，老王在搬迁协议上签了字，还按下了红手印。

当天中午，老王非拖着胡亦在家吃午饭，说一是叙同学情，二是提前庆祝即将到来的新生活。

"动员搬迁，必须要设身处地为群众着想，不能'剃头挑子一头热'。"胡亦说，"像他小学同学老王这样的，工作还算好做的，一些群众则需要反复给他们算细账。"

牛场村村民刘印江前些年走南闯北打工，算是村里为数不多、见过"大世面"的人。有了一定积蓄后，返乡盖起了两层小洋楼，利用一楼的场地开了个门市部。由于牛场村地处交通要道，南来北往的人还算多，一年下来也有几万元收入，小日子在村里也算过得有滋有味。

易地扶贫搬迁计划启动后，刘印江开始坐立不安。自己家新房子花了10多万元，自己开的门面一年下来收入也有几万元，从自己的收入看，绝对不能搬！可转眼一想，要是大家都搬走了，他家的生意怎么办？谁来买他的东西？

不行，不能让大伙儿都搬走了。他下定决心要跟政府唱"对台戏"，同时暗地里拉拢村民们都不要搬迁。所以，当胡亦带着工作队来到他家做动员工作时，他早就想好了台词。

"我们以前吃不上、喝不上，现在有吃、有喝、有穿，日子已经很好了。你们这些当官的，为什么还要折腾我们？"

工作队在他家门口还没站稳，就被他噼里啪啦一顿数落。现场气氛一下子变得十分尴尬。

胡亦笑着回答说："我们麻山乡都穷了几辈子了。国家投入这么大，现在还这么穷，你们就满意了？上级领导对我们麻山关心，给我们特殊政策，让我们整体搬迁，就是想让我们搬出这穷山沟，让我们的子孙后代都能过上好日子。"

"别人搬，我管不着。反正，我家就是不搬！"刘印江虽然觉得有道理，但嘴上还是不服气。这时，村里的村民们闻讯赶来，和刘印江站在一起，与胡亦带领的工作队形成了"对峙"。

胡亦看群众也来了，正好是开会宣传政策的好机会，顺势说道："你看，咱们这个地方，不比城里边，你家开门面，都是谁来买东西？还不是这些乡里乡亲？他们都搬走了，哪个来买你的东西？到时候，你家还有生意？"

刘印江心里跟明镜似的，他知道胡亦说的一点没错，但就是不搭话，不过头垂得更低了。

胡亦接着分析说："你家要是同意搬迁，搬到义龙新区后，可以分到跟现在差不多的新房子，可以继续租门面做生意。那里有几万人，人多得是，你随便做点小生意收入都会比现在多。如果你愿意，还可以开个更大的超市。并且，在义龙新区，小区里就有学校、医院，比这里强上百倍……"

经过反复劝说，刘印江终于同意搬迁。

麻山乡牛场村田湾组的杨精通的情况也类似。

杨精通家有5口人，上有老下有小，生活重担深深地压在了夫妻二人肩上。

为了养家糊口，夫妻二人远赴广东打工，年幼的两个儿子从小也跟随着他们远离家乡，独留年事已高的老人在家。得知老家要实施易地扶贫搬迁政策，"精明"的夫妻俩赶紧回来一探究竟。

"什么，要把老家房子挖了，那当然不行啊。我不搬！"杨精通的妻子一口拒绝了，"我家房子刚修没好久，是我们两口子在外面打拼了这么多年，省吃俭用攒下钱修的。"

"不怕领导们笑话，以前跟亲戚朋友借的钱，还没还完呢！"杨精通说。

"我们修好了新房子，就外出打工，现在还没住热乎呢，要是拆了，岂不是浪费了？不拆老房子，还可以考虑，要拆房，没门儿！"

"还有，就算你们给一套新房子，我们能在那里搞哪样？还不是一样得出去打工？不搬，坚决不搬！"

任凭工作队怎么说，面对这"天上突然掉下来的好政策"，杨精通一直搞不懂，也想不通，始终没有答应搬迁。

精诚所至，金石为开。或许是受周边邻居们的影响，或许是被工作队锲而不舍的精神打动，在一次动员中，杨精通两口子的想法突然动摇了。

2019年6月12日，一名彩虹社区的老年人带着孙子在小区内散步玩耍（卢志佳 摄）

那是一个雨天。对于日出而作、日落而息的农村人来说，下雨就如同放假，因为进不了田，大多在家猫着。于是，滂沱大雨过后，工作队便抓住村民们在家的时机，赶紧进村入户搞动员工作。

通往牛场村的路本来就不好走，大雨过后，更是泥泞难行。快到牛场村时，车子无法前行了，工作队队员们果断下车徒步前行。恰巧，那天碰到了杨精通夫妇。他的妻子上下打量着几个有点狼狈的干部，突然有点感动。

"我们这路太烂了，像今天这种下雨天，进都进不来。你们是怎么进来的？"杨精通的妻子问。

"当然是坐'11路'公交车来的。"一名工作队员打趣道。

"看来，你们是真心为我们好。各位领导先进屋喝口水、歇歇脚，大道理都讲过好多次了，就不用讲了。我今天表个态，先报名去安置区看看房。"

工作队队员们一听喜出望外，赶紧说："水就不用喝了，你先登记下看房名单。到时候，乡里统一组织坐车，不用你出车费。"

"好！好！好！"杨精通夫妇二人齐声说。

毕竟是走南闯北见识广，到义龙新区马别安置点看房后，他们夫妻俩很满意，当场决定搬迁。回来后，马上变成了义务宣传"小喇叭"，逢人便讲搬迁的好处，还因此说动了不少乡亲。起初，杨妻的亲哥哥跟她一样，不愿意搬迁。在她第三次去看房的时候，说动了哥哥一同前去，回来后，哥哥便立刻一起报名搬迁。

然而，乡政府的人冒着大雨给送东西，村里其他人却以为杨精通夫妇被"收买了"，"杨家两口子的话不能信"。乡里干部知道后，赶紧再次进村做工作，并邀请未搬迁的农户去城里看房。

看房后，村里的人终于弄明白杨精通两口子没说谎。看刘印江、杨精通等这些"能人"都同意搬迁了，跟着他们走肯定不会吃亏，大家也就都陆续签订了搬迁协议。

三、"尖刀班"不一般

因贵州各地经济社会发展水平不一，群众对移民搬迁的接受程度差异很大，但"一方水土养不起一方人"地方的很多群众却有一个共同特点——不相信有这么好的政策、不愿搬离大山！对此，各地使出了浑身解数，可谓是八仙过海，各显神通。

黔西南州由驻村"第一书记"、乡镇（街道）包村干部、村（居、社区）支部书记、村（居、社区）委会主任及其他村常务干部、各级选派的其他驻村干部等组成"五人小组"，并在此基础上组建了"尖刀班"，吹响易地扶贫搬迁"集结号"。

晴隆县三宝乡王箭2007年从贵阳学院毕业后，通过"一村一大"考试回到老家三宝乡干塘村，成为老家的村干部，后来又通过考试正式被选聘为大学生村干部。"我小时候家境贫困，在父老乡亲支持下，才考上了大学。人生在世，要懂得感恩。"王箭说。回到村里工作后，他立志要带领乡亲们改变贫困落后的面貌。在一次次动员搬迁中，他深感说服群众的难度之大。

王箭说，他至今难忘第一次参与"尖刀班"动员群众搬迁的情景。

2016年4月25日17时许，三宝乡攻坚拔寨"尖刀班"正式成立。当时，正值春耕时节，群众多在田地务工，宣传动员工作最好安排在晚上。于是，当晚19时30分，"尖刀班"全体成员乘车至干塘村上万组，然后步行2千米山路到下万组，与在家的村民进行座谈，共同商议易地扶贫搬迁事宜。

"今晚召集大家来，就是想通知大家，我们这个寨子要整体搬迁到县城。现在来听听大家的心里话，大家想不想搬？有什么顾虑？大家都说出来，我们一起商量。""尖刀班"班长直奔主题来了段开场白。

"我们这个寨子都不搬，我们觉得哪里都没这里好。"一位心直口快的妇女首先发言。这一说不要紧，现场座谈的群众瞬时炸了锅，大家纷纷议论起来。

"我们搬过去了，房子都跟人家连起的。我们苗族老人过世了，那些老风俗怎么搞？"

"我们有的人家人口多，国家补贴得多；有的人家人口少，国家补助少。有的房子刚修好没几年，欠账还没还完呢！"

"你们不是忽悠我们吧，来个'调虎离山'，把我们搬到县城，然后把我们的田地都收归国家所有？"

"你像我们这样五六十岁了，在山里还能种二分地，多少够自己吃的。我们搬到城市，怎么搞经济？"

"你们现在说得好，每家给一套房子，那装修怎么办？现在装修费用可贵哩，没有个几万元可搞不下来。"

……大家你一言我一语，纷纷说出了自己的想法和顾虑，现场讨论得十分热烈。"尖刀班"成员纷纷在笔记本上记录下群众的发言。

见大家说得差不多了，"尖刀班"队员们开始再次宣讲易地扶贫搬迁政策：这一轮的搬迁对象跟以前的扶贫生态移民不同，国家按照人均6万元概算……你们觉得这样的政策好不好？

"好是好，就是不晓得真不真哦？！"

"真不真，可以到现场看嘛！"

"我们没有文化，吃饭老火哦！"

"这个你们不用担心，你们搬到安置点后，都要根据你们的需求和条件进行培训，帮你们找工作。有力气的，可以上工地、干建筑；妇女可以学刺绣、进服装厂；60岁以上的，只要是劳动力，还可以干保安、干保洁；有头脑的，还可以支持你们创业当老板，到时候都得喊你们王总、李总了……"

80多岁的杨老最放不下的，就是家里的土地。他担心搬走了后土地被没收了，被别人拿去种了。

"尖刀班"的一名成员解释说："搬迁后，坡度25度以上的都要退耕还林，政府还有补贴；25度以下的，政府统一流转。"

"一句话，该是你的就是你的。城里的新房子是你的，家里的田土林地都还是你的。"王箭说，一句话打消了大伙的疑虑。

虽然这次宣传动员的效果不错，但大家还是多少心存疑虑。

为了方便开展工作，"尖刀班"安排每个干部负责走访动员亲戚。王箭负责走访动员自己的叔叔王斌家。没想到，2016年第一次走访，他就遭遇了"闭门羹"。

那一次，王箭带着工作队的同志，才刚到叔叔家院子门口，就被叔叔拦住了。

"站住！你这小崽有啥事儿？"王斌对着侄子脸色阴沉地说。王箭刚要开口，就让叔叔顶了回去。

"你吃饱了撑的，没事干啊！"叔叔一点儿面子都不给，"你要没事，就挑两担煤炭去洗，别跟我提搬家的事情。"说完，便绕开王箭等人出门而去。

王箭一句话都还没说，就被叔叔"打了脸"，心里郁闷至极，但又没办法，更不能放弃。

过了几天，他们做好被拒的准备后，第二次上门做工作。这次情况倒是好一些，叔叔让他们进了门，还寒暄了几句。队员们正准备提易地搬迁的事儿，又被王斌抢了先。

他说："你们别给我洗脑了，搞得跟传销似的，反正我不信会有这么好的事情，就是天王老子来说，我也不搬。"说完之后，他又扬长而去，留下工作队员怔怔地站在那里。

第二次、第三次……王箭仍然没有气馁。为了乡亲们的长远生计，他一定会坚持到底，更何况是自己的叔叔。虽然每一次都会比上一次好一点，但王斌一直没松口。一直到了第七次，王斌才觉得有点对不住自己的亲侄子，勉强答应先到安置点去看一下情况，再做打算。

然而，等工作队一离开，王斌的妻子跟他闹腾起来。王斌是个"耙耳朵"，做什么事情都要听老婆的。在妻子的说教下，他又犹豫不决起来。

第八次、第九次……直到王斌在安置点看到即将搬迁的房子时，他才相信是真的。干净整洁的道路，宽敞明亮的新房，充满民族风情的商业街……安置区的环境让他心有所动、若有所思。

而村子里早些搬迁的老乡，早已在街上做起了生意；医院离住处那么近，走路也只需要十多分钟；菜市场的菜品种繁多，还新鲜……这次王斌终于动心了，当场就填写了申请，要求搬迁。

可返回老家后，王斌又杳无音讯，好几次选房，他都没来。怎么回事儿？了解下来，原来王斌的老婆死活不同意搬迁。

王斌不搬，可其他的老乡一直陆陆续续分批搬迁。时间一晃到了2018年，王箭再次劝叔叔去安置区看看。

此时的安置区已经基本建成，已经搬迁的老乡们都慢慢适应了城里人的生活，跟城里人无异，基本认不出来了。这一次，王斌决定"为自己活一回"——决定搬迁！选好房后，他给远在省外打工的老婆打电话。老婆听说王斌擅自做主搬了家，立马急了，在电话里哭哭啼啼要闹离婚，第二天都没有去上班。当地干部反复做工作，才平息了夫妻俩的这一场"战争"。

类似的故事还有很多。

2016年5月28日，一支由6名副县级干部带队的"麻山整乡动员突击队"从望谟县城出发，赶赴麻山牛场片区。这支上百人的动员突击队，是望谟县从各单位、乡镇抽调的50名科局级干部和50名村组干部组成的。望谟县人大常委会副主任韦定德担任队长。

通过前期努力，麻山乡约40%的群众已在搬迁协议上签字。动员突击队此次出击，目标是在1个月内完成对牛场、打务、岜丛3个村逐村、逐组、逐寨地毯式动员，争取让3个村1000余户村民都能理解易地扶贫搬迁政策，争取让80%的人家在搬迁协议上签字。

在持续努力下，一个个"堡垒"被突击队攻下，但牛场村松堂组却成为最难啃的"硬骨头"。连续7天，突击队每天晚上都去松堂组，但寨子里18户人家全部大门紧闭，有一次还有几个年轻人拦在寨子口，俨然"一夫当关，万夫莫开"的架势。

"正面攻不下，只能巧攻。"韦定德说。他打听到松堂组组长杨胜龙是寨子里最有威望的人，只要他不点头，寨子里哪家也不敢同意搬迁。这时，他突然想起一个人——曾在麻山工作过、精通苗语和布依语的杨胜国。虽然杨胜国已经到县民政局工作了，但都一直没断过来往，说不定能撬开"固若金汤"的松堂组。

杨胜国来了！可突击队刚到寨子门口，便被几个年轻人拦住了。

"你们跟杨胜龙说，杨胜国来看他了。"杨胜国说。

几个年轻人看这次带队的人来头不小，赶紧通知杨胜龙。

过了一会儿，杨胜龙急匆匆地出门迎接，还一个劲儿"赔不是"："大哥好，实在不好意思，我不知道是您来了。"

"这不怪你，我到县里工作后，时间忙，也好久没来看你了。"

一行人来到杨胜龙家。茶倒上、烟点上，杨胜国摆起了龙门阵：

"兄弟，今天我来是有天大的好消息要告诉你。"

"什么好消息？"杨胜龙瞪大眼睛，竖起了耳朵。

"我们麻山实在太穷了，从中央到省里、州里、县里，对我们麻山特别关心，这些年投了上亿元资金。咱掏心窝子说，打从咱哥俩记事儿开始，你看咱这山沟里有多大变化？"

"确实变化不大，还是一个字——穷！"

"可现在不一样了。国家支持我们老麻山乡整体搬迁，搬到望谟、义龙、兴义都可以，大家想搬哪里就搬哪里。我说老弟，你难道不觉得这是好事？"

"哦，大哥说的是这个事情啊！"

"看来你知道啊？"

"不瞒大哥，这事确实听说过。但天底下真有这种好事？"

"你哥这辈子讲过假话？你可以不相信别人，但大哥的话也不相信？"

"哥说了，我当然相信了。我们常年待在山里，被外面来的人骗怕了。有一年我没在家，一些卖电视机和打米机的人说，他们是政府派来送家电下乡的，害得我们大多数人家都上当受骗了。"

"这种警惕性需要有！这不是你的错！"

"我们挣点钱不容易啊！"

"是啊！所以，我们必须搬出这个挣钱不容易的地方，到挣钱容易的地方。让咱们的子孙后代不再受穷。"

"哥说搬了好，那就搬吧！"

"你们想搬到哪里？县城也可以，义龙新区也可以，你们自己选。"

"这个，搬家是大事，事关子孙后代，可能还得大伙儿一起商量。"

"那就说定了！你们要搬，搬到哪里你们自己来定！"

"说定了！"

杨胜龙跑出院子，请来了两位寨老，把寨子里在家的人家都喊到自己家里。

很快，12户人家先后聚集到场。还真是"一把钥匙开一把锁"，杨胜龙把易地扶贫搬迁政策跟大家说了一遍后，12户人家当场签订了搬迁协议。剩余6户，都外出打工去了，杨胜龙逐个打电话告知，得到的答复是"都听组长的，组长搬到哪里，我们就搬到哪里。"

一场原本以为难以完成的动员搬迁，就这样轻松化解了。

在动员搬迁过程中，难度最大的要数六七十岁以上的老人了，可以说是最难啃的"硬骨头"。为了这部分群众顺利搬迁，各级干部可谓是"跑断了腿，磨破了嘴"。

毕节市金沙县太平乡新安村倒流水组的贫困户马仕平一家，住的是两间土坯房，破旧不堪，屋顶损坏，只要外面下雨，屋里就下小雨，就得用盆盆罐罐去接水。

这一天，他家又一次迎来了乡、村干部"家访"。马仕平已经记不清这是第几次了，但新安村驻村第一书记刘炜却清楚地记得，仅仅是为了动员他易地扶贫搬迁，这已经是第11次来访了。当地群众开玩笑说："连村里的狗都知道这些干部是来劝他们搬迁了。"

"老马，最近在忙什么？"刘炜像见了老朋友一样问候道。

"还能干啥？在地里刨点土呗，又没事可做。"马仕平回答。

"前几天下雨了，房子漏雨不？"刘炜直截了当地问。

"漏啊，屋顶都快没有了，怎么不漏嘛！外面大雨，屋里小雨，就跟住在水帘洞似的。"马仕平在刘炜面前也没啥遮掩的，他知道刘书记对他知根知底。

"水帘洞住着怎么样？搬迁的事情，考虑得怎么样了？"这下，马仕平没搭话。

刘炜见状，继续"进攻"："老马，我跟你讲，县城那边的安置房都完工了，马上要抽签分房了！你要搬迁，可得快点下决心了。要是晚了，可就没你的份儿了。"

马仕平陷入沉思，没有回答，就跟没听见一样。跟刘炜同去的干部们，继续跟马仕平夫妇摆龙门阵。拉拉杂杂说得口干舌燥，一会儿给他们看安置地房子的照片，一会儿给看视频。老马两口子嘴上左一个"好看"、右一个"漂亮"，就是下不了搬迁的决心。

其实，按照政策，马仕平一家符合易地扶贫搬迁条件，经过干部们多次做工作，他也有意向搬迁。但听说很快就要搬，他又打起了退堂鼓。

刘炜他们了解到，主要有三方面原因：一是，老家生活了几十年，现在突然说走就走，思想上、心理上、情感上难以割舍，一时还接受不了；二是，作为生活在大山里的农民，习惯了种种田、打打猎、逗逗鸟，要是一下子搬到城里，开启城里的生活，肯定不习惯；三是，老两口年龄越来越大了，儿子又在外省务工，如果到城市里找不到工作，就没有经济收入来源，手里的钱"只出不进"，日子更煎熬。

因此，刘炜他们这些干部一直把马仕平作为"重点关照对象"，充分利用各种机会向他们一家灌输搬迁的好处，说服他家早日摆脱大山的束缚。

突然有一天，一名走访的村干部得知"老马在外省务工的儿子回来了，还带回来一个女朋友"。

"他儿子和带回来的女朋友住在哪里？"刘炜赶紧追问这名干部。

这名村干部笑着说："还能住哪儿，我问老马了，他说大家就挤在那一间卧室里。"

"这是个好机会！"刘炜马上意识到，说服老马搬迁的时机送上门来了。

说罢，刘炜与村干部立即赶到老马家。人逢喜事精神爽，只见老马正在院子里悠闲地遛鸟，嘴里还吹着口哨。很明显，老马心情很不错。

"老马，看你今天心情很好，家里面有喜事啊？"刘炜明知故问。

"哎呀，刘书记来了，快屋里坐。"老马热情地招呼大家坐下。

"听说你儿子打工回来了。"

"对对对，刚回来两天。"

2016年8月18日，吴克金从分房仪式的抓阄箱里喜获120平方米新房的钥匙
（贵州省生态移民局　供图）

"听说还找了一个女朋友回来。你这要当公爹、抱孙子了啊！"

"嘿嘿，那是娃娃们的事。"言语中，老马掩饰不住内心的喜悦。

"哎，对了，娃娃们晚上住哪里啊？你不会在厨房那间屋子铺张床吧？"刘炜故意问老马。

"这……唉！刘书记，我也正愁呢！真后悔没有早听你的！要是早搬家，也不会像今天这么尴尬了。娃娃耍的那个女朋友，来到我家后，脸色不太好看，我正担心会出啥岔子呢！"

"哈哈，老马，现在后悔还来得及！还有三天，就是抽签分房的最后期限了！"

"真的？刘书记，你啥也别说了，我知道你们今天来的目的。今天，我表态了，要搬，越早越好！"老马红着脸说。

"你看你，早知今日，何必当初啊？！"

"是啊！你们都是为了让我的孩子们过上好日子。"

"你这只说对了一半，不只是让你的孩子过上幸福的日子，还要让你全家都过上幸福的日子。怎么样，想通了吧？"

"想通了，想通了。以前是我眼光短浅，思想不解放。现在看到孩子回来了，住在这样的环境里，我这当爹的都感到害臊，早该为下一代考虑了。"老马不好意思地说。

过了几天，马仕平一家参加了抽签分房，高高兴兴地搬进县城的安置房了。

四、"北大书记"的"法宝"

"巧干实干，马上就办。"在黔西南州册亨县巧马镇的高速公路旁的一座小山上，这8个鲜红的大字异常醒目。

巧马镇地处册亨县、安龙县、隆林县交界处，南昆铁路、汕昆高速、望安高速和盘百公路跨境而过，交通便利。册亨县地处亚热带气候带，巧马镇的海拔与册亨境内其他乡镇比起来更低。一到夏天，就闷得像个火炉。有时，雨说来就来，群众干起农活来，会受到很大的影响。

由于山高路远，在二十世纪七八十年代，这里马帮特别多。马匹之于巧马，就如同骆驼之于沙漠。当时，本地的、外地的马帮都有，布匹、盐巴、煤油、农药、化肥、土特产什么都运。当夕阳西下时，马帮陆续回家，陡峭崎岖的山路上悦耳的叮铃声此起彼伏。

如今，马帮的叮铃声只会响在上年纪老人的嘴边，因为居住在偏远山区的群众已经搬离了大山，马帮早已经没有了生意。

"根据最初的摸底情况，巧马镇只有8000人搬迁，后来我们又争取了2000多人。"时任册亨县政协副主席、巧马镇党委书记刘曜熙说。巧马镇总人口有1.5万人，"十三五"期间搬迁1万多人，意味着全镇三分之二的人口要搬迁。

2019年6月25日，第九届全国"人民满意的公务员"和"人民满意的公务员集体"表彰大会在北京举行。册亨县巧马镇党委被表彰为"人民满意的公务员集体"，是黔西南州唯一获此殊荣的集体。巧马镇之所以能获此表彰，与镇里"一把手"刘曜熙密切相关。

搬迁脱贫，群众观念转变是关键。在外人看来，从穷山沟搬进城镇，是求之不得的好事。可在偏远山区，的确是"贫困限制了想象力"，好多群众不明白这个道理。"没有落后的群众，只有落后的干部"，巧马镇短时期内完成这么大的搬迁规模，其中很大部分功劳要归刘曜熙这个"领路人"。

出生于1986年的刘曜熙，身材微胖，戴一副眼镜，是北京大学法学院的才子。2008年，他大学毕业后，毅然婉拒众多高薪职位，返回家乡做了一名"人民的勤务员"。

当地老乡们讲，刘曜熙天资聪明，从小学习就好，是标准的"别人家的孩子"。据说，他被当地很多群众先后三次当作"典型"来教育子女：

第一次，是他高考考上了北大那年。这不仅是村里人的骄傲，在整个黔西南州也被传为佳话。这段时期人们常对自己的孩子说"你要好好读书，你看人家刘曤熙，都考上北大了，去北京上大学，以后才能有出息"。

第二次，则是四年后，他返回老家，在乡镇里当了一名普通的公务员。很多老乡对此十分不解——明明是北大毕业的，为啥回到这穷山沟沟？这段时期，他的事迹被一些所谓的"坏孩子"当作不好好学习的理由——你看那刘曤熙，考上北大又如何？还不是在外面混不下去，还不是一样得回到大山来？

第三次，则是脱贫攻坚这几年，刘曤熙带领年轻的镇党委班子，攻克一个个难关，把上万名群众搬出大山，让曾经一穷二白的巧马镇换了新颜。这次，他得到的评价是——北大的果然不一样，果然牛！

言归正传，刘曤熙他们的工作方法确实取得了明显实效。

"移民搬迁矛盾多、压力大，曾是镇里干部最头疼的事情。"刘曤熙说。自从开展易地扶贫搬迁工作以来，巧马镇充分运用"共商"工作流程法，及时成立"威信"党支部，组建党群代表服务队，由干部带头，组织发动各村外出务工返乡人员、创业致富带头人等，参与动员搬迁工作，用群众能够听得懂的语言、乐于接受的方式动员群众搬迁。此外，工作组进村入户必须要带三张图：规划图、外观图、设计图。

2016年4月26日晚，巧马镇板坝村尾阳组组长王子华家的院子里，木凳、木椅、塑料凳一字摆开，全组每家出一个代表，一场易地扶贫搬迁"共商会"热热闹闹展开。

"父老乡亲们，今晚我们一起来研究下，咱这个寨子的脱贫出路问题。"刘曤熙打开了话匣子，"先给大家算笔账：咱们这条进寨子的路有8.7千米，按照最低成本每千米30万元算，要投入261万元，也就只有24户98人受益。平摊下来，每户要投资十多万元，每人两万多元。算下来，这扶贫成本很高啊！"

"哪里只要200多万元哦！挖毛路时候，还花了几十万元呢！"板坝村支书黄斌补充说。

"是啊，这还只是修路的钱，还得修水利、完善电力设施。咱这里离镇上这么远，就算以后路修好了，小孩上学、老人看病也不方便。"刘曜熙赶紧趁热打铁。

20世纪70年代，数十名群众逃荒来到同样偏远的巧马镇板坝村尾阳组，虽然吃饱了饭，但依旧贫困。前些年，在上级相关部门支持下，巧马镇安排了绿壳蛋鸡、小油茶、甘蔗种植等扶贫项目，但生产生活条件依然没有从根本上改变。截至2016年，全组24户人家中，仍有13户处于贫困线下，贫困发生率达50%以上。

国家出台易地扶贫搬迁优惠政策后，巧马镇党委、政府研究认为，尾阳组符合整体搬迁条件，建议实行整体搬迁。但最终是否搬迁，还是得坚

2019年11月5日，志愿者康佳磊在巧马镇图书馆陪伴小读者阅览图书（卢志佳　摄）

持自愿原则，首先征求大家意见。

"今天，就是和大家共同商量搬迁的事。国家的搬迁政策，大家都已经清楚了，搬与不搬，大家都要表个态。"简单算账后，刘曜熙话入正题。

"早就在这个旮旯住够了，我愿意搬，搬到镇上也行，最好是搬到兴义去。"村民王子华是个急性子，马上接过了话茬。

"还有谁愿意？请举个手。"刘曜熙看着乡亲们的笑脸，心里早有了底儿。

举手表决完毕，村民们又议论起来。

"真是'三十年河东，三十年河西'啊！"老党员王本校说。当年为了有一口饭吃，他带着一家五口，从兴义市的泥凼镇搬到了这里，刚来的时候，全是荒坡，大家开荒种玉米，养猪养鸡，终于不饿肚子了；可是始终没有钱，这么多年了还是在受穷。

王本校停顿了一下，似乎在回忆几十年前的岁月。几秒钟后，他接着说："唉！没想到填饱了肚子，却害了儿子。因为条件差，我儿子快40岁了，还没讨到媳妇儿呢！要是能搬到城里去，那可就太好了。"

"要搬迁，必须算我一个。"长期在兴义务工的村民王友明听说组里召开"共商会"，赶紧从工地上赶了回来。他说，要是能搬到兴义，他以后就不用租房子住了，节省开支不说，以后孩子上学还方便。

其他人听了，默默点头表示认可。

"我倒是非常想搬，但像我这样的，过去后怎么生活？"五保户胡祖友担忧地问。

"这个不用担心，大家搬走后，在这里享受的国家政策都继续享受，有的标准还会提高。家里的山林土地，都还是大家的，要是流转利用了，还会有流转费收入和分红……"

刘曜熙的一番解释让大家的顾虑逐渐消失。见时机成熟，他赶紧召集大家推荐代表，择日去兴义看房，争取赶上全州第一批搬迁计划。

"共商是易地扶贫搬迁工作的法宝。"刘曜熙说，"首先班子要统一思想，统一认识，然后团结中层干部，并发动村支"两委"干部，抓住村里的能人，以党员、村组干部、寨老、大学生、致富能人、外出务工返乡人员和贫困户代表为重点对象，从群众最关心的问题入手，很多难题就迎刃而解了。"

比如，关于易地扶贫搬迁安置的配套项目——巧马中学的选址，按照原先规划，学校要建在者告村朗基组。但巧马镇孔屯村者耐组寨老王守权看了规划图后，提出不同意见。他说："要修学校的那个地方是个回水窝，学校建在这种窝窝里头，怕是以后出不了人才喔！"

说者无意，听者有心。原来，王守权认为学校的选址容易塌方，不安全，以后会有安全隐患。听到这一反映后，巧马镇里马上召开专题会议研究规划。参会人员讨论后认为，王守权的建议很有道理，随后重新选址规划。

王守权万万没有想到，政府会这么重视他一个普通农民的想法，还把规划都改了，多次表示以后会更加支持政府工作。

"整个自然寨搬迁是最英明的。"刘曜熙说，"巧马镇有64个自然村寨整体搬迁。"自古以来，自发搬迁中多是"能人"搬。易地扶贫搬迁也需要"能人"带头，动员工作要"巧妙"，要实行"自上而下"的方式。比如，巧马镇先统一镇班子成员的思想，然后做通中层干部的工作，再把搬迁精神传达到村支书、主任，再由村干部向村里的"能人"宣传，用"能人"来带动贫困群众搬迁。

通过与群众的19轮"共商"，巧马镇2300多户总共1万多人顺利入住安置区。

五、亚洲最后的"穴居部落"

苗族是一个历史上苦难深重的民族，经历了数次大迁徙。有些西方人类学者称之为"东方吉普赛人"。其中，西部方言区的苗人，迁徙的历程尤为艰苦卓绝。

2018年4月22日，一名苗族女孩背着书包经过一辆搬迁的货运车（杨文斌　摄）

在黔南布依族苗族自治州的惠水县、长顺县、罗甸县、平塘县，安顺市的紫云布依族苗族自治县和黔西南布依族苗族自治州的望谟县六县交界处的麻山地区，至今仍用苗语口头演述着一部苗族史诗《亚鲁王》。

《亚鲁王》讲述了西部苗人创世、征战、迁徙的历史，主角亚鲁王是苗族同胞世代颂扬的民族英雄。过去，由于没有文字记载，仅靠苗族口口相传，至今已经传唱上千年。一般在苗族送灵仪式上唱诵，唱诵《亚鲁王》的歌师被称为"东郎"（苗语的音译）。仅在紫云县，普查到的"东郎"就有1770多人。

《亚鲁王》作为中国第一部苗族长篇英雄史诗，2009年被评为"中国十大文化发现"之一，被中国民间文艺家协会纳入中国民间文化遗产抢救工程重点项目；2011年列入国家级非物质文化遗产名录；2012年关于《亚鲁王》研究的第一部成果出版发布会在北京人民大会堂举行。

《亚鲁王》被有关专家誉为展现苗族古代社会的"百科全书"。根据紫云县《亚鲁王》工作室研究，这一史诗传唱的大概情节是这样的：

亚鲁在12岁以前尚未称王时，他的父亲和三位兄长就外出闯荡了，父子之间多年未能谋面。亚鲁和母亲相依为命，他就建造集市、训练士兵，长大成人后娶妻生子，建立了皇宫。最让他自豪的是，他得到了世界珍贵的宝物——龙心，这让他变得无往不胜。此外，他还开凿了山里苗人最稀缺的盐井，集市商贸日趋繁荣。

长足的发展，引起了他的另外两个兄长赛阳、赛霸的嫉妒，并挑起了战争。亚鲁聪明狡狯，足智多谋，但他不愿看到手足相残，并不想参战，更不愿意杀戮自己的亲兄长。可事与愿违，他面对的是一场场惨烈的血战。

无奈之下，他只好被迫带着70名王妃和王子，从富庶的平原地区一次次迁徙、逃亡到贫瘠的深石山区，一步步退到了条件恶劣的麻山地区。实在无路可走时，他用计谋侵占了族亲荷布朵的王国，并先后派遣几位王子回征故土，自己却立足荷布朵的王国重新定都立国。神性的亚鲁王造太阳、造月亮，开拓疆域，命令12个儿子征拓12个地方，延续亚鲁王的血脉。

专家认为，正是因为麻山地区地处偏远，外人罕至，语言独特，交流不便，信息闭塞，这部浩瀚的苗族史诗才得以传唱至今。由于当地懂西部苗文的知识分子寥若晨星，不会苗文就没有记录苗语的工具。所以，千百年来，在各个村寨传唱的《亚鲁王》也就只能囿于麻山地区口传而不为外界所知。

让我们先来看一段《亚鲁王》史诗中，反复出现达20余次的一个悲壮的场景（东郎翻译的文本）：

亚鲁王携妻带儿跨马背，

亚鲁王穿着黑色的铁鞋。

孩子的哭声哩啰哩啰，

娃儿的哭喊哩噜哩噜。

亚鲁王砸破家园带上干粮开路，

亚鲁王捣毁疆土带上饭团前行。

亚鲁王带家园破碎的族人走上千里征程，

亚鲁王领饱经战乱的家族走过百里长路。

孩儿哩孩儿，

娃儿哩娃儿，

别哭了，七千务莱会听见这哭声，

听话吧，七百务呸紧追我们身后。

可怜我的孩子，

心疼我的娃儿。

饥饿的哭声令人心痛，

哭奶的嘶叫撕心裂肺。

我们停停吧，煮早饭吃了再走。

大家歇歇吧，做午饭吃饱再行。

嚼个糯米粑粑再走，

吃点糯米饭团再行。

亚鲁王带族人日夜迁徙来到新疆域。

这里是一片宽广的地域，一片辽阔平坦的疆土。

水源充足，

粮草丰盛。

可这里躲避不了追杀，

没法摆脱硝烟战火。

这里抚育不了儿女，

这里不能养活我族人。

拖家带口骑马奔走，孩子哭哭啼啼，时刻担心被追兵赶上……仅从这段描述中，我们就能切身感受到，历史上苗族的大迁徙实际上是"大逃亡"！好不容易发现了一片粮草丰足的新地域，但又无法躲避追杀，最后只能躲到深石山区。这是何其悲壮的画面！

为了逃命，苗族同胞被迫从平原迁徙到深山。而在新一轮易地扶贫搬迁中，他们再次迁徙，但这次他们是"逆行"，是我们伟大的党和政府"邀请"他们搬出深山，搬到条件更好的地方，是为了追求更美好的生活的大搬迁！

紫云县是一个喀斯特岩溶强烈发育地区。全县喀斯特岩溶地貌多集中在宗地乡、格凸河镇一带。格凸河镇中洞组位于格井村海拔约1800米的一个洞穴里。洞穴宽115米、深215米、高50余米。

这一带，除了中洞外，还有上洞、下洞两个洞穴。这三个天然洞穴各具特色，其中上洞和下洞两面通光透亮，宛如天然拱桥，而中洞三面壁立，一面洞开，洞内宽敞高大，地势平坦。通往中洞的只有一条长4千米的石梯道路，出行只能靠走，交通极其落后。

中洞组是一个极其特殊的村寨，总共有24户98人，全部为苗族群众。说其特殊，是因为从1951年开始，一直到2019年这里的苗族群众都还住中洞。目前，虽无法考证中洞组的苗族群众是否为亚鲁王后裔，但他们多年久居洞穴的生活，引发国内外广泛关注，甚至被称为"亚洲最后的穴居部落"。

据当地人讲，100多年前，这支苗族的祖先居住在另外一个山洞。有一年，洞里的姑娘拒绝了附近一个苗寨青年的示爱。被拒绝的小伙，一气之下，便纵火烧毁了山洞里的"家"，洞中人只好逃到下洞。

"下洞前后通透，两面都有路，如果遇到土匪，还可以及时逃命。"中洞组脱贫攻坚网格长柳池忠说。1951年土匪肃清后，他们这吴、王、罗、梁四个姓氏的人家从下洞往上迁徙，搬至"中洞"。

洞内冬暖夏凉，洞穴顶上终年不断滴下的清冽泉水，顺着小竹槽流入过滤水池里，这便是洞里人畜的饮用水。

中洞人自此生息繁衍，凭借着从石头缝里开垦出来的、支离破碎的土地生活。他们每隔一段时间，就到镇上的市集上买些生活用品。住房则是用木头搭起整个房子的架子，用竹篾编织成墙壁，壁上零星挂着农具，大多数房子没有屋顶，以洞顶做盖。

他们自己纺纱织布，推磨碾谷，过着日出而作、日落而息的生活。吃饭时，围着火塘，把黑色的铁三脚架支在烈火中，加上一个铁锅里煮菜，蘸着辣椒水吃，水汽和烟雾弥漫在洞中。喂喂猪崽，放放牛羊，摆弄一下田土，一天就这么过去了。

农闲时，男人们会围着篝火，喝着自酿的苞谷酒，天南海北地摆着"龙门阵"；女人们则会聚在一起谈论生活琐事，过着外人难以想象的清贫日子。

这样的生活看似"世外桃源"般梦幻，实则十分艰难。

很久以前，洞里的媳妇多是从洞外按照周代的"纳采、问名、纳吉、纳征、请期、亲迎"六礼从外村接来的，也有洞内相互通婚的。近年来，随着外界经济社会的快速发展，洞内的生活显得更加"脱节"，中洞的男青年们娶媳妇逐渐成为"头号难题"。

在中洞门口附近，有一个小平台，名曰"望妻台"。"几十年来，中洞的很多大龄男青年找不到老婆，闲暇无事的时候，就到这里坐着，看外面会不会有女人经过，由此得名。"柳池忠说。

考虑到长期居住山洞对身体不好，早在1985年，当地政府就在山脚下修建了8栋瓦顶石头房，号召村民搬出山洞。这是第一次有组织地尝试让村民搬出洞穴。经过反复动员，有6户人家响应号召，抱着"试一试"的想法搬了出去。

然而，不幸的是，一位搬出洞穴的老人在检修屋顶时，不慎跌落身亡。老人的死被村民们认为"不吉利"，其中4户村民又搬回了中洞。1986年，在洞内创办中洞小学，周边自然村组群众纷纷送学生到中洞小学就读，学校学生最多时达196名，教师最多时有9名。1997年，县生态移民办帮助村民修建了新房。

2003年，在各方努力下，从山下到中洞的输电线路终于架通，洞内终于有了些许的亮光。通电后的中洞，除了昏暗的节能灯、信号若有若无的电视机、古旧的电风扇、简易篮球场之外，几乎看不到现代文明的影子。

2008年，为改善中洞的生活条件和生存环境，紫云县实施了"中洞组易地搬迁移民项目"，决定在距中洞500米的山下新建移民房屋和格井小学。2008年8月，原格井小学扩建成格凸寄宿制学校，中洞小学撤并至格凸寄宿制学校。

2010年，结合格凸河风景名胜区规划，修建完成20栋青瓦白墙坡屋面的新民居，当地政府再次组织群众搬迁。与以前搬迁类似，搬出洞外后，部分居民因不适应洞外生活，居住一段时间又搬到洞中生活。

由于村寨位于接近山顶的洞穴，水源较缺乏，全村饮水困难，加上村寨无排水设施、无消防设施、无垃圾处理点，村民的生活受到极大的影响。2016年，中洞组纳入易地扶贫搬迁项目，动员搬迁至格凸河镇羊场安置点。2018年，再次将中洞组纳入易地扶贫搬迁项目，动员搬迁至紫云县城安置点，但多次宣传动员后，部分村民仍不愿搬迁。

2019年，为彻底解决中洞组群众贫困落后问题，紫云县充分考虑到中洞群众生活习惯，通过各方协调努力，动员住在洞中的24户98人全部搬迁至宗地镇打饶村安置点，按户籍人口数，每户解决安置房一套，农户原有土地用于流转入股景区开发。

村民罗登高在打饶村安置点分得一套房，他在房前的空地上开辟出了一个小花园。"收拾一下，以后就算下雨，地上也不会到处是泥巴，住着也会舒服一些。"罗登高说，政府给配置了沙发、彩电、烤火炉、床等基本生活用品，"毫无疑问，搬出来后，交通方便了，居住环境更好了。"

村民梁成妹腰部受过重伤，干不了重活儿，在山里生存可谓是举步维艰。搬迁后，她和丈夫负责打扫公共区域卫生，两人每月1600元，每年每人有1万元的土地入股分红，日子比在中洞大有改善。

"以前在洞里住，没有什么经济收入，主要靠低保救助。"梁成妹说，儿媳妇是外省人，以前在洞里住的时候，儿媳妇过年都不愿意回来；搬出来后，儿媳妇主动提出来要回家过年。

"69年来，这是中洞人第一次在洞外过春节！"中洞组脱贫攻坚网格长柳池忠说。2020年的春节注定会在每一个中洞人心里，留下不可磨灭的烙印。

六、移民心态画像

经过数以万计的基层干部广泛宣传动员，加之年度易地扶贫搬迁任务的压茬推进，即使再偏远的村寨，贫困群众也对易地扶贫搬迁政策有了一定知晓，他们对国家从未有过的好政策表示衷心拥护。

然而，由于受到长期以来封闭的生活环境、禁锢的思想意识等影响，搬迁群体出现了分化，有的急切想搬迁，有的想"搬新家不断旧根"，还有的表示"打死都不搬"。概括起来，大概可以分为以下几种类型。

画像一："本领恐慌、犹豫不决"型

虽然没有进行过专门统计，但从成百上千的基层干部介绍看，这类群体所占比例最大。他们勤劳、肯出力，并且有一定的经济头脑，但内心深处总是"捅不破那层窗户纸"，往往对搬出大山后的生活没有信心，进而对易地扶贫搬迁犹豫不决、摇摆不定。

月亮山区的龙天保"背着六斤米下山"的故事，被当地干部作为动员群众搬迁的典型案例。

第一次见到龙天保，是在榕江县城郊区的一个制砖厂。烈日下，他头戴草帽，熟练地开着叉车搬运制好的砖头。他的妻子在一边打着下手，不一会儿成品砖就垒成一座小山。由于天气太热，龙天保不时用搭在脖子上的毛巾擦着汗水。砖厂规模不大，但效益很好，实行计件工资。对于他们两口子来说，时间就是金钱。不忍心打扰他们的工作，我们在一边默默观察着。

到了晌午吃饭时间，他们夫妻俩停了下来。龙天保的妻子麻胜花拿出早上做好的盒饭。他们吃饭时，跟我们摆开了"龙门阵"。

出生于1971年的龙天保，老家在月亮山腹地榕江县计划乡摆王村污讲寨，距离乡政府约25千米，山大沟深。搬迁前，他一直住在海拔1600米的高寒山区，寨子里绝大多数村民基本过着自给自足的生活。

那是一段怎样的岁月？回首往事，龙天保夫妇眼中噙着泪花。

"一提起过去，我就想哭。"麻胜花的眼睛一下就湿润了。她强忍着泪水，讲述了在老家寨子里的生活经历："在山里那些年，天保在外面打工，我就在家里犁土种田。那时，寨子里都是男人干这种重体力活儿，只有我一个女人家在犁田。我力气小，为了生活，硬着头皮干。"

"这个你莫讲了，太苦了。讲起这个，泪水可就多了。"怕妻子忍不住会哭，龙天保想赶紧打断妻子的话，言语中透露着内心深处对妻子的深深愧疚。

"我们现在日子好了呢！这个你还怕别人笑话啊！"麻胜花却没受丈夫影响，接着说。"老家的田土都离得远，单程走路都要1个多小时，每天早上不到六点钟就起床，给娃娃做好早饭，简单吃几口饭，就带上午饭上山下田了。午饭就在田里吃，等到太阳落山了再往家赶，回到家都已经是六七点了，还要做晚饭、煮猪食，经常要忙活到半夜十二点才能睡觉。"

"就这样，日复一日，辛苦一年养大的猪也卖不出去，只有当'年猪'杀了自己吃。一年能收四五千斤稻谷、两千多斤玉米，吃倒是不成问题，但没有余钱啊！最担心的就是孩子生病，因为不通车，从寨子里到乡镇的卫生院要走四五个小时山路，老人生病更麻烦。

"2011年，女儿到乡里读初中后，生活更是难以为继。孩子不仅要带干粮，每天还要带5元钱的零花钱。米，自己种，家里有，可钱却经常犯愁。2012年，儿子也到乡里读初中了，从此米、零用钱都成了双份。

"穷人的孩子早当家，两个孩子都很争气，成绩都很不错。"

"就是砸锅卖铁，也要坚持供两个崽读书。"龙天保说，"老家的生活实在太艰苦了，我不外出打工时，要挑两三百斤的木柴、牛草、牛粪等，肩膀头都磨出了厚厚的老茧。"

他渴望走出大山，当干部们动员他搬下山时，他脑海中蹦出的第一个问题就是——下山进城后怎么生活？纠结良久，为了儿女接受更好的教育，彻底割断"穷根"，他决定"试一试"。

他和妻子商量，决定带着6斤米下山！

按照每人每天1斤大米的口粮算，以3天为限，他从自家的米缸里称出6斤大米，和妻子一起下山"闯江湖"。

夫妻俩计划：要是米吃完了，工作还没着落；他们就回到大山里，再也不出来了。

在亲戚的介绍下，他来到榕江县城的砖厂打工。刚到砖厂时，龙天保看见汽车都害怕，过马路都战战兢兢。他原以为，开铲车、开制砖机器很难，自己这么笨，肯定学不会，可看着大米一天比一天少，必须逼自己一把。

说来也怪，克服了心理上的恐惧，龙天保马上就学会了开制砖机。"是6斤米逼我学会开机器的。"龙天保说，"不逼一下自己，永远不知道自己的潜力有多大。"

于是，他们夫妻俩决定搬迁到城里，向新生活进发。如今，已经习惯了在城里工作生活的他们，早已经摆脱了刚下山时的惴惴不安，成为新市民。

画像二："酝酿已久、急切想搬"型

这部分群体大多具有一定的文化或者技能，又有一定的见识，长年不在老家，或在县城租房子，或是拖家带口在打工地生活。他们迫切想在城市里扎根儿，但各方面条件有限，又扎不下根儿。国家易地扶贫搬迁政策的实施，对他们来说简直就是"雪中送炭""久旱逢甘霖"。

正安县位于遵义市东北部，在大娄山山脉东麓、芙蓉江上游。桴焉乡（现已改为桴焉镇）距离正安县城约31千米，境内大小山峰重峦叠嶂，千

枹焉乡动员群众搬迁的标语（2016年3月　杨洪涛　摄）

姿百态，妩媚动人。外人见了此情此景，或许会感叹遇到了"乡愁"，但生活在这里的群众，对此是"真愁"。

坐落在崇山峻岭间的五汇村是枹焉乡条件较差的乡，截至2015年底，全村21个村民组有贫困户300多户，贫困发生率超过30%，村民人均年纯收入不足2000元。

高寒、荒凉、边远，出行难、就医难、增收难长期困扰着这片土地上的老乡们。龙家沟村民组是村里自然条件最恶劣的自然村寨，村民们吃的是"望天水"，种的是"望天田"。

寨子所在地海拔1400米左右，人均不足1亩旱地，水田只有几分，有的人家甚至还没有水田。由于绝大多数田地的坡度超过了25度，1亩玉米地只能收两三百斤，1亩水稻田有时连100斤都收不到。被逼无奈之下，全寨42户中，已经有15户"能人"自发举家搬迁外出了，剩下27户只能苦熬。

2016年3月，笔者随遵义市生态移民局的同志来到龙家沟村民组，村民们高涨的搬迁积极性令人动容。

"盼星星，盼月亮，终于盼到这一天了。我早就想搬出去了。"68

岁的村民韦忠学说。他18岁那年就在外面当兵，多年的闯荡经历让他意识到老家的落后，从复员那天开始，他就想搬出大山。现在，孩子们要么在外地打工，要么已经在县城买了房子，他也想搬，就是没有能力搬。

"这里交通太难了！要想去一趟县城，得先走2个小时的山路，才能坐上班车。现在年龄大了，也走不动了。有个头疼脑热的，在这里就相当于是等死。我现在随时准备着搬迁！"虽然退伍多年，韦忠学还是保留着当兵时的好作风。

同韦忠学心情一样，建档立卡贫困户申贵祥也是抑制不住内心的激动。

"我已经去看房了，修房子的说，估计今年秋天就会搞好，年底前就能搬过去，到时候就能在新房子里过春节了。"46岁的申贵祥说。他有两个孩子，老大在陕西师范大学读书，老二在遵义市读高中，现在家里还有4.5万元的贷款。

申贵祥说："两个孩子都说以后他们大学毕业了，肯定不会再回到这个'鬼地方'了，一定要抓住国家的好政策，搬到县城去，彻底改变现在的生活面貌。我小时候家里实在太穷，只读到小学三年级，但不用娃儿们劝，我也明白这些道理，一开始我就准备好要搬迁了。"

当问是否舍得老房子时，他洒脱地说道："老祖宗说过'舍得，舍得，有舍才有得'，既然政府给安排了新房子，还留老房子干啥？并且拆掉旧房子，还能得到补助，天底下哪有这等好事？"

相比韦忠学、申贵祥，册亨县巧马镇者告村村民陆荣先更加积极。

陆荣先的老家只有四五亩山地，因为支离破碎，具体有几亩，他也搞不清楚。每年，一半的地种玉米，一半的地种甘蔗。农闲时，他就走一个多小时的山路到镇上去打零工。

"运气好，一天找个几十元。运气不好，就是白跑一趟。"陆荣先说，"五六天前，镇上突然热闹起来，听说要修几十上百栋楼房，我就跑到工地上找到泥水工的活儿。"

在工地上，他见到了施工规划图——风格统一的小洋楼，宽敞的马路，幼儿园、医院、超市，周边还要配套建设产业园区，这种小区他只在大城市见过。后来，又听说这些楼房是专门给搬迁贫困户住的，只需要自己出很少的钱就能拎包入住，他估摸着自己家符合条件，从此心中便有了期待。

在工地上干活时，他感觉自己浑身有使不完的劲儿，跟给自家修房子一样卖力。有一段时间，他在工地上碰见过几次"观摩团"——干部们带领镇里各个村的村民代表，来工地上看房，劝说他们搬迁。

看着给自己带来美好愿景的施工图纸、望着自己参与修建的楼房一天天长高，陆荣先有时甚至觉得那些"观摩团"成员有些"可笑"，他想不通为什么有这么好的政策有人还不愿意搬。"反正房子建好后，我要第一个签字、第一个搬迁。"他在心里默默念道。

画像三："欲搬还回、旧根难断"型

"你们要是拆房子，我就退钥匙了。"不少来自一线的扶贫干部反映说，跟群众做动员时，大家都表示愿意搬，但一说起要拆除旧房子，很多人就打了退堂鼓，甚至要反悔。他们既想搬到城镇"换个活法"，又不舍放弃老家的房和地，希望给自己"留一条后路"。

"要是拆老房子，现在分的这个房子，我就不要了。"在凯里市上马石安置点，当问起一名苗家女是否愿意拆除老房子时，她想都没想就干脆地回答。

"为什么？这里不好吗？"

"好是好，适合年轻人在这里，我们这种快60岁的人，在这里搞哪样？要不是带孙孙，我才不来呢！"

"那你家现在的房子还没拆吧？"

"没拆，也不能拆！"

"是木房子吧？"

"对啊，木房子。"

"木房子要是几年不住人，风吹日晒的，就算不拆，过不了几年，也会烂掉的啊！"

"怎么会没有人住呢？我家老公在家里种田呢。我家有3亩多田，现在在这里带孙孙，等到了周末，带着孙孙回老家。"

"你老家还种着菜吧？"

"是啊，在乡下，随便种点白菜、萝卜，就够吃的，在这里吃什么都要花钱，吃水也要花钱。你看，我手里这几棵葱就要1块钱，小白菜要4元一把，我家人口多，吃一顿白菜就要10多元钱。老家的菜园里，有的是，随便你吃！管够，还不用花钱！"

"对于刚搬过来的贫困户，政府有补助啊！"

"是有补助。但是补助一阵子，还是补助一辈子？我们这一辈有补助，下一辈还有补助吗？我儿子、儿媳妇辛辛苦苦上班，挣的都是苦力钱，又不像老师、医生那样有固定工作的，说不定哪天打工的厂子倒闭了，就得失业了。我如果把老房子拆了，就不能种地了，老家又回不去，那岂不是越来越穷了？"……

在动员搬迁过程中，存在像这名苗族妇女想法的人不在少数。2018年7月31日，贵州省生态移民局干部在走访望谟县油迈乡纳王村村民林卜耐时，就遇到了这种情况。当时，他已经填写了搬迁申请书，并且已经在审核阶段了。当问及"拆老房子"时，他就犹豫了。下面是这名干部的《入户访谈记录》：

问："你家有几口人？因为什么致贫？"

答："5口人，其中3个小孩，都在读书。老大在贵阳电子商务学校，老二刚参加完高考，考了392分，老三正读初二。"

问："你了解易地扶贫搬迁政策吗？"

答："知道的。"

问："你愿意搬迁吗？"

答："愿意搬。我想出去做点小生意。我去看过房子，一个人有20平方米，我家能分100平方米的房子。"

问："房子你满意吗？"

答："满意。我儿子也去看过，也满意。"

问："如果拆除老房子，你搬不搬了？"

答："如果拆的话，我不太想搬了。"

问："你在哪里打工？"

答："在浙江的鞋厂，扣除了房租，每月有4000多元收入。有时候也去小厂打工，不稳定。我们两口子一个月有9000元左右，主要是娃娃读书用钱多。"

"通过做工作，贫困地区的群众几乎个个都愿意搬，但个个都不愿意立即拆除老房子。"深度贫困县一名基层干部说，通过摸底，2015年11月调查确认的易地扶贫搬迁对象中，"若必须拆除旧房才能列入搬迁对象"，则拟搬迁对象会减少80%。

"藕不断，丝还连。"基层干部分析说，这部分群体心理也可以理解，他们既想享受摆脱大山、搬进城里的新生活，但又担心"万一混不下去"，把老家的房子、土地留着，还可以"打道回府"，继续过以前的农村生活。

画像四："安土重迁、坚决不搬"型

"美不美，家乡水；亲不亲，故乡人。"这句老话深深扎根在国人心底，每每在关键时刻影响着人们的判断，尤其是一些上了年纪的人。

"最难的就是老年人这部分群体。"搬迁中，不少基层干部对此感同身受，老年人对中年人、青年人搬出大山并不阻挡，反而会鼓励他们搬出大山、追求更美好的生活。但他们自认为是"半截身子已经入土的人了"，一辈子都生活在大山里，对一草一木、一砖一瓦都有很深的感情，加上年老体衰，不愿意给子女增添负担，不愿移民搬迁到新的环境中。

摆王村是黔东南州榕江县最早实施整村搬迁的村寨之一。笔者2016年来访时，仍然有几户人家不愿意搬迁。

那是一个雨天，由于绝大多数人家都已经搬迁了，绵绵细雨笼罩在寂静得出奇的寨子上，寨子显得异常冷清。偶然出现的鸡看到我们，吓得一边"咯咯咯"叫着一边跑开了。在泥泞、曲折的小路上走了很久，我们终于找到了60岁的龙老权家。他的儿子已经搬到县城，女儿已经出嫁，只剩下老两口留守在寨子里。

或许是寨子里很少有外人来访，见到我们一行，龙老权有点喜出望外。老远就跟我们打招呼，等我们进屋后，又赶紧招呼老伴在堂屋里生起火，让我们喝茶、烤火。

围在火炉旁，在昏暗的灯光下，随行的乡干部介绍了我们的来意。

"儿子搬迁了，基本没花钱，政府让我也搬，我坚决不搬。"龙老权说，"家里的一丘水田，随便种下就能收800多斤稻谷，够两个人吃一年。我这个岁数，到山下进不了工厂、做不了保安，打扫卫生人家也不要。"

"儿子、儿媳妇也挣不了多少钱，他们养娃娃开支大，不能给他们增加负担。"龙老权猛抽了一下老旱烟说，"在山上，我现在这身板还可以放牛、养猪、种菜。"

"你现在还种了多少田？"

"也没多少，就一两亩。村里很多人都搬走了，田土没人种，政府要组织退耕还林，有几家无偿让我种，我没答应。多了也没那个体力，自己够吃就行了。"

"在山上住，买东西方便吗？"

"我们老年人还能买什么东西？又不像你们年轻人，无非就是吃喝了。菜自己种，猪养了自己吃，过年时候熏成腊肉，能吃大半年。平常也花不了多少钱。100元钱在口袋里揣个十天半个月的都花不出去。下了山可就不一样了，什么东西都得买，100元钱两三天就花完了。"

"这个倒是实情。"

"再说得直接一点。我们在山里，随便捡一片树叶都可以擦屁股，

安顺市西秀区一名贫困户在亲戚帮助下搬迁到安置区，开启新生活（2018年4月　杨文斌　摄）

到了城里得买卫生纸，一卷要一两块钱，用不了几次就没了。还有，城里的房子那么小，棺材板都没地方放。等我们两眼一闭，不还是要回到山上？"

"你现在身体还好吧？"

"我有慢性心脏病。一爬坡就累，走路也走不快了。"

"平常要吃药吗？"

"到榕江、凯里的医院看过，湖南的医院也去过，医生都说没有好办法，给开了药，让平常多注意观察。"

"那你们住在这里，儿女不担心吗？"

"他们经常给我打电话。今年春节，儿女们还都回来了，一起在老房子里过的年。"

"要是子女条件好了，到时候你愿意搬下去吗？"

"到时候再说吧。"沉默了很久，龙老权慢悠悠地回答说。

随行的干部说，像龙老权这样的群众所占比例不是很高，但工作难度确实很大，有的思想更为极端，甚至对前来做工作的干部说："你不用再来了，再让我搬迁，我就喝农药死给你看！"

愿意搬迁的群众，想法理由都是相似的，那就是"走出大山、摆脱贫困、为了更好地生活"；不想搬的群众，尽管有相近的情形，却各有各的借口。可想而知，各级干部们为贫困群众一跃千年付出了多少汗水和心血！

第四章 QUAN XIN TUI BIAN

》》》》》 全新"蜕变"

亘古之变，扭转的又岂止温饱。

　　时代风潮，改变最深刻的是人！

　　有时，只有读懂一个人、一个族群、一个村寨、一个乡镇的命运，才能从"骨子里"真正认识一片悄然巨变的土地，才能切身体会到国家一项惠民政策的深远意义。

　　从"刀耕火种"劳作到"温室大棚"上班，从"面朝黄土"的传统农民到拿"计件工资"的产业工人，从自认为的"丑小鸭"到公认的"美天鹅"，从"老光棍儿"到"新郎官儿"……5年时间，数百年来未曾改变的贫困面貌"瞬间"逆转，上百万贫困群众的命运发生了翻天覆地的变化，一跃进入了新时代！

一、"米老鼠"的蜕变

遵义，一座在党的历史上具有伟大转折意义的城市。在这片神奇的土地上，发生了许多重大历史事件，尤其是1935年1月15日至17日召开的"遵义会议"，挽救了党、挽救了红军、挽救了中国革命，成为党生死攸关的转折点。

在这片红色热土上，遵义人民励精图治、开拓进取，成千上万大山里的群众逐渐走出大山，命运也在不断转折，实现人生的全新蜕变。

十多年前，来自四川的姑娘米莉，从没想到义无反顾远嫁到这片具有转折意义的土地上后，自己的命运也发生了"逆袭"。

"2018年5月中旬，当我在吉他广场拿到了钥匙的时候，我非常激动，心里想着我终于有属于自己的家了，终于不再一家人挤一个房间了，不用再租房带宝贝读书了。"

"以前回娘家都是妈妈偷偷塞钱给我，现在我有能力给她买礼物，给她零花钱了。"

"以前我很自卑，连问路都不敢，现在我很自信，对未来充满信心。不仅我在改变，我身边很多朋友都在改变……"

2019年9月，遵义市正安县瑞濠街道移民安置点举办的庆祝新中国成立70周年演讲比赛中，易地扶贫搬迁贫困户米莉的演讲《我的蜕变》，赢得台下搬迁户热烈掌声，引发搬迁群众的共鸣。

"大家好！我叫米莉，不是吃的那个'米粒'，是大米的米，茉莉花的莉，大家见我瘦瘦小小的，都叫我'米老鼠'。"干脆利索的开场白，惹得在场每一个人哈哈大笑。

"你看，这就是我们的建档立卡贫困户，很自信。要是在一年前，她可完全不会这么自我介绍。"陪同采访的瑞濠街道办的干部接话说。

米莉32岁，老家在四川巴中，2011年不顾家人的反对，她为了爱情嫁到了正安县小雅镇木桥村。这个距离县城60多千米的村子，是武陵山区的深度贫困村，条件之艰苦不言而喻。

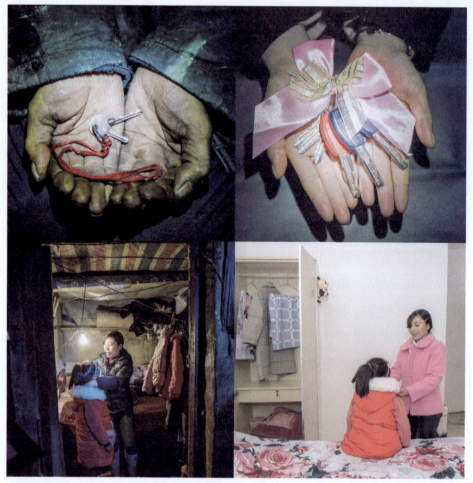

上图：搬迁前，焦开文一家人的钥匙；搬迁后，焦开文的女儿用蝴蝶结装饰自己的新房钥匙
下图：搬迁前，焦开文一家人挤在几平方米的小房间里；搬迁后，孩子有了自己的卧室
（2019年1月　邓刚　摄）

　　米莉说，以前村里只有一条毛坯路，一到下雨天就坑坑洼洼的，即使穿得再干净，出门一趟就不像样了。只有高底盘的汽车，并且司机要技术好，才能开进村里。平常出门，要么步行，要么骑摩托车。

　　那时候，米莉完全不是如今这样活泼可爱的"米老鼠"，而是一只连自己都讨厌的"灰老鼠"。

　　"说出来不怕笑话，我家的老房子还是牛粪糊竹片的那种，冬天呼呼地漏风。每次遇到下雨天，我老公就得上房顶盖漏水点，然后用几块木头撑住房子，生怕什么时候房子塌了。"米莉说，"我虽然年纪轻轻的，但结婚后这么多年一直没出去上过班。不是不想上班，而是老家条件有限，不好找工作。去外地，我又不放心老人和孩子，所以一直闲在家里，过着没有朋友、没有社交的日子。"

"那种苦日子真是受够了，为了柴米油盐开支，我经常跟我老公吵架。一年到头，连件衣服都舍不得买，有时候特别后悔嫁到那么个鬼地方！"回忆起苦涩的往事，米莉脸上的笑容慢慢消失了。

"老家孩子上学肯定也不方便吧？"

"走山路要两个多小时。放学回家天都黑了。"米莉说。不忍心年幼的孩子走那么远的山路，她后来索性在乡镇租房子"陪读"，每年租金1800元。这些钱看着不多，但对于当年的情况来说，也是一笔不小的开支。

"那段时间，我心情特别不好，加上右眼有点残疾，我总是用刘海儿挡住眼睛。才20来岁，看上去就跟40多岁一样。现在想来，那段时间做得确实不好，因为自己郁闷，还经常把怨气撒到孩子身上。久而久之，孩子也变得不爱说话了。现在想想都后怕，差点把孩子都毁了。听到要搬到县城，我没有考虑太多，第一个报名。"米莉说，"按照政策规定，我们一家6口在县城分到了120平方米的新房。"

"我们一家的命运，从我领到新房钥匙那一刻就扭转了。"说起搬迁后的生活，米莉又恢复了满脸笑容，像倒豆子一样说了起来。

"我家的新房有四室一厅一厨两卫，两个孩子就在小区的学校上学，上学走路十几分钟，平常由婆婆带着，我和老公就可以放手上班挣钱了。先说我吧，社区给介绍了一份在'黔灵女培训学校'做招聘专员的工作，每月工资2100元。

"在这期间，我还抽空参加了培训学校的月嫂和家政培训。没想到的是，刚拿到月嫂初级证，就有了订单。在正安县城做月嫂，一个月有7000多元；要是到遵义市区的话，工资还会高一些。现在的订单已经排到了2020年1月了。下一步，我准备再进一步学习、提升，要是能拿到月嫂高级证的话，工资还会更高。

"前段时间，我婆婆突发高血糖，我们都急坏了。当时情况非常严重，幸亏现在离着医院近，及时送到了县中医院检查。医生说'运气好，要不是送来及时，可能会留下严重的后遗症，甚至抢救不过来'，现在想想都后怕。转眼一想，又觉得幸运，如果当时在老家的话，从老家到县里的医院最快也得三四个小时，真是庆幸早搬了出来。

"我老公呢，现在挣钱没我多。他以前只是打零工，多的时候每天有120元，少的时候也就80元，关键是不稳定，有一天没一天的，运气好了就有活干，运气不好，十天半个月的没收入。搬到这里后，他加入了社区的工程队，常年有活干，每月收入三四千元。最近，他正在考驾照，等拿到证后，准备明年买辆小轿车，开回老家四川。"

"除了收入方面，你感觉还有哪些变化呢？"

"变化多了去了。比如说，在性格方面，我以前很抑郁，经常用头发遮着眼睛，现在每天都接触这么多姐妹，自己都变得阳光了。在工作方面，培训学校给我提供了很大的便利，如果没有月嫂订单，我就在社区上班，有订单就去一线，让我一直有班上，每月有了固定的收入，生活质量自然提高了。忙碌的工作，改变了我的世界观、人生观、价值观，这样让我感觉很充实。不像以前，老觉得自己是个没有用的人，现在不再觉得自己是可有可无的人，现在的我对未来充满了信心。"说着，米莉用右手很自然地把头发往后捋了捋，眼神中流露出发自内心的自信。

"作为有两个孩子的'宝妈'，我现在有条件花更多的时间、精力来教育孩子了。宝贝们也在这里交了很多新朋友，见识多了，性格也开朗了，孩子的自信心就回来了。我准备给宝贝报一个舞蹈班，希望宝贝和妈妈一样，变得更加优雅自信！

"以前，我一两年都不回一次娘家，没脸见娘家人。现在两个月就要回去一次，每次回去都会带妈妈逛超市，买衣服什么的。这种感觉真的很好。"

"你老公呢？他有什么变化吗？"

"他啊！"提起自己老公，米莉突然有点不好意思了。

"怎么，不方便说吗？"米莉欲言又止的神态，引发了大家更大的兴趣。

"他现在更加在乎我了。有句话叫'经济基础决定上层建筑'，我现在挣钱比他多，在家里的地位也慢慢提高了。以前，他还经常跟我吵架。现在对我的态度越来越好了，有家务活儿都抢着干。生怕我看不上他了。嘿嘿……"说这话时，米莉的嘴角不自觉地上扬起来。

"现在做梦都会笑醒，真心感恩党和国家的好政策。"米莉说，"我会把这份感恩牢牢记在心里，并用我的绵薄之力帮助需要帮助的人，争取做一个对社会有贡献的人。"

米莉的故事一直萦绕在我的脑海中，或许并非每一名搬迁对象都能像她那样自信，但毋庸置疑的是，她是30岁左右群体的典型代表。易地扶贫搬迁，让这一群体从他们这一辈儿开始摆脱贫困，走向属于自己的未来，开辟属于自己的新天地！

二、脱农装，着工装

搬迁让贫困群众从"忧居"到"优居"，但搬迁只是手段，脱贫才是目的。"搬出来吃什么"是决定群众是否愿意搬迁的最主要因素，也是各级党委、政府首先要面临的问题。生态移民部门的统计数据显示，搬迁劳动力家庭中约有50%长期外出务工。这也就意味着，无论是否搬迁，这部分群体都会选择外出务工。如此一来，"50人员""60人员"以及留守妇女就业问题更显迫切。

"在全国人民都庆祝新中国七十华诞的时候，我们搬进了新房。"月亮山区腹地、黔东南苗族侗族自治州从江县贵运社区安置点年近50岁的苗族群众张先金，2019年10月6日搬进了新房，至今难掩内心的喜悦。

张先金老家在黔东南州从江县丙妹镇上歹村，住的是破旧木房。由于家境贫困，他被迫去西藏、四川、重庆、湖南、江苏等地打工，走南闯北的经历让他搬出大山的愿望更加迫切。然而，面对搬到城镇所需的巨额资金，他一次次"有心无力"，梦想也一次次破灭。新一轮易地扶贫搬迁启动的消息，让他重燃梦想。

"摸底调查时，我马上报名搬迁。"张先金说。现在一家4口如愿住上了城里的新房，他在社区当保安队长，妻子在社区做保洁，两个人加起来一个月有三四千元收入，两个孩子一个中专毕业、一个在县城读初中，日子一天比一天好。

除了公益性岗位外，扶贫车间成为保障"留守妇女""留守老人"就业的重要渠道。凤翔社区是遵义市凤冈县2017年易地扶贫搬迁县城安置点，共安置1505户6432名群众。走在社区大街上，除从事环卫、小区保安等群众外，很难看到闲散游荡人员。在社区内永羚鞋业加工厂，30多名身着"就业谢党恩"工装的妇女忙着缝鞋帮、上鞋底儿。

工厂负责人李永琴说，目前长期在车间上班的有30多人，还有40多人把原料带回家，利用带孩子、照顾老人的空隙做工，人均月收入约2000元。"有个79岁的老人，耳聪目明，每天做工收入有40多元。"她说，鞋厂还吸纳了16个语言残疾、肢体残疾的群众就业。

"青壮年劳动力大多外出务工了。留守妇女、老人只要有意愿和劳动能力，都会做些零工补贴家用。"凤翔社区党支部书记罗斌说。社区组建创业就业园，引进

在贵州省兴义市洒金街道栗坪社区易地扶贫搬迁点的一家石膏模具扶贫车间，搬迁户在加工石膏金蛋（2020年2月20日 杨文斌 摄）

了鞋业加工、内衣加工等8家劳动密集型小微企业，吸纳了社区300名留守妇女、老人就业。

像凤翔社区一样，全省其他900多个安置点普遍采用灵活就业的方式，重点解决"上有老、下有小"群体就业问题。

位于黔东南州天柱县联山易地扶贫安置区的华鼎服装厂，是浙江华鼎集团在天柱县设立的"扶贫工厂"。40多岁的易地扶贫搬迁户彭水芝熟练地操作着缝纫机和裁剪机，不一会儿，就将一块半成品布料制作成了衣服袖子。

彭水芝的老家在天柱县邦洞镇江楼村。前些年，她的丈夫在外务工受伤，右手被截肢，还患有慢性支气管炎，几乎丧失了劳动力。原本幸福的家庭转眼变成了贫困户，家庭重担一下子全部压在了彭水芝身上。一无技能、二无手艺、三无资源，怎么办？彭水芝只好通过务农维持一家人生活。

为了生计，她也曾计划外出务工补贴家用，但由于老人年迈、丈夫需要照顾，小孩年幼需有人照料，她只能在家围着"锅台转"。家里贫瘠的"一亩二分地"，无论如何也支撑不起一家人的开支。日子一天天过去，家境几乎没有起色，甚至每况愈下。

2018年10月，彭水芝享受了国家易地扶贫搬迁惠民政策，从老家搬迁到天柱县县城的安置点。看到华鼎服装扶贫车间招工公告后，抱着试试看的心态前去应聘。没想到，手脚勤快的她，一下面试成功。被录用的那天，她回到家，抱着老公大哭了一场。

"再也不用死守着庄稼地了。我不仅可以在家门口挣钱，还能照顾家人。出门都是水泥路，孩子上学、老公看病方便了。"彭水芝说。

华鼎服装厂总经理汪江江介绍说，车间是通过订单形式加工制作服装，所招工人均为易地扶贫搬迁贫困妇女，让在家照顾老人、小孩的妇女能在家门口就业，以此鼓励更多妇女走出家门学技术，靠双手实现脱贫致富。

如今，像彭水芝一样"脱去农装，穿上工装"有稳定收入的搬迁群众越来越多。然而，并非所有搬迁劳动力都顺利"穿上工装"，这个"蜕

贵州兴义洒金安置区扶贫车间内，几名妇女在交流服装加工技术
（2019年10月23日 卢志佳 摄）

变"的过程十分痛苦。

铜仁市碧江区政协曾对辖区内的响龙塘安置点搬迁劳动力就业情况进行过一次调研。调查结果显示，搬迁人员中90%以上的年轻劳动力外出务工，剩余劳动力年龄大、无技能、随意性强，劳动就业不理想。比如，在摸底登记中，有50余名搬迁户的就业意愿是保安，就业部门帮助协调南长城培训学校提供了30个保安岗位，在通知他们培训和应聘时，只有1人前来参加，导致岗位流失。黔东中学提供了5个保安岗位，适用于50岁到59岁之间人员，但因搬迁户不愿意参加培训，导致学校不得不在开学前自行招人。

部分易地扶贫搬迁户对用工企业要求也极为苛刻。据统计，有70%的搬迁户要求月收入在3000元以上，但自身无文化、无技能，且年龄偏大，企业无法满足，导致推荐不成功。比如，《读者报》为易地扶贫搬迁户提供了20个要求很低的岗位，每月底薪1800元，外加全年发行量提成，仅有9人报名。当企业去接人时，报名人员要求"包吃、包住、包接、包送",甚至有的还要求带着70岁的母亲一起去工作。

走访过程中,干部们能听到各种令人哭笑不得的"诉苦"。让我们先听听他们的"吐槽":

> 好多厂子都不让吸烟,不让喝酒,我做不来。
>
> 厂子要按时上班,规矩太严了。
>
> 在老家干农活,我想睡到几点就睡到几点,想干了就多干点,不想干了就多睡一会儿,在厂子里上班,早上起得太早,我起不来。
>
> 那个工序我学不会,其他人都笑话我。
>
> 我做不好,车间的领导经常吼我。
>
> 我家亲戚多,要去吃酒,跟老板请假,老板不同意。
>
> 干这个活儿太累了,一个月才2000多元,我不想干。
>
> 上班是很近,但是要经常加班,不自由!
>
> 我没文化,不懂技术,手脚太笨,那个活儿我做不来。……

搬迁群众的理由五花八门,但归根结底,还是转型的"阵痛"。经过一段时间磨合后,大部分搬迁群众还是留了下来,慢慢适应在扶贫车间的生活。

相对于到扶贫车间工作,部分有条件的安置区"离乡不离土"的就业方式,更容易为易地扶贫搬迁群众接受。

食用菌是贵州重点发展的12大特色农业产业之一。贵州温润而又多样的气候优势,为发展山地特色珍稀食用菌、高品质大宗食用菌及周年生产提供了适宜条件。一些"以产定搬"的安置点,食用菌产业成为巩固脱贫、增收致富的"摇钱树"。

据了解,铜仁市碧江区裕国香菇产业园规划占地7500亩,是集菌棒栽培、食用菌精深加工、冷链物流、菌棒再生资源回收处理于一体的食用菌全产业链生产基地。项目总投资超过12亿元,2020年底前建成1000个标准化出菇大棚，可实现年制3000万棒，达到年产8万吨鲜香菇和0.8万吨干香菇的深加工生产能力。

裕国香菇产业园将采取"1124"（1户贫困户+承包1个大棚+保底年均增收2.4万元）的模式，鼓励易地扶贫搬迁群众承包大棚种植香菇实现增收。整个项目建成后，可提供就业岗位1000个以上，带动贫困户3000户以上，有效解决易地扶贫搬迁群众就业、创业问题。

如今，随着各地易地扶贫搬迁安置点配套产业的进一步完善，越来越多像黄乾芳这样的搬迁群众摆脱"靠天吃饭"，变身为收入相对稳定的产业工人。

三、"叶落"终"归根"

"感谢你们帮我们从思南县搬到这里，我们的幸福生活即将从这里启航。离开了农村，就离开了贫穷，离开了大山就看到了希望。如今，我们像做梦一样住上了楼房，小区里环境优美，健身器材、绿化方面配置齐全，环境卫生很干净，空气很清新……"铜仁市万山区丹都街道旺家社区党支部收到一封感谢信，来信的是易地扶贫搬迁户安景绪。

57岁的安景绪是一名参加过对越自卫反击战的老兵。这辈子，他上过战场、进过工厂、闯过商场，一直随遇而安。如果把他居住时间相对长的场所视为一个"家"的话，他大大小小总共搬了14次家。跨越30多年的这14次搬家历程，映射出老安大半辈子的奋斗轨迹，也折射出时代之变。

安景绪的老家在铜仁市西部的贫困县思南县一个"三最"的寨子。天桥乡是思南县最差的乡，南山村是天桥乡最差的村，老屋基村民组是南山村最差的寨子。安景绪家又是整个寨子里最穷的一家。

1982年，安景绪响应国家号召参军入伍，还参加了对越自卫反击战。当兵的人自然把家安在部队上，部队走到哪儿，家就安在哪儿。这算是他的第一次搬家。

4年后，他退伍回家，又回到了破旧不堪的老家。那个年代，贵州的农村普遍贫困，地处武陵山区腹地的思南县更是贫困。在家填不饱肚子，经人推荐，他去了云南一家煤矿去背煤。那一年，他把家安在了矿山的山洞里。

一次偶然的机会，他认识了一位啤酒厂的老板。老板听说他是退伍军人，对他高看一眼，破例让他进厂做销售。因为销售业绩突出，很快他被提拔为管理人员。这期间，他把家从山洞搬到了板房——木板搭建的帐篷，砖头和木板搭建的床，这也是他的第三次搬家。啤酒厂倒闭后，他又返回了老家。

转眼间，到了谈婚论嫁的年纪。于是，在老家结了婚，家里有了女人，房屋虽然破旧，但总算是有了家，这算是第四次搬家。为了不让妻子受委屈，他向银行贷款、跟亲戚借款承包了一片山地种烤烟。然而，由于没有经验，种出的烤烟上不了等级，严重亏损，几乎血本无归。为了还债，他只好跑到广东一家餐馆打工。有心的他一边打杂，一边悄悄学厨艺。餐馆没有专门的宿舍，他就和几名员工一起在餐馆打地铺，在这个临时的"家"里，一住就是两年。

机会总是垂青有准备的人。得知隔壁一家餐馆急需厨师，安景绪自告奋勇去应聘厨师。两年的偷师学艺没白费，他的厨艺得到了认可，不但每月有600元的工资，还住上了独立的房间，有了"新家"。两年下来，他还清了全部欠账，还把老婆孩子接了过来。

安景绪的第七次搬家，是从餐馆辞职后，转战一家砖厂。有了一定积蓄的他，承包了砖厂的一个生产车间，当起了"包工头"，把老家一些穷亲戚接过来。这些亲戚中，有劳动力的每月都有两三千元的工资。此时，安景绪的家是一个独立房间，木板床，并且配备了一些简单家具。

8年后，受大环境影响，砖厂一下子没有了生意，生产出来的砖很难卖出去，工人们只好各奔东西。但在外闯荡"江湖"多年的安景绪，又搞起了"老本行"——做餐饮。他购买了生产米粉的机器，开起了米粉店。找工作难，创业更难。此时他的家在临时租的房子里，为了节约开支，他晚上就睡在用板凳搭的床上。没想到，米粉店的生意不好，迟迟不见起色，勉强维持了两年，就关门大吉了。

安景绪只好再次搬家，第九次搬的家算是相对"固定"。关掉米粉店后，他到处寻找商机。有一天，他无意中走到一个村子，意外发现这个村子里没有菜市场。敏锐的他马上从中嗅到了商机。于是，他从批发市场批发蔬菜，拉到村里零售，每天有一两百元的净收入。村里趁机修建了菜市场，安景绪一口气租了4个摊位，做起了粮油生意。那一年，他租了两间房子居住，这样的日子持续了6年。

6年后，菜市场提档升级，租金大涨，2间住房、4个摊位一年租金接近10万元。付不起高昂的租金，他只好拎包走人。由于以前有在砖厂工作的经验，很快就在一家砂砖厂找到了新工作，这一次家就搬在黄埔军校附近租的房子里。

又过了几年，他离开了砂砖厂，到黄埔船厂干了两年的起重指挥工，每月有近4000元工资。在此期间，妻子也在一家餐馆找到了工作。收入的增加，让他们一家终于住上了一套三室一厅的房子，每月租金1200元，家具齐全不说，还睡上了席梦思床。然而，好景不长，由于船厂管理改革调整人员，不再需要劳务工人，安景绪再次下岗了。

安景绪铁了心要在城市里扎根。离开船厂后，他又到黄浦区下沙街道的百川水业送起了桶装水，每月有6000元收入，一家人租了一套每月800元租金的套房为家。然而，天

享受到易地扶贫搬迁政策的安景绪有感而发，写了一封感谢信（受访人提供）

有不测风云。4年后，劳累过度的安景绪患上了严重痛风，卧床不起，所有积蓄全部用于治病，妻子也有腰椎病无法工作，全家仅靠大儿子打零工糊口。

或许是年岁渐高，或许是不想再漂泊，或许是经历了太多的风风雨雨，安景绪思乡之情与日俱增，对家乡的关注也逐渐多了起来。2016年，他从新闻上了解到，国家精准扶贫政策中，对因病致贫人员有很多帮扶。为了治病，他抱着试一试的态度，又搬回了"老家"，这也是他此生第十三次搬家。

没想到，在思南县人民医院住了14天，他的病不仅得到有效治疗，还享受到国家关于参战军人减免政策，6000元的医疗费只需自己支付100元。此外，他还享受到了低保、临时一次性救助金等补助。

熟悉的居住环境、熟悉的音容笑貌、熟悉的故土乡情……在老家房子虽破，但毕竟解决温饱没问题，此时的老安已是打算"叶落归根"了。让他没想到的是，第十四次搬家的机会快步向他走来！

2015年，铜仁市启动新一轮易地扶贫搬迁工程。为破解一些县城规模小、难以提供充分就业岗位等难题，铜仁市提出跨行政区域搬迁，即把西部德江、印江、思南等6个经济发展基础较差地区的12.55万贫困群众，搬迁到东部的市级中心城区碧江区、万山区和两个省级开发区大龙开发区、铜仁高新区安置。

由于安景绪符合易地扶贫搬迁条件，不用干部做更多动员工作，他主动报名搬迁。2018年9月，他带头把全家搬进了铜仁市万山区"旺家花园"，一家5口住上了100平方米的新房，交通、医疗、孩子入学都有了保障。

电视、沙发、木床、窗帘、餐桌……看着新房里的一切，54岁的安景绪感觉就像做梦一样，真没想到此生还能有这样一个真正属于自己的家！

"搬迁后必须要想个门路才行。"满脑子商业思维的安景绪说。刚搬迁那会儿，安置点还没有超市，买东西必须要去外面。于是，他尝试着摆地摊卖一些拖把、脸盆、毛巾等生活用品。

后来，搬迁入住的人越来越多，在当地政府的帮助下，他申请到了贴息贷款、场租补贴，租了门面，开起超市，夫妻俩共同打理。

如今，安景绪的"参战军人自主创业五金百货店"得到了大家的认可，生意越做越好。

"有时候，一天能卖出上万元。"安景绪说，"以前在广东做生意都没现在这么好，现在开超市养家完全没问题，与以前打工比起来简直是天壤之别。"

看到新家变化后，常年在外打工的安东尼主动留下来跟父亲一起创业。"新家环境卫生好，就业创业机会多，还能照顾父母。我再也不用背井离乡了。"安东尼说。

感恩于心，回报于行。

满怀感激之情的安景绪为了回报社会，在社区注册了一家家政服务公司，当起了义务中介，无偿为无岗位、无收入、熟悉家务的家庭妇女提供灵活的就业岗位。他还每月免费为社区40名保安、环卫工人提供一桶农夫山泉，被社区党支部授予"爱心使者"。

同安景绪的经历类似，陈德强也是"漂泊半生"。

初夏时节，地处武陵山区腹地、乌江流域中心的思南县已进入酷暑，湿热的天气让人几乎喘不过气来。思南县塘头镇中坝村山坡上的葡萄基地里，却是一派热火朝天。

沿着崎岖的小道走进葡萄园，葡萄架的铁丝网上挂满了一串串青葡萄，大一点的已经有小拇指肚那么大了。十几个村民正在葡萄地里劳作，笔者跟正在打理葡萄的陈德强聊了起来。

"老乡，干啥子哩？"

"在剔除坏果子呢！"头戴草帽、专心致志检查葡萄粒的陈德强回过头来，先愣了一下，然后回答道。

"这葡萄没坏啊？"我好奇地问。

"你看，是要把这种除掉。前几天下了一场冰雹，把有些葡萄粒打伤了。在给葡萄套袋之前，要把那些受伤的都打掉，否则会影响葡萄的美观度，卖不上价格。"陈德强指着一串葡萄说。

"哦，明白了。"

"今年这葡萄收成怎么样？"

"今年可以，比去年强多了。"此时，我才注意到瘦瘦的陈德强还戴着一副眼镜，与其他劳作的村民有很大不同。经验告诉我，他可能是个有故事的人。

"您家住哪儿啊？"

"就在下面，旗山社区的安置点。"

"您是搬迁户啊！您家房子多大面积？"

"100平方米。安逸得很。"

"自己出钱了吗？"

"我家5口人，只出了1万元。但我家这房子，自己盖的话，没有20万元，是修不成的。"

"肯定比你老家好多了吧？"

"那是。好了上万倍！"陈德强点上一支烟，坐在地头，聊起了他的故事。他58岁了，老家在离葡萄园不远的山里。老家不通路，出行主要靠步行。在山里穷够了，他发誓要改变命运。

"我家的房子，是当年为了结婚，老人东拼西凑盖起来的。但基本没怎么住过。"提及老家的房子，陈德强猛地抽了一口烟，又轻轻吐出烟圈，陷入了沉思。

"为什么不住呢？"

"唉！老家穷啊！我从1982年开始，就出去打工了。一直到2016年，分到了现在的房子，才回来。"

"一直在外面？"我半信半疑，怀疑自己是不是听错了。

"是啊，一直在外面，漂了30多年啊！"

"那你的家人也是在外面？"

"是啊！小孩一直跟着，我们在哪儿打工，他们就在哪儿借读……"说着，陈德强目光投向远方，似乎在回忆着过去的生活。

"那些年是怎么打算的？"

"那时候，就像水里的浮萍一样，没有根，一直漂着。整个广东、福建，每个县基本都去过，那里确实很好，但不属于我们这些打工的。我们想回老家，但老家条件实在太差啊！这么一晃大半辈子就过去了……"

陈德强说，那些年，他最喜欢听的一首歌就是歌手费翔的《故乡的云》：

> 天边飘过故乡的云
> 它不停地向我召唤
> 当身边的微风轻轻吹起
> 有个声音在对我呼唤
> 归来吧归来哟
> 浪迹天涯的游子
> 归来吧归来哟
> 别再四处漂泊
> 踏着沉重的脚步
> 归乡路是那么漫长……

"没想到，现在每天都能看见故乡的云。"陈德强说，"在外地漂泊了30多年，从来没想到，国家会有这么好的政策。从来没想到，自己在老家过上了梦寐以求的生活。从来没想到，自己年近花甲还能有这么充足的干劲儿。"与陈德强交谈中，"没想到"这个词是他口中出现频率最高的词。

2016年，他家最早一批搬迁，自己只出了1万元，房子就是自己的了。妻子在小区租了一个门面开了小卖部，生意很是不错。他现在负责管理社区的葡萄基地，每月工资3000多元。

"我们老了，就想回到生我养我的地方。没想到，政府早就给我们想好了，还给我们找了工作。我想，还能再干20年！"陈德强相信更好的日子还在后头。

四、"一技之长"解"安居之困"

贵州是苗族的大本营，全国约有一半的苗族人口居住在贵州。受特殊的经济、社会、历史、自然地理等因素影响，苗族贫困人口规模大、贫困发生率高，需要实施易地扶贫搬迁的苗族人口比重大，搬迁任务重。

贵州大多数苗族地区农业生产条件、生活条件都比较差。流传于贵州多地的俗语"苗家住山头，仲家（布依族的旧称）住水头，客家（少数民族群众对汉族的称呼）住街头""高山彝苗水仲家，仡佬住在石旮旯"等是苗族群众的居住环境的真实写照。

据全国第五次人口普查，苗族人口超过10万人以上的县，全省共有10个，其中有8个在黔东南苗族侗族自治州。黔东南州这一带的苗族居住在山脚或山腰，居住的多为吊脚楼，只能靠山吃山，依托高山开垦梯田梯土，基本过着自给自足的生活。

这种长期封闭型、自给型的生产生活方式，导致这里的苗族同胞对外界心存恐惧，动员易地扶贫搬迁难度很大。但一些有见识的群众搬出来后，生活在短期内已发生巨变，起到了良好的示范效应。走出大山的苗族妇女杨美就是一个榜样。

苗岭山麓，清水江畔。

深冬时节，天气寒冷，黔东南州凯里市上马石社区"兴美宏杨制衣厂"车间里却是热火朝天，30位妇女正在缝纫机前紧张忙碌着。

车间的一角，展示着中小学生校服、护士工作服以及各式各样的苗族风格的服装样品。

"各位姐妹，刚刚客户又在催订单了，今天家里没事的，可以多做一会儿。"身着苗族服装的杨美不停地在车间内穿梭，时而检查衣服成品的质量，时而手把手教新来的"绣娘"针线的绣法。

"手上的订单还没做完，又有新订单来了。这种情况在几年前，打死我都不会相信，自己还能有这么大潜能。"杨美快言快语，话语中透露着愉悦和自信。

　　她的老家在凯里市凯棠镇凯哨村，那里土地贫瘠，基础设施建设滞后，产业基础薄弱，当地群众主要靠外出打工谋生。2003年，和其他很多姐妹一样，她跟着丈夫远赴上海打工，在一家制笔厂上班。从普通工人到管理岗，勤劳的她学到了不少新知识，月薪也从最开始的七八百元涨到了5000元左右。

　　"一年才回来一次，孩子们都不认识我们了。"杨美说，"打工能挣钱，却不能陪伴孩子。"为了孩子，在外打拼多年的夫妻俩回到了家乡，但是陪伴了孩子，却又挣不到钱。

　　杨美陷入两难的境地。

黔东南州凯里市上马石安置点内正在学习苗绣的搬迁群众（贵州省生态移民局　供图）

　　2016年，凯哨村易地扶贫搬迁动员大会召开。杨美的丈夫起初不愿意搬迁，他觉得世世代代祖祖辈辈居住在农村里，舍不得离开魂牵梦绕的故土。尽管扶贫干部一遍又一遍讲解政策，但他始终下不了决心，担心到城里生活不下去，回老家又一无所有。杨美则不一样，有意无意地向丈夫表达着想搬迁的意愿。

　　终于，随着易地扶贫搬迁政策示范效应慢慢显现，杨美的丈夫认识到了搬迁的好处。杨美一家搬到凯里市上马石易地扶贫搬迁安置小区。成了"城里人"后，让她没想到的是，她的日子可以说"一年一个样"。

　　"以前想着一辈子打工就算了，搬迁后就不一样了。"杨美说，"到城里安家后，就必须谋一条长久的出路。"

　　作为一名苗家女孩，杨美从小就跟着大人学刺绣，虽然绣得没有那么精细，但对刺绣有着天然的感情。2017年4月，当地针对移民群体组织服装刺绣培训班，积极报名的杨美很快便掌握了缝纫机操作、打板、裁剪、缝制等服装制作技术。

　　在她的眼里，只有自力更生才是走上脱贫致富的唯一路途。她外出打工多年，想到若是能够在易地扶贫搬迁安置小区里创业，便能实现自己的理想。

　　办理证照、购买设备、招募工人……说干就干，在当地政府支持下，经过2个月的筹备，2018年7月，她的制衣厂在移民小区开业了。

　　"打工妹"变成了"女厂长"！

　　起初，只是抱着试一试的想法，没想到愿望真的实现了！经过一段时间摸索，她的制衣厂能够生产工装、白大褂、民族服饰等十多种产品，效益也越来越好。

　　"会说话就会唱歌，会走路就会跳舞"，这是苗族的民族特性。杨美也是如此，由于厂里的绝大多数工人是妇女，她还组织了"乐队"，丰富大家的业余生活。

　　"2019年市里举办移民春节大联欢，我们队也去参加了，还获奖了。"杨美兴奋地拿出手机，分享活动当天的盛景，只见人人穿着亮丽的民族服装，头戴银角，撑着油纸伞，踩着芦笙的节奏，踏着铜鼓的点子，一路顺着大道走来。

在制衣厂的旁边，就是移民小区配套建设的幼儿园。

"我天天经过这里，感觉幼儿园真好，想着以后我家孩子能在这样的环境下学习、玩耍，很开心。"杨美说，"小孩上幼儿园后，我就能更好地经营自己的事业了。"

兴美宏杨制衣厂逐渐成了杨美的另外一个"孩子"。杨美每天呵护"她"茁壮成长，经营范围扩大到民族服装、医院院服和学校校服等，每天忙碌的杨美像个连轴转的轮子。

如今，制衣厂已经招录了30多名易地扶贫搬迁的工人，既有50多岁的大妈，也有20多岁的小媳妇，不少妇女还带着一两岁的孩子。

"我们是计件工资，上班时间灵活。"杨美说。移民小区里有很多妇女，既要照顾老人，又要接送孩子上学、放学，不可能像别的工厂一样定点上下班，只要有时间，晚上也可以到车间来上班。

对于未来，杨美充满了信心。按照设想，她计划扩建100台缝纫机规模，帮助更多易地扶贫搬迁群众实现就业。

"有梦想，谁都了不起。"在各个易地扶贫搬迁安置地，当地通过举办各种"接地气"的培训班，授搬迁群众"一技之长"，激发他们创业就业的内生动力，效果陆续显现。

"青椒辣子鸡，主料，仔鸡500克、青椒100克；调料，姜片、蒜……"在凯里市洗马河街道杭州路社区易地扶贫安置点的培训室里，高级厨师谭贞奎一边在讲台上板书，一边讲授烹饪技巧。

讲台下，坐着40余名学员。与其他厨师培训班不同，这些学员都是来自附近的易地扶贫搬迁群众，有的已经50多岁，有的还不到20岁，有的妇女还背着尚在吃奶的孩子。

"老师，码味儿是用花椒粉，还是花椒壳？"

"用花椒壳。"

"要码味儿多久？"

2019年7月23日，贵州省平塘县易地扶贫搬迁安置点的扶贫车间里，妇女们一边工作一边照看小孩（卢志佳 摄）

"两分钟左右。"

老师讲得仔细，学员们听得认真。

半小时的理论学习后，转入实操练习。颠勺、准备原料、掌控火候……谭贞奎依然是"手把手"教。不少学员还拿出手机录下视频，生怕漏下关键信息。

"帮助乡亲们掌握一门技能，我很有成就感。"谭贞奎说。他作为一名高级厨师，去北京的酒店"掌勺"，月薪大概有1.8万元，去西藏会更多，但他没去。

教的全是家常菜，学了立刻能用得上，教学风格又幽默风趣，谭贞奎的课很受欢迎。他已累计培训了约1500名学员，全部是易地扶贫搬迁群众。有的学员已经自己开起了小餐馆，有了稳定的收入。

最让他自豪的是，这上千名"徒弟"已经在黔东南州的16个县（市）开枝散叶。"在黔东南州，走到哪儿都有我教的徒弟，不愁没饭吃。"谭贞奎自豪地说。

"学到厨艺后，打算在我们小区开一个餐馆。"20岁出头的小伙子陈通旺是黔东南州剑河县南哨镇人，由于家贫，他初中毕业后就外出打工，但因学历低、没技术，来回换过好多工作，收入一直较低。

得益于国家易地扶贫搬迁政策，2019年1月，陈通旺一家从南哨镇搬到了杭州路社区。安定下来后，从事什么工作是他首先要面临的大问题。

"我们的培训，就是要解决像陈通旺这种移民群众的就业问题。"凯里市生态移民局负责人张荣说。凯里市及时整合资源，动员全市培训机构积极参与易地扶贫搬迁劳动力全员培训，根据他们的性别、特长、就业意愿、培训需求，采取"定点培训+社区培训"的方式，开设电工、家政、月嫂、育婴师、养老护理、厨师等培训，争取实现"培训一人，脱贫一家"。

26岁的杨婷从农村搬到凯里市上马石安置点后，参加了为期20天的服装制作培训，初步掌握了服装制作的技术。如今，她在易地扶贫安置小区的一家服装厂上班，既能照顾自己3岁的孩子，每月还有2000多元收入。

"我们还年轻，只要搬出来，学到一门技术，日子肯定会越来越好。"杨婷说。安置点的技能培训，让她对未来的生活充满信心。

五、"乡村爱情"回来了

在跟踪采访新一轮易地扶贫搬迁的5年多时间里，我经常被一些东西感动着；我那思想与感情的潮水，在放纵奔流着；我想把易地扶贫搬迁给最贫困群众带来的一些变化都告诉大家。但我最急于跟大家分享的，是我印象最深的一段，这就是：我越来越深刻地感觉到，易地扶贫搬迁让贫困群众享有了平等的"人生出彩的机会"，过上了有尊严的生活！

也许有人心里隐隐约约地说：不就是住上了城里的一套房子吗？至于像你说的那么夸张吗？城里的一套房子，很多人都可以拥有，根本没有什么大不了的。可是，我要说，这是由于他跟我们易地扶贫搬迁对象的接触太少，还没有了解他们的生活，一套住房对他们来说就是"天大的事"。

当你知道他们在不通路的半山腰，用马驮人扛运砖头、水泥，花几年、十几年才能修一栋一层的砖瓦房；当你深入他们"飞鸟不通"的老家，看见他们长期被贫困压抑下呆滞的眼神；当你看到"因穷蒙羞"，到了30岁、40岁、50岁还讨不到老婆的光棍汉的期待，就会明白一套房子事关爱情，事关婚姻，事关他们的一生。

试想一下，在遥远的山区，青山如黛，白云飘飘，满目的苍翠如同美玉。可在无数山峰之间，在那些绿树掩映的角落里，曾有多少人因为一套房而被爱神抛弃，曾有多少人在孤寂和渴望中挣扎？

迁徙，迁"喜"！

俗话说，不孝有三，无后为大。受传统文化影响，农民群众最重视的就是儿女婚姻和传宗接代。延续香火，是许多农民心中的"第一要务"，在贵州农村也不例外。但对于出生于偏远、落后、闭塞地区的男青年来说，他们几乎被爱情"遗忘"——没有老婆的四处讨老婆，有老婆的要千方百计守住老婆。

这看似无法逃离的魔咒，随着新一轮易地扶贫搬迁的实施，竟然逐渐破解了。

2017年1月18日，细雨绵绵，有些许凉意。毕节市黔西县绿化乡马坎村易地扶贫搬迁安置点沉浸在一片喜庆气氛中。有的搬迁群众忙着给自家新房贴对联，有的忙着把大红灯笼高高挂。

雨蒙蒙，情深深。这一天，29岁的小伙子唐开勇西装革履，胸戴红花，格外精神。他做梦都没想到，有朝一日会双喜临门——搬进了新房，娶到了新娘！

唐开勇的老家在绿化乡四方井村，山高坡陡，石漠化严重，典型的一方水土养不起一方人地区。

"以前在老家，每天起床第一件事情，就是去几里路远的地方挑水。"唐开勇说。为了维持生计，他从小就随父母一起远走他乡务工，离家已有20年。老家的房子是土坯墙、茅草屋，已经倒塌了好几年了。每次从外面打工回来，都是借宿在舅舅家里。

背井离乡的滋味儿不好受，一年又一年。眼瞅着到了谈婚论嫁的年龄，婚房成为他和父母的一块心病。然而，即使在农村新盖一栋房子，怎么也得五六万元，一家人文化水平低，只能卖苦力，外出打工多年，还是没攒够修房子的钱。

2014年，一次偶然的机会，唐开勇结识了一个姑娘。俩人情投意合，很快确定了恋爱关系。谈及结婚时，女方唯一的要求就是"有一套属于自己的房子就结婚"。

"说实话，这个要求并不过分。结婚连个房子都没有，哪个女人能受得了？可是我家实在没钱，在老家修不起房子，在城里买房更是天方夜谭。"唐开勇说，"没有房子，婚期也就变得遥遥无期。"

2016年5月，当地在摸底调查时，了解到唐开勇一家的情况后，便给他的父亲打电话征求意见。"还有这等好事？这可真是及时雨啊！"唐开勇的父亲说，没有一丝犹豫，立马就答应搬迁了。

最高兴的还是唐开勇："听说政府给分房子，我想到的第一件事情就是结婚！"为了这套婚房，女朋友已经整整等了1000多天了。

"结婚的日子都不用看了！政府哪天搬迁，我们就哪天结婚！"唐开勇说，"以前，未来的岳父母天天问'什么时候买房子'，每次问得我都不知道该怎么回答，原来以为这门亲事要泡汤了，政府的好政策让我风风光光娶上了媳妇。"

唐开勇的经历，不是个例。

就在同一天，绿化乡马坎村易地扶贫安置点还有两户易地扶贫搬迁户结婚。搬新居、娶新娘，喝乔迁酒、喝喜上加喜酒，幸福的味道弥漫在整个安置点小区。

唐开勇是幸运的，在贵州很多偏远村寨，有的大龄男青年好不容易讨上了老婆，还要使劲"严防死守"盯着，生怕老婆受不了贫穷含泪逃离而再次沦为光棍。

七星关区柏杨林安置点全景图（贵州省生态移民局　供图）

胡洪潭家住在铜仁市思南县九江乡小桂寅村高山上，一条盘山的羊肠小道是通向外界的唯一通道，祖祖辈辈在这条山道上肩挑背驮过日子。贫困家庭的胡洪潭好不容易在亲朋好友的东拼西凑下娶妻成家。结婚后，勤快的夫妻俩起早贪黑，可是再吃苦耐劳，日子过得依然艰难。

自从有了孩子后，开销一下子大幅增加，直接"揭不开锅了"。一天、两天、三天……终于有一天，妻子再也无法忍受这样穷困潦倒的日子，狠心丢下年幼的孩子离家出走了。再后来，两人离婚了，只剩下胡洪潭带着一个孩子在家苦熬。

有一年，胡洪潭外出去福建打工，心灰意冷的他遇见了一位美丽大方的福建姑娘，两人谈上恋爱。当姑娘跟着胡洪潭回到小桂寅村时，恶劣的生活生产环境和贫困现状让她的心凉了大半截，她死活不愿领证结婚。

胡洪潭是个厚道老实人，加之有"前车之鉴"，也没有再难为姑娘。因为他懂得"强扭的瓜不甜"，也认命这辈子注定要打光棍了。

2016年底，家乡传来了好消息：小桂寅村被列为易地扶贫搬迁整体搬迁村寨，按照政策规定，胡洪潭分得一套新房。他第一时间将这个消息告诉了姑娘，姑娘压根儿不相信会有这么好的事情，带着一肚子的疑惑亲自来到安置点"考察"。当姑娘亲眼看到胡洪潭家崭新的房子时，二话没说，立马同意嫁给他。如今，在新家，两人还掏出多年的积蓄，开了一家小超市，日子越过越红火。

"25岁着急，35岁叹气，45岁没戏。"在很多偏远山区，这是很多大龄男青年找媳妇的真实写照。一段时间以来，网上流传的一条扶贫干部走访贫困户的小视频火遍了大江南北。视频里一名年轻的扶贫干部去贫困户走访调查，这名贫困户家里可以说是一贫如洗。

扶贫干部问："你屋里头还差啥子嘛？"

"我，我差啥子？我就差娃儿，差婆娘。"贫困户脱口而出。

听到此，扶贫干部跺起脚说："这个我都没得啊！我都还没有婆娘呢，你跟我谈哪个哦！你就别说了。"

贫困户一脸惊讶、十分不屑地直接扭头走开，嘴里还喃喃自语："你都没得，那你还问我差哪样……"

这个故事，令人哭笑不得，但期盼"帮扶发媳妇儿"现象在一些贫困山区确有发生。令人欣慰的是，随着新一轮易地扶贫搬迁的压茬推进，越来越多的贫困光棍汉分到了新房后，不但"脱帽"了，而且还"脱单"了。

遵义市湄潭县是中国茶文化之乡。俗话说"龙生九子，各有不同"，一个县域内条件迥异，发展也并不是都很平衡。2016年春，我第一次走进湄潭县黄家坝镇岩坪村时，完全被村里的贫困震惊了。

"我们在'天上'时间多，过的是'神仙'的日子。"岩坪村村民熊全森说。山里一下雨就起雾，每年都有三四个月云雾缭绕，就跟天上的神仙一样，每年有一个多月是凝冻天气。

岩坪村是省级一类贫困村，平均海拔1150米，8个村民组510户近2000人散居在12平方千米的国土上，走遍全村所有村寨要一天时间。

通往岩坪村的路十分崎岖、危险。村民们说，前些年，在一处叫作"老鹰嘴"的地方，一辆满载辣椒的拖拉机突然刹车失灵翻下山，车上的两人当场毙命；在一处名为"薄刀岭"的地方，4个壮汉抬着一头大肥猪准备到山外卖，没想到肥猪突然扭动身体，前面抬猪的人脚下打滑，肥猪一下子滚下深沟；村里有两个孩子在去上学的路上，碰到一群野猪在玉米地里拱食，吓得两个孩子不敢去上学……

"穷岩坪、苦岩坪，穷人就怕得毛病，山下请到医生来，床上病人已没命。"以前，村里发生过一系列令人心痛的惨事：有一个孕妇难产，前来帮忙的村民还没来得及绑好担架，就已经痛死在家中；还有一个村民早早为即将出生的孩子准备好了尿布、背带，只等孩子降临，哪知媳妇儿难产，母子丧命……

"喂猪不赚钱，只肥几丘田。"熊全森说。这里"三年两不收"，每年都要遭受"打秋风"灾害（"秋风"是一种气象灾害，每年8月、9月期间，当日平均气温持续3天低于20℃时，即出现秋风，水稻此时正好处在抽穗扬花期，这种不利天气会使得水稻出现"只开花，不结果"的现象，作物大面积产生"空壳效应",影响当年的收成。),看着是白花花的稻谷,其实大部分是秕谷,要是遇到不正常年份,更是颗粒无收。

为了填饱肚子,村里有本事的人早陆续搬到外面去了,剩下的只能等着政府兜底救济。多年来,只有岩坪村的姑娘嫁出去,没听说哪家小伙儿娶媳妇儿,"结婚难"成为摆在岩坪村男青年面前的一道坎儿。村里很多老人为自己孩子的婚事发愁。

村里有一位熊姓人家,共有4口人,都是单身汉:父亲70岁了,老伴早就过世了,3个儿子都没结婚,老大50岁了,老三也30多岁了,4个老男人"有一搭没一搭"地在山里苦熬。据当时不完全统计,村里35岁以上还没结婚的大龄男青年有32个。

最恼火的是,岩坪村还频频遭受自然灾害侵袭。

2008年,一场罕见的冰雪凝冻灾害让岩坪村成为"孤岛"。全村近四分之一的电线杆被压断,道路被毁,救济救助物资难以抵达。

2011年6月18日,湄潭遭特大暴雨袭击,特大暴雨引发岩坪村七星坡组山体滑坡,导致8户民房倒塌,村民喂养的牲畜全部在灾害中损失。所幸,8户共28名村民均及时安全撤离,未造成人员伤亡。

2012年,冯全胜担任岩坪村的党支部书记,上任之后面对的第一个任务就是整村搬迁。罗马非一日建成,整村搬迁也不是说搬就搬。从那年开始,岩坪村开始了长达6年的移民搬迁。

起初,扶贫生态移民搬迁政策采取"政府补贴和群众自筹相结合"的方式,将安置点选在了黄家坝集镇,紧邻湄潭县经济开发区。2015年新一轮易地扶贫搬迁政策出台后,湄潭县、黄家坝镇、岩坪村的干部们研究决定,向上级申请,对岩坪村实施整体搬迁!

一石激起千层浪!

岩坪村村干部们、党员们多次召开群众会,讲解搬迁的意义、实施方案及优惠政策,号召村里的党员干部做表率,带头签订搬迁协议。但真真正正开展起工作来,就有很多老百姓不理解、不支持,因为搬迁越是到后面,留下的越是思想守旧的人。

为了让所有的村民都能享受搬迁政策，告别条件恶劣的生活条件到城市去居住生活及就业，冯全胜就反复到重点户家中做思想工作，动之以情晓之以理，有个别户光动员就去了多达25次。

冯全胜说，有个村民快40岁了还没讨到老婆，他家搬迁后住上了新房，媒人一介绍，很快就谈成了媳妇儿。还有一个村民38岁了，还是光棍一条，搬迁到安置区，媳妇儿就自己找上门了，从谈恋爱到结婚，才两个多月。

"2016年春节前后，已经有4个结婚的了，这是多年都没有的事情。"岩坪村驻村第一书记廖正山说。这几个都是签订了搬迁协议的，并且都是"签了协议，就同意领证"，还有的"一签了搬迁协议，就找到女朋友了"。

易地扶贫搬迁让很多大龄男青年切切实实尝到了"幸福的味道儿"。而今，搬迁仅仅几年，当初打光棍的32人中，已有14人成家立业。

秦兴发一家只有他和父亲两口人，是搬迁过程中最难啃的一块"硬骨头"，也是全村最后搬迁的一家。搬迁干部们当上了秦兴发的"小尾巴"，一有空就"黏"着他。为了让他们一家生活有保障，当地干部帮助秦兴发找到了一份心仪的工作——护林员。凭着踏实能干、吃苦耐劳的品质，秦兴发如今已提升为小队长。

在谈到"下山"后的生活时，不善言谈的他却感叹了一句："当初要是早点下山就好了！"他现在最大的期望就是能够早日娶个媳妇。

贫贱夫妻百事哀。在偏远农村，曾经因为一个"穷"字，很多家庭被冲击得妻离子散、支离破碎。而易地扶贫搬迁的新房子，挽救了很多濒临破碎甚至已经破碎的家庭。

"易地扶贫搬迁政策挽救了我的家庭，挽救了我的婚姻。"铜仁市印江县普同安置点的搬迁户安勇波感慨地说。安勇波的老家在印江县中兴街道小河村安下组，山高路陡、吃水靠挑、种田靠天。父母早逝，他与大哥分家立户，但仍同住一栋狭窄、简陋的瓦木房。家庭的不幸，让他早早与老乡们一起外出打工，他进过石厂、当过保安、干过临时工。

2010年，他在广东打工时，结识了一名湖南妹子，两人情投意合，整日如胶似漆，转眼间到了谈婚论嫁的年龄。但由于女方父母坚决反对这门婚事，拿不到户口簿，办不了结婚证。但两人已成事实婚姻，在印江老家过日子，并先后生育2个小孩。

随着孩子的出生，浪漫的二人世界逐渐消失。越来越大的家庭开支压得小两口喘不过气来。

"每次坐车回家，走泥巴路，又陡又窄，生怕车子滚下坡。等看到破旧的老房子时，眼泪就掉下来了。"安勇波的妻子说。在印江老家的日子十分艰难，她感觉生活没有丝毫阳光，特别后悔当初不顾家人的反对，意气用事嫁到这穷山沟里。

为了维持生计，安勇波用打工的积蓄买了一辆二手摩托车到集镇干起摩的生意。但生意不稳定，有时一天能挣80元，有时一天能挣50元、60元，有时一天一分钱都没有，要是遇到亲朋好友红白喜事，随礼金都要找人借。

残酷的现实，让人活得没有尊严。"过去，一天跑摩的，心里都不踏实，生怕老婆带着小孩跑了。"安勇波说，"妻子不安心在大山沟里过日子，七八次试着离家出走都被半路拦下。"

2013年冬天的一个晚上，大雨倾盆。安勇波的家又变成了"水帘洞"。昏暗的灯光下，妻子哄着孩子入睡，心里很不是滋味。雨停不久，妻子在他熟睡时，背着三个月大的小孩离家出走。

安勇波醒来急忙满山遍野找，终于在半路拦下了妻子。他苦苦劝说妻子。想到家庭的责任、孩子的成长，妻子再次心软了，但心里变得更加凄凉。

2016年，易地扶贫搬迁政策"从天而降"，安勇波符合条件。当得知被列入搬迁对象时，他们一家人高兴得好几个晚上没睡着觉。经过抽签，安勇波抽到普同安置点的5号楼2单元202房，安勇波和妻子瞬间落下激动的泪花。

"当时只想逃离那个穷地方，但每次考虑到家中的小孩，一次次都被劝回家，我也看中安勇波的诚意，被他感动，相信只要努力，一定会得到改变。"安勇波的妻子说，"国家免费给一套房子，简直就是像做梦一样！"

欣喜之余，妻子把分到房子的消息告诉了娘家亲戚们，并着手计划搬迁的事情，准备热热闹闹过一个春节。"以前过年悄悄就过了，很少放鞭炮和贴对联。今年就不一样，要欢欢喜喜贴对联、放鞭炮。"安勇波说。

为了弥补对妻子的亏欠，春节刚过，安勇波提出与妻子办理结婚证和婚礼之事，并取得了亲人们的支持。看到女儿有了新家，岳母也就放心了，很快就把户口簿寄到印江。安勇波夫妇带着两个孩子，办理了结婚证，并在亲朋好友的祝福和见证下，以老家的传统方式，拜堂成为夫妻。

住进了新房、领了结婚证，安勇波的心终于踏实了。经历过风雨的夫妻，更加珍惜修来的情缘，更好的日子在后头。如今，夫妻齐心共同谋划着搬迁后的幸福生活。

老家在铜仁市碧江区瓦屋乡、患有视力残疾的刘元奎更是切身体验到搬迁对他命运的改变。

40岁的刘元奎是个苦命的人。在他很小的时候，父亲就患病导致半身不遂，家里穷得叮当响。有一次，他突发高烧，未能及时治疗，导致双目失明。后来，又到县里、市里、省里很多医院去看病，一直没有什么起色，加上家庭经济困难，就索性放弃治疗了。实在忍受不了家庭的重担，他的母亲最终选择离开，和父亲离婚了。

"那些年，我都不知道怎么熬过来的。"刘元奎说。长大成人后，经一个朋友介绍，他学会了盲人按摩，在县里租房开了一个按摩店。有了一定积蓄后，娶了一名盲人为妻，两人一起打理按摩店。

原本以为就此能摆脱"晦气"，然而，不幸再次降临到这个家庭。他的第一个孩子出生后，不怎么爱笑，一家人感到奇怪，送到医院检查后，发现智力有问题。他们决定再生一个孩子。命运似乎和他在开玩笑，第二个孩子生下来就是脑瘫。

"生活是越来越艰难。"刘元奎苦笑说，妻子最终还是和他离婚了，家庭的负担越来越重，只能靠政府救济、亲朋好友帮助过日子。苦涩的日子就这么一天天过着。

"你家这种情况，没有劳动力在家搞产业，又符合易地扶贫搬迁条件，建议你们搬迁到市区去。那边做生意、就医都方便。"2017年，乡里、市里的帮扶干部到他家走访时提议。

刘元奎说，干部们说得确实有道理。于是，他申请搬迁，住进了碧江区矮屯社区易地扶贫搬迁安置点。他还在社区开了一家按摩店，因为手法好，收费低，很受群众欢迎。

"我经常跟伙计们说，我们人残疾了，但心不能残疾。眼睛残疾了，还可以靠双手创造美好生活。"刘元奎说。最近几年他还免费招收了好几个徒弟，出师后有的去了上海，有的去了广州，听说"混得都不错"。

逐渐地，刘元奎在社区扎下了根儿，好消息也接踵而至。2018年，他又与一名盲人组建了家庭，而他离婚多年的母亲也和父亲重新复合。

"国家的好政策再次改变了我的命运。"刘元奎说，"现在社区群众相处融洽，亲如一家人，今后将会更加珍惜幸福生活的每一天。"

六、"七迁"出深山

作为瑶族的一支，聚居于黔桂交界深山的白裤瑶族，曾被联合国教科文组织称为"人类文明活化石"。贵州荔波县瑶山瑶族"七迁"的壮举，诠释了新一轮易地扶贫搬迁的深远影响。

旧居，黑油毡布覆顶的小破木房；新居，崭新、绿化的电梯小区。这是荔波县瑶山瑶族乡39岁村民何国强家墙上的两张照片。

"现在的房子比过去的房子好1000倍，现在的生活是过去不敢想象的。"他感慨地说，"2018年通过易地扶贫搬迁来到荔波县城的兴旺社区后，日子完全变了样。"

何国强家所经历的，是1949年以来瑶山有组织的第七次搬迁。

跨越时空的"七迁"，浓缩了瑶山人民摆脱贫困的奋斗史。2020年3

左上图：易地扶贫搬迁户何国强现在居住的荔波县兴旺社区（2019年11月7日摄）

左下图：何国强搬迁前居住的荔波县瑶山瑶族乡拉片村拉朝组旧居（翻拍照片）

右上图：何国强与孩子们在新居里看电视（2019年11月6日摄）

右下图：何国强在荔波县城的建筑工地务工（2019年11月6日摄）

（杨文斌　摄）

月，瑶山瑶族乡退出贫困乡序列，迎来历史性的转折时刻。

瑶山瑶族男性裤子上有五根红线条，象征瑶王的五指血印，是这个民族迁徙征战留在他们服饰上的印记；女性传统上衣分前后两片，背牌上绣着"瑶王印"，是有别于其他民族服饰的鲜明标志。

瑶山瑶族的先辈们栖住在高寒山区，长期以来，以刀耕火种兼狩猎为生，赶山吃饭。一地种上两三年，剥尽地力后又搬家开荒、烧荒。世世代代如此循环往复。

他们也被一些专家认为是"直过民族"——指新中国成立后，未经民主改革，直接由原始社会跨越几种社会形态过渡到社会主义社会的民族。

据村里的老人们讲，1955年，部分村民跟随当时的乡政府一起走出深山，搬到了山下相对地势平坦、有些田土的拉片村。这是1949年之后，瑶山人民的第一次搬迁。

出生于1981年的何国强，因家贫小学辍学。在入住搬迁前的破木房之前，小时候还在低矮的茅草房里住了十几年。

"我甚至不知道什么是床，一家人挤在草窝和木板上睡觉。"他说。

20世纪80年代瑶山地区的贫困情况，在本书前文中已经描述。新华社记者杨锡玲的文章《瑶山人民至今仍过着贫穷落后的生活——贵州省瑶山见闻》得到上级领导重视，瑶山地区贫困问题引发贵州省乃至中央的高度关注。瑶山乡第一任乡长谢家宝回忆，乡里的公粮和电费被免了5年，瑶山小学学生"免教育费、免学杂费"……1986年我国开始在全国实施有组织的扶贫开发前，瑶山贫困问题已经引发贵州省、国家层面的关注。

然而，稀缺的土地、闭塞的交通，仍然横亘在瑶山人民面前，紧紧扼住了瑶族群众的咽喉。1996年，为了解决土地问题，瑶山开始第二次搬迁，30户村民搬到玉屏街道水甫瑶寨。"在瑶山，不够吃，不够穿；搬下去，有房住，分土地"。

1998年，70户村民从瑶山搬到土地较为丰富的水尧乡水瑶新村，经历第三次搬迁，这些瑶山人民从栖身洞穴、住着草屋、点煤油灯，到住进砖房、看上电视。

2002年，在国家开发式扶贫政策支持下，30户瑶民每户自筹1000元、政府补助9000元，搬进了拉片村的新家，组建民族文化表演队，尝试着发展旅游，这是瑶山第四次搬迁。

此后，贵州在瑶山先后两次实施扶贫生态移民工程，资金来源为财政补贴、村民自筹。第五批150户、第六批315户，从缺水少田的深山迁入拉片村，住进了风格统一的两层楼房。

党的十八大以来，为了彻底改变贫困村民的生存环境，斩断"穷根"，2017年至2019年，瑶山迎来第七次、同时也是力度最大的一次搬迁。

政府总投入6000余万元，居住在深山里的最后246户1045名瑶族同胞整体搬迁。自己不花一分钱，206户住进县城的兴旺社区，40户安置在小

上图：2019年11月5日拍摄的贵州省荔波县瑶山瑶族乡拉片村拉懂吉生态移民新村
（杨文斌 摄）
下图：荔波县瑶山瑶族乡20世纪的茅草房民居
（资料图片，荔波县瑶山瑶族乡人民政府 供图）

七孔景区大门口的梦柳小镇。

沧桑"七迁",绘就了一部瑶乡人与贫困战斗的史诗。每一次迁徙,都留下了他们艰辛奋斗的故事,更折射了瑶山人生产生活方式的根本性变化。

酒壶、猎枪、鸟笼,是瑶族男人酷爱的"三件宝"。

搬到县城快两年的何国强,虽然没有碰过"三件宝",每天却精神焕发。

"我现在每天浑身是劲儿。"他说,"自己小学就辍学、吃尽没文化的苦,现在的梦想就是和妻子好好工作,让孩子们都能接受较好的教育。"

两年前的何国强,对进城后的生活忐忑不安。过去,他和老婆在广西乡下租人家的田来种,饭够吃,虽然没钱,但生活勉强过。"自己没文化,一大家子人进城了怎么养活?"

和他一样,大部分住在深山的村民,对外面世界的不确定性心怀恐惧,信奉"金窝银窝不如自己的狗窝"。"一开始做搬迁动员,有的寨子全躲起来关门不见。"派驻到兴旺社区做移民工作的瑶山乡干部何春柳回忆,工作队就反复上门,耐心说明争取他们的理解。

王陆保是瑶山瑶族乡现任乡长,也是全乡第一个大学生。如今,瑶山已经有30多个大学生,义务教育阶段入学率达到100%,70岁以下人口完全消除了文盲。

水瑶新村建有一个两层楼村史馆,丰富的图片、实物,诉说着这个搬迁村的前世今生。墙上挂着瑶山人捕猎用的竹鼠夹和鸟套,从中还能窥见村民原始的生活状态。

村支部书记谢金山讲述村庄历史娓娓道来,当讲到第一次开荒、第一次外出打工时,不经意间露出自豪的笑容。

因为缺水、缺田,瑶乡很多山民不会种植水稻,只是在深山里面广种薄收玉米。在时任村支书覃红建带领下,水瑶新村第一年开荒造田150亩。撒秧、耙田、栽秧、除草、收割、翻晒、入仓,瑶乡人第一次学会了这些种植技术。白花花的稻米饭煮熟时，很多村民激动得落泪了。

新世纪来了，外面的世界很精彩，瑶山这里很无奈。村里的稻田只能解决温饱问题，却无法满足村民们对增收的向往。

然而，长期居住深山沉淀了保守的意识，瑶族村民不敢把脚伸到外面。

"有一天，覃书记对我说，光有粮食吃还是不够，必须外出打工，金山，你年轻，你带个头吧。"2004年，肩负全村人探路的期望，时任村委会副主任、32岁的谢金山踏上征途。

从广东到浙江，谢金山从苦累的搬运工、泥水工干起。4年后，在浙江义乌一家韩国人办的工厂，勤劳、正直的他获得了老板信任。

"他说要是你们老家，有像你这样肯干的人，都可以带过来。"谢金山欣喜若狂，一夜无眠。2008年，他带领40多位村民进厂，把他们带向新的人生。

如今，水瑶新村有286亩种桑养蚕基地、32亩太子参基地。年轻人可以外出务工，老年人可以在基地里做事。"现在的年轻人都敢于出去，都有事情做了。"谢金山说。

喝醉酒，晚上在外躺一觉，这是过去在瑶山经常可见、当地名为"滚地龙"的陋习。如今，这种现象在搬迁后的社区几乎看不到了。

"搬进新环境融入新社区，他们的生活习惯、精神风貌都在变。"何春柳说，"进城的移民除了进厂、入店、到工地务工，有的转包了附近的农田种蜜柚、养林下鸡。"

为了瑶山人民脱贫，一代一代的基层干部接力奋斗，付出了数不尽的汗水，有的甚至献出了生命。瑶山三迁到水瑶新村时，移民群众一开始和周边的布依族群众还存在一些小摩擦。县里抽调布依族干部覃红建任新村党支部书记。他与搬迁群众同吃同住，带领他们挖地造田，手把手教他们栽秧技术，发展产业，无私奉献19年，直至2018年8月因胃癌去世。当地的瑶族同胞对他无不交口称赞道："他是我们的好兄弟！"

开枝散叶、走出去的瑶乡人在外面打拼，生生不息；而留在瑶乡、历次搬迁聚集村民最多的拉片村，发展方兴未艾，形成了一座旅游型小城镇。懂蒙瑶寨的村民集体搬迁后，寨子作为传统村落保护下来发展旅游，老宅改造成民宿，蜡染、竹编等生产用房，创造了不少就业、增收机会。

打陀螺是从瑶族狩猎本领演化来的一项传统体育运动。"瑶山陀螺王"谢友明牵头，成立了瑶山陀螺爱好者协会，组建了陀螺加工厂和展售中心。"除了参加比赛，我们经常在景区里表演，游客很愿意参与进来。"谢友明说，"旅游旺季组织几十个贫困户去小七孔景区表演，每人一个月能挣3000元。"

30岁的青年谢金成外出打工几年后，在广州市对口帮扶的扶贫车间项目支持下，2018年跟几个村民开办了"瑶绣坊"农民专业合作社，现在产品销往荔波各景区。虽然创业开始不久，遇到资金、销路、产品设计等问题，但倔强的他并不气馁："我们创业的主要信心来源于我们的民族特色，穿着白裤瑶服装走在外面的街上，总有很高的回头率。"

瑶山干部何春柳说，迁入县城过春节时，有的移民按照敬奉自然神力的传统在家门口放鸡毛、野草。何国强对他们说："不是挂几棵草、几根鸡毛，生活就能发生改变。鬼神靠不住，靠的是我们的国家，靠的是自己的双手。"

七、"千年彝乡"的重生

黔西南州，三宝彝族乡。

据《晴隆县志》记载，县内彝族大致分两个阶段迁徙而来，一支为明代中期由云南宣威经普安州（盘县）之杨那山，到普安后迁入，为舒、王、李、陇、毛五姓。陇姓为土司，王姓为清代咸丰、同治年间随回民白旗义军转战，兵败后留居；另一支亦为晚清以威宁、毕节、黔西一带迁入，多为柳、甘、车、罗诸姓。

说起三宝乡的历史，贵州省彝学研究会副会长、黔西南州彝学研究会会长陇光国就会提起自己编写的歌曲《三宝红》："有一个叫三宝的地方，散落着彝家一个个村庄。许多年前避战祸来到这里，过着与世隔绝的时光。柳笛随风伴着忧伤，月琴声声诉说衷肠……"

歌曲中传唱的"战祸"，指的是明朝弘治十五年（1502）王轼平定贵州米鲁之乱这一历史事件。当时为了躲避官府的追杀，彝族人和苗族人逃亡到三宝乡的深山老林中定居，从此与世隔绝。

山高、谷深、路远，躲进深山的先辈们保全了性命，却从此也让后人代代陷入贫困深渊。

三宝乡地处滇桂黔石漠化片区，全乡村寨都"挂在"半山腰，有1233户5853人，少数民族占总人口的98.7%。

这组截至2014年底的数据令人揪心：

0——全乡境内无河流，仅有1座小（一）型水库，且长期处于干涸状态，工程性缺水问题严重。据说，几年前，曾有一位外地干部在三宝乡洗衣服而被通报批评；

0.11——土地贫瘠，零碎分散，集中连片耕地稀缺，土地利用价值低，农业产业化、规模化发展难度大，坡度在15度以下的耕地仅650亩，人均0.11亩，绝大多数贫困户生活在"一方水土养不起一方人"的深山区；

0.5——全乡无过境公路，仅有一条4.5米宽的"断头路"与外界连通，弯多路窄，交通安全隐患大，交通的通达率、通畅率不高，以致劳动强度、生产成本过高，农产品外销不便、经济收益低；

1——全乡境内手机网络信号较差，19个自然村组中仅有1个组通宽带网络；

7——这是乡卫生院医务人员的数量，人均服务群众836人，没有一名执业医师，仅能提供门诊服务，村卫生室无稳定医务人员，医院长期没有住院病人；

69.6%——全乡40岁以上村民几乎是文盲或半文盲，留守的老人、儿童、妇女较多，小学以下（含文盲或半文盲）文化程度占总劳动力的69.6%。多数群众长期封闭于深山，与外界交流不多、见识少，群众接受新思想、新观念、新知识、新技能的能力弱，自我发展意识淡薄，"等靠要"思想严重，婚育观念落后，早婚早育、近亲结婚现象突出，脱贫致富意愿不强，安于贫穷落后现状。

57.9%——2014年底，全乡贫困发生率高达57.9%，列全省第二，是贵州全省20个极贫乡镇之一。

乡政府所在地是全乡最繁华的地方，也仅有一条宽4.5米、长约50米的"马路市场"，无餐饮、住宿、银行等配套服务设施。

搬！只有整乡搬迁，才会有出路！2016年，省、州、县、乡多次研究后，最终决定在县城城郊的山坡上打造一个阿妹戚托小镇，对全乡1233户5853人实施整乡搬迁。

一遍遍讲政策、一次次摆道理、一本本算收入账……为了说服群众搬迁，基层干部们走进田间地头，深入农家庭院，跑断了腿、说破了嘴，最终一一解开了贫困群众的心结。

为让三宝彝族乡群众放心搬迁、放心入住、舒心融入、安心发展，晴隆县建设了一个全新的整乡搬迁特色小镇——阿妹戚托小镇。小镇规划用地面积96.6万平方米，建设面积27.42万平方米。其中，有安置房17.63万平方米，配套商业及公共服务设施3.56万平方米，配套停车位2140多个。

阿妹戚托，是一支流传于贵州境内的彝族原生态舞蹈，意为"姑娘出嫁舞"，因其"踏地为节、以足传情"，被外界称为"东方踢踏舞"，2014年入选国家第四批非物质文化遗产。

小镇的建设集搬迁安置、特色景区小镇为一体，充分尊重当地苗族和彝族的文化习俗，在苗族群众居住区建造了一座"牛头山"，在彝族群众居住区修建了一座"虎头山"。小镇居住区里的街道也都以三宝乡原来的村寨命名，处处可见原乡印记。

2019年6月底，随着最后一批搬迁群众集中入住阿妹戚托小镇，一个脱胎换骨、朝气蓬勃的"新三宝"已然诞生！

如今，阿妹戚托小镇获批成为国家AAAA级景区，从三宝乡整乡搬迁来的少数民族同胞中，有许多人彻底"洗脚上岸"，开启社会新角色——景区服务者。

刚刚20岁出头的杨霞栅就是其中一员。"我喜欢跳舞，就在艺术团学习；学会了，又能教乡亲们跳火把舞；自己获得每月3000多元工资的同时，让乡亲们也能多一份收入。"从三宝乡干塘村岔沟组搬来的她，很快成为"阿妹戚托民族艺术团"成员。

"阿妹戚托嘞，阿妹戚托嘞……"如今，在阿妹戚托小镇，每当夜幕降临时，只要不下雨，广场上都会有身着彝族盛装的"姑娘"，围着篝火用轻快的舞步，向四面八方的游客展示充满魅力的彝族文化。

作为阿妹戚托舞蹈传承人，文安梅对阿妹戚托舞蹈的感情尤为深厚。她说，阿妹戚托是祖宗传下来的艺术瑰宝；以前由于三宝交通不方便，隔县城又远，懂知识文化的人又少，大家一年到头都是干农活，为养家糊口把这个舞蹈差不多遗忘了，基本上都快失传了。

"以前，饭都吃不饱，哪有心思跳舞。"文安梅回忆说。小时候上学走路要个把小时，冬天不到六点钟就起床，由于上山下坡的路实在太难走，因此孩子上学普遍都偏晚。她也是10多岁才读小学一年级，初中毕业后就辍学了，因为她还有三个弟弟，她被迫中断学业。

如今，她们一家搬到了阿妹戚托小镇，住房是单家独户的。政府给她母亲安排了保洁员的岗位，一个月有1800元；父亲当护林员，一个月也有800元的工资。文安梅自己在小镇里的旅游公司上班，还当上了阿妹戚托艺术团副团长，带领着100名搬迁群众跳舞，每月工资近4000元。

"没想到，从小就会跳的舞现在成了挣钱的产业，这在以前那是想都不敢想的事情。"文安梅说，搬迁前在老家三宝乡也举办火把节，很多人想去看，可是场地太窄，开车上去都没有停车的地方。现在在阿妹戚托小镇举办火把节和开展篝火晚会活动，既宽敞，又方便。

文安梅说，以前的生产生活条件，不允许大家有多少文化方面的追求，如今的阿妹戚托舞蹈已经成为小镇的文化符号。"我在舞台上尽情舞动，看到台下人山人海，真的很激动，感觉眼泪都快流出来了！"

搬迁前外出打工，曾是三宝人最好的选择。如今，从天而降的整乡搬迁让他们有了新选择。

"除去生活成本和路费，现在的收入和外出打工差不多。"搬迁户王坤之前一直在外面打工，但"心里不踏实，没有归属感"。搬迁后，他在小镇旁边的一家服装厂找到了工作，骑摩托车上班几分钟就到了，还有时间照顾老人小孩。

"人说黄连苦，我比黄连还苦。""80后"小伙儿杨彪开玩笑说。几年前他刚结婚，还没能让母亲过上好日子，母亲就去世了；后来，日子终于盼来了"阳光"，但妻子的一场大病，又浇灭了他的希望。

杨彪的妻子说，要是没有国家的搬迁政策，她可能都活不下去了。前些年，他们两口子每年都外出打工，可是没什么手艺，她还要继续吃药，干不了重活，全家只能靠丈夫一个人。两个孩子在家没人管，只能托付给老人。"搬到这里后，我把孩子接到县城来读书，也可在城里找一份工作。以前像是水葫芦一样随水漂。现在不怕了，幸福已经不远了。"

阿妹戚托小镇上移民的安置房成为天然的民宿。

"现在，这里生活条件好，小孩子读书也很方便。"罗梅花一家搬迁到阿妹戚托小镇后，家里分到了一套四室两厅、100平方米的安置房，3个孩子都在镇上的学校念书。如今，她每天只需要10分钟，就能从家里走到她上班的地方——小镇入口处的中天智选假日酒店。

搬到新家后，她就收到中天智选假日酒店关于民宿改造的邀请，她和家人了解后，很快就答应了下来。

"空调、床、电视……房间里的一切都是酒店提供的。"罗梅花说。现在，楼下两屋一厅由家里人居住，楼上两间房，经过酒店团队的改造，已经焕然一新、摇身一变为简洁时尚且不失当地民族风情的民宿。

现在，罗梅花除了在中天智选假日酒店担任公共区域服务员外，还领到了一份"新差事"：负责打理她家楼上那两个闲置的房间。

"每年有6000元租金，酒店还会教我们经营和管理民宿，以后就由我们自己来当老板。有稳定的工作、收入，还有自己的民宿，这样日子有盼头多了。"罗梅花说。

中天智选假日酒店负责人说，像罗梅花这样来自三宝乡的易地扶贫搬迁居民在酒店非专业岗位员工中的占比已经接近50%，且今后还会进一步提升，酒店不但是阿妹戚托小镇强有力的旅游配套支撑，更成了小镇里一条源源不断、生生不息的就业渠道。

杨少芬已经是3个孩子的妈妈了，搬迁前靠务农为生，农闲时节丈夫会到外地打零工赚取微薄的收入，日子过得紧巴巴的。"老公说我们大人吃不吃都无所谓了，有尿片给小孩子垫屁股就行了。"杨少芬朴实的话语中透着些许心酸。收到中天智选假日酒店关于民宿改造的邀请后，她家很快就答应了下来。

"每年有租金，以后还可以做农家饭，卖点特产。"看着家中两间修葺一新的民宿，杨少芬内心说不出地高兴。

2020年，已有10多户当地居民与酒店签署了合作协议。依据协议，酒店负责民宿的全部装修、维护费用并每年向户主支付6000元租金、对户主开展免费的服务培训，5年协议期满后民宿全部家具、设施均无偿移交给户主，为他们提供长久的谋生技能和收入来源。

白天，漫步阿妹戚托小镇，只见褐墙灰瓦、花窗雕栏的安置房依势而建、错落有致，硬化的串户路干干净净。绿化带里的花草更是色彩斑斓、生机勃勃，身着民族服饰的老人正依着廊亭栏杆飞针走线做刺绣。可以说是"五步一景、十步一画"。

在这里，随便走到哪一家门口，只要主人在家，都会热情地邀请你进去做客。

"您好！吃点烤肠，还是烤串？荤菜、素菜都有，还有啤酒、饮料、矿泉水。"见有人走到店面门口，苗族妇女杨秧美赶紧招呼说。

"还真有点饿了，看你家蔬菜好新鲜啊！来点蔬菜吧！"我回答说。

"当然了，这都是本地种的，绝对绿色、有机、无污染。"

"哎呀，我们没带钱。"我下意识地摸了摸口袋说。

"现在谁还带现金啊，微信、支付宝都能扫。"

杨秧妹说起话来一套一套的，娴熟的揽客手法让人不敢相信她曾是一名建档立卡贫困户。

在十余平方米的小店里坐下，我与杨秧妹聊了起来。

"大姐，您家是哪里的？"

"干塘村，穷得很！"

"嗯。我去过。"

"是吗？没骗你吧？太穷了。种啥啥都不长，干啥都不方便。"

"是啊，现在路都不好，听说还缺水？"

"这些就别提了。我们这一辈子就这样了，最苦的是孩子，上学那么远，起早贪黑的，乡下教育水平还不行。为了让小孩读书，我几年前就在县城里租了房子，光房租一年就三四千元。"

"现在不用再租了吧？"

"肯定不用了。政府给分了一套100平方米的房子，就在楼上。还帮我老公介绍了工作，我在这儿一边照顾孩子，一边开了这个小店。"

"你现在是老板了。"

"啥老板啊！不过，这里上学、看病、打工、做生意，样样方便。我们奋斗一辈子，还不就是为了这些？！"

2019年12月10日，俯瞰阿妹戚托新市民居住区（贵州省生态移民局　供图）

"来，你点的菜好了。请慢用！"

新鲜出炉的烫菜，分外香甜可口。

阿妹戚托干净整洁的街道上，随风摇曳着五颜六色的鲜花，似乎预示着明天的"三宝"会更好！

八、边陲小县"逆袭"

地处喀斯特山区的册亨县总人口约24万人，少数民族人口占总人口79%，境内山高谷深，自然资源匮乏，生态环境脆弱，个别乡镇因交通不便到县城开车需要3小时以上。

作为典型的"九山半水半分田"地区，册亨县大山深处的部分村寨几乎完全靠天吃饭，即便风调雨顺都可能"吃不饱"，实实在在的"一方水土养不起一方人"。

早在1986年，册亨县就被列为国家级贫困县，1994年被列为"八七"扶贫攻坚重点扶持县，后来又被列为新阶段国家扶贫开发工作重点县、贵州省深度贫困县。2014年建档立卡时，册亨县贫困发生率高达33.69%，这意味着全县每3个农村人口中，就有1个生活在贫困线以下。

围绕"一方水土养不起一方人"基本标准，册亨县在全面排查和充分尊重群众意愿的基础上，通过严格识别程序，规划从2016年至2018年，利用3年的时间搬迁87540人，占农村总人口的54%。其中，贫困人口49096人，占全县贫困人口的67.67%，册亨县是全省搬迁比例最高的县，其中977个自然村寨需要整体搬迁，是全国搬迁绝对数和比例最高的县。

明知山有虎，偏向虎山行。没有了占"大头"的资金压力，册亨县决心"甩开膀子"大干一场。按照县里规划，总共将实施搬迁87540人，相当于要搬三分之一的人进城，这既是挑战、是机遇，更是责任、是担当。册亨县的决策者清醒意识到，易地扶贫搬迁是脱贫攻坚的标志性工程，更是册亨县的"第一民生工程"，输不起、输不得！易地扶贫搬迁时间紧、任务重，等不起、等不得！

"全县安置点建设面积约200万平方米。要是没有省级统筹，是绝对不可能完成的。"黔西南州册亨县委主要负责同志说，周边省市都羡慕贵州的做法。

根据"以城镇化集中安置方式为主"的方针，册亨县结合县情，按照跨区、城区、镇区"三区"安置方式，提出"一城五镇跨区"搬迁规划建设——县城安置4.43万人，巧马、坡妹、冗渡、双江、秧坝5个中心集镇安置3.27万人，跨县区域搬迁兴义市、义龙新区1.05万人。

任务分解了，落实是关键。册亨选优配强脱贫攻坚力量，推动干部全面沉入一线，全面压实帮扶责任体系。39名县处级领导干部直接挂帅抓极贫乡镇和深度贫困村所在乡镇、街道的脱贫攻坚工作，并负责抓3个以上深度贫困村或非贫困村；79家县直单位对全县123个行政村进行定点包保。从省、州、县、乡四级选派371名干部组建74个同步小康驻村工作组开展驻村帮扶，选派3701名干部深入一线结对帮扶19679户贫困户。

确保"两委一队三个人"个个过硬。构建村级"两长"工作新机制，在123个村建立乡镇（街道）党（工）委领导下的村级攻坚指挥体系，设指挥长；充分发挥本土籍干部熟悉村寨情况、人脉资源广泛、便于沟通交流、富有乡土情怀和热情担当作为等优势，组建干部回乡助力团，实行县委统一领导下的团长负责制。

2020年6月18日，册亨县提前完成"十三五"期间87540人的易地扶贫搬迁目标！

随着时间的推移，易地扶贫搬迁给这个小县城带来的各种红利逐渐释放。

以就业为例，数万名劳动力搬迁至县城，为当地一些劳动密集型企业提供了源源不断的劳动力。在2020年遭受新冠肺炎疫情冲击下，扎根于当地县城的企业也为搬迁劳动力稳就业提供了可能。

在黔西南州的易地扶贫安置区，提起"山水鞋业"，很多人都会竖起大拇指点赞。这家劳动密集型企业专门从事外贸鞋品、服饰、手袋生产销售，在贞丰县、普安县、晴隆县、册亨县、望谟县、义龙新区等地设立分厂，通过建设标准化鞋业生产制作车间提供6000多个就业岗位。此外，各车间配套家庭作坊编织点，以"1带5"的就业模式，即1个厂区就业可带动5个家庭作坊，可带动就业人数约1.5万人。

裁切、缝纫、上鞋底……2020年2月19日，在册亨县高洛街道易地扶贫搬迁安置点山水鞋业的扶贫车间，100多名工人紧张忙碌着。

"很多员工要求上班，原材料、防控物资也充足，但不能一下子全部复工。"贵州山水鞋业有限公司董事长胥乾慧说，"即使上班，每个操作工位之间也要间隔1米以上。"

"你们哪天复工的？"

"2月16日开始复工。"

"今天有多少工人？"

"有100多个。满负荷运转的话，有360个，其中90%以上都是搬迁群众。我们另外还有640台机器正准备安装。工人们比我们还着急上班。"

"你们的防控物资够吗？"

"还可以。因为我们很多客户都是国外的。国内疫情暴发的时候，我估计疫情会蔓延，就委托客户从韩国等地购买了10万个口罩。此外，还采购了体温枪、消毒酒精、消毒液等物资。我们每个公司都成立了疫情防控小组，严格按照政府的要求，达到防控条件后，才陆续复工。还必须仔细排查每一名返岗员工来源地、14天内活动轨迹，体温等，各方面检测正常后才能上班。"

"现在订单、原材料影响大吗？"

"目前还好，因为春节前，我们就准备好了。现在物流慢慢畅通了，应该影响不大。"

"工人的收入怎么样？"

"2019年月平均工资是2960元，2020年会涨到3180元。手脚动作快的，可以达到4000元以上。"

扶贫车间的复工复产，让就地就近就业的易地扶贫搬迁群众吃上了"定心丸"。

"我2月17号就上班了，每天进入车间前都要测体温，公司每天发两个口罩。"在扶贫车间上班的易地扶贫搬迁户韦圣仙说。疫情期间，公司的防疫措施让她安心返岗，心无旁骛地上班了。

自从搬到县城后，她就不再到外地打工，而是在新家门口的贵州山水鞋业有限公司上班。"我家到这里走路只需要几分钟，每个月工资3000多元，做着很放心。"韦圣仙说。

新冠肺炎疫情发生以来，铜仁市通过开展"留燕行动"，一定程度破解了群众就业难、企业用工难。"我们产品面向非洲市场，订单受疫情影响不大。现在正准备扩大规模。"贵州倍易通科技有限公司副总经理黄向宇说，"目前共有员工2000多人，其中复工复产后新招外出务工返乡人员1592人，约1/3是贫困户。"

教育是斩断穷根的根本途径，从册亨县搬迁到城镇的孩子们身上，人们已经看到了明天的希望。

谈起搬迁对象搬入新居后，孩子在就学方面的变化，黔西南州册亨县实验幼儿园教师项治芬感慨很多："在每个阳光明媚的早晨，纳福大道上总能看见大人和孩子的身影，总能听见家长们给孩子交代去学校以后的各种叮嘱；在每个忙碌的下午，纳福大道上也总能看到孩子欢快地走着、跑着、唱着，家长在后面跟着。这些身影里有原本住在纳福片区的家长和孩子，有住在老城区的家长和孩子，更多的是，从易地扶贫搬迁来纳福片区居住的家长和孩子。"

田维云小朋友家以前住在册亨县双江镇林木村伟棒组。田维云的父母很重视孩子的教育。早在未搬迁之前，一家人就在镇上租房子住，为的就是方便田维云在双江镇中心幼儿园上学。

现在搬迁到县城，有房子住了，孩子上幼儿园也十分方便。更重要的是，小学、初中、高中都可以在小区附近的学校读书，可以享受着与城里孩子一样的教育和美好的生活环境。

和田维云小朋友一起搬来的还有梁欢欢小朋友，她们两个住一栋楼，平常一起来幼儿园，一起回家。在未搬迁来之前，梁欢欢就读的是册亨县启蒙幼儿园。妈妈身体不好。那时候，爸爸妈妈在者楼镇租房子住，爸爸平常都是在本地做临时工，妈妈在家管两个孩子。由于交通不便，一家人只有寒暑假时才回一次老家。家里只有一辆摩托车，要来回两次才能把一家人拉回去；遇到夏季雨水季节，骑行回家还很危险。

现在搬迁到县城的安置点后，基本上都不回老家。每天一早一晚，妈妈负责接送梁欢欢上学、放学，爸爸放心外出打工挣钱。"以前，总觉得让孩子上质量好的学校很难，现在不用发愁了。"梁欢欢的爸爸说。

黔西南州册亨县巧马镇一位基层干部说："我们最看重的是教育。在搬迁中最高兴的就是孩子，受益最大的也是孩子。"长期以来，在包括巧马在内的很多贫困山区，教师配比不足，优质的教师资源更是匮乏，坚守大山一二十年的教师比比皆是，有个别偏远山区甚至还是"一人一校"，"小学生两门课加起来考个二三十分"，"教音乐的老师，连五线谱都不认识"，"数学是体育老师教的"这种现象就更多了。

如今，巧马镇中心幼儿园有305名儿童，其中易地扶贫搬迁群众子女占一半以上。"刚开始，有的孩子还比较腼腆，见人就躲。两三个月后，他们逐渐变得开朗外向，主动跟人打招呼，现在跟城里的孩子没有啥区别。"巧马镇中心幼儿园园长黄腾龙说。很多小朋友在老家时，没条件上幼儿园，易地扶贫搬迁后，在家门口就能读幼儿园，跟城里的孩子"站在了同一条起跑线"上。

"城里的孩子读一中，要很高的录取分。移民子女只要有需求，一路'绿灯'。"黔西南州义龙新区易地扶贫搬迁指挥部办公室副主任郑周明说。义龙一中综合排名在当地排第四，学校专门开设了"新市民子女专班"，2020年已有43名高中生就读。

"红军不怕远征难，万水千山只等闲。五岭逶迤腾细浪，乌蒙磅礴走泥丸……"在乌蒙山区腹地毕节市大方县，恒大二小的每一届学生学到这一课时，都非常认真，似乎也更感亲切，更富情感。

80多年前，红军长征路过这里，冒着纷飞战火，只为让老百姓过上好日子。

80多年后，这里的孩子们坐在漂亮的校园里读书，没有枪林弹雨，只闻琅琅书声。

恒大二小实行"双师制"，除了本学校的老师在课堂上讲课外，学生还可以通过多媒体向清华大学附小的名师学习。远程教学云平台，不仅让山里的孩子能够接受优质的教育资源，也能培训大方县本地的教师，改善他们的教学理念和教学方式。

除了援建11所小学外，恒大集团在大方县还援建了13所幼儿园、1所完全中学和1所职业技术学院。现在，大方县幼儿园在园人数达到了2.8万多人。越来越多的易地扶贫搬迁子女享受到了优质教育。

扶贫必扶智。让贫困地区的孩子们接受良好教育，是阻断贫困代际传递的重要途径。新一轮易地扶贫搬迁拔了"穷根"，挪了"穷窝"，换了"穷业"，极大改善了偏远山区的教育条件。

在易地扶贫搬迁安置点建设中，各安置区统筹当地的教育资源，通过新建、改建、扩建学校，让每一名易地扶贫搬迁子女有学上、上好学。不少地方拿出了当地的"顶级"配置，用最好的教育资源把安置点打造成了"学区房"，大大缩小了教育"鸿沟"，让穷乡僻壤的孩子与城里的孩子站在了同一条起跑线上，让今天的"花朵"看到了明天的希望。

一、"孔雀"归巢

教育是斩断穷根的根本途径，教师的素质直接关系到教育质量。由于历史条件等多种原因，过去，在偏远山区的孩子能享受到优质教育，基本属于"白日做梦"。

据《富饶的贫困》一书记载，1978年10月，贵州在全省范围内对55.1%的初中教师和78.9%的小学教师进行了"过教材关"的统一考试（参加考试的教师是：1966年以后担任教学工作的；教龄不满25年的；男教师49岁以下，女教师44岁以下的），考试内容为所任课程的教材。同时担任两门课的，只考其中一门，而且可以自选，以教学大纲为依据命题，80分为合格。

考试结果令人"叹为观止"：小学语文、数学合格率分别为15%、7%；初中语文、数学合格率分别为22.9%、14.2%；初中物理、化学合格率分别为29%、38.4%。即便如此低的合格率还是经过培训后才达到的。个别县份的情况，更令人瞠目结舌：小学教师合格率，紫云县是4.3%，关岭县2.7%，镇宁县仅有0.3%。镇宁县的考试合格率意味着在1000个教师中，只有3个能够弄明白自己正在教别人的东西！

教师的素质尚且如此，所教学生的成绩可想而知。经过40多年的发展，贵州教师队伍素质大幅提高，教育质量稳步提升。尤其是党的十八大以来，随着我国精准扶贫力度持续加大，受益于精准扶贫政策，一些贫困家庭子女考上大学"飞出"大山，变成美丽的"孔雀"。如今，一些"孔雀"已经学成归来，回归家乡栽好的"梧桐树"，继续反哺家乡。

"这次分红不多，合作社67名社员每人只有1000多元。"黔西南州晴隆县阿妹戚托小镇三宝街道新塘社区主任陈红珍说。干塘村整村搬迁后，村里盘活土地资源，成立了林下养鸡专业合作社，为已经搬迁到城镇的移民群众增加一分保障。

淳朴、干练、大方、思路清晰，是陈红珍给人的第一印象。当地干部说，她是土生土长的三宝人，是个"有故事"的"90后"。前文讲过，出于多种原因，三宝乡文盲、半文盲占比很高，陈红珍则是三宝乡为数不多的拥有大专以上学历的女孩儿。

走出大山，见识外面世界的荣华富贵；返回家乡，带动朝夕相处的乡亲们脱贫致富；带头搬迁，走向日新月异的新时代……陈红珍年龄不大，人生经历却很丰富，浓缩了三宝人对教育脱贫的渴望，也为"功在当代、利在千秋"的易地扶贫搬迁工程做了最"直白"的注脚。

陈红珍出生在三宝乡干塘村大干塘组一个贫困的苗族家庭。小时候，她家同村里其他人家一样，极为贫困。一家人的生计全靠父母在矿山做苦力维持，日子过得异常艰难。

"穷人的孩子早当家"。陈红珍从小特别懂事，学习很用功，成绩特别好。那个年代，义务教育阶段学费还没有取消，陈红珍上小学二年级时，最穷的时候，家里连80元的学费都拿不出来。幸运的是，她从小学四年级到高一，得到了一位好心人的资助，每学期都会收到300元到1000元不等的资助金。在好心人的资助和鼓励下，她一边帮助家里放牛喂猪，一边发奋努力，顺利读完小学，上完初中，考上高中。

2013年8月，陈红珍被贵州遵义医药高等专科学校临床医学专业录取，成为村里唯一一个苗族女大学生。2016年，大学毕业时，她面临着两种选择：一是留在大城市，在大医院安安稳稳上班，实现长辈们寄予的"跳出山沟沟"的期望；二是返回老家，反哺家乡，报答多年来帮助支持自己的乡亲们，带领大家一起摆脱贫困。

几经考虑后，她毅然选择返回家乡。回家不久，她就被聘为三宝乡卫生院防保员兼任三宝村村医。"好不容易考出去的，怎么又回到村里了？""学医的，在大城市找个工作多好啊！""一个小姑娘家家的，在城里工作，找个好婆家！""脑子短路了吧？非回到穷山沟里瞎折腾啥？"这个决定让村里好多人都不理解，很多人都说她傻，但陈红珍依然坚定自己的选择。

此时，省、州、县、乡各级党委、政府正在研究三宝乡整乡搬迁问题。2016年10月，原本以为要在三宝乡卫生院当一辈子医生的陈红珍，在工作上发生了变化。原来，三宝乡整体搬迁工作队领导听说，陈红珍对家乡很有感情，对家乡的精准扶贫很有想法，就希望她加入到易地扶贫搬迁工作中。

"乡里大多数人都没念过书。你是大学生，年轻，脑子灵光，又是本地人，你来做工作，树立榜样，老乡们信得过你。"工作队的领导对她寄予厚望。搬迁后，还要盘活腾出来的土地。三宝乡适合林下养鸡，领导希望她带头成立合作社，发展壮大养鸡产业。

带领大家脱贫致富，是她长期以来的愿望，自己又是学医的，如果搞养鸡产业，学的医学专业知识也能用得上。听完领导一席话后，她几乎没有任何犹豫，辞去了乡卫生院的工作，2016年11月牵头成立了干塘村畜牧养殖农民专业合作社。

"那时候，你刚大学毕业，可以说是一个黄毛丫头，做动员搬迁工作难不难？"笔者问。

"说不难是假的。乡亲们文化都不高，见识也不广，思想不是一般地顽固。"陈红珍回答，"工作队进村入寨时，很多乡亲，一开始根本不相信国家会有这么好的政策。俗话说'耳听为虚眼见为实'，加上当时安置点的房屋还在规划起步阶段，很多乡亲都说：'都穷了几十年了，要是真有这么好的政策，应该早就实施了，何必要等到现在？'刚开始，他们以为'要把他们忽悠到县城后，然后把土地、林地、宅基地收回去'，所以这些乡亲要么'闭门谢客'，要么跟干部们'躲猫猫'，那些在家、肯见面的，也是口头上说'好、好、好'，实际上并不行动，还有的今天答应了搬迁，明天又反悔了，让人哭笑不得。"

"当时，是怎么克服困难的？"

"我人熟、地熟，工作开展起来相对要好一点。主要是现身说法，先从我家亲戚开始动员……"在亲戚朋友眼中，陈红珍是一个值得信赖的姑娘。在她的动员下，干塘村大干塘组很快签订了搬迁协议。

除了动员搬迁，她更重要的任务是参与运营管理"养殖农民专业合作社"，让乡亲们的"三块地"产生更大效益。

三宝乡不适合人居，却十分适合养鸡。陈红珍经营的养殖基地具有原始、生态优良、无污染的良好环境，实行自由放养，无公害养殖，是真正的"吃的是林间中草药，喝的是山泉露水，长的是健康肉"。合作社社员们一商量，为这些鸡取名"三宝溜达鸡"。

在海拔1600多米的山坡上，一栋栋蓝顶的铁皮"小别墅"旁，只见成群结队的土鸡或觅食，或扑翅。喂食时，陈红珍一声吆喝，分散在四面八方的土鸡如同听见了集结号，连跑带飞向她奔去。

鸡是养出来了，随之而来的就是销售问题。陈红珍又和"小伙伴"们到处宣传，到机关事业单位、企业食堂推销。为了降低成本，陈红珍亲自"押车"，按照客户规定的时间送达。有一次，她半夜三更送货，从没出过故障的送货车在乡间的道路上突然抛锚了，这可把她给急坏了！好在，司机师傅"给力"，一个多小时后就修好了。凭借着专业的养殖技术、过硬的品质、热情的服务，"三宝溜达鸡"慢慢地得到了认可。

"目前，合作社共涉及贫困户67户330人。"陈红珍望着满山跑的土鸡说。合作社第一年就实现纯利润57万元。2018年冬天，基地为67户村民分红8.6万元。由于干塘村的"溜达鸡"蛋白质高、脂肪低、口感好，逐渐打出了名声，不但在晴隆县、贵阳市等本地市场供不应求，还通过电商在四川、湖南、云南等地销售。

在"另一头"——搬迁安置地阿妹戚托小镇，陈红珍也没闲着，除了为搬迁老乡们做好服务外，她还带头创业。她在街道上租了一个门面，销售土鸡、茶叶、雷竹、天麻等晴隆县农特产品。

起初，安置点的配套设施还不完善。看着搬迁后的乡亲们取钱还要跑到很远的地方，她就跟贵阳银行协商，在门店里安装了一个ATM机。"这样，乡亲们就不用先到别的地方取钱，然后再回来买东西了。"陈红珍说。她以前吃了很多苦，不想让她的后代重复遭受不必要的苦难。

跟陈红珍的经历类似，黄芳的故事也令人欣慰。

出生于1994年的黄芳，老家在黔西南州普安县地瓜镇岗坡村岗坡组。"我家有5口人，爸爸、妈妈、我，还有两个弟弟。"黄芳说，"以前家里很穷，爸爸、妈妈靠勤劳的双手供我们三姐弟读书，日子过得很艰难，被列入精准扶贫建档立卡贫困户。"通过勤奋刻苦努力，她2014年考上了大学，如今已经是黔西南州兴义市盘江书院的一名中学物理老师。我与黄芳的一番对话，让人看到了未来与希望。

"高考报志愿时，你报的什么专业？"

"我从小就喜欢当老师。上了高中后，更是立志要当老师。所以高考填志愿时，我所有的志愿都填的师范类专业。最终，我被山东德州学院物理学专业录取。"

"作为建档立卡贫困户子女，大学期间你应该得到过一些资助吧？"

"要是没有国家扶贫政策，我和两个弟弟可能都上不了大学。我和弟弟在读书期间都得到了学费减免、生活补贴等补助，极大减轻了父母的经济负担。否则，我可能都坚持不下来。"

"你们家是哪一年搬迁的？"

"2017年，我们家搬到了兴义市坪东街道南兴社区100平方米的新房子，几乎没花钱。我当时大学还没毕业。当我把这个消息告诉我的同学们时，他们都不相信，国家对贫困户的政策会这么好。"

"你在山东省上的大学，大学毕业找工作的时候，有没有想过留在东部沿海地区？或者去贵州的大城市？"

"说一点也没想过，那是假的。但我在省外上学，通过对比，更加意识到家乡的落后。这种落后是全方位的，但教育落后是最根本的。我从小就喜欢当老师，这么多年一直得到国家资助，也想回老家做点贡献。再加上母亲身体不好，还需要照顾，所以我还是选择回老家找工作。"

"回来后，就找到了现在的工作吗？"

"没有。当时，南兴社区正在陆续搬迁安置移民群众。社区管理正是大量用人之际，公开招聘公益性岗位时，优先照顾扶贫搬迁群众。得到这个消息后，我马上报了名，很快，社区就安排我在社区服务中心上班了。"

"具体做什么工作呢？"

"主要负责接待移民群众就业、就学、就医等方面政策咨询服务。"

"感觉怎么样？"

"挺好的。我本身就是搬迁群众，现在又反过来为搬迁群众服务，每天面对的都是邻里乡亲，感觉很亲切、很欣慰。"

"那为什么没有一直做下去？"

"为老乡们服务很舒心，但我骨子里还是喜欢当老师。所以，就应聘了老师。2020年5月终于如愿了。今后，我要努力工作，帮助改变更多像我一样的山里娃的命运。"

二、"缫丝花"进城

缫丝花，乌蒙山区崖壁上常见的一种小花，耐干旱、耐贫瘠，生命力极强，在绝望中给人以希望。

年近花甲、有40多年教龄的杨绍书，就如同哈冲苗寨的一朵缫丝花，守护着哈冲的未来，也见证着哈冲的时代变迁。

"没想到搬进了城，我还能继续在学校发挥余热。"个子不高、皮肤黝黑、满脸沧桑的杨绍书说，"忆往昔，孩子们求学之路真是太苦。"

哈冲苗寨是毕节市黔西县金兰镇瓦房村的一个村民组，位于乌江上游支流六冲河岸的半山腰的绝壁之下，前临峡谷大河，背抵悬崖峭壁，15户苗家人散居在花木之间。

"挂在半空、面朝河谷"。若不是袅袅炊烟，很难发现在这陡峭的半山腰处还有人家。仔细辨认，只有一条崎岖的"绝壁路"连接这几户人家。而这条小路，已近花甲之年的杨绍书默默守护了40多年。

对于哈冲苗寨人来说，摆脱贫困须闯过两道关：一是"悬崖峭壁关"，二是"语言不通关"。杨绍书的家在寨子的最高处，两间茅草房，窗户的"玻璃"是一层塑料布，房梁黑漆漆的。不要小看这破旧房子，这里是整个寨子里汉语的"发源地"——杨绍书的第一个"私塾"在这里开办，大部分哈冲人的汉语就是从这里学到的。

在他的记忆中，小时候的苗寨很穷，很多孩子一年四季没有鞋穿，冬天脚趾被冻得通红，吃不饱饭是常有的事情。因为穷，寨子里很多孩子从小没钱读书，不读书就听不懂汉语，更不会说普通话，也就意味着与外面的人无法交流。

"我家的条件算是好一点的，父亲把我送进了4千米外的华山小学读书。"杨绍书说。当时全寨20多个和他年龄相仿的孩子，仅有3人走进了学校，却只有他读到小学毕业。后来，家里实在没钱了，初一只上了一个学期，他也辍学了。

上图：教师杨绍书和学生们在崖壁上的小路行走（2018年4月27日）

下图：教师杨绍书和学生从新居内走出，前往新学校（2018年5月7日）

（欧东衢 摄）

1977年8月的一个夜晚，当时的公社书记彭正祥冒雨来到他家，动员杨绍书说："咱们苗家人为什么穷？就是因为没有文化，连汉话都不会说。你现在是咱苗寨最有文化的人，要积极努力改变这种现状。我们想请你办个识字班，教娃娃们读书，你看怎么样？"

"自己文化水平有限，能干得了吗？" "外面的世界很大，我也想出去看看……"杨绍书听后很犹豫。然而，想到苗寨的孩子们无法读书，可能永远走不出大山，要一辈子穷困下去，他最终还是答应了公社书记的请求。

就这样，寨子里学历最高、唯一上过几天初中、会说汉语的杨绍书，在自家堂屋办起了"识字班"。当时，他年仅16岁，比班里的大娃娃大不了几岁，也是唯一的老师。"几块木板刷上墨汁当黑板，课桌是街坊邻居们凑的长条板凳，石灰就是粉笔。"杨绍书说，"有一年9个学生按年龄段分了3个年级，一个年级上课的时候，其他两个年级只能背对讲台自习。"

1981年，他转为民办代课教师。1987年，为方便村里更多的娃儿上学，教学点搬到隔壁的村民组瓦岗二组。1996年，教学点并到村里的华山小学。教学地点的改变虽改善了教学环境，但也增加了孩子们上学的难度。

从哈冲组到瓦岗二组或华山小学，都必须翻过悬崖，荆棘密布，之间只有一条狭窄的小道。这条小道儿，是杨绍书带着村民一刀刀砍、一镐镐凿出来的。

"从哈冲苗寨继续往山顶爬，直线距离不到500米，需要50分钟。"他说，"连走带爬过程中，还要时刻观察脚下的石头是否松动，是否会有毒蛇突然窜出来。"为了确保安全，他必须定期用锄头和镰刀沿路除杂草、刨石梯。

途中有处凸起的山包，人称"船头山"。刨出的小路几乎与江面垂直，徒手攀爬极难，当地人用自制的"树钩"钩住头顶裸露的树根或石头缝才能往上爬。每至此处，孩子们只能靠他一个一个往上背，一个一个往

上图：未搬迁之前，孩子们在老学校读书（2018年4月27日）

下图：搬迁后，孩子们在新学校读书（2018年5月7日）

（欧东衢 摄）

下抱。多的时候有10多个孩子，一口气抱下来，他累得气喘吁吁。

"夏天，走到学校，娃娃们都累蔫儿了；冬天，天亮得晚、黑得早，来回都得打着手电筒。"教学点搬到华山小学后，哈冲苗寨的孩子们每天往返都要走8千米。

几十年间，杨绍书在这条崎岖的山路上往返约4万千米，几乎可以绕地球一圈，护送寨子里200多个孩子，一直把他们送出大山。"我教了三代人。现在教的学生中，他的父亲、爷爷我也都教过。"

　　"如果不是杨老师，我话都说不利索，根本出不去，出去了也不能安心在外打工。"村民赵江华和爱人常年在福建一家食品厂打工，留守在家的两个女儿平时上学、放学都由杨绍书接送。

　　巍峨的大山没能庇护哈冲寨人，反而让他们吃到了更多的苦楚。

　　新一轮易地扶贫搬迁，让哈冲人走出大山，尝到了幸福的滋味！

　　2017年，整寨搬迁到县城的消息传到哈冲苗寨，杨绍书兴奋得睡不着觉。他不但带头搬迁，还主动义务当起了易地扶贫搬迁宣传员。白天，他

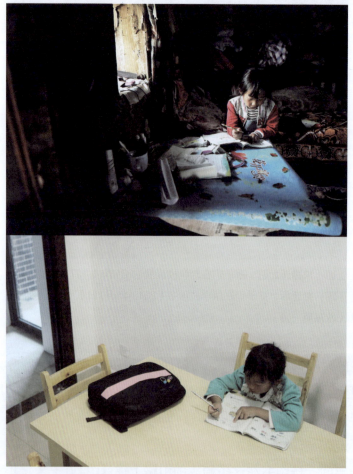

上图：未搬迁前，孩子们在家做作业（2018年4月27日）

下图：搬迁后，孩子们在新家做作业（2018年5月7日）

（欧东衢　摄）

到4千米外的学校上课。晚上,他回来走村串户给乡亲们做思想工作:

> 40年前,我选择留下来教书,就是因为乡亲们不识字。这些年,一个个苗家后生识字了,外出务工挣钱了,但我们的生活因为环境太差,改变很有限。现在政府不要我们出一分钱,给我们盖房子,让我们搬到县城,娃娃们能享受到更好的教育,以后会更有出息,这种好事为什么不干?……

经过无数次苦口婆心的开导,乡亲们终于想通了。一时想不通的也选择相信杨绍书,相信杨绍书的选择,相信曾经教了"村里三代人"的杨老师不会害他们。

2018年5月起,哈冲组15户村民陆续搬到了城关的"锦绣花都"易地扶贫搬迁安置点,6名适龄儿童也就近入读黔西县第十小学,杨绍书被该校特聘为"苗汉双语辅导员"。

"这回搬到城里,算是真的走出来了。"杨绍书认为,这一轮的易地扶贫搬迁是哈冲人出山"千载难逢的机遇",而受益最大的是孙子辈,"可以受到更好的教育,有机会考更好的学校"。在哈冲,娃儿来回上学要花近4个小时,放学回家还要放牛、割猪草;搬过来之后,走路上学最多半小时,回家就可以做作业,算下来每天可以多出至少3个小时的学习时间。

杨绍书说,这些年,村里的教学条件改善了不少,义务教育阶段基本上不用花钱,小学生每天还有营养餐,但教学水平还是跟不上,大多数人家的经济条件也都无力供娃儿上高中。

黔西县第十小学校长赵彤说,杨老师是学习的榜样,更是学校的"宝贝"。在学校就读的近千名易地扶贫搬迁学生中,不少是苗族,而学校40多名老师无一人会讲苗语,导致学校老师跟学生和家长沟通不畅;于是,学校聘请杨老师为"苗汉双语辅导员"。

"当初能当老师办'识字班'是沾了'会说汉话'的光,现在能进城当老师是沾了'会说苗语'的光。"杨绍书说,"说到底是沾了党和政府的光，没有国家对山区教育的重视和扶持，哈冲不会有现在，也不会有未来。"

如今，杨绍书又到另一所移民学校担任双语辅导员。"搬出大山的哈冲孩子们，肯定一代比一代强。"杨绍书对未来充满信心。

三、"丑小鸭"逐梦

> 每一次，都在徘徊孤单中坚强；
> 每一次，就算很受伤也不闪泪光；
> 我知道，我一直有双隐形的翅膀；
> 带我飞，飞过绝望。
> ……

这首带有民谣曲风的《隐形的翅膀》让大江南北很多人产生共情。

"我相信这只是暂时的，每只丑小鸭故事的结局，都会变成白天鹅。"——在黔西南州安龙县万峰湖镇，一个自认为是"一只丑小鸭"的小女孩的故事，令人动容。

有一个小女孩，她渴望变成美丽的"白天鹅"，但贫困的家庭条件如同一座沉重的大山，死死压在她稚嫩的肩膀上。在幼小的心灵遭受折磨之时，易地扶贫搬迁政策的实施，让她仿佛拥有了一双"隐形的翅膀"，带她飞起，飞过绝望，给她希望……

以下是2018年这名"丑小鸭"的内心独白：

> 我叫小雅，我的母亲47岁了，她是一个"疯子"。从我记事起，她就一直这样。2003年，也就是闹"非典"那一年，我来到了这个世界上。我都不知道是怎么活下来的，我简直是幸运儿。
> 我今年在万峰湖中学上八年级了。万峰湖是个非常漂亮的地方，那里有雄奇罕见的万峰林，每年来旅游的人很多。那些来旅

游的城里人，穿得很漂亮，跟电视里那些人一样，真让人羡慕。他们吃的东西我也叫不出名儿来，应该很好吃。有时，我会悄悄咽一下口水，想象着那种味道。

我有很多同学都住在万峰湖镇上。有时候，我会想，这里这么漂亮，要是我家也住在这儿，那该有多好啊！不过，我现在能在这里读书，也已经很好了，不敢有再多的奢望。我感觉已经很幸运了，赶上国家的好政策。九年义务教育，读书不用交学费。但让我头疼的是，我在学校的生活费，因为有时候多有时候少，有时候没有。

每周五下午第二节课后，我就收拾东西准备回家。其实，也没什么东西可收拾的，学校发的书本就是我的全部宝贝。从学校到我家，没有班车，只能走路，需要两个多小时。要先走一个多小时的马路，再走一个小时的山路。

我的家，在一个很偏很偏的山旮旯里。那里只有两户人家。其中，用石头垒的小房子那家便是我家。这小房子也不知道父亲弄了多少年，我只知道是我五年级那年才勉强弄好的。在这之前，我们一家人一直住在石崖下面，房子比现在的小房子还要差。

另外一家，是我叔叔家，他家条件比我家好一点，但也好不了多少。

我一点也没有怪命运不公，也从来没有怪过我的父亲。他是个老实本分的人，没读过几年书，中等身材，50多岁的脸就像七八十岁一样，顶着蓬垢的卷发，一年四季都穿同样的衣服。

在父亲很小的时候，我的爷爷就死了，留下奶奶和父亲、叔叔相依为命。因为家里太穷，没人愿意嫁给我父亲，直到35岁的时候，父亲才娶到了我的母亲——一个"疯子"。

母亲跟普通人不一样。她的上衣、裤子沾着灰土，脏兮兮的。她逢人就笑，笑过了，口水就会沿着嘴角往下流，滴在她那看似穿了好几年的衣服裤子上。没滴完的口水，她有时会吃回肚子里。她有时会打人，往死里打的那种。所以，父亲不得不用铁链把她锁起来，不让她出去。但奇怪的是，她从没有打过我，从小到大一次也没有。

每个星期五，母亲都会走一个小时的山路到村委会，在村委会门口笑嘻嘻地走来走去。听人说，母亲有时坐在马路边，有时候就呆呆站着，久久注视着镇上的方向，好像在等什么，但却不敢再往前多走一步。我知道，那是母亲在等我放学回家。

有时，我在学校有事情，回来晚了。在路经村委会的时候，那里的叔叔阿姨就会给我和母亲每人盛一大碗饭菜，叫我和母亲跟他们一起吃。每当这时，我会偷偷地夹几块肉出来给我母亲，

因为她很瘦，我想让她胖点。当我给她夹肉时，她就会笑得很开心，口水流得满身都是。

每个星期天，我都得走像回家时那样长的路程返回学校。每次，母亲都会送我，但她从不和我并排走，而是跟在我身后，两三米远的样子。并且，每次她都只走到村委会，站在村委会的石凳上，笑嘻嘻地看我一个人继续走。她不敢再继续向前走，只是一直傻傻地看着，不知道要看多久，我也不敢回头看。

我最有成就感的时候就是每次考试发卷子的时候。我总是在同学们羡慕的眼光中领回卷子，心里暗暗地小得意。因为我从没有掉出前三名过，还常拿第一。老师们都很喜欢我，一是因为我

2019年8月，安龙县蘑菇小镇新市民居住区（贵州省生态移民局 供图）

成绩好，二来他们都知道我的家境，会给我很多鼓励。

我最烦恼的，还是别人说我的母亲，说她是一个"疯子"。村里那些讨厌的女人，常拿我的事例来教育她们的孩子："'疯子'的女儿成绩都这么好，你有什么资格不努力，难道连'疯子'的女儿都不如？"

每每听到这些，我心里就很自卑，很难过，但她们说的也都是事实。所以，我暗自发誓要加倍努力地学习。我的成绩在班上虽然不错，但是距离上市重点高中还是有不小的差距。

母亲、生活费、周边人的嘲笑，都是我经常考虑的事情，但我却不知道该怎么做才好。

有一个周末，在我们村委会上班的杨阿姨，又来我家做工作了。她是县里单位下来帮扶我们村脱贫的干部。我听到她和我父亲说："你家这种情况，你要好好考虑，搬到安龙去住是最好的选择。不管是生活条件，还是小孩子的上学，都比你待在这里强百倍。"

"这些我都晓得啊，问题是搬去安龙了，我能干什么？什么技术都不得，活不下来啊？"父亲担忧道。

杨阿姨说："这些你不用担心，政府都为你考虑周到了。搬去了，你可以种蘑菇，承包两个大棚，一年可以有五六万的纯收入。"

"户籍需要搬吗？那低保还可以领吗？"父亲问道。

"你老婆低保继续享受。如果户籍迁移后，还可以转城市低保，每年多得近3000元。"杨阿姨回答父亲。

"那小孩在哪里上学呢？"父亲继续问道。

"这个你就放心了。你们要搬迁的蘑菇小镇，从幼儿园到初中的学校都有，保证你们小孩上学没问题。"杨阿姨回答道。

"我考虑考虑。"……那天他们谈了很多。我的思绪也随之飞了很久。我恨不得立马跑出去跟杨阿姨大声说："我一百个愿意！"

那一天，我憧憬了很多。万峰湖镇上是我去过离家最远、最繁华的地方。每次村里那些在外打工回来的哥哥姐姐，穿得都很时髦，听他们描绘他们打工的城市，有上百层高的大楼，有飞机火车，有很多很多钱可以赚，说得好像遍地都是，伸手就有的那种。说心里话，我很羡慕他们。我想到大城市去读大学，去工作，带父亲母亲去看一看……

现在的生活很难，有时我也想放弃，但我知道，即使放弃了，生活也不会简单到哪里去。我得向嘲笑和看低我的人证明，我的人生一定比他们过得好，过得有意义！

要是父亲考虑好了，我们就可以搬去安龙的新家了，重新去适应新的环境、新的生活。那里等我的有新学校、新老师、新同学、新朋友……

没有两个多小时长的路要走，没有同学们讨厌的嘲笑，没有村里可恶妇女的歧视……

我会读大学，到很多的地方，和我的父母亲一起；我会找份好工作，挣好多钱，不再担心生活费不够用，父母亲也不用再一年四季穿同样的衣服；我会做一个有用的人，去照亮生活在黑暗中的人，就像那些曾照亮我人生的人一样……

春去秋来，时光飞逝。幸运的是，我的父亲经过反复考虑，终于答应搬到县城去住了。还记得2018年搬迁那一天，我比考试考了100分还要高兴，还要幸福。

现在，父亲在县城做保洁员，工资虽然不高，但也算有了稳定的收入来源；母亲的低保标准提高了，一年下来要比在老家多几千元；我在安龙一中读书，然后我将奔向儿时梦寐以求的大学……

一切的一切，都是我以前不敢想象的；一切的一切都是得益于国家的易地扶贫搬迁政策；一切的一切，都让我充满了信心和力量。

如果说，我以前是一只"丑小鸭"，那么今后我一定会加倍努力，我相信凭着我的拼搏，我一定会变成美丽的"天鹅"！

在黔北的小山村，同样也有一只"丑小鸭"，或许他以前甚至从没听说过"丑小鸭"的故事。得益于易地扶贫搬迁政策，他也踏上了追逐梦想的大道。

小刚，13岁，正值舞勺之年。他本应像其他正常孩子一样，在校园里向鲜花一样尽情吸取营养，自由绽放。然而，天生的聋哑残疾，让他无法享有校园的美好时光。

小刚的老家在遵义市凤冈县王寨镇土璜村。小刚的父母也都是智力发育迟缓、生活自理能力比较差的残联人。有时候，他们完全不知道怎么料理家务。家庭的正常运转，几乎全部落在小刚年近80岁的爷爷、奶奶身上。这样的家庭，无论在哪里，基本上都要依靠低保度日。

不幸的家庭遭遇，让人心情悲恸。

幸运的是，2018年1月，他们一家得到易地扶贫搬迁名额，举家搬进了位于凤冈县城的凤翔社区。

"为什么要搬进县城？"

"为了孙子能够读书！"小刚的爷爷王吉财说出这句话时斩钉截铁，就像实现了埋藏在心底多年的愿望。

原来，由于孙子患有残疾，无法像其他的孩子一样正常入学。土璜村的村干部也曾多次上门，建议他送孙子到县城的特殊教育学校就读。王吉财纠结过多次：全县唯一的一所特殊教育学校离家70多千米，光接送上学、放学就是一个大问题，平时在学校又免不了会遇到各种各样的问题；自己本身年龄大不说，家里还有好几个人得照顾。思考良久，他认为当时的家庭条件，并不允许小刚进特殊学校。

2017年，听说国家有易地扶贫搬迁政策，可以搬迁到县城，他们家又符合易地扶贫搬迁的条件，王吉财毫不犹豫地申请搬迁。更让他们高兴的是，凤冈县唯一的一所特殊教育学校，就距离安置点1千米左右。

搬迁后，孙子小刚如愿进入凤冈县特殊学校就读，弥补了他多年来从未感受过校园生活的遗憾。因他们一家情况特殊，凤翔社区将他们家全部人口纳入低保，每月国家补贴2000多元，基本能保障一家人的生活。孩子的教育问题得到了解决，他们也没有了后顾之忧，日子过得其乐融融。

2020年，小刚就读特殊学校五年级，经过两年多的校园生活，他明显比以前在老家时懂事不少。学校老师都说，他现在懂礼貌、上课听话，聋哑人基本的个人行为方面有了很大的进步。根据国家优惠政策，除了每学期的50元保险费和书本费外，他的其他费用一概全免，生活费也全额补助。"都是国家的好政策，才能让我们现在过得这么轻松。"王吉财老人脸上挂着笑容说。

像小雅、小刚这样大山深处的孩子，通过易地扶贫搬迁不但得到了更好的教育，也因为居住生活条件改善，享受到了更加完善的教育公共服务。

"你晓得遵义在哪里不？"

"这么大的地图，看得到我们正安吗？"

"快看，快看，武汉在这儿！钟南山院士之前就在这里救人啊！"……

2020年6月1日，遵义市正安县瑞濠街道办事处安置点的孩子们收到了一份特别的礼物——社区的新华书店开业了！这也是遵义市第一家移民安置点的书店。

正安县瑞濠新华书店占地400平方米，有社科、文教、少儿、科技等8大类1万余册图书，从店面选址到正式开业，仅用了半个月时间。这家书店虽然不算很大，但一开业便受到社区群众的欢迎。

"从小我就喜欢看书，以前看书买书，都要坐车到县城去。现在，家门口就有一家书店，别提多开心了。今天正式营业，我和同学们一下课就迫不及待赶过来看看。"正安四小六年级学生蒋应燕言语间满是欢喜，这是她过得最开心、最有意义的一个儿童节。

"非常高兴新华书店能在安置点开业，在这里看书太安逸了。"瑞濠街道办事处安置点的学生祝雨婷说，"在老家不用说书店，书都很难买到。搬到城里后，在小区里就有新华书店，真是太好了。我喜欢看童话书，以后会经常来这里看书，这样就能增长更多知识。"

作为中国最具年代感的书店之一，新华书店是一个文化符号，代表着一种生活方式。

正安县新华书店瑞濠移民安置区分店总经理冉隆渭说，住在这里的居民都是从偏远的农村移民过来的；在这里开设书店，给他们提供一个安静阅读的地方；在潜移默化中，改变他们的生活习惯、思想观念、文明素养等，让他们更好地融入外面的世界。

新华书店入驻极贫地区，这是贵州出版集团及所属贵州省新华书店有限公司大力开展"文军扶贫"活动中的重要举措之一。经过近一年的努力，贵州省30个重点扶贫乡镇都有了新华书店，每个网点书店都配置了8000—10000个适合当地读者需求的图书品种。

贵州省新华书店有限公司负责人说，脱贫攻坚是新时代贵州人肩负的光荣使命，作为这场历史战役的参与者、见证者，新华书店会尽最大努力投入其中，把文化送到脱贫攻坚一线。

四、共享同一片蓝天

> 爸爸妈妈去上班；
>
> 我上幼儿园；
>
> 我不哭也不闹；
>
> 叫声老师早……

如今，这首耳熟能详的儿歌中描述的场景，在全省900多个易地扶贫安置区已经变为现实。居住在安置点的搬迁群众，清早把孩子送到位于社区的幼儿园，然后到社区的扶贫车间上班，既能照顾老人，又能陪伴孩子成长。

然而，在他们搬迁前，很可能是另外的景象：爸爸妈妈去外地打工，孩子爷爷奶奶带，又哭又闹，有的孩子一年才能见到爸爸妈妈一次……

两种鲜明的对比，其结果不言而喻。

"妈妈再也不用担心我的学习了。"这句某品牌学习机的广告语，用在很多易地扶贫搬迁孩子身上尤为恰当。

2019年7月16日，贵州六盘水钟山区水月园区安置点的搬迁户子女在扶贫车间一角的儿童游乐区玩耍（卢志佳　摄）

2019年暑假的一天，清晨7点，遵义市余庆县子营街道积善社区的毛红一家一大早就起床了。与往常一样，毛红的妻子给一家三口做早餐。

毛红的老家在余庆县大乌江镇关唐村坝口组，整个寨子都建在半山腰上，由于交通不便、农业生产条件差，最近几年村民都陆续搬离出去了。2018年6月，得益于易地扶贫搬迁政策，毛红一家举家搬迁到了县城。

吃完早餐后，毛红骑上摩托车到10多千米外的茶园上班了；妻子到社区的培训中心参加月嫂培训；因为是假期，妻子便把孩子送到社区免费的假期辅导班给孩子补课。

"孩子原来在乡下的时候，成绩还不错，家里墙上的奖状差不多贴满了。但搬到城里后，差距就明显了。"毛红说，"社区办的免费辅导班就像'久旱逢甘露'，不仅解决了暑假期间孩子没有地方安顿的问题，小孩还能学到知识，早点缩短与城里孩子的成绩差距。"

假期辅导班的隔壁，就是月嫂培训班。毛红的妻子曾经是放下锄头就不知道干啥，她以前从来不知道有月嫂这个职业，更没有想到带孩子还有那么多讲究。她在培训期间，学习非常认真，一方面想给在隔壁上辅导班的孩子做个榜样，一方面通过学习她了解到，月嫂这个职业，在大城市每月工资高的有八九千元，低的也有六七千元。这一个月的收入，几乎相当于他们一家在农村辛苦一年的收入。因此，她特别特别珍惜这个学习的机会。

2020年，一场席卷全球的新冠肺炎疫情让很多学校停课，孩子们只能在家上网课。这场疫情将城市、农村之间的"数字鸿沟"再次暴露出来。相对于农村孩子，通过易地扶贫搬迁搬到城镇的孩子们，这次与城里的孩子终于站在了同一起跑线上。

"来，佳琦，先读一遍这个题的题目好不好？""读完了这个题干，你想到了什么？""平时在学校的时候，喜欢跟新朋友一起玩什么游戏？"……在铜仁市石阡县汤山街道平阳社区易地扶贫搬迁户吴芹家里，青年志愿者周安进正在上门为她的女儿冯佳琦辅导作业。

冯佳琦今年读一年级了，性格有点内向，不喜欢与外人接触。吴芹一家有7口人，是2018年底从中坝街道长坡村搬来的。平日里，吴芹和丈夫到县城打工挣钱，3个小孩由爷爷奶奶照顾。

受疫情影响，幼儿园都未能正常开学，孩子们只能在家里听网课或者自学。然而，易地扶贫搬迁安置点的搬迁户都来自偏远山村，文化教育水平参差不齐。大多数的家长本身素质也相对较低，加上要在城里务工挣钱，基本无暇照顾孩子学习。

为补齐易地扶贫搬迁安置点孩子教育短板，共青团石阡县委组织大学生青年志愿者组成义务服务队，为易地扶贫搬迁安置点开展了"送教、送学"活动。自从有了青年志愿者们上门或提供电话咨询辅导，易地扶贫搬迁家庭的学生家长憋在心里的压力得到释放。

吴芹说，如果在老家的话，情况就更糟糕了；老家手机信号不好，上网一会儿能上去，一会儿又卡了，网课肯定上不成。最让她头疼的，就是孩子的学习教育，孩子们经常问"十万个为什么"，好多问题让没有多少文化的夫妻俩无法回答。

"他们为我们减轻了很多压力，对孩子学习上、心理上都有帮助，性格开朗了。"吴芹说。他们家公公婆婆识不来几个字，不懂智能手机；她和老公都要上班，也没时间来辅导孩子，就算有时间，他们也是一样搞不懂。

"最牵挂的成长，最用心的陪伴。"为了更好地丰富易地扶贫搬迁安置点孩子们的娱乐生活，让大家学习到更多的知识，共青团石阡县委积极争取各方的投入，为易地扶贫搬迁点增添必要的活动器材，完善活动场所基础设施。同时，结合每个大学生青年志愿者的特长，开设了"希望工程·陪伴行动"小课堂，各尽所能开展舞蹈、书画、琴棋、乐器等辅导，让青年志愿者成为易地扶贫搬迁点搬迁户子女们的良师益友，他们在帮助服务他人的同时，也锻炼了自己，真正达到了"赠人玫瑰，手留余香"的效果。

"参加兴趣特长班，一分钱也不交，而且在课余时间，我的孩子还有人管。这比起以前，生活条件真是改善太多了。"在铜仁市碧江区矮屯社区安置点的教室外，望着教室内其乐融融的景象，从铜仁市印江县天堂镇木银村搬迁来的村民陈海燕深有感触。

"陈雨蝶刚来的时候，寡言少语，怯于交流，参加'希望工程·陪伴行动'后，现在能积极表达自己、展示自己，也更加自信、阳光了。"陪伴老师王林玉说。

2020年以来，由于新冠肺炎疫情影响，在校大学生潘珂和钟宏琴滞留在家。他们就报名志愿者，通过"送教上门"，帮助搬迁群众的孩子辅导作业。

"得亏两位老师的辅导，我没文化，教不了孩子。"搬迁户向国英老人的心里乐开了花。他们一家从铜仁市德江县搬到铜仁市大龙开发区的安置点后，住上了漂亮的楼房，儿子、儿媳妇外出打工。两个孙孙在社区的小学读书，上学倒是近了，但学业却成了老人的"忧心事"。尤其是疫情发生后，开学时间推迟，更是让她发愁。潘珂和钟宏琴的到来，让她省心不少。

2020年5月14日，贵州省教育厅下发通知，贵州省高校非毕业年级、小学、幼儿园于2020年5月15日至30日实行分批、错时、错峰开学。高校非毕业年级具体开学时间按程序审批后确定，小学、幼儿园具体开学时间由各市（州）政府研究确定。全省各级各类学校全面复学复课。要求切实遵照"科学精准研判、超前谋划准备、审慎稳妥推进"的原则，做好"一校一策""一地一策""错时错峰"开学工作。

2020年5月27日，黔西南州兴义市幼儿园开学的日子。

当天早上，百春幼儿园马岭分园的孩子们，分批、错峰回到了久违的学校。位于兴义市马岭街道办事处龙盛社区易地扶贫搬迁安置点的这所幼儿园，建于2018年6月，是专为马岭街道近1万名易地扶贫搬迁群众设立的，已有153名孩子入园，其中95%以上是易地扶贫搬迁群众子女。

"来，这是消毒液，两只手搓一搓。现在给你量一下体温。不要害怕，张开嘴巴，检查下你的喉咙……"百春幼儿园马岭分园的工作人员认真仔细地给入园的小朋友们进行晨检。为确保孩子们不扎堆，幼儿园每个班级一分为二开展教学、就餐、游戏等。

兴义市马岭街道党工委书记刘洋介绍说，马岭街道11所公办学校，其中1所中学、5所小学、5所幼儿园，按照省、州、市的统一部署，截至2020年5月27日，所有学校都已经复课。每所学校开学过程中，都有村干部、社区干部、街道办事处的干部维持秩序。此外，还安排联防队、卫生院等工作人员参与，尽最大努力实现网格化管理，确保学生安全入学。

崭新的校园、优美的环境、完善的设施、丰富的活动……走进安置点的任何一家幼儿园，都让人感慨不已。看着落落大方的小朋友，很难相信这才几个月时间，他们已经不是满身泥巴的山里娃，让人不禁要问：暖阳下，迎芬芳，这是谁家的孩童？

以前，对于赵萝萍来说，"学校就在家门口、早晚吃上热饭菜、每晚妈妈陪身边"的生活只是一个美好的愿望。如今，这样的"美事"每天都在身边发生。

赵萝萍是月亮山区黔东南州从江县洛香镇中心小学二年级的一名小学生。2016年，她家从西山镇高脚村搬迁到洛香镇万户侗寨安置小区，以前在高脚村上学时，她每周一被爷爷送到学校，周五妈妈才能来接她。

每个星期一早上的五点钟左右，爷爷就把她叫醒，打着手电筒送她上学，要翻山越岭走将近两个小时的路才能到学校。"每次走着走着，我就不由自主地想起童话《小红帽》，想着会不会有大灰狼，一路上我把爷爷的手拉得很紧很紧……"赵萝萍说。

在寄宿制学校的每个晚上，她脑子里反反复复想着两件事："想妈妈"和"想家里的饭"。而在新学校里，有漂亮的校园、友善的同学，最重要的是，每天还能见到妈妈。在老师的关心和同学的友善帮助下，她很快和小伙伴打成了一片。

毕节市大方县易地扶贫搬迁配套学校（2018年5月18日，贵州省生态移民局　供图）

2019年9月3日，在黔南州福泉市，孩子们放学后来到"四点半学校"完成作业（卢志佳　摄）

在老师的鼓励下，赵萝萍上课格外认真，举手回答问题也越来越积极，脸上笑容也多了起来。课间操场上，经常能看到她和小伙伴们追逐打闹的雀跃身影，看上去和其他的孩子没有任何差别。

"过去，我们住在山坡上，要到几千米外的学校才有医院看病。子女上学也很不方便，需要大人护送。现在从山里搬出来，家家户户能吃上自来水，水泥路修到了大门口，用电、就医、赶集、子女上学方便了，是易地扶贫搬迁让我们致了富。"赵萝萍的父亲赵金亨说。

对于"上班族"来说，"孩子下午四点半放学以后去哪里？作业谁来辅导？"是一直困扰着他们的问题。针对这一现象，各易地扶贫安置点纷纷设立"四点半课堂"，化解家长们的后顾之忧。

位于铜仁市万山区丹都街道龙生社区便民服务中心二楼的"四点半课堂"于2019年12月9日正式开班，才开班一周就吸引了300多名小朋友。每天，志愿者们都会提前来到课堂打扫卫生，将桌椅板凳摆放整齐，收拾规整教室里的玩具、书籍。四点半一到，小朋友们像归巢的小鸟儿三三两两赶过来。

2019年8月，卢荣娇随父母由思南县搬迁到龙生社区后，就读于铜仁市第二十八小学。从小品学兼优的她，从来不会放弃任何学习的机会。"这里是知识的海洋。"卢荣娇说。她每天都会到社区的"四点半课堂"做作业，遇到不会做的题，可以直接问老师。

"小孩子在这里做作业更积极。"搬迁群众庹珍妮说，"大儿子在安置点的学校读书。放学后，功课有人辅导，帮了我们家长的大忙。"

此外，铜仁市还依托"四点半课堂"，在符合条件的安置点建设"工会爱心托管班""工会爱心之家"，招募责任心强的志愿者为搬迁子女提供爱心辅导。

23岁的王琳玉2019年7月从湖北经济学院毕业后，通过"西部计划"项目来到铜仁市碧江区矮屯社区做志愿者。

"一开始，我们在社区开办了针对小朋友的兴趣班，没有几个人报名。大半年过去了，已有180多个小朋友报名。"王琳玉说，"群众搬迁入住一段时间后，思想观念已经发生变化，更加重视孩子们的教育，主动让孩子报名学习书法、绘画、舞蹈、主持等兴趣班。"

矮屯社区有个叫陈果的8岁小朋友，刚搬迁来时，很腼腆、很内向。家长给他报名兴趣班，他也不愿意来，见了陌生人都是低着头。慢慢地，看到其他孩子都来学习，在家长的鼓励下，他也"怯怯地"来了。"结果，几个月后，大变样了。教师节那天，我去家访时，他还主动跟我说'教师节快乐'。"王琳玉说，"后来这个小朋友还主动报名参加了朗诵比赛。"

陈宇是沿河县泉坝镇人，2019年随父母搬迁到碧江区矮屯社区。"我们第一次去陈宇家宣传'希望工程·陪伴行动'希望小课堂时，他非常害羞，看见我们时，立马就躲进屋子，怎么叫都不出来。"王林玉说，"在社区大学生志愿者和家长的再三开导下，陈宇报了绘画班。也正是因为接触绘画，一颗想成为'画家'的梦想种子深深植入了陈宇的心里。"

"现在可好了，学校就在家旁边，放学回来，社区里面有老师给他们辅导，还可以学画画。陈宇太爱画画了，还说长大了要当画家。"拿着陈宇绘画作品，陈宇妈妈冉冬梅竖着大拇指骄傲地说。

杨思雨是来自松桃县的一名苗族小姑娘，从小喜欢跳舞，能够在大舞台上跳舞是她一直以来的梦想。但由于她的父亲去世早，家里面条件不好，她一直没有条件学习舞蹈。可如今，在"新家"矮屯社区，她的梦想实现了。2019年，杨思雨随迁到矮屯社区后，得知社区有"希望小课堂"舞蹈班，她第一时间就前来报名。开课以后，她每天都是最早一个到舞蹈室，最晚一个离开，从来没有因为训练叫过苦喊过累。2020年1月，在矮屯社区"希望工程·陪伴行动"学期总结汇演上，杨思雨和她的小伙伴们一起表演了舞蹈《快乐宝贝》，节目赢得现场观众们阵阵掌声，她也获得了社区"优秀学生"称号。

在矮屯社区，共青团碧江区委还联合教育部门实施了"四点半课堂"项目。周一到周五开展"四点半课堂"，给孩子们提供延时服务、课业辅导，周六、周日开展"希望小课堂"，进行兴趣特长培训。"实施'希望工程·陪伴行动'希望小课堂是我们全力做好易地扶贫搬迁后续服务的具体实践。我们将继续做好各项工作，当好易地扶贫搬迁青少年的知心人、热心人、引路人。"共青团碧江区委书记侯叶敏说。

同时，共青团碧江区委与共青团昆山市委共同开展了"童伴成长""我的玩具去新家"等系列活动，昆山高新区15名青少年与矮屯社区的20名青少年进行"一对一"结对，共伴成长。在矮屯社区"青年之家"的墙壁上，挂满了社区孩子们的绘画作品。孩子们的"成长档案"记录了他们的"蜕变"过程。

> 班级：绘画班、书法班；姓名：黎子涛；性别：男；民族：土家族；爸爸职业：务农；妈妈职业：在家；最喜欢的玩具：无人机；最喜欢的动物：狗；最喜欢的游戏：和平精英；最喜欢的水果：苹果；梦想：当发明家……

黎子涛的成长档案里，已经有了功夫熊猫、机器猫、海绵宝宝等5幅作品。更引人注目的是他与江苏昆山"手拉手"结对的小朋友万昆的往来信件：

黎子涛：

　　你好，我zhù在kǎi dí城，在昆山shì培本小学上二年级下学期，8岁了。我gào sù你一个mì mì，今天饭（堂）吃鸡tuǐ，我把骨头tōu tōu放在书包里。放学了，我们来到xī望来吧，把作业写了一小半，tū rán要写信，jié果我把信写fǎn了。你（今）年几岁了，你几月几日生日，你在什么学校上学，你zhù在那（哪）？

2020年5月15日
万　昆

万昆：

　　你好，收到你的信我非常高兴。我今年12岁了，我10月3日的时候生日，我住在矮屯，在灯塔小学上五年级，看到你告诉我（你）的秘密，我很高兴。可万昆你别在（再）把你的信写反了。

2020年6月1日
黎子涛

然后，在信正文内容的下面空白处，黎子涛画了一个可爱的大脸猫。两个小朋友往来信件的内容虽然天真幼稚，但可以预见，东西部相隔1500千米的这两个孩子已经建立了纽带，为他们未来的成长打开了一扇窗。

五、教育"翻身仗"

在苍茫的乌蒙山区深处，牛栏江水滔滔流淌。牛栏江两岸，壁立千仞，山石耸立。

花果村大石头组地处毕节市威宁县海拉镇花果村的牛栏江大峡谷深处，被一堆大石头困了几辈子了。

大石头组的25户人家，房屋就地取材，依山而建，房前就是滔滔牛栏江水，房后是陡峭的悬崖。整个寨子，没有一条可以开进汽车的道路。寨子里的人出行，要么从后山翻越高高的峭壁，要么溜索过江走对面的高山峭壁。

"我做梦也没有想到，国家能帮助我们在县城安置楼房。"花果村副主任刘述参十分感慨。因为从小到大，漫长而又艰难的上学路已经让他走怕了。他说："为了上学，常常是三四点钟就要起床，翻山越岭赶到学校。"

刘述参描述的场景是这样的：大石头组的孩子要去村里大概有7千米远的花果小学读书，由于孩子们上学时天还没亮，每个孩子手里都要打着一把手电筒照明，踏着夜色攀登崎岖的山路，他们也就成了整个寨子里起床最早的人。等孩子们到达学校，都已经筋疲力尽了，有的上课还打瞌睡，没有一点精神，学习的效果可想而知。下午放学后，孩子们还要原路返回，到家时天又已经黑了。

"终于可以睡个懒觉了，再也不用凌晨4点就起床上学了。"花果村大石头组六年级学生刘营伟说。在没搬家之前，他和小伙伴们要早早起床，滑过横跨牛栏江的溜索，然后徒步两个半小时才能到学校。

如今，他家已搬迁到威宁县五里岗易地扶贫搬迁安置区，在附近的学校上学，走路只需要20多分钟，简直太幸福了！

不仅仅是上学距离的缩短，更幸福的是，还有教育质量的提高。

石门乡地处乌蒙山区深处、滇黔交界，距离毕节市威宁县城140多千米，是全县最偏远的乡镇。从县城到石门乡开车要4个小时左右，在2008年前，从石门乡到县城要跑一天的时间。

你或许想不到，如此偏僻的石门乡却有着辉煌的历史。

早在1905年，英国传教士伯格理等人就到石门传教、办学、创办光华学校教育体系，在石门乡周围20多个县设立分校，培养出数以千计的小学毕业生和初、高中生，中专生，还有50余名大学生、4名硕士、2名博士。从光华小学走出来的学生，有县处级以上干部200余名。

石门乡还有一个名字叫"石门坎"。百年前，石门坎光华小学开启了我国西南地区近代教育的先河，苗族同胞们为追求自我发展，创造了光辉灿烂的民族文化。此后半个世纪，石门坎文化曾一直引领着西南苗族文明发展的方向。苗族同胞在这里修建足球场、男女分泳的游泳池，建起了孤儿院、医院、邮政代办所等近代文明设施，开中国近期男女合校先河，在中国首创和实践双语教育。

此外，石门乡还建立了中国第一所苗民医院，开创乌蒙山最早麻风病院，创建乌蒙山区第一所西医医院，并成为贵州足球的摇篮。石门坎创制苗文，结束了苗族无母语文字的历史，石门一时声名鹊起，成为"西南苗族最高文化区"和"西南苗族文化复兴地"。因此，它在当时名扬海外，就连在国外邮件直书"中国石门坎"也可以收到。

然而，地处偏远、交通不便等多种原因，使得石门乡恶劣的生产生活条件，几十年来未曾改变。

石门乡境内最高海拔2762米，最低海拔1218米，落差大，雨雾多。关于石门乡的自然条件，有许多顺口溜。比如，"泥巴墙，茅草房，支口锅，铺张床"，"白天进太阳，晚上进月亮，挡不了风，遮不住雨"，"千里路遥，凭腿两条"，"雨天似胶，晴天如刀，走路闪腰，骑车摔跤"……

石门乡一名乡干部说，过去有些工作人员在石门干了几年都没去过最偏远的团结村，因为那里不通公路，走路要三四个小时。土豆、洋芋、马铃薯，是这里的人们记忆最深刻的食物，一样东西三种叫法，却被戏称为"三件宝"。

因为偏远贫穷，好多人读不起书，文化素质不高。全乡"60后""70后"这批人，有80%的人没上过学或小学没毕业。直到进入21世纪，石门乡仍是贫困的代名词，也被确认为贵州20个极贫乡镇之一。

为加快脱贫，当地党委、政府一系列的超常规措施加快落地生根。如今，走进崇山峻岭中的石门乡，坐落在半山腰的石门民族中学异常醒目。

现代化的教室、图书馆、实验室、微机室、体育场馆等一应俱全，崭新独特的建筑风格与周围环境融为一体，在蓝天白云掩映下显得更加秀丽。

"2015年，石门乡的教育基础设施还很糟糕。民族小学和中学还是挤在一起的，当时只有1个破旧的厕所、1个食堂。"威宁县教育局基建办主任赵红春说，"当年，省、县各级党委、政府调研后，统筹考虑易地扶贫搬迁家庭子女就学需求，决定对乡里的中小学进行改造。"

"最头疼的就是学校的选址。"石门民族中学校长李正东说，"石门乡政府驻地山腰上，山谷切割大，找一块平地很难，而建学校要求地势平坦，最终只能选择建在相对平缓的斜坡上。学校的主体工程投资6000万元左右，但修围墙、护坡、抗滑桩等附属工程花费超过8000万元。如果没有国家支持，这是办不到的。"

"现在最美的风景就是校园，变化最大的就是教育。"赵红春感慨地说，"近几年来，全县每年至少投入2亿元用于改善办学条件。"

不仅仅是学校的硬件得到了改善，"软件"也得到了提升，石门乡教育短短两年时间就打了翻身仗。很多学生家长得知自己孩子的学习成绩后，都不敢相信能考出这么好的成绩。按照综合评比，石门乡教育教学成绩从2015年的全县倒数第三名跃居全县前茅，石门民族中学在全县39个考核单位中，2015年还是倒数，2016年提升至15位，2017年综合排名第2位。

六、"家门口"上学

2020年2月19日，黔西南州册亨县高洛新区安置点第一小学建设项目施工现场。新冠肺炎疫情尚未消散，项目建设已经陆续复工。写有"进入现场必须消毒、测量体温、佩戴口罩"字样的标识牌，十分醒目地竖立在施工现场门口。

"现在疫情防控是第一位的。在确保安全的前提下，为了项目进度，按照政府的规定，我们陆续复工。目前上岗的20多个工人都是本地人。"项目建设现场负责人杨林介绍说。高洛新区安置点第一小学是专门为高洛新区易地扶贫搬迁安置点配套修建的，设有36个班级，可容纳1600余人。按照计划，项目主体必须于2020年3月底完工，5月底项目基本完工，确保2020年秋季开学投入正常使用。然而，突如其来的新冠肺炎疫情打乱了施工计划。

"完善公共教育服务，保障易地扶贫搬迁户适龄子女全覆盖、零门槛、无障碍就学！"这是贵州省委、省人民政府做出的庄严承诺！除了战"疫"战"贫"之外，易地扶贫搬迁安置点配套学校建设也是一场慢不得的"战役"！

2020年2月，贵州将易地扶贫搬迁集中安置点配套学校建设作为脱贫攻坚挂牌督战的重要内容，提出"2020年6月30日前，挂牌督战的易地扶贫搬迁集中安置点配套学校全面建设完成，8月底投入使用"的要求，全面吹响了安置点配套学校建设的"冲锋号"。

贵州省教育厅建立起厅领导、处级干部定点联系制度，督导和推进各地安置点教育保障工作。同时，成立贵州省教育厅脱贫攻坚专班办公室，将安置点配套学校建设等教育保障工作列为重点调度推进事项。

台账月报、定期通报、实地督导、分片联系……一系列举措的实施，有效督促了各地加快易地扶贫搬迁安置点配套学校建设。

2020年5月8日，贵州省挂牌督战易地扶贫搬迁安置点配套学校建设调度显示，全省96个挂牌督战易地扶贫搬迁集中安置点配套学校建设项目，已完工30个，主体完工64个，主体施工2个，配套建设各项任务正加紧有序推进。

由广州市黄埔区援建的黔南州独山县鄢家山幼儿园，是2019年易地扶贫搬迁集中安置点配套学校项目，总投资1405万元，建设规模9个班，可解决300名幼儿入学问题。截至2020年5月14日，项目基础建设已全部建成，设施设备已全部安装，师资人员已安排到位，基本达到开园条件。

自启动易地扶贫搬迁工程以来，贵州始终将教育保障作为教育"第一民生工程"来抓，精准掌握搬迁群众子女就学需求、安置地教育资源供给情况，提前对接搬迁群众子女就学工作，坚决做到不让一个搬迁群众子女因搬迁而辍学。

对现有教学资源能够满足需要的，按照就近入学原则做好转学衔接工作，让搬迁群众子女及时入学；对现有教育资源存在一定缺口的，按照"缺多少补多少"的原则，通过校舍设施的就地改扩建满足就学需求；对搬迁安置规模大、现有教育资源严重不足的，及时调整教育规划布局，与安置点同步配套建设幼儿园、小学、初中教育项目，确保教育学位能够满足搬迁群众子女就学需求。

"在这里读书很好，爸爸妈妈每天都能接送我，感觉很幸福。"铜仁市大龙经济开发区龙江小学学生杨婷婷说。"在新家这里，不但上学比老家近，老师教得也更好。"她的父亲杨进刚说。他们老家在200多千米之外的德江县农村，因为要外出打工，孩子的学习也顾不上，现在每天都能督促孩子学习。

龙江小学校长杨宗槐说，龙江小学是专为从铜仁市德江县、石阡县搬迁的2660多户移民子女配套新修建的，2019年9月12日正式开学，已有200多名学生入学。"下个学期，可能还要增加两三百名学生。"杨宗槐说，"学校原计划2020年3月正式招生，但移民子女就学需求强烈，倒逼学校工期，抢先修好了教学楼。"

全省各地充分统筹利用安置点周边中小学幼儿园资源，采取挖潜原有资源、调剂学位、有序分流等有效措施，保障易地扶贫搬迁户适龄子女全部就学到位，努力让搬迁户适龄子女有学上、上好学，不断提升搬迁群众获得感、幸福感和安全感。

为保障搬迁子女入学，铜仁市按照"搬迁一个、接收一个、安置一个"原则，优先解决易地扶贫搬迁子女入学就读问题。通过各区（县）教育局协调开设绿色通道，在安置小区便民服务中心设置教育窗口，减少搬迁群众办理户籍来回跑现象，一站式解决搬迁子女入学事宜。

同时，碧江区、万山区、大龙开发区、铜仁高新区配套新建学校，搬迁安置点的规划新建或改扩建安置学校66所（幼儿园29所、小学23所、初中14所）。新学校已建成34所；同时，配齐教学设施、师资力量，满足搬迁子女就近入学需求，为他们提供便利、完善的配套学校。

在提升硬件的同时，贵州也在同步提升"软件"建设水平。2019年，贵州省教育厅相继下发了《关于进一步加强和完善易地扶贫搬迁安置点教育保障工作的通知》等文件，从安置点配建学校、师资队伍建设、教育教学管理等方面均做了详细的规定，让安置点配套学校建设得更加科学、规范和精准。

按照优先解决急需、必需问题的原则，贵州编制易地扶贫搬迁安置点配套学校建设项目规划，将易地扶贫搬迁安置点配套学校与搬迁安置点同步规划、同步建设、同步搬迁，让孩子们在同一片蓝天下享受优质教育。

2019年6月24日，贵州省教育厅下发通知，对易地扶贫搬迁安置点教师配备工作进行安排部署，建立安置点教师配备联动机制和月报制度。

安顺市西秀区彩虹社区安置点，基础设施完善、环境干净整洁的社区，让搬迁入住的群众过上幸福美满的新生活（杨洪涛 摄）

2019年7月16日，在全省脱贫攻坚教育保障工作培训会上，省教育厅对易地扶贫搬迁安置点配套学校教师配置相关工作进行了专题培训，并明确工作要求。

2019年11月12日，根据各地在易地扶贫搬迁安置点配套学校教师配备过程中遇到的困难和问题，贵州省教育厅研制出台《易地扶贫搬迁安置点配套学校教师配备十要点》，指导各地精准核算教师需求，制定教师配备方案，创新方式，多渠道配置教师。

为进一步强化区域师资配备，贵州在统筹用好用足现有教师资源的同时，采取特岗教师招聘、引进、考调、跟岗、交流学习等方式，配优建强易地扶贫搬迁安置点配套学校师资力量：

选调交流一批，区域内现有教师资源能够满足需要的，采取公开选调、交流轮岗等方式调配教师，及时划转编制，实行"编随事走""人随编走"。

公开招聘一批，教师有缺口的，通过事业单位公开招聘等方式补充，加强同编制部门的沟通协调，按照"市域调剂、以县为主、动态调配"的原则，积极统筹配备和跨区域调整编制，优先满足安置点学校教师编制需求。

"特岗计划"补充一批，对符合特岗教师招聘条件的安置点学校，将特岗教师招聘作为安置点学校教师补充的主要渠道；不符合特岗教师招聘条件的安置点学校，则通过公开遴选等方式将符合条件的乡村学校教师选调到校任教。

支教计划充实一批，将"三区"支教等支教教师安排到符合条件的安置点学校任教，特别是在安排城镇教师到乡村学校支教时，将农村安置点学校作为首选。

截至2020年底，各地在充分整合、利用周边教育资源的基础上，全省新建和改扩建教育配套项目669所（其中，纳入挂牌督战96所），解决了安置区38.18万名搬迁子女的就学问题。

　　彩虹社区是安顺市最大的易地扶贫搬迁安置点。流传于这里的一首名为《我家就在彩虹里》的童谣，生动刻画了易地扶贫搬迁对教育带来的变化：

我是山里娃，
原来住在大山里，
树木气息鼻里跑，
燕子飞我家，
太阳门前照。

我是山里娃，
带羊山坡吃青草，
狗狗校园跑，
牛儿远处叫。

我是山里娃，
为让树木快生长，
我们搬家了，
上学不用跑，
老师门前笑。

我是山里娃，
住在城市新家里，
感冒一发烧，
医生上门瞧。

我是山里娃，

搬家住在高楼上，
窗明几净不漏雨，
爷爷奶奶喜洋洋。

我是山里娃，
告别大山包，
走进彩虹里，
要把本领长。

我是山里娃，
想念燕子门前绕，
燕子燕子你别慌，
放假我会把你找。
搬家住进彩虹里，
人人生病不心焦；
搬家住进彩虹里，
读书认字乐逍遥；
搬家住进彩虹里，
学好本领世界跑；
燕子燕子你别笑，
不信等着瞧一瞧。

》》》》》》 移民管家

美国社会学家高斯席德（Goldscheider.G）在《发展中国家的城市移民》一书中认为："移民的适应可以界定为一个过程，在这个过程中，移民对变化了的政治、经济和社会环境做出反应，从农村到城市常常包含了这三方面的变化。"

从四面八方搬到城镇相聚后，居住环境改变了，生活环境不同了，从"做饭"到"如厕"，从"起居"到"出行"，可以说是与以往在农村的生活习惯有很大区别。搬迁群众不同程度都遭遇了"阵痛"，他们能融入吗？怎么才能稳得住？作为搬迁群众的"贴心人"，各安置区各种类型的"移民管家"发挥了至关重要的作用。

这些"移民管家"，有的来自于搬迁户，如今已经成为全国人大代表；有的曾是移民搬迁的"钉子户"，如今已成为社区综合管理员；有的是"陪同"群众跨行政区域搬迁的"娘家人"，如今已经成为迁入地社区的"掌舵者"，他们用心、用情，用点滴行动潜移默化推动搬迁群众加快融入"新家"。

一、搬迁户成全国人大代表

马上就要去北京了，屈指一算，2020年的两会已经整整推迟了70多天。从新闻上得知2020年全国两会召开的确切时间后，罗应和心里默默地想：这70多天，全国人民都在与病毒做斗争，如今两会将顺利召开，证明我们与病毒较量取得了成功，真为祖国感到骄傲和自豪。

"乡亲们说，一定要让我带着这些唐娃娃去北京，制作这些唐娃娃所需要的每一个配件都出自社区的移民群众之手。"2020年5月，全国两会前夕，罗应和特意从社区的扶贫车间挑选了一些唐娃娃，要把群众的心意带到北京，跟全国人民一起分享移民群众的劳动果实。

全国人大代表、贵州192万易地扶贫搬迁群众之一、惠水县濛江街道新民社区党支部书记，这是罗应和的三重身份。2015年之前，罗应和还住在老家黔南州惠水县摆金镇斗底村岩下组。"斗底村岩下组"，听名字都有些吓人，可以想象那是怎样的居住环境。

"风来风扫地，月来月点灯。"罗应和说。以前他们一家5口人挤在一栋四面通风的篱笆墙茅草屋里。春天，风大，一天到晚呼呼的风吹得人心惊胆战，生怕房子被吹倒了；夏天，雨大，担心泥石流、塌方，晚上睡觉一家人要轮流值班；冬天，稍微好一点，可湿冷的气候让人瑟瑟发抖……

玉米，是罗应和记忆最深刻的食物。

他老家2亩瘦地、1亩薄田，辛苦干一年，也只能吃个半饱。"大家的口粮都有限，饿肚子是常有的事。"罗应和清楚地记得，没搬出来之前，寨子里很多人家的口粮就断了，只好四处借粮。

距离寨子最近的一条公路有两千米路程，让罗应和最放心不下的还是孩子上学路上的安全问题。每天天不亮，孩子们就要起床，饿着肚子走一个多小时去上学，放学后又要立刻往家赶。一路上，孩子们只能用手电筒和打火机照明。

受够了山里的苦，搬出大山的愿望尤为强烈！然而，并非所有的群众一下子就能想得通。

"寨子里有些五六十岁的老人，他们思想比较守旧，顾虑较多。"罗应和说。除了担心生活不如以前、很难适应新的环境、找不到工作干，他们最担忧的就是"死了怎么办"的问题。

罗应和和扶贫干部们就给老人们做思想工作，一遍遍讲"易地扶贫搬迁后能享受到什么"，一次次介绍殡葬改革制度情况，一回回阐释易地扶贫搬迁会给后代带来的好处，等等。2016年7月，作为惠水县第一批搬迁群众，罗应和搬到了离惠水县城10千米的经济开发区，搬进了家具齐全的新家。

贵州省惠水县新民社区党支部书记罗应和在小区里展示易地扶贫搬迁前的老照片（2019年7月23日 杨文斌 摄）

罗应和当过兵、打过工，脑子活，工作能力较强。搬到新区后，他积极和扶贫干部们一起做群众的思想工作，宣传搬迁的好处，深得群众信任，被选为新民社区党支部书记。

自担任社区党支部书记以来，罗应和坚持以党建工作为核心，社区工作为主体，积极动员社区党员、志愿者和居民共同参与社区治理，构建信仰坚定、功能健全、务实高效的社会化服务队伍，并注重强化班子自身建设，提出"五个好"的工作目标，即建设一个好的支部班子；带出一支好的党员队伍和志愿者服务队伍；健全一套好的工作制度；探索一个好的工作机制；创建一个好的社区环境。

"我是搬迁群众的一员，我最有发言权。"罗应和说。以他为例，搬迁后，他在社区每月有3000多元的固定工资，老婆在社区附近的食品加工厂上班，每月2600元，两个人每月的工资就比在老家一年的收入还要多。

作为易地扶贫搬迁的亲历者和带头人，2017年，罗应和当选为黔南州人大代表；2018年，又当选为全国人大代表。从此，他肩上的责任更重了。

当得知2018年全国两会召开时间后，罗应和就开始琢磨着要将乡亲们对党和国家的感恩之情带到北京。

枫香染！罗应和第一个想到的就是家乡的国家非物质文化遗产。他专门找当地的传承人赶制了两幅枫香染。深蓝色的底子上，用白色线条勾勒出精美的树叶、花纹等图案，分别写着"搬迁脱贫光荣"和"搬迁脱贫感恩奋进"。

罗应和要带的第二件东西是5张照片：第一张是老家，一层破旧的农房，门前堆砌着乱石头；第二张是新房，干净整洁的广场旁，五层的小高层楼房，外墙上写着"幸福楼"，挂着中国结；还有两张是老人、小孩在社区活动的场景；最后一张是他们一家人的合影。

"幸福生活是搬出来的！"罗应和感慨地说。全国两会结束后，他马不停蹄赶回社区，宣传两会精神。

"罗支书回来了！""欢迎罗支书载誉归来！"……2018年全国两会结束后，罗应和马不停蹄乘坐飞机返回贵州。在贵阳机场一下飞机，他便匆匆赶回所在的新民社区。

听闻罗应和代表回家了，身着布依族、苗族服装的百余名社区移民群众，拉起了欢迎条幅，早早等候在社区门口，期待第一时间听到罗支书带回的两会"好声音"。

罗应和刚一下车，翘首等待的人群立即掌声四起，锣鼓声不断。

"兄弟姐妹们，这几天你们过得好不好？"在乡亲们的簇拥下，罗应和一边打招呼，一边走向社区文化广场。

广场上，太阳能路灯间悬挂的"新民社区学习贯彻全国两会精神座谈会"红色条幅异常醒目。"我从贵阳刚下飞机，就立马赶回来，就是想尽快把两会精神告诉大家。"罗应和激动地拿起了话筒。"政府工作报告说了，党中央的惠农政策会更好，大家可以放心了。""政府把我们搬到这儿，是希望大家尽快富起来。我们要破除陈旧观念，想方设法勤劳致富。""乡亲们，新时代属于每一个人，美好的生活不是坐着等来的，幸福是靠自己奋斗来的。我们要增强信心，团结一致，把社区建设得更好！"

罗应和讲得精彩，群众听得认真，现场不时响起热烈掌声，听讲的群众越来越多。

70多岁的布依族老人陈宗华满脸笑容，不时点头赞同。"罗支书说得很有道理，搬到这边快两年了，他帮助我们办实事、做好事，我们都看在眼里。"

近一个小时的宣讲结束，广场上的群众仍意犹未尽，一些居民又围着罗应和聊了起来。

"要想群众留得住，就必须实现'有家的地方必须有工作'。"这是罗应和常说的一句话，他把这句话也带到了2019年的全国两会上。

他是这么说的，也是这么做的。为增加群众收入，他绞尽了脑汁。

"当时，一些五六十岁、六七十岁的老人天天来问我，能否找一点活给他们做？我压力挺大的，经常晚上两三点钟还在失眠。"罗应和说，"有时候甚至会想，为什么要当这个支书呢？如果换另外一个人来当会变成什么样子？别人为什么选我来当？"

"丢掉"锄头，要有事儿干！一遍遍触及灵魂的追问，一次次深入一线的调研，一场场颠覆常规的头脑风暴……功夫不负有心人，终于找到了突破口——年纪大的，可以学藤编手艺编制椅子；在家带孩子的妇女，可以学刺绣等民族手工艺产品。慢慢地，在上级的支持下，社区里开办起了技术技能培训班，开办了劳务服务公司、服装生产公司，解决了300多名群众的就业难题。

2019年3月7日下午，在十三届全国人大二次会议贵州省代表团举行开放团组活动上，罗应和发言的题目是《守住满满的幸福》，这一次他又带了三张照片。

第一张照片是2019年春节期间，惠水县4216户17670名易地扶贫搬迁民众欢聚一堂，同吃团圆饭。

第二张照片《新校园新六一》，是2018年6月1日，在距离新民社区仅有500米的惠民小学、惠民幼儿园举行新校园新学期开学仪式，孩子们欢呼着过"六一"儿童节。

第三张照片《重返幸福干群帮，致富不忘党中央》，是新民社区杨富荣一家5口的大合照。3年前，因家住山区，生活困难，杨富荣的妻子离家出走。2018年1月，经社区妇联千方百计地撮合，杨富荣的妻子回家了，一家老小喜笑颜开。

罗应和说，3年来他们始终坚持互帮互助的理念，让28对像杨富荣这样的夫妻破镜重圆，让52个单亲孩子重新享受到双亲的温暖。

新民社区自2016年搬迁入住以来，已有580人买上了小汽车、2810人找到了工作岗位、户均实现2人以上就业、1433名适龄随迁子女上了学、76人娶了媳妇……

在2020年的全国两会上，罗应和向大会提交了一份《关于设立易地扶贫搬迁群众后续产业引导基金巩固脱贫攻坚成果的建议》。他建议，从东西部扶贫协作、国家政策等多方面扶持移民安置区扶贫车间扩大规模，解决更多百姓就业问题。

与前两年一样，全国两会结束后，他第一时间回到社区，抓住各种机会向社区群众宣讲两会精神，让党的好声音走进移民群众的心坎。同时，他还决定在扶贫车间再增加一条生产线，为群众提供更多的就业机会。

"以前有家的地方没工作，有工作的地方没有家。现在我们做到了，有家的地方必须要有工作！"罗应和说。

二、守望邻里的"楼栋长"

安全用电小常识：不能用手直接触摸带电体（如裸露的电线头）；不能用湿巾擦拭电灯、电视机等带电体；不能在潮湿的环境中去接触电源开关或者插头……

电梯使用小常识：使用电梯时，欲上楼者，请按向上方向按钮，欲下楼者，请按向下方向按钮；电梯抵达楼层后，应判明电梯运行方向，确定电梯运行方向，与自己去往的方向一致时再进入电梯；请家长告知孩子，切勿在楼层与轿厢接缝处逗留，以免夹伤；乘客进入电梯厢后，通过按动楼层选层按钮，确定电梯停靠楼层，不得倚靠电梯厢门；电梯均有额定运载人数标准，当人员超载时，电梯内报警装置会发出声音提示，此时应主动减员退出电梯……

房屋安全小常识：在没有大风、大雨、大雪的情况下经常开窗；在没法长期开窗的情况下，适当摆放一些大型绿色植物，降低室内污染；经常观察门窗的密封、排水开合顺畅等情况，发现问题及时处理……

环境卫生小常识：保持楼道环境清洁美观，不乱吐乱扔、乱刻乱画、乱泼乱倒、乱扯乱挂；维护小区环境卫生，做到不随地吐痰、不乱扔乱倒垃圾，不从事有碍于小区环境的活动；生活垃圾入箱入桶，建筑垃圾及时清运，不往路边倾倒垃圾，保证道路的整洁、顺畅；严格遵守有关规定，小区内不养牲畜、不养禽类……

　　类似内容的"入住小常识"在每个安置小区都被广泛宣传。或许，有人会觉得太低级、幼稚了，这些幼儿园小朋友都知道的"常识"，还需要广泛宣传吗？"没有调查就没有发言权"，这每一条"常识"都是从一个个鲜活的事件中总结出来的。

　　祖祖辈辈身居大山里的群众生活习惯与城里完全不一样，有的少数民族村寨几乎与现代社会脱节，我们习以为常的东西、生活方式对他们来说，却是从来没有见过、没有用过的。最早搬迁的安置区发生的"插曲"，更是令人啼笑皆非。

　　"罗局（长），快来我家看看，帮忙处理一下，我家屋里冒出屎尿来了，臭死了！"一天晚上，榕江县生态移民局副局长罗幸金接到一位移民户的电话，电话里声音很着急。

　　"明天行不行？今晚有点晚了，专业技术人员都下班了。"罗幸金一听，就知道十有八九是这家的马桶堵了，因为类似的电话他已经接到不止一次了。

　　"不行，不行。今晚不处理好，我就连夜搬回去。"电话那头，已经开始"威胁"了。

　　"好，好！马上来。"

　　罗幸金马上赶到打电话的这家，原来是下水道堵住了，里面的屎尿、脏水从厕所马桶里溢出来了，弄得满屋子臭气熏天。他赶紧通知家政公司专业人员连夜赶来处理。

　　"你猜从下水道里掏出来什么？"罗幸金问。

　　"还真猜不出来。"

　　"你绝对想不到！有袜子、内裤、剩菜、剩饭、卫生巾、塑料袋……"罗幸金说。他们以为马桶是万能的,什么都往里倒,甚至还有一些小树枝棒棒,"有的群众在农村时,大便后有用棒棒擦屁股的习惯,来到城里后,舍不得买卫生纸,还用棒棒擦屁股。"

"还有一次,在一户移民家里,教他们使用厕所时,看见他家便盆里有一大堆'假山'。我问主人家是谁干的。主人不好意思地说:'肯定是我老爹干的,他刚搬来没几天,怕用水冲粪便浪费钱。'"

这听上去,貌似不可思议,但在实际生活中却是真真切切发生的。罗幸金还讲了一个让人想不到又很普遍的故事:

> 有一户移民搬迁户,60多岁的老母亲跟着儿子一家搬进了城里。有一天儿子上班时,交代老母亲"中午不回来了,自己煮饭吃"。结果,老人家拿着电饭煲研究了半天,愣是没有找到电饭煲的开关;无奈之下,只好去邻居家"蹭饭"。

说起来,可能很难让人相信,在很多安置区,关于乘坐公交车都闹出来不少笑话。罗幸金说,有一天早上,榕江县丰乐安置区的移民户龙某,从小区门口乘坐公交车进城。当天下午,他在外地打工的儿子却接到了他的电话。

"儿子,快来,你快来接我回家。我坐了好几趟公交车,老是转来转去,就是到不了咱家。"

"你现在在哪里?"儿子焦急地用苗语问。

"我也不知道在哪里?"

"你问问周边的人,告诉我在哪里。"

"他们都听不懂我说话。"

此时,儿子恍然大悟。原来父亲不会说普通话,在县城里跟别人讲苗语,别人听不懂。无奈之下,儿子只好拨通了罗幸金的电话。罗幸金马上带上懂苗语的干部去找,好在没找几个站点就找到了。

罗幸金说,很多移民刚搬到城市,因为以前没坐过公交车,给他们讲怎么坐时，有的没注意听，有的听不懂，有的坐上就"迷路"了，找不到回来的路。还有的群众，看见有公交车经过，就要招手叫停，因为不在站点，公交车司机不能停车载人，他们就站在路中间拦车，还说"看不起山里人"，闹着要搬回去。还有的群众看见有人投硬币，有人却没有投币，而是拿着一张卡片或者手机，在前门那个机器上一晃，就上车坐下来，他们十分生气，说："司机欺负人，只收山里人的钱，城里人不用交钱就坐车，不公平。"这些都需要干部们一一解释说明。

同样，在黔西南州安龙县城北安置点福苑小区居住的娄必先，直到搬迁后才第一次坐公交车，还闹了个笑话。

2018年3月，他们一家搬到福苑小区后，一家人满心欢喜，对身边的一切都觉得新奇。小区到县城中心开通了公交车后，他们一家人想要体验一把"城市市民"的感觉，准备坐公交车去县城中心逛街。城北安置点车站是开往县城中心的起点站，上车的乘客比较多，他们一家人见状就从后门挤上了车，想占个座位。公交车师傅看见后，便提醒他们"前门上车、后门下车"，要将车费投到前门的钱箱里。

由于以前在农村，乘坐的都是摩托车或者农村客运车，都是到站后下车时才给钱，所以他们一家人一时没有理解公交车师傅的话，还是习惯性以为下车后才给钱，但隐隐约约感觉到自己好像做错了什么。公交车师傅再次跟他们详细解释了乘坐公交车的规则——上车要走前门，下车要走后门，不论坐几站路，都要在上车的时候，先投固定的车费。直到这时，他们才恍然大悟，才发现整车人只有他们是从后门上来的。他们一家人尴尬地下车，从前门投币后又重新上车。他们一家人的举动，让整车人哈哈大笑不止。

那天之后，他们一家人坐车的故事便在整个小区传开了。有一天，也传到了娄必先的耳朵里，以为所有的人都在嘲笑他们，他便萌生了要搬回老家的想法，认为自己融入不了城市小区的生活。社区干部得知后，多次到他们家做思想工作，跟他们解释"小区的人不是嘲笑他们"，"很多刚搬迁来的都会这样"，"新鲜事物都是慢慢接触和学习的，时间久了就好了"。过了好久，才慢慢打开了他们的心结。

针对这些现象，贵州在易地扶贫搬迁中，强调务必做好后续扶持相关服务，确保"搬出来"的群众"快融入、稳得住"。致力于解决这些"鸡毛蒜皮"问题的"楼栋长"也就应运而生。

走进黔西南州册亨县纳福街道新锦家园新市民居住区2栋B单元，一楼入口处的"便民服务牌"异常醒目：

> 包楼领导张雪，负责协调各服务队（人）开展各类服务工作，联系电话150865×××××；包楼干部覃长松，具体督促各服务队（人）开展各类服务工作，联系电话187488×××××；楼长石定国，配合各服务队（人）开展各类服务工作，联系电话135959×××××；水电维修、瓷砖维修、墙面维修夏吉平，负责水、电路、地板瓷砖、墙面瓷砖等修复工作，电话155199×××××；铝合金门窗、套装门维修李钦封，负责护栏、门窗、卫生间门、厨房门、客厅门、卧室门、大门等修复工作，电话151719×××××。

"群众遇到问题可以直接打电话。"石定国说。他负责的两栋楼有125户，来自全县的7个乡镇。每家每户他都认识，每家都进去过十多次。从被选为楼栋长那天起，他就开始建立台账，见到有邻居搬进来，就走访一家，记录一家。久而久之，哪家住几层几号、哪家几口人、在哪里工作、有什么困难，都了如指掌。

翻开他的工作记录本，每家遇到的"小麻烦"记得清清楚楚：

> 9月8日：2B601，卫生间水箱漏水……
>
> 9月10日：2B305，厨房顶油烟机处漏水，灯未亮……
>
> 9月18日：2B805，厨房灯、卫生间灯、大厅灯、走廊灯等4个灯未亮……
>
> 10月15日：2B1205，卫生间脸盆漏水，厨房有脱块儿……

石定国说，通过一件件小事，搬迁群众觉得党和政府确实真心对他们好，对很多工作就十分配合。他所负责的楼栋群众，虽然来自四面八方，但都相处得比较融洽。

"我们每个楼栋都有一个微信群，大家有什么问题，还可以在微信群里随时反映。一些外出打工的搬迁户，也可以实时了解家里的情况。"石定国说。

"罗姐早！""罗姐好！"自从搬到铜仁市松桃县团山社区的新家后，罗秀兰每天早晚都会在服务中心转一转，一路上，跟她打招呼的声音此起彼伏。

"叫我一声'罗姐'，是群众对我最大的褒奖！"罗秀兰说，"看着父老乡亲一张张热情洋溢的笑脸，通过搬迁改写命运的内心便充满了成就感、幸福感。"

47岁的罗秀兰是松桃县甘龙镇坝木村桐子湾组人。坐落在山腰处的桐子湾组，被层峦叠嶂包围着。多少年来，贫困的标签一直深深烙印在这片土地上。罗秀兰小时候曾经住过的老木房，就是无声的见证。

"你看，就这么一栋老房子，要住18口人。"罗秀兰指着新家墙上挂着的新房、旧房对比照片说，"我四叔家5口人，我五叔家5口人，我家8口人，男女老少都挤在这栋房子里。这房子虽然有两间偏房，但如果18口人同时在，连插脚的地方都没有，怎么能住得下呢？"

每晚睡觉安排住处，是最让老父亲头疼的时候。每个人都睡在床上，在那个年代简直是天方夜谭。"没有办法，父亲只好把家里装粮食、放衣服的几个大柜子拼在一起，临时增加床位。在楼板上铺上稻草，垫上被褥，也算是床位。"

同大多数中国传统农民一样，勤劳的父母面朝黄土背朝天整日劳作，也只能勉强填饱肚子。在罗秀兰的记忆里，吃、住问题困扰着她的整个童年。"从小到大，我就梦想着有一套大房子，可以住下全家人，让每个家人都有床睡。"

1984年，大哥在对越自卫反击战中牺牲。噩耗传来，母亲接受不了这个现实，整日以泪洗面，导致双目失明。眼睛看不见后，母亲经常摔跤，摔跤次数多了，遍体鳞伤。年龄大了之后，就直接瘫痪在床。吃饭、洗漱、换衣服、大小便……样样离不开人。

大哥牺牲后，家里的重担都落在二哥身上。然而，1985年噩运再次降临这个不幸的家庭。二哥不小心从树上摔了下来，导致高位截瘫，从此也一病不起。

吃过太多的苦，罗秀兰对每一次改变命运的机会都异常珍惜。罗秀兰从小成绩好。高中毕业后，由于家里经济实在困难，她被迫外出打工了。与其他女孩一样，在打工中，她遇到了爱情，并结婚、生子。

原本以为，从此将开始新的幸福，可艰难的日子仍阴霾不散。随着年龄增长，年迈的父亲也开始行走困难，慢慢离不开拐棍。再加上患有肺结核、肺气肿等多种疾病，最后也瘫痪在床了。"那时候，家里有3个人瘫痪在床上。没办法，我只能回家来照顾父亲、母亲、二哥。"罗秀兰说。时间久了，她丈夫便有了意见。再到后来就离婚了，她带着3岁的女儿照顾父母。

为了方便父母看病，她在松桃县医院附近租了房子。由于是在一楼，室内采光很差，一天到晚黑乎乎的，让人透不过气来。如果遇到阴雨天，墙壁和地板也湿漉漉的，被褥更是变得又潮又冷。考虑到面积太窄，为了多腾出些地方，罗秀兰花100元买了一张学生宿舍用的双层床，上面一层放衣物，自己和女儿挤在下层睡。房间里再摆一张简易的席梦思，给父母用。

"生活给我坎坷，我还生活以微笑。"谈及这些往事，罗秀兰数度哽咽。但沉重的生活负担并没有打消罗秀兰的安居梦，她从未放弃"在城里拥有一套自己房子的梦想"。这个梦想也终究在2018年变为现实。

"团山易地扶贫搬迁安置点D区9栋一单元401室，面积80平方米！"抽签那天，望着易地扶贫搬迁住宅房屋证明书上的这串数字，罗秀兰哭了。这一次，她流下的是幸福的泪水。

入住前，罗秀兰三天两头往团山社区跑，就为了看一眼那片整齐的楼房，想象一下全家人住进了新房子、过上了好日子的情形。遗憾的是，父亲2018年5月6日病逝，最终还是没能住进新家。

2018年12月4日，这是罗秀兰终生难忘的日子。这一天，她在当地干部带领下，紧握钥匙，用颤抖的双手打开了房门。客厅、餐厅、厨房布局合理；沙发、茶几、电视柜、餐桌、灶台一应俱全；卧室里席梦思、被褥、窗帘焕然一新……令她魂牵梦绕30多年的情景活生生实现了！掐一下自己的胳膊，疼！她才相信，从今往后，眼前的一切不是做梦，这里便是她的新家。

"母亲2019年11月去世，走得十分安详。女儿在附近的松桃二完小读书，懂事听话成绩也很好。"罗秀兰说，"如果没有易地扶贫搬迁的好政策，说不定自己还在流浪，要过上这种日子还不知道等到猴年马月去了。"

每天，她都将80平方米的三居室收拾得一尘不染，还在阳台上养了几盆花儿。红底的"福"字与女儿的奖状，为客厅的电视墙增添了几分家的温馨。

"现在我一直怀着一颗感恩的心来度过每一天。"罗秀兰说。在她最困难的日子，县民政局、残联以及社会各界都给了她莫大的帮助和鼓励。如今，政府又免费提供了新房子，她感谢党和政府，感恩这个时代。

在团山社区，才和邻居们相处一个多月，她就成为群众心目中有主见、热心肠的女能人。先是担任团山社区统计员，再后来被选为D区区长。哪家的电灯坏了、水龙头破了、厕所堵了，哪家的娃娃走丢了、迷路了，罗秀兰都不嫌麻烦服务上门。

有的搬迁群众甚至出现家庭纠纷，也会第一时间给她打电话。和罗秀兰同住一栋楼的一名搬迁户长年在外务工，他70多岁的母亲，在家带两个孙子十分吃力。罗秀兰时常叫孩子来家中吃饭，并自掏腰包让老人负责本单元的楼道卫生。

由于工作出色，2019年1月，罗秀兰进入团山社区服务中心上班，每个月领1800元工资。因为收入不高，以前的朋友向她推荐工作，收入能翻一番。但她没有答应，选择留在了团山社区，继续当好1338户搬迁户6423人的"服务员"。

"党的政策这么好！现在正是需要我们的时候，肯定不能离开。只要有需要，我会一直为乡亲们服务到走不动为止。"罗秀兰说。

三、"上访户"变管理员

"你看我以前整天游手好闲，有什么出息！要不是党和政府帮我转变观念，我怎么会过上今天的好日子？"每次到移民户家里做思想工作，黄贵都会现身说法，拿自己来当反面教材。

黄贵是毕节市织金县惠民社区居委会副主任，也是一名易地扶贫搬迁户。他的老家在织金县马场镇小河村石笋组。

搬迁前，黄贵是马场镇贫困户中有名的"钉子户"，典型的专业"上访派"，"信访不信法"用在他身上一点不为过。长期以来，"大吃大用、老天会送"等偏激思想根深蒂固，"靠着墙根晒太阳，等着政府送小康"是他的真实写照。由于整天游手好闲混日子，左邻右舍都无人愿意搭理他。

心比天高，命比纸薄。2000年，他背井离乡去浙江务工，但总是眼高手低，嫌工资低，频繁跳槽，窘迫的日子艰难熬了3年。幸运的是，他在一个小型手工作坊打工时认识了现在的妻子。24岁那年，他们就挤进了"计划生育超生大军"，微薄的收入难以支撑一家6口的起居生活。久而久之，脸皮越来越厚，最后直接变成了"无赖"——将父母的赡养、孩子的照顾"甩"给当地政府，不管不问。这样一过就是16年。

2016年2月，一场突发的车祸彻底打破了黄贵一家的生活现状。在车祸中他和妻子腰部严重受伤、肋骨断裂，经过长达2年的住院治疗，夫妻二人身体慢慢恢复。虽然有亲朋好友接济、政府救助，但他家还是欠下"一屁股外债"。

由于无法在外继续打工，一家人不得不搬回破旧不堪的石板房生活。

从此，懒散、孤僻的黄贵更加心灰意冷，整日怨天尤人。包村干部到他家走访时，他更是不会给好脸色。

按照新一轮易地扶贫搬迁政策，黄贵一家分到了安置点平远新城的新房子。原以为，环境的转变会让他改掉之前的陋习，不料他反而加入到"懒鬼"行营大军，整天待在家里。这可急坏了楼栋包保干部和联系领导，成为马场镇的"一块心病"。

针对像黄贵这样的"酒鬼""懒汉"，平远新城临时党工委根据其就业技能缺乏、感恩意识淡薄的实际，不断探索创新群众思想工作方法，为他们单独"开小灶"。通过组织党员干部开展典型宣传、结对转化，教育引导他们转变思想观念、激发内生动力，鼓励他们依靠自己的双手创造幸福生活。

在党组织的帮助下，黄贵充分认识到自己存在的问题。他不仅下定决心"痛改前非"好好生活，还在党组织的精心培养下，成了一名社区干部。

通过自我加压、自我加码、自我革新思想转变以后，增强了黄贵自信心，提高了脱贫致富内生动力。在日常生活中，黄贵主动服务楼栋中老、弱、病、残等特殊群体；对新搬来群众嘘寒问暖，群众家中停电、电表跳闸、水不通甚至马桶坏等问题，他都帮忙联系落实；逐渐获得了群众高度认可。在楼栋长选举中，他被群众一致选为楼栋长。2019年6月，他又高票当选惠民社区居委会副主任。

"家和万事兴。"如今，黄贵不但还清了债务，一家人和谐相处，其乐融融，精神面貌也焕然一新，日子越过越红火。

为解决类似黄贵这样的特殊群体的问题，进一步做好搬迁群众的思想工作，平远新城结合实际，探索实施"五分工作法"——分类摸底强基础、分类讲习转观念、分类引导促就业、分类保障惠民生、分类管理促和谐。同时，构建"社区+网格+楼栋"的三级管理制度，推选楼栋长109人，将社区划分为35个网格单元，从社区党员干部中明确网格员15名，负责进楼入户了解民情、探访民意、解决民忧。

四、"幸福积分存折"

"今天可以兑换的东西非常多，有热水壶、被子、食用油、卷纸、洗衣液等几十种，欢迎大家来兑换，希望大家继续保持，让我们社区越来越好！"2020年6月1日，毕节市赫章县金银山街道金银山社区举行了2020年上半年积分兑换活动，首创"积分制"管理的金银山街道党工委副书记、办事处主任文兵高兴地对参加兑换活动的群众说。

社区居民李本琴像往常一样来到积分超市，用自己的积分兑换生活用品。她说，现在有120个积分，一个积分就是一块钱，来超市买洗衣粉，顺便给娃儿带一些笔记本和笔。"我的积分都是平常挣的，比如主动捡垃圾、帮邻里干活等，每干一件好事，积分表上会被记下一笔，干的事多了，积分不知不觉就多了起来。"

从金银山社区大门沿着干净整洁的道路往里走，只见铜质路灯造型古朴，一栋栋民族风格6层高的白色小楼青瓦覆顶，辅以黄色条纹装饰，路边绿化带内的草坪翠色欲滴，令人心旷神怡。

金银山社区是赫章县易地扶贫搬迁的一处县城集中安置点，1.3万名群众从深山区、石山区搬迁到这里安家。两年前，这1万多名群众刚入住时，社区可是另一番模样：社区居民杨泽红喝了20多年的酒，10年前因酗酒患上肝硬化，好不容易捡回来一条命，搬到新家后，仍然没有放下手里的酒瓶，整天"醉生梦死"；有些住户为了省事，一铲子就把垃圾向窗外抛了出去；社区组织就业招聘，没有几个群众主动报名……

类似的治理难题，成了"社区管家"文兵的一块心病。不同区域、不同文化、不同民族、不同信仰、不同习俗，多数群众文化素质低、卫生习惯差，有的家庭矛盾重重，致富动力不足，人人自扫门前雪，孩子见了生人就躲……如何才能让这些新市民尽快融入城市生活？

有一天，文兵偶然发现有一家大型企业在运用积分制管理，就决定试一试。

"自己管自己，大家管大家！"文兵说。社区把街道社区干部、基层党员（楼长）、居民分成三类主体，分别全部纳入积分管理体系，设置基础积分100分，围绕文明卫生、遵纪守法、家风家教、培训就业等，分类按不同标准进行积分"加减"。

每月稳定就业加5分、主动清扫垃圾至少加1分、助人为乐加5分……对积分高的家庭和个人，社区在居民培训、就业和入学等方面优先考虑，而且可用积分兑换米、油、衣服等生活用品。社区工作人员通过开院坝会、每栋楼每单元张贴海报、设置微信群等方式向群众耐心讲解，到月底定时公布积分清单，并按时兑换奖励物品，物品购买资金来自社区商铺收入和企业爱心捐助。

"群众刚开始还不太相信，第一个月参与的不到50人，而到了第三个月就增加到1200多人。"文兵说。"幸福积分单"张贴出来的时候，大家都围观。有人叫好，有人则不以为然。

效果首先体现在卫生环境上。几名穿着党员先锋队红马褂、戴着红帽子的老党员，带着几名系着红领巾的少先队员在社区里巡逻开来，看到哪里有垃圾就立即打扫干净。

社区干部李贵伦介绍说："他们是老党员陈大忠、吉正学、陈大春、罗开英和少先队员朱余、罗娇、何志瑜。"平时他们自己巡查，周末带上少先队员一起。有人不听劝，少先队员喊一嗓子，那人脸就红了，马上把随手抛掉的垃圾捡回来，认真丢进垃圾桶。很快，随地可见的烟头消失了，乱停乱放的车都回到了车位上，社区回归入住时的崭新模样。

一开始，杨红泽还是老样子，天天喝酒天天醉。社区干部看了看他的积分单，100分早就被扣得没剩多少了。社区干部经过商量，被迫出了一个对付他的"下策"。很快，杨红泽接到通知，因为他的积分不及格，所以社区决定暂缓向他提供非政策性服务。

起初，杨红泽压根儿一点也不吃这一套。没想到，有一天，他刚一进家，就看见女儿哭成了泪人。"就是你，天天喝酒，我上不了四点半学校了。"妻子周珍会也埋怨他。杨红泽这下明白了，在喝酒和女儿成长的选择上，自己不能再糊涂。

此后，邻居们开玩笑问他："红泽哥，今天没去整两杯？"

杨红泽一本正经地回答："戒了！我现在只喝饮料。"

2020年，社区80名党员成为社区服务的"骨干力量"，在帮助群众解决难事、烦心事中积极作为、主动服务。此外，社区还设立医疗、低保、养老、就学、就业一站式便民服务中心，让搬迁群众在家门口享受到优质服务。

"积分兑换幸福生活，超市带建美丽社区。"如今，像金银山社区一样，越来越多的易地扶贫搬迁安置社区用了"积分制"管理的办法。

"超能"牌1千克装食品洗洁精10个积分、"天月"牌原生浆抽纸2个积分、"小字本"1个积分、铅笔文具盒套装12个积分、牙缸5个积分、盒装牙签1个积分、布拉德玻璃杯350毫升18个积分……在铜仁市松桃县团山社区新市民积分兑换超市，货架上摆放的每一件商品的价格都是用积分作为标准的。

在积分兑换超市上班的社区居民吴良花说，新市民积分评定标准有环境卫生、善行公益、配合工作、表彰奖励等19个小项，每一项都有相应的积分。比如，参加社区组织的各类公益活动、志愿活动等，视情节计为5至30个积分；积极配合管委会、社区服务中心做好安置地有关工作的，每次计为2分。

扣分项也有明确的规定：不服从社区管委会管理，发生违反新市民公约行为的1次扣2分；故意破坏公共设施的，发现1次扣2分；家庭成员有不良行为被"黑榜"批评的，每次扣2分；家庭成员有违纪违法行为，且在当地造成不良影响的，视情况扣分；不履行赡养、抚养义务事件的，取消参评资格。

"积分制管理后，很多群众都非常积极，我们社区更和谐了。"吴良花深有体会地说。为了让群众更有获得感，社区还专门把积分卡做成了银行存折的模样，"有了幸福积分存折，我们生活更幸福！"

五、插上"大数据翅膀"

丁零！丁零！2019年4月初的一天，遵义市桐梓县易地扶贫安置点蟠龙社区工作人员收到一条系统发送的信息：16栋501室门禁出现红色预警。这意味着这户人家已经有3天没有进出房门。工作人员迅速在平台上点开这家的情况，原来主人陈绍文是个空巢老人，并患有高血压，于是立即通知医务人员前去查看治疗，避免了一起意外事故的发生。

这是遵义市桐梓县对易地扶贫安置区实施"大数据"社区治理的一个生动案例。

蟠龙社区有30栋楼，安置搬迁群众1222户4640人。社区通过打造易地扶贫搬迁数据平台，分块建立工作库和数据台账，为精准高效进行后续管理和服务提供重要信息支撑。

在蟠龙社区服务中心办事大厅一块巨大的显示屏上，分模块展示着数据平台在公共服务、就业培训、社区治理的分析应用。前期扶贫干部已经录入每户家庭迁出地、成员、就业、身体状况等40多项基础信息。

"移民搬迁群众来自哪里？安置在什么地方？搬迁群众男女比例、贫困比例如何？搬迁对象中的小学生在哪个社区？在哪个学校读书？……这些情况都一目了然。"社区服务中心工作人员张海燕介绍。借助系统对1400多名迁入学生分阶段、分学校进行统计，帮助他们就近读书。

此外，在标准化建设了党务政务服务中心、医务中心、技能素质培训中心、日间照料中心、幼儿园、农贸市场等硬件设施后，也借助大数据软件提升了移民搬迁工作的效率和效果。

张海燕说，这个大数据平台在就业培训方面同样发挥着作用。社区贫困户李怀妹在填写就业意向表并录入系统后，信息自动推送到周边企业人力资源部的界面上。通过匹配，她很快获得缝纫技能培训并进入一家服装厂上班，每月最低工资2500元。2020年，小区搬迁户已实现户均就业1.5人。

在文化服务方面，平台也对社区开展的各类文化娱乐活动、政策宣讲等建立工作日志台账，通过定期推送民族文化传承、文明社区创建等内容，帮助搬迁户树立市民意识。

"平台通过对移民群众基础数据的汇总与分析，形成可视化量表，移民搬迁工作人员可以随时掌握搬迁工作的最新进程情况。"桐梓县扶贫办工作人员娄婷婷说，"搬迁大数据管理平台的投用，不仅极大地减少工作人员的重复性工作，简化了工作流程，降低了人员投入，还提升了移民搬迁工作的效率与效果。"

如今，蟠龙社区的这一做法已经在全县推广，形成了"用数据分析、用数据管理、用数据决策"的服务管理机制。在这"一块屏"的协助下，桐梓县在3年的时间里，成功开展了对20366人的搬迁安置工作，使桐梓县20366人在小康道路上向前迈进一大步。

"大数据"是近年来贵州大力发展的三大战略之一。借助大数据力量对易地扶贫搬迁安置地进行治理，贵州拥有天然优势。当前，像桐梓县这样，插上"大数据翅膀"的安置地越来越多。相信，在未来，贵州192万搬迁群众将享受到更多、更精准、更贴心的服务！

六、大山深处的"移民管家"

为了让192万移民群众"稳得住、能致富"，移民社区干部付出了艰辛的努力。遵义市正安县瑞濠街道办主任吴太玺就是其中的代表。干部群众说，他像个"移民管家"，既是"物业管理员""家庭保姆"，又是"矛盾化解员""就业中介"。为了当好这些角色，他的一头青丝变成了白发。

第一次见吴太玺是在2018年9月，"一口清"是他给人的最深刻的印象。"社区有多少人？""外出就业有多少？""本地创业的有几家？""随迁子女就学情况如何？""残疾人家庭有多少户？"……随便问起街道办的任何一个数据，他总能第一时间对答如流。

吴太玺是2018年3月开始担任正安县移民服务中心主任的，那年他50

吴太玺（前）在贵州正安县市坪乡粗石村走访有回迁想法的搬迁户（2019年12月25日 杨文斌 摄）

岁。当时，安置点建设尚未完工，先成立了移民服务中心，吴太玺"临危受命"担任中心主任，带领10名干部全身心投入到搬迁安置工作中。

2019年3月，正安县在移民服务中心基础上，成立贵州省第一个专门的易地扶贫搬迁办事处——瑞濠街道办事处，吴太玺任主任。干移民工作之前，吴太玺在乡镇工作27年，在县机关工作3年。

正安县地处武陵山区深处，是贵州最偏远贫困的一个县。为了响应国家易地扶贫搬迁的号召，实现整体脱贫，2018年6月以来，全县20个乡镇的1.6万余名贫困人口陆续搬进瑞濠街道移民安置点。以前这里是荒地，如今一排排崭新的楼房，周围配套有医院、幼儿园、小学、农贸市场等，是全县最漂亮、设施最完备的社区。

他带着干部挨家挨户跑，每一个家庭致贫原因是什么，收入来源是什么，他都摸得一清二楚；群众来服务中心办事，他会主动上前搭话，问老人生活适不适应，问年轻人找到工作没有，孩子转学顺不顺利……最后，他总会留下自己的手机号码和一句"有困难随时找我"。

开始，城市生活对于很多搬迁户来说还很不适应：出门找不到回家的路，不会开家里防盗锁，不会用网络电视，有的连冰箱、拖把都不会用。碰到困难，第一个想到的是找吴太玺，而他总是事无巨细，耐心帮助。

59岁的搬迁户王廷贵和老伴在家打扫卫生，不小心把房门的反锁扣拧上了，俩人打不开门慌了神，打电话找到吴太玺。吴太玺上门教王廷贵开锁。得知他轻微残疾，两个儿子患侏儒症，吴太玺就介绍他在社区做保安，加上低保等补助年收入3万元。"搬到县城举目无亲，这个主任待群众和蔼可亲，让我心里一下子有了依靠。"王廷贵说。

"如果是我的父母从农村来到城里，他们也需要适应一段时间，把群众当亲人看待，才会用耐心、细心和爱心做好工作。"吴太玺经常这样说。那段时间，他的手机成了"物业热线"，他带领干部疏通住户下水道300多次，帮忙找家800多次，帮助开水电开关500多次，接受住户电话咨询4万多次。

最忙的时候，一晚上接到十几个群众电话。为了能第一时间赶到现场，尽快解决群众难题，吴太玺晚上睡办公室沙发。他患有严重的腰椎间盘突出，不能睡软床。每次都要用水杯垫高腰椎半小时后，才能勉强入睡，早上醒来，左脚又麻又疼。他的办公桌上总是放着医生开的止痛药。

吴太玺出门总是挎个公文包，里面装着易地扶贫搬迁政策文件，如果在县里开会遇到好的项目，就可以及时争取。安置点医院的住院部面积小，群众就医不方便，他找县里争取到500万元的资金，把住院部扩建了800平方米。有人提醒他，干多错多，他却说："这是我的家，谁不想把自己家完善好。"

瑞濠街道新龙孔居委会党支部书记鲜劲松评价吴太玺："他都那么大年纪了，工作还特别有激情。再不想干事的人跟着他，都想干事。他是我们干部的榜样！"

瑞濠集中着全县各个乡镇的建档立卡贫困户，家家有本"难念的经"，矛盾问题特别多，需要吴太玺一一应对化解。安置点有939个残疾人、317个留守儿童、2800个老年人和99个大病患者，特殊群体比全县任何一个乡镇都多，他都牵挂在心。

搬迁户郭建平在车祸中受伤，胸部以下失去知觉。养活一家6口人的重担全部压在妻子吴太芬身上。不堪重负的她，一度想离开这个家庭。

吴太玺找吴太芬谈心："车祸虽然不幸，但你的家还是完整的。公公婆婆待你像女儿，两个孩子需要母亲。遇到再大的困难有政府，你不能离开。"郭建平虽瘫痪在床，但双手可以活动。吴太玺介绍他给服装厂的婚纱串饰品珠子，一个月计件收入近千元。吴太芬卖衣服月收入2000元。吴太玺为他家申请了低保、残疾人补贴，全家的生计有了保障。

吴太芬性格内向，心情好时话多，思想负担重时就话少。"我察言观色，猜她的心思，每次都猜得八九不离十，常给她打打气，这个家庭就稳定了。"吴太玺说。他干脆认了吴太芬做妹妹，经常上门嘘寒问暖。

16岁的"小移民"李清萍幼年时母亲去世，父亲常年在外面打工，她从小由奶奶带大。奶奶改嫁后，李清萍来正安县职校读书，平时一个人生活。社区义工来家访，看到李清萍在纸上画了一个蛋糕，猜测小姑娘快过生日了。吴太玺得知后，偷偷把李清萍的奶奶从中观镇红光村接过来，自掏腰包给李清萍过生日。

"我上完晚自习回家一打开灯，他们就唱着生日歌，捧着大蛋糕和一个洋娃娃，从屋里走了出来，我奶奶竟然也在。"回忆起那晚的情景，李清萍很激动。

过去在老家过生日时，奶奶会给她煮一碗长寿面。这是她人生中第一次戴"皇冠"、过生日吃蛋糕。蛋糕真甜，可她和奶奶都哭了。吴太玺也红了眼眶，对清萍奶奶说："您放心，我会照顾好清萍。"后来，吴太玺专程去学校找校长，听说李清萍看见垃圾会捡起来，还主动打扫教室卫生，变得很有正能量，他比自己孩子受到表扬还高兴。

移民黄传磊家有6口人，4个子女在上学，是典型的因学致贫户。按照规定易地扶贫搬迁至瑞濠安置点后，分到了120平方米新房。2018年，大女儿大学毕业后找到了工作。一家人商议，决定把"大房子"让给更需要

吴太玺（右）在贵州正安县瑞濠街道移民安置点询问环卫工人家庭收入情况（2019年12月24日 杨文斌 摄）

的人，自愿搬到100平方米的房子里居住。

移民社区里事情又多又杂，但干部人数很有限，吴太玺在搬迁党员、退休党员、机关党员中选取357名苑长、楼长和党群连心户长，每个连心户长联系12户群众，还引进250名义工、社工和党员志愿者，形成网格化自治组织，有什么情况他可以第一时间掌握。

工作遇到群众不理解是常事。群众说的话再不中听、再受委屈，他都尽量忍让。一次，一个搬迁户醉酒后来服务中心闹，说分的安置房面积小，一家人不够住。社区干部耐心解释政策，搬迁户却对干部破口大骂，骂的话很难听。"当时我的眼泪都出来了，也曾犹豫要不要坚持下去，但既然选择了这份工作，就要干好、干完。"吴太玺说。

搬出来只是第一步，要让搬迁户安心在城市"扎根"，必须靠就业。瑞濠安置点建立了劳动力数据库和就业需求清单，围绕技能、持家等培训4480人次，提供部分公益性服务岗位，旁边的工业园区招工也优先解决搬迁群众，但仍有部分群体难以就业。

在吴太玺手机里，存着全县大大小小几十个公司负责人的电话。物管公司、拖把厂、茶厂，哪怕给服装厂串珠子、给丧葬厂糊纸，只要群众双手能活动，他都想办法给找工作。"不然家里没有收入来源，肯定要出大问题。"吴太玺说。

李琳是正安县黔灵女技能培训学校校长，她至今还记得和吴太玺"跑业务"的情形。那是2018年，吴太玺听说有剧组在县里拍电视剧，需要大量群众演员，大雨天喊她一起到片场找导演。"他和导演谈了两个多小时，问得特别细，需要哪种角色、该怎么演、报酬怎么结，还讨价还价，把报酬从每天50元谈到70元。"最终，剧组来拍摄3个多月时间，一天最多解决了安置点200多人临时用工。

"吴主任当过乡镇教师，学生多，人脉广，每当得到哪里采茶、采花需要大量用工的消息，他都特别高兴，叫我赶紧组织群众去做，他还开车送搬迁户去茶厂面试。"李琳说，"为了搬迁群众有份收入，他想尽办法，付出很多。"

2019年，瑞濠街道移民安置点实现每户至少1人就业，户均就业2.04人，远高于贵州省平均水平。2019年4月，瑞濠街道移民安置点被贵州省政府评为易地扶贫搬迁示范点。2020年，新冠肺炎疫情发生后，对搬迁群众就业造成影响。瑞濠街道通过加强培训、对外"点对点"输送、内部开拓公益性岗位等多种方式解决就业问题，户均就业稳定在2人以上。

吴太玺有一个外号，叫"玺哥"，这是以前的同事给他取的，因为"玺"与"喜""囍"同音。如今，吴太玺与搬迁群众已经打成了一片，"玺哥"的名号逐渐在搬迁群众中广为流传。

"我从小生活在大山里，深知山里人的苦，我喜欢这份工作，不仅因为党性、责任，还因为帮助更多人走出大山，始终是我的梦想。"吴太玺说。

七、跨县搬迁的"娘家人"

德江县，位于铜仁市西部，地处武陵山、大娄山交接处，位置偏远，自然条件"先天不足"。

大龙经济开发区，地处"黔东门户"，省级经济开发区，交通便利，区位优势明显。

令人没有想到的是，易地扶贫搬迁让这相距230千米的两个县域紧紧"拴"在了一起。

根据"以产定搬、以岗定搬"的要求，为破解一些县城规模小、难以提供充分就业岗位等难题，贵州省鼓励实施跨行政区域搬迁。按此思路，铜仁市决定结合东西部发展实际，采取县城集中安置的同时，把西部地区的沿河、德江、思南、石阡、印江5个县的12.5万贫困人口，跨区县搬迁到东部发展条件相对较好的碧江区、万山区和两个省级开发区大龙开发区、铜仁高新区安置。

德江县"十三五"期间计划实施易地扶贫搬迁3.52万人。其中，德江县内安置1.27万人，跨区域安置2.25万人。在贵州很多地方，都有"一山有四季、十里不同天"的说法，意思是虽然是相隔很近的地方，但是气候差异很大，语言、风俗习惯都有很大不同，甚至迥异。全县2万多人从深山搬到200多千米外的城镇，怎样才能快速融入当地，实现脱贫的目标？

派驻工作组，是唯一的解决办法！派谁去？这个人必须政治过硬、业务素质好，能贴近群众、服务群众！在县委常委会上，大家不约而同想到了一个人——陈江。

陈江1981年出生在一个贫困的农村家庭，2003年12月参加工作。他深知百姓疾苦，在农村工作中为了改善人民群众的生活环境和提高群众的生活质量，凭着农村孩子吃苦耐劳的精神，站在群众的角度去分析、解决他们的问题，为乡亲们办好事、办实事，成为群众的知心人，赢得了群众的拥戴和领导的好评。2012年，他获得了贵州省"最美劳动者"的荣誉称号，同时被提拔为荆角乡副乡长。2013年，他又被调到德江县委群工部

（信访局），任群众工作中心主任。

"一切服从组织安排！"2016年12月3日，陈江接到命令后，没有一丝犹豫，背起行囊，像搬迁群众一样，带着对新工作、新生活的一丝忐忑，来到大龙。4年多来，他配合大龙开发区完成了大德新区、德龙新区德龙三期、龙江新区龙江三期安置点的硬件建设，接待了一批又一批搬迁群众，背起那个雷锋包，夜以继日地开展搬迁群众的后续服务工作。

这期间，陈江头上多了很多"头衔"：媒婆、导游、维修师傅、家长……这些看似与移民工作"八竿子都打不着"的称呼，有一个共同点，那就是都是老百姓的"勤务员"。

到大龙上任后，他立马展开工作，凭借丰富的基层工作经验，很快熟悉了安置区的规划布局，对园区的企业等情况也有了一定了解。

2017年1月15日，德江县首批跨区县搬迁的120户群众统一乘坐大巴来到大龙开发区移民新区——大德新区。从那一天开始，"有事找陈江"就开始在乡亲中口口相传。

在大德新区，每一栋楼的入口处都贴有陈江的电话号码。

"他们背井离乡来到大龙，我就是他们的'娘家人'，有问题不找我，他们还能找哪个？"陈江说。从找装修工人到买家具，从开锁公司到小商品商家，他都一清二楚。

2018年1月28日，德龙新区迎来2018年春节前的最后一批搬迁群众。受恶劣天气影响，原本预计当天13点半到达的车队，第二天凌晨2点才抵达。为保证搬迁群众能吃上热饭、喝上热水，陈江带头做好各项后勤服务，为老乡送上了到达大龙后的第一份温暖。

在搬迁入住现场，陈江见移民户秦智文的老母亲因腿脚不好，行动吃力。他硬是背着老人家进了三楼新家，关好窗户，为其打开了电火炉。年迈的老人流下了感动的泪水。

2018年第一次见到陈江时，他刚从一户移民群众家里出来，手里拿着一个笔记本，戴着一副蓝牙耳机，眼睛里布满了血丝。

"实在不好意思，刚才有一户移民群众家的燃气灶突然坏了，我去看了一下。刚刚给修好。"陈江满头大汗，说话语速很快。

"没关系，我们都知道您是大忙人。"

"老乡们搬到大龙，人生地不熟的，我们就是他们的依靠。帮助他们尽快稳定下来，是我们义不容辞的责任。"陈江的这句话，既是个人表态，也是德江县派驻大龙工作组的工作宗旨。

"丁零零、丁零零……"我正准备开始提问，陈江的手机又响了起来。从裤子口袋里掏出手机，陈江用"德江话"叽里呱啦说了一通。

挂完电话后，陈江说："不好意思，群众的电话无小事儿。"

"你每天大约接多少个电话？"我赶紧提问。

"最少100个，我印象中，最多的一天有180多个。"陈江说。频繁接打电话都让他听力有点下降了，所以佩戴着蓝牙耳机，随时准备接听电话。

"这些电话都是谁打来的？都是关于什么事情的？"我好奇地问。

"什么都有。找工作的，找不到路的，水管坏了的，电器打不开的……"陈江说，"这每一件小事都关系到老乡们能否在安置地留得住。有的时候，个别老乡的情绪很不好，拿起电话就开骂。"

"有没有遇到特别委屈的时候？"

"委屈谈不上，群众一时不理解，肯定有原因。移民群众所想就是我们所应想，移民群众所需就是我们的首要工作。我们不仅这样说，也要这样做。"

2017年最早搬迁到大德新区的移民群众不会坐电梯，陈江就带领干部每天站在电梯口，手把手教群众怎么坐电梯、按电梯、怎么上、怎么下。长达半个月的强化"训练"，终于让所有的群众都学会了坐电梯。

在陈江的私家车后备厢里，常备着一个"雷锋包"，里面装满了各种电器家具修理工具。"有些老年人甚至不会使用电器。遇到有人求助，我带着工具包第一时间就去处理了。"陈江说。

有的群众刚搬迁过来，还不认识他，却一个劲儿"点赞"：这个师傅来得快、技术又好。陈江说，这既是群众对他的肯定和表扬，也是对他的期待和鞭策。

陈江到大龙时，他的小女儿才刚满3个月。到了大龙后，他连续1个多月没有回家，妻子难免有些怨言。可在电话里，他连跟妻子争吵的时间都没有。有一次，妻子悄悄跟着搬迁群众来到安置区，想要看看陈江到底忙什么，是什么让他连最心疼的女儿都不顾？是什么让他连接电话都惜字如金？

在大德新区安置点，看着在人群中拿着高音喇叭大声指挥的陈江，她理解了丈夫电话里的疲惫和沙哑的声音。她没有上前打招呼，默默地去帮着大家搬家。从此，她再也没有埋怨过丈夫。

由于工作太忙，陈江很少回家。偶尔回一趟德江家里，会想起哪几个人说过最近想回老家，他就带着老乡一起走。返回时，再把老乡捎回来。有的搭车的"乘客"非要买包烟、给点油钱以示感谢，都被他婉拒了。

2018年7月，德龙新区工作组党支部成立，陈江任支部书记。又多一个身份，再添了一份职责。就业是移民群众关心的首要问题。

周琴老家在德江县龙泉乡牧羊岭村星秀岩组，搬迁前一家四口挤在两间平房里。她的爱人身体残疾，干不了农活，老家土地也少，两个孩子还在读书，家庭的重担都压在周琴柔弱的肩上。拎包搬迁入住了理想的新房后，两口子想找个理想的工作。了解情况后，陈江带着他们到各个企业去求职，终于找到了合适的工作。

那天，周琴两口子流下了泪水。周琴感激地说："感谢陈江主任，我们会珍惜这份工作，不辜负你的辛苦付出。有你在，我们搬迁群众看到了幸福的希望。"如今，周琴夫妻俩的月工资加起来有6000元左右。

在派驻工作组，定期或不定期碰头是解决问题的一种方式。

一天早上9点，在德龙新区居委会会议室内召开碰头会。

"最近大家工作中有没有遇到什么需要解决的问题？"没有套话，陈江开门见山。

"我这边有个问题，从桶井乡长坝村搬来的A9栋的刘军想自主创业，但创业中资金不足。所以，找陈主任帮他想想办法。"德龙工作组组长马文波说。

陈江接话茬说："他如果有一定的资金，门面的租金可以协调。会后我带你们去对接。"

原来，搬迁户刘军想和朋友一起合伙开一个纸箱加工厂，但合计下来，门面和设备就占用了大量的资金，刘军希望陈江帮忙想想办法。

经过查看经营场地，陈江又带着刘军到当地的扶贫投资公司咨询政策。得到的答复是：除了租金减半外，还可以按照季度支付资金。这一下子解决了刘军当前最棘手的资金短缺问题，增强了创业的信心。

从迎接第一批老乡入住，到最后一批老乡搬迁完成，陈江已经在移民安置点待了3年多了。

搬运工、维修工、出气筒……对于老乡们的任性，陈江不以为然。

"如果他们不依赖我们的话，真可以说是无奈了。"陈江说。如今几年过去了，群众的抱怨越来越少，一些群众还会找他分享自家的喜事。

自古忠孝难双全。陈江说，他最内疚的就是自己的老人、小孩在老家，尤其是生病的时候，不能陪在他们身边，不是一个"好儿子、好父亲、好丈夫"。但当看到移民群众找到一份满意的工作，工资得到足额按时发放，合作医疗得到及时报销，看到他们脸上的笑容，陈江心里感到十分满足。

"希望我们搬迁来的群众，手牵手、肩并肩、快融入、奔小康。"这是陈江最大的愿望。

在"新家"，移民搬迁群众由于语言、生活习惯的陌生，很难冲破"思想"阻碍这道坎。为了让老乡们快速融入新生活，铜仁市建立了跨区县联席领导小组制度，迁出地按每10000名搬迁群众派驻20名干部的标准，协助安置地搞好后续扶持工作。

陈江是铜仁市上百名跨县域搬迁派驻干部的代表。这些"娘家人"把对自己家人的思念放在心里，整日奔忙于为移民群众服务，与他们一起携手跨入充满希望和梦想的新时代。

八、"店小二"式"红娘"

2020年春节前，一场突如其来的新冠肺炎疫情迅速在全国蔓延，令人猝不及防。瞬间，人们的生活、工作节奏全部被打乱了。作为全国脱贫攻坚主战场，又是全国易地扶贫搬迁人口最多的省份，贵州面临脱贫"大考"的同时，还迎来疫情防控"加试题"。

面临脱贫攻坚战、疫情阻击战，贵州"双线作战"：一手战"疫"，

2020年2月21日12时46分许，一架搭载155名贵州籍务工人员的飞机从黔西南州兴义万峰林机场起飞前往宁波（杨洪涛　摄）

一手战"贫",坚持把保障贫困劳动力充分就业摆在首位。

贵州是传统劳动力输出大省。春节期间,全省农村劳动力省外返乡250多万人。对于易地扶贫搬迁家庭,稳定的就业对脱贫增收更加重要。

早在20世纪80年代,贵州省就有"三百娘子军下番禺"的外出务工佳话。1987年2月,遵义市正安县政府组织300名农村女青年南下广东省番禺县务工,开创了贵州省有组织劳务输出的先河。由于赴番禺务工的正安女青年水土、饮食、语言等方面不适应,不久有一部分返回正安,只剩下112人。

时任贵州省委主要负责同志认为,正安县第一次有组织地向省外劳务输出,缺乏经验,出点问题在所难免。只要认真总结经验,坚持下去,就一定能闯出一条路子来。希望正安县一方面做好输出人员的思想工作,另一方面协商解决存在的实际困难,不要半途而废。

自此,贵州省劳务输出就一直没有中断过。据统计,外出务工收入约占贫困劳动力总收入的七成左右。在正常年份,过了大年初五,务工人员就开始陆续返回务工地上班。但在新冠肺炎疫情的"封锁"下,他们的心情极其复杂而纠结:外出,在路上有被感染的风险,并且务工地的企业也不知道能否正常运营;留守在家,一家人吃饭要花钱,只出不进,不上班哪来的收入?

黔西南州贞丰县者相镇翔云小区的易地扶贫搬迁户宋菲就是其中的典型代表。"春节之后,迟迟没有接到浙江那边的消息。眼瞅着疫情一时半会儿解除不了,我着急得像是热锅上的蚂蚁,真不知道该怎么办。"宋菲说。

不过,几天后,宋菲的担忧就慢慢消除了。

2020年2月21日12时46分许,一架搭载155名贵州籍务工人员的飞机从黔西南州兴义万峰林机场起飞,目的地是浙江省宁波市海曙区。这是黔西南州春节后首次以专机形式,输送外出务工人员返岗就业,赢得当地群众广泛"点赞"。

期盼外出已久的宋菲就在这架飞机上。那天早上,天还没亮,她就早早起床，精心梳妆打扮了一下；然后，匆匆吃过早饭，再次仔细检查了行李箱后，跟家人依依惜别，带着他们的嘱托和对未来的憧憬，坐上了前往机场的大巴车。

"之前还很着急，在关键时候，政府给我们提供了就业岗位信息，还免费帮我们订车、联系飞机。"宋菲说，"到了宁波后，我要加强自身防护，更加努力工作。"

11时许，宋菲和老乡们乘坐的大巴车到达机场。

"请大家扫描二维码，快速登记。进入机场前，向工作人员出示'允许通过'的绿码提示信息。"

"请大家依次排队，测量体温正常后，才能进入机场。"

"过安检前，请大家摘掉旧口罩，来领取新的口罩。"……笔者在兴义万峰林机场看到，安检步骤比平时增加了好几项，现场秩序井然。与前些年坐绿皮火车外出务工的景象不同，当天乘坐飞机的务工人员，大多只携带着一两个行李箱，在工作人员指挥下，有序办理各种手续。贵州兴义农商行还为外出务工人员免费提供了充电宝、消毒湿巾等物品。

"前几天，我们积极组织贫困劳动力外出务工，效果非常好，这次宁波海曙区专门包机接务工人员返岗。"黔西南州义龙新区政治部就业股负责人甘妮梦介绍，"社区通过摸底外出务工人员的需求，与宁波海曙区多次对接进行人岗匹配，春节后到2月20日，已经通过'包大巴直通车'形式输送了161人到海曙区就业。"

据了解，"包机送岗"的想法从提出到成行，仅用了3天时间。为将计划落实落地，海曙区人社局一方面快速动员企业整理缺工岗位，联动黔西南州义龙新区、兴义市、贞丰县等劳务输出地人社部门整合劳动力资源，促进人岗匹配，确定人员名单；一方面安排专人与中国东方航空股份有限公司协商，协调安排飞机运力，做好专属值机柜台、绿色安检通道等保障工作。

甘妮梦介绍说，已经组织外出的务工人员保底工资4000元，建档立卡贫困户稳岗就业3个月以上的保底工资5000元，不足5000元的部分由海曙区当地政府来补足。

19岁的杨念念2019年在海曙区的一家灯具厂打工，每月收入四五千元。春节过后，她一直关注着疫情的发展和企业的用工动态。

"政府对我们非常关心，几乎每天都跟我们通知浙江那边的情况。"她说，"虽然疫情现在还没有完全解除，但相信大家一起努力，肯定能战胜各种困难。"

"政府帮我们找的工作，月工资4000元，还包吃住，太满意了！现在还安排专机来接我们，而且全程包接包送，我们夫妻俩都愿意去！"家住义龙新区龙广镇狮子山村的村民温德英笑眯眯地说，"以前从来没有坐过飞机，舍不得花钱嘛。没想到第一次坐，还是免费的。这种好事，我真是做梦都没有想到啊！"

"我们都是一家人。"宁波市坤创人力资源有限公司负责人陈涛说，"宁波市与黔西南州有一份特殊的情谊，非常荣幸能参与到黔西南州务工人员到宁波市返岗就业的工作中来。"155名务工人员到达海曙后，将安排到广博集团、君禾泵业、帅特龙集团、兴华灯具等9家企业，缓解企业一线工人紧缺问题。

"我和老婆在浙江这边上班快2个月了，公司包吃包住，保底工资4000元。"黔西南州兴义市鲁屯镇45岁的冯勇对当前的工作十分满意。当天，他在宁波下飞机后，就被专车接走，简单地休整了1天，2月23日就在宁波君禾泵业公司上班了。

与冯勇夫妇相比，王伟兄弟俩的就业经历，就显得相对曲折一些。

王伟和哥哥王鹏是晴隆县光照镇人，2020年初，通过当地组织的"返岗直通车"到福建省晋江市务工。兄弟俩原本信心满满，没想到却遭遇了各种不适应。

原来，王鹏性格内向，从小就有点木讷。最开始，王鹏到一家电子厂上班，由于文化水平低，上手也慢，速度跟不上，难以适应这份工作。没多久，就打起了退堂鼓，嚷嚷着要回家。

王伟则头脑灵活，反应快，很快就上了手。这哥俩从小感情好，"要回一起回，要留一起留"。话说得轻松，但一旦哥俩返回老家，没有了收入，可能很快就返贫了。

晴隆县培训就业专班了解到这一情况后，劝他们一定要留在晋江，想尽一切办法为他们转岗，找到合适的就业岗位。食品厂、服装厂、口罩厂……在晴隆县培训就业专班牵线搭桥下，王鹏换了7家企业，最终选择了一家超市做后勤工作，每月工资2800元、包吃住。终于，哥俩也实现了"要留一起留"的目标。

这是贵州省为解决移民劳动力就业，大力开展"店小二式"服务的一个缩影。

在想方设法组织外输劳动力就业、稳岗的同时，贵州还从本地内部挖掘潜力、拓宽本地就业岗位。2018年6月8日出台《贵州省人力资源和社会保障厅关于建设就业扶贫车间促进建档立卡贫困劳动力就业的通知》，正式推行就业扶贫车间制。

所谓扶贫车间，就是由政府引导企业或者返乡人员创办，一般布局于易地扶贫搬迁安置点或者人口集中的村落，采用"企业+车间+贫困户"或者"招商+企业+贫困户"的模式运作，主要吸纳建档立卡贫困户在车间就业。据贵州省生态移民局统计，截至2020年6月底，全省建成扶贫车间877个，解决搬迁劳动力就业1.9万余人。

近年来，各地移民安置区的扶贫车间成为保障搬迁群众收入的"稳定器"。

2020年2月15日傍晚开始，贵州陆续有序取消在疫情防控中设立的所有"关卡"，吹响了畅通省内交通、加快复工复产的号角。随着交通"大动脉"陆续打通、"微循环"日益畅通，"新市民"就业问题更是加快逐渐破解。

黔东南州是贵州省三个少数民族自治州之一，全州16个县市中15个为贫困县。截至2020年6月，还有从江、榕江两个深度贫困县未出列，脱贫任务艰巨。

2020年2月20日，杭州市对口帮扶的干部和专业技术人才共160人，包机返回黔东南州凯里黄平机场。经核酸检测合格后，他们分赴各地上岗开展工作。笔者在黔东南州的天柱、锦屏、雷山县及凯里市等地了解到，在杭州大力支持下，贫困劳动力就业情况持续向好。

位于天柱县联山易地扶贫安置区的华鼎服装厂是浙江华鼎集团在天柱县设立的"扶贫工厂"。"我腿有残疾，一直没法外出打工，还担心以后生活怎么办，没想到在家门口上班了。"易地扶贫搬迁户李森美说。她3月2日开始在服装厂上岗了，虽然动作慢，但每月也有一两千元保底收入。

天柱县华鼎制衣有限公司经理王江江介绍，扶贫车间主要针对易地搬迁户在家的中年妇女，家中上有老人，下有小孩，老人都已经没有劳动能力。有的为了支撑整个家庭，家中的男劳动力外出打工，一年到头，只有春节时候才能跟家人团聚。扶贫车间一定程度上缓和了这些家庭困难，解决了实实在在的衣食问题。

"集团有订单，不用担心。春节后，我们一直忙着招聘工人。"王江江说，"公司提供住宿，每月工作26天，平均工资2000元以上，预计2020年可为贫困户提供1000个岗位。"

2020年3月4日，华鼎服装厂的扶贫车间迎来了60余名前来参观的"客人"。他们是附近安置点的易地扶贫搬迁群众。

排队、登记、体温测量、消毒……参观群众在工作人员的带领下参观扶贫车间全套流程，听取企业负责人详细介绍扶贫车间建设情况、运营情况、工人的报酬等。有参观群众"心动"即现场报名，有的说回去后要大力宣传动员亲戚朋友来报名。

杭州市挂职干部、天柱县副县长胡彪说，因为疫情无法召开现场招聘会，扶贫专班及当地3000多名干部当起了"红娘"，充分发挥"店小二"精神，两个多月时间已组织1万余人就近就业。

"在家创业就业好，方便照顾老和小。"走进遵义市务川县全成电子有限公司生产车间，200多名戴着口罩的工人娴熟地加工着手机耳机配件，一派热火朝天的场面。

"新招的工人正在培训，马上要再开一条生产线了。"公司负责人赵海说，"突如其来的疫情影响了生产计划。在紧急关头，政府帮助协调了口罩、消毒液等物资，公司2月21日才得以复工。"

43岁的易地扶贫搬迁户杨艾容上班两年了，现在每月收入3000多元。"走路上班20分钟就到了。有班上，才能有收入。"她说，"两个孩子读书都要花钱，公司复工当天就上岗了。"

脱贫致富快，全靠产业带。大力扶持本地优势特色产业发展，也是拓展易地扶贫搬迁劳动力就业的重要渠道。

"春节前，社区就打电话问我想不想来上班。前几天，厂子一开工，我就过来了。"在铜仁市德江县铭仁食品有限公司上班的贫困户申秀珍说。她2018年搬迁后就在社区推荐下到一家服装厂上班，有点不适应；来这里后，大家一起干，很开心，能照顾小孩，收入也能接受。

"你看，这三四个人的活，完全可用1台机器代替。为了就业，我们

黔西县锦绣花都易地扶贫搬迁安置点房屋错落有致（李进　摄）

并没有'机器换人'，还是坚持用人。"铜仁市德江县铭仁食品有限公司董事长黄立说，"公司集红薯种植、淀粉生产及深加工等为一体，带动了周边3000多户农户脱贫。"

"现在库房一件货都没有。"黄立说，"由于产品质优价廉，仅在本地就被抢购一空。为赶订单，最近加大了招人力度，现在有60多名工人正在面试。"

不少贫困地区迅速扩大特色产业规模，大力发展林下经济，不断把贫困劳动力吸引到产业链上来。

采摘、分选、打包、装运……在位于遵义市道真县的贵州贵旺生物科技有限公司现代化杏鲍菇生产基地，300多名工人紧张有序地忙碌着。"上班快3个月了，公司有严格的防疫措施，疫情对我的收入影响不大。"正在打包车间称重的易地扶贫搬迁户张胡贵说。

经过3年多发展，公司已建成集产品研发、质检、技术培训、仓储配送等为一体的全产业链，年产杏鲍菇超过4万吨，为当地提供约800个就业岗位，带动近400户贫困户增收。

截至2020年底，全省188万搬迁群众中有劳动力家庭40.68万户96.77万人，已就业88.71万人，综合就业率91.67%，搬迁劳动力家庭实现一户一人以上就业。

第七章 | SHOU WANG MENG XIANG

»»»»» 守望梦想

搬得出，还要留得住，更要融得入。"一步住上新房子"实现了"居者有其屋"的梦想。安身之后，看病怎么样？吃菜怎么办？过马路怎么办？……这一桩桩、一件件看似微不足道的小事情，都将直接影响搬迁群众的后续生活。

可喜的是，在"后半篇"文章中，贵州系统化的顶层政策设计，加上各地充分发扬首创精神，不断完善易地扶贫搬迁安置点各方面配套设施，许多以前不敢奢求的"梦想"正加速照进现实。

一、"拉拉"出生记

长期以来，贵州农村医疗卫生事业基础十分薄弱，广大农村群众享受不到最起码的医疗卫生服务，健康水平十分低下。贵州解放前，多地疾病丛生、疫疠流行，群众长期遭受着贫困、疾病的双重折磨。

据1949年的统计，贵州仅有医院91家、诊疗所336家，共有病床737张，卫生人员1191名。在农村，除县城有一所5—7名卫生人员的卫生所外，区、乡基本无医疗卫生机构；农村群众患病后，主要依靠传统中医药治疗，一些地方传染病流行。

由于很多农村地区的医疗卫生服务还处于空白状态，农民根本治不起病，只能"小病挺着，大病等着"。一些农村妇女生孩子，更多的是依靠"接生婆"，加上产妇营养不良，新生儿夭折率相对比较高，有的地方甚至有"只见娘怀胎，不见儿走路"的说法。

新中国成立后，贵州各级党委、政府把卫生事业摆在极其重要的位置上加快推进，并实现了跨越式发展。然而，受多种因素制约，直到进入新世纪，在一些偏远山区，群众能享受到便利的医疗服务仍近乎一种奢望。

百口，在布依语中意为"巴吼"，意为诸多河流汇集或多条道路交叉的地方。

百口乡，地处黔桂接合部，距册亨县城78千米，布依族人口占全乡总人口的90%以上。由于全部都是山路，从乡里开车到县城要近4个小时。当地人称"宁愿城里一张床，不要百口一栋房"，可见当地自然条件是多么恶劣。

百口乡各江村距离乡政府还有20多千米，是一个以布依族群众为主，汉族、苗族等多民族聚居的村子。全村11个村民组分布在80多平方千米的土地上，骑摩托车跑遍要花两天时间。全村境内水量丰沛，但群众吃水仍要两级或三级提灌。各江村海拔约2100米，周围山峦起伏，被当地人称之为"云上各江"。

这里信息闭塞。有一年，村里发生山体滑坡，唯一出山的路被堵了，村干部向县里汇报情况时，要爬到很高的山顶上，并借用广西的手机信号才打得通电话。

"我们那里是真正的'山一家、水一家'。"原各江村村主任、现在已经搬迁到县城的罗正国说，"前些年搞计划生育的时候，跑遍全村所有村民组要花半个月时间。冬天有时还有凝冻，路更难走。印象最深的是，有一家独自住在一个山头上，在山的这边已经看到他家了，喊话也能听得见，但要跟他见面坐下来细谈，首先要翻下山到深谷底，然后再爬山才能到他家，需要花6个小时。"然而，就是这样的条件，也还是他搬家后的结果。他家祖上生活在册亨县坡妹镇，条件更差。

1978年，发轫于安徽凤阳小岗村的"大包干"，揭开了农村改革的大幕。那一年，党的十一届三中全会做出了实行改革开放的历史性决策。

春雷唤醒大地，改革潮涌神州。

那一年，对罗正国来说，他也进行了一次"改革开放"。当年，他拖家带口走了三天三夜，从世代居住的坡妹镇走马村搬到百口乡各江村，连夜找来茅草和木棒，简单搭了个窝棚就算是定居了。

在册亨，人们习惯以老县城为界，将北面的坡妹、坡坪、冗渡等乡镇称为"上半县"，南面的百口、双江、巧马等乡镇称为"下半县"。"'上半县'是石山区，人多地少，辛苦一年还吃不饱。"罗正国说，"'下半县'山林茂、土地广、人口少，只要勤快，就不会挨饿。"

然而，虽然不再饿肚子，重重大山却阻隔了外界的信息，封闭了群众致富奔小康的希望。

各江村八路组村民刘兴会每次回忆起以前的生活，都会泪眼婆娑。她家在八路组一个最高的垭口上。推开她家后窗，就是悬崖——风景优美，却看不到致富的希望。

不止她家，八路组散居在山坡上的其他36户人家的情况也好不了多少。整个村民组种的全是"小沟田"，面积最大的也不过10平方米，最小的只能插几棵秧苗。多少年来，村民们靠着勤劳的双手与贫困斗争，也仅仅是勉强过着果腹的生活。

穷，山里人可以苦熬；病，山里人最为担心。

2007年的冬天，寒风凛冽，山里异常寒冷。与往年不同，刘兴会的心里却是暖意融融，时不时还会哼唱一些小曲儿。原来，独生儿子的媳妇儿快要生孩子了。看着儿媳妇肚子越来越大，她变着花样做各种好吃的，儿媳妇胃口也一直不错，吃啥啥香。一家人都盼着寄托了全家希望的小宝宝早一点出生。

一天清晨，她跟平常一样，早早起床煮了荷包蛋，给还躺在床上的儿媳妇送去。

"儿媳妇，来趁热吃。"

"妈，谢谢您。我肚子有点疼，不太想吃。"

"哦？什么时候开始疼的？怎么个疼法？"刘兴会心里一惊，关切地问道。

"半夜开始疼的，一阵一阵的，一会儿疼，一会儿又不疼了……"儿媳妇有气无力地回答说。刘兴会一听，心里一盘算，心里暗喜，八成儿媳妇是要生了，一边劝儿媳妇赶紧吃鸡蛋，一边催儿子快去请村里的接生婆。

村里的接生婆来了，可就是不见孩子要生出来的迹象，儿媳妇却一直间歇性地疼。这下，可把热心肠的乡亲们急坏了，一帮人七嘴八舌地出主意。

"哎呀，这是咋回事儿？"

"这样下去可不行，是要出人命的。赶紧找个车去医院吧！"

"去医院？说得倒是轻巧！孕妇怎么去法？车又进不来，咋个去法？"

"是呀，就算有车来。这路这么烂，孕妇哪里经得起颠簸，到县城也得6个小时。天寒地冻的，恐怕还没到医院，人就完了。"……

看着躺着床上疼痛难忍的儿媳妇，听着乡亲们的议论，刘兴会心里五味杂陈。她恨自己家怎么住在这么个鬼地方，让儿媳妇遭这么大的罪，但面对眼前这种情况又无能为力，只能靠老天爷保佑。

儿媳妇肚子这一疼就是7天！这7天，刘兴会守在床前寸步不离，一家人着急得像是热锅上的蚂蚁，生怕有什么不测。寨子里其他村民的心也在纠结着，他们明白，类似这种情况，说不定哪一天也会轮到他们头上。

到了第8天，一声尖叫突然打破了山村沉闷的寂静。

"快来，好像生了！"

"哎呀哦，咋先出来了一只脚？我接生了这么多年，还是头一回见到这种情况。"

"这下可麻烦了。先出脚，要难产。大人、娃娃只能保一个，你们家谁说了算，快拿个主意。保大人，还是保娃娃？"

"哎呀喂，这是造了什么孽啊！让娃娃们受这样的罪！"

"快拿主意，保大人，还是保小孩？"接生婆们也着急。

"肯定要保大人啊！"刘兴会抹着眼泪，哽咽着说。

"行，我们就往外拉了哈。要是娃娃没得了，可不要怪我们啊！"

"好，一定要保住大人……"

大约半个小时后，一个女婴被接生婆们硬生生拉了出来。

"恭喜恭喜啊！生出来了！"

"你们老刘家祖上真是积德了。大人、小孩都保住了。"刘兴会一家人一直悬着的心，终于放了下来。

孩子满月时，刘兴会的儿子带着内疚，弱弱地跟媳妇商量："媳妇儿，为了这个娃娃，你受了太多苦了。多亏接生婆把娃娃拉出来，才捡了一条命。要不，小名就叫'拉拉'，怎么样？"

"唉！好吧！都听你的！"媳妇叹了口气，眼里已经噙满了泪水，脱离这个穷地方可能永远没有希望了。

"拉拉事件"很快在村里传开了，村里人并没有把这件事情当作笑谈，反而是一种难以言表的无奈。通过这件事，村里人也更加害怕，村里条件太差了，生个娃娃都要遭这么大的罪，本来是喜事，差点就变成丧事。一些外出打工的年轻人，原本想攒点钱回来盖房子，也慢慢打消了念头。

转眼间，到了2016年，终于传来了好消息：上级党委、政府研究决定，各江村实施整体搬迁！

"想都不用想，我们家肯定搬！"刘兴会说。2018年3月，他们一家搬到了册亨县城安置点布依小镇百康社区3栋13层1302号房，住上了120平方米、宽敞明亮的新房子。新房的楼下，就是社区医院，距离不到100米，到县人民医院也不到2千米。孙女"拉拉"和弟弟就近上学，每天都能回家。

"要是当年有现在的条件，儿媳妇、孙女就不会受那么多的苦。"住在新房里，想起当年住老家时的情景，刘兴会感慨万千，有时候不敢相信眼前的一切是真的。她和老伴搬到安置点后都实现了家门口就医服务，并享受了医疗补助政策。儿子、儿媳在安置区就近务工，俩人每月收入5000元以上。

二、"家庭医生"治"心病"

因病致贫、因病返贫，这在贵州省贫困人口中占有较大比例。贫困家庭中，一旦出现有人长期患病、家庭主要劳动力因患病全部或者部分丧失劳动能力等情况，必然会导致医疗支出大增、家庭实际可支配收入锐减。据不完全统计，2010年，贵州贫困人口中，因病致贫比例约占15%。

所以，在实施易地扶贫搬迁中，贵州要求各安置区要根据区域卫生规划和医疗机构设置规划，合理配套建设安置点医疗机构，按标准配备医疗设备和医护人员。要求原则上每个安置点应有1个卫生服务机构，城镇安置点可以根据人口规模，参照农村卫生室标准建设一个或多个卫生室，也可以根据人口规模建设社区卫生服务站或者社区卫生服务中心。

医疗条件的改善，让搬出大山的群众体验到满满的获得感、幸福感。

在铜仁市思南县塘头镇旗山社区卫生服务站见到医生张素霞时，她正在忙着建立社区群众的健康档案：

2019年11月4日，航拍贵州玉屏自治县田坪易地扶贫安置点，配套医院与安置点仅有"一街之隔"（贵州省生态移民局　提供）

随访日期：2020年6月9日，身高：172cm，血压：164/119mmHg，体重：61kg，心率：77次/分钟，日吸烟量：10—20支，日饮酒量：1—3两，心理调整情况：差，遵医行为：差，服药依从性：间断，药物名称：卡托普利片，用法用量：每次2次，每次25mg……

旗山社区是思南县易地扶贫搬迁安置点，占地200亩，安置了思南县21个乡镇的425户1829人。2018年7月，社区按照村级卫生室标准配备了医疗设施，并结合现有的一家公立医院提供一站式服务。

"基本能满足一般常见的头疼脑热、拉肚子等常见病的就医需求。"张素霞说。社区卫生服务站有4张床位，但基本不常用，移民都住在附近，她们还经常开展上门体检便民服务。

"张医生经常上门给我检查，还给我建立了健康档案，为对症治疗提供了依据。"黔东南州凯里市上马石易地扶贫安置区的贫困户吴寿光说。他2016年从凯里市湾水镇搬迁到市区安置点。因为患有尿毒症，他每周都需要到医院进行透析，累计治疗费用超过40万元，实际自付不到1万元，报销比例90%以上。

吴寿光的家庭医生张秀梅说，刚开始入户开展签约服务时，很多人都不理解，以为是"走过场""走形式""忽悠人"的。通过签约团队的不断努力，老百姓都对这项工作有了新的认识，由被动签约转为主动签约了。

3年多来，吴寿光的团队经常上门给他进行病情复查，与他拉家常，宣传健康扶贫惠民政策，指导科学用药及合理膳食，鼓励他战胜病魔。

"以前是我们病人去找医生，现在是医生上门来找我们。"吴寿光心怀感激地说，"除了慢性病，家里人有个头疼脑热的，可直接打电话或在微信群里咨询，真是太方便了，我对未来的生活很有信心。"

移民小区里的居民来自不同村寨，很多老人不会讲普通话。凯里市在家庭医生医疗团队中，还专门分别安排懂侗语、苗语的工作人员与这部分居民沟通。2020年，凯里市共组建家庭医生签约团队100支，签约总人数近20万人，建档立卡贫困人口基本实现应签尽签。家庭医生便捷、贴心、连续、高质量的健康服务，打通了健康扶贫的"最后一公里"。

如今，在铜仁市碧江区白岩溪安置区的移民户冉明家里，定期会来一名"贵客"。这个"贵客"要给他测量血压、听心率，有时还帮他按摩小腿，并叮嘱一些日常饮食注意事项。

"卫生站就在楼下，上下楼都是坐电梯。医生还定期来上门服务，没想到还会有家庭医生。"冉明对于搬迁后的就医环境深有感触。他的老家在印江县杉树村，属于跨行政区域搬迁的移民群众。2015年，一场车祸让他双腿瘫痪，加上本身患有高血压，看病、吃药就成了日常生活的一部分。这场意外，也让这个幸福的家庭陷入了贫困，被列为建档立卡贫困户。

"当干部告诉我可以搬迁到碧江区时，我很高兴，但转眼间又犹豫了。"冉明的妻子说，"在老家时，虽然条件差一点，但离村卫生室还算比较近；如果要搬迁到碧江区，还不知道看病是否方便，所以迟迟没下定决心。"

帮扶干部给她看规划图，告诉她每个安置点都配有社区卫生室，但把"就医摆在首位"的她仍不放心。直到亲自到安置点考察后，冉明的妻子悬着的心，才终于放下来了。

"从家到卫生服务站，5分钟都不要，太方便了，以后这儿就是家了。"冉明的妻子高兴地说，"买3瓶药，本来要30多元，医保报销后只要6元多。"

和吴寿光、冉明一样，移民户王学初搬迁后也有很多感触。

"家门口就可医病，真的好！"在铜仁市大龙开发区德龙新区卫生服务中心，王学初带着儿子看病，"自从这里的医院投入使用后，我们就把这里当作了定点医院。"

宽敞明亮的大厅，医疗设备配备齐全，这个卫生服务中心占地面积1500平方米，是专为德龙新区及周边群众提供基本医疗和公共卫生服务的医疗机构。

王学初家里有3个孩子，2017年底从德江县搬到德龙新区。以前，家里离镇上很远，又是山路，小孩子有点感冒、发烧之类的小毛病，大多数时候只是找村里人采点草药治疗。

"大女儿9岁的时候，晚上感冒突发高烧，服用草药不顶用。我冒着大雨，背了两个多小时，才把孩子送到了镇上的卫生院。"回忆起就医的艰苦往事，一股酸楚涌上心头。他说，现在看病买药方便多了，医药费还能报销大部分。

如今，生活在安置区的移民群众，不再像生活在缺医少药的乡村那样患病找不到医生看，各种预防和治疗手段避免了群众因疾病导致的悲剧发生，他们的身体健康得到了有效保障，对生活更加充满了信心和希望。

"我感觉身体不太舒服。儿女们都不在家，我腿脚又不好，能不能送我到医院？"2018年5月20日下午，遵义市汇川区山盆安置点值班人员付中全接到一个求助电话。

问清楚具体位置和楼层之后，付中全叫上便民服务中心的同事，马不停蹄地赶到老人家中。幸运的是，由于安置点距离医院很近，付中全和同事们将老人很快护送到附近医院。

抽血、化验、拍片……做完各项检查后，付中全和同事们一直陪着老人输液，直到老人的亲属来了后，付中全交代了注意事项才离开。

老人叫田荣军，原来住在山盆镇丁村，儿女外出务工了，留下两个孩子在家由他照看。事发当日是周末，也不知道有没有人值班，抱着试一试的想法，给便民服务中心打电话请求帮助。没想到，便民服务中心在第一时间便将他送到医院治疗。

2020年6月21日，夏至，安顺市西秀区彩虹社区卫生服务中心接到了一个病人。

上午11时20分许，彩虹社区一名中年男人在妻子的搀扶下，小心翼翼地来到社区卫生服务中心。

刚进门，当天值班的医生龙永珍赶忙起身，扶男子坐下。

"这位大哥，哪里不舒服？"龙永珍习惯性问道。

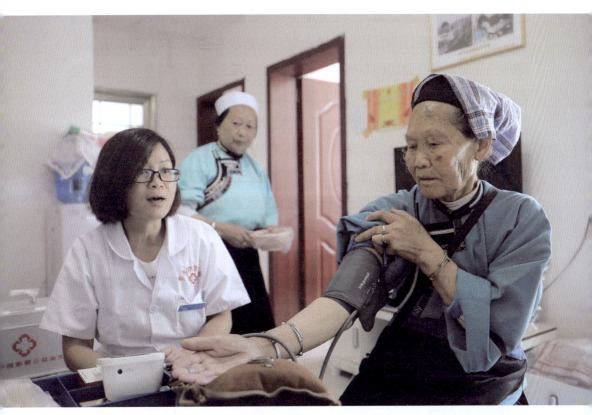

2019年6月14日，贵州安顺市西秀区彩虹社区卫生服务中心的医生上门为腿脚不便的老人诊疗（卢志佳 摄）

"我有点头晕。"坐在板凳上的男子有气无力地回答。

"有高血压没？吃药没？"

"有。一直吃药的。以前吃的那种没有了，就换了一种药。可吃了两天，就头晕，今天就没吃。"

"来，先量一下血压。"说着，龙永珍拿出电子血压计，给男子量血压。

"手放平，不要说话，保持心脏与绑带在同一高度。"

大概一分钟后，结果出来了：低血压104，高血压164，心率82。

看了结果，龙永珍说："血压还是高，可能是因为没吃降压药。你以前吃的什么药？"

"忘记了。"男子说。

"现在吃的哪种药？"

"也说不上名字来。以前吃的是片片的，现在换了一种，是胶囊的那种。换了药之后，就觉得晕。今天早上就没有吃。"

"你叫什么名字？"

"向文科。"

"家住哪里？"

"在41栋3单元4-2。"

"你吃的那两种药的包装盒还有没有？"

"没，都在家里呢！"

"好，我记下了。你先回家休息，再观察下。最早明天早上再量一下。下次来的时候，记得带上你吃的那两种药的盒子来，让我看一下。"

听完医生的话，向文科缓缓站起来，说："多亏现在住得近，要是在老家，可经不住这么来回折腾！"

龙永珍说，易地扶贫搬迁的绝大部分人都是偏远山区的群众，以前在老家时，就医不方便，高血压、糖尿病等一般的基础性疾病都不注意，也懒得去医院看病。现在搬到城里后，像肚子疼、头疼脑热的都能及时得到相应治疗。

　　彩虹社区卫生服务中心还与搬迁户陆续签订了家庭医生服务合约，医生和搬迁群众建立起一种长期、稳定的服务关系，对居民健康进行全过程的跟踪，做好居民们的"健康守门人"。另外，社区卫生服务中心也与上级医院建立了畅通的双向转诊制度。

　　在彩虹社区卫生服务中心进门后左边的墙上，贴着一张《彩虹社区家庭签约服务团队一览表》，上面清楚标注着8名医生、6名护士的服务对象：

　　第一团队姓名：詹笠，职称：主治医师，负责楼层：1栋1—3单元、2栋1—3单元、3栋1—3单元、4栋1—3单元、5栋1—3单元；姓名：赵江，职称：全科医生，负责楼层：6栋1—3单元、7栋1—3单元、8栋1—3单元、9栋1—3单元、10栋1—3单元；姓名：周凤莲，职称：主治医师，负责楼层：11栋1—3单元、12

在贵州省榕江县易地扶贫搬迁安置点卧龙小区，老人和孩子在一起摆龙门阵
（2019年2月24日　刘续　摄）

栋1—3单元、13栋1—3单元、14栋1—3单元、15栋1—3单元；姓名：谢小梦，职称：职业护士……

此外，彩虹社区卫生服务中心还特别开设了中医科，治疗群众因田间劳作留下的疾病。实现"先诊疗后付费"服务，贫困人口医疗报销比例达到90%以上。

"一般基本的常见病、多发病我们还是能够解决的，有一些大病需要手术、CT检查等，我们就可以转诊到上级医院，这里离上级医院也很近，有危重病人时，打个电话他们一会儿就到了。"龙永珍说。

基层干部反映说，贵州要求各地安置点在项目建设初期，就同步规划社区卫生设施配套项目建设。其中，2017—2018年共安排4.1亿元补齐医疗设施和补助项目建设，基本保障了搬迁群众的基本医疗需求。

三、"四心"显真情

过马路该怎么走？迷路了怎么走？吃菜怎么办？想家怎么办？这些看似琐碎的小事，每一件都事关搬迁群众能否稳得住，能否融入。为此，各地移民安置区可谓煞费苦心。

（一）"稳心"的"微菜园"

进了城，还能种地吗？吃根葱，必须要买？大半辈子以锄头为伴，突然放下，"手痒痒"怎么办？对于从深石山区搬迁出来的一些老年人来说，跟土地打了一辈子交道，春耕、夏管、秋收，早已成为生活中不可分割的一部分。突然进城"退休"，就像跟老朋友突然断了联系似的，心理上不适应，总感觉身上"这儿也不舒服、那儿也不自在"，他们仍对老家的"一亩三分地"保有深深的眷恋。

念念不忘，必有回响！

为了缓解"乡愁"，同时也为了减轻搬迁群众的生活负担，贵州一些易地扶贫搬迁安置区，还配套建设了"微田园"，让搬迁群众"离乡进城不离土"，赢得群众广泛点赞。

走进盘州市保田镇盘南产业园区易地扶贫搬迁安置区博园居委会的"幸福小康菜园"，白菜、茄子、辣椒、瓜豆、葱、蒜应有尽有，靠路边的菜地用栅栏围起，往里，每家每户就地取材用石头分隔作为交界，错落有致，各具特色，一片生机盎然。从空中俯瞰，瓜果飘香的菜园更像是一个大花园。

雨过天晴之后，搬迁群众唐兰英赶紧出来看下自己的小菜园。曾经担心搬出来后"吃水、吃菜都要花钱"的她，如今喜笑颜开，精神抖擞。

"现在不用去买了，吃完了瓜就吃豆，吃完了豆就吃白菜、辣椒。想吃什么，就种什么，不用花钱买不说，自己种的时令蔬菜新鲜，吃着放心。"唐兰英说。她的菜园里一年四季都会种不同的蔬菜，节约了不少开支。

据保田镇博园居委会党支部书记苏泽波介绍，安置区共有住户379户1300多人，这些搬迁过来的居民没有土地但又想种菜。但安置区附近只有荒山，并且都是石头山，土壤很少，政府就考虑从别的地方"借土"来，给群众造个菜园。于是，硬生生地用车拉土来把40多亩石山变成小菜园。

"这工程量不小啊，花了不少钱吧？"笔者问道。

"哎，这你可就说错了，总共也就花了万把块钱。群众积极性高得很，都是自己投工投劳整的。"苏泽波说，"除了木头栅栏、拉土的运费等，其他都是群众自己干的。整个安置区除了外出务工的人家之外，每家都分到了一小块菜园子。"

苏泽波说："小菜园可以算出'四笔账'。"

"请支书详细说说！"笔者一下子来了兴趣。点上一支烟，望着眼前这片绿油油的菜园，苏泽波满脸自豪，掰着指头滔滔不绝地说起来：

第一笔是"收入账"：按照4口之家来算，按照当地物价，一个月的吃菜费用至少要400元左右，如今有了菜园，自己种，

盘州市保田镇盘南产业园区易地扶贫搬迁安置区博园居委会的"幸福小康菜园"（2020年6月20日 杨洪涛 摄）

这些钱就省下来了；

第二笔是"环境账"：原来这片地是荒山，乱石岗一片，看着都不舒服，如今种上了菜，美化了环境，看上去更像是个花园，也让搬迁群众找到了乡愁；

第三笔是"和谐账"：坦白说，没有菜园前，从山里搬出来的群众舍不得花钱买菜，有个别搬迁户还跑到周边原住民的菜地里"偷菜"，引发矛盾，现在这种情况再也不会发生了，有的还送菜给他们吃；

第四笔是"产业账"：菜园不大，产量不小，有的家庭种的菜吃不了，就拿去跟邻里街坊交换，你吃我家的白菜，我吃你家的豆角，丰富了各家的餐桌，如果还吃不完，还可以拿到市场上去卖。

耿明飞，55岁。2018年，她从老家保田镇枯鲁底村搬迁到安置区后，在附近产业园的一家食用菌企业上班，每月工资2400元，加班多的时候有将近3000元。她老公在保田镇养老院当保安，每月1800元。

每天下午5点下班后，耿明飞第一件事就是先到自家的"小康菜园"去看一下。"住着比老家好上百倍的新房子，吃着跟老家一样好的蔬菜，这下算是安心了。"耿明飞说，"以前两个孩子上学，家里经济困难，现在一个孩子读护士专业，快毕业了，另一个孩子正在读高三。"

搬出来后，增长了见识，耿明飞说话都讲究起来。她说："政府给搭建了这么好的'平台'，创造了这么好的条件，我们要努力，以后的日子会越来越好。"

与盘南园区安置点一样，黔西南州兴仁市薏品田园安置点的"微菜园"也很受欢迎。

2020年2月22日，新冠肺炎疫情还未散去。一些城市社区还处在临时封闭管制中。由于此时整个黔西南州都属于低风险地区，春天来得早的兴仁市已经开始陆续春播中。

薏品田园安置点60岁的搬迁户谭福波搬迁后，在安置点社区当环卫工人，每月收入1200元。工作之余，他最大的乐趣就是跑到安置区楼前他家的"微菜园"，除草、浇水、松土……伺候菜苗，就像照看自己的孩子。

见到谭福波时，他正在园子里除草。"都说搬到城里，连根葱都要买。可自从有了这个小菜园，别说葱了，蔬菜我都很少买了。"谭福波说。他家的菜园有60多平方米，大概有1分地，由于气候好，一年四季都能种菜，只要搭配好了，一家3口人一年吃菜都不成问题。

"微菜园"虽小，却能种下满满的民生！

"搬到城里后，很多小孩子不认识白菜、萝卜了。在微菜园里还可以教他们认识一下，让孩子们接触一下大自然。"薏品田园安置点的搬迁户们说。天气好的时候，菜园里是最热闹的，老人在园子里找到"乡愁"，小孩子在园子里体验了生活，增长了知识。

离乡不离土，共享新幸福。在黔东北地区，"微菜园"同样是易地扶贫搬迁安置区的一道美丽风景线。

2020年6月中旬，铜仁市松桃县蓼皋街道易地搬迁安置点育才社区的"微田园"里已是满眼翠绿。在一块块用竹篱围成的菜地里，辣椒、南瓜、花生、豇豆、黄瓜等长势喜人，微风拂过，爬在竹架子上的藤蔓类蔬菜的叶子随风摇曳，似乎在歌唱着幸福的新生活。

"我种了六七个品种，只要管理好，今年蔬菜就可以自给了。丰收时，还可以卖一点，或者分给邻居们一些。政府考虑得很周到，不仅让我们搬进新房，还分了菜地，解决生活吃菜问题。"搬迁户麻金珍分到了50余平方米的菜园，她对政府推出的"微田园"赞不绝口。

为了应对新冠肺炎疫情影响，保障易地搬迁群众生活，松桃政府在县城背后坪、团山安置点内的闲置用地，开辟了400亩集中连片的"微田园"，并于3月份通过公开抽签形式，分配给易地搬迁群众免费耕种，每户分到40—60平方米的菜园。

除了提供土地耕种，蓼皋街道还将不断完善对"微田园"的管护服务，继续扩大种植规模，不断满足群众耕种需求。

（二）"暖心"的"回家路"

夜幕降临，栗坪社区每一栋楼墙上的数字标号下面都出现了一个闪闪发光的小动物，有熊、猫、狗、鸟……社区内散步的老人、玩耍的孩子熟练地奔向各自家所在的楼栋。

玉米区"熊"栋、南瓜区"猫"栋、茶叶区"鸵鸟"栋……各样的栩栩如生的庄稼、动物、水果指示牌，柏油路上画有五颜六色的彩色线条。这些不是涂鸦，而是为了让搬迁户家中不识字的老人小孩，能够顺利快速找到自己家而专门设置的。

栗坪社区是黔西南州兴义市易地扶贫搬迁集中居住区之一，安置搬迁群众2650多户1.2万余人，其中跨区域搬迁人数达9800余人。社区除了配套建设学校、医院等基本公共服务设施外，还设立了日间照料中心、四点半课堂等专门服务老人和小孩的设施。

布依族老人舒腾会就遭遇过"在自家门口走丢"的尴尬。

"以前在老家，闭着眼睛也能找到路回家。来这儿以后，每栋楼都长得一样，一不注意就走错了，差点进了别人的家。"舒腾会难为情地说，"自己不识字，出门分不清路。就是走错了，也不知道该怎么向家人描述自己身处何处。"

不只舒腾会如此，搬到城里后，很多群众都会发生"找不到回家路"的情况。

"由于社区房子外形相似，搬迁群众很难分辨，经常会产生迷路的情况。"栗坪社区第一书记张琨说，"社区居住着布依族、苗族、汉族等多个民族的搬迁群众，文化程度普遍偏低，尤其是老年人，出门找不到回家的路是常事。"

所以，社区就在每一栋楼墙上的楼栋号下面，贴上一些比较可爱的动物。比如，"27栋"标牌下面是一只青蛙，"28栋"标牌下面是一只猴

黔西南州兴义市易地扶贫搬迁安置点栗坪社区的"动物楼"（2019年10月14日　施钱贵　摄）

子，"30栋"标牌下面是一只兔子，"36栋"标牌下面是一对鸟儿。这样一来，不识字的新市民只要记住家里那一栋的动物就可以了。

为了便于晚上辨别方向，社区还给小动物装上了电灯。一到晚上，各种小动物就会发光，特别醒目。此外，社区还在不同区域的道路上，画了不同颜色的线，以彩线来作为指引，让居民们能快速地辨别自己家的方向。

"从哪条线出去，就从哪条线回来。"张琨说。在各种"土味导航"的指引下，原本看似一模一样的房子和道路变得好区分多了。

新市民陈娅家有4口人，原来住在晴隆县紫马乡梨树村，搬迁到栗坪社区后，在社区的帮助下到社区服务中心工作。动物标识设置、彩线的区域划分，让她感受到了社区对搬迁户的体贴照顾。

"我母亲没有文化，出门时就靠动物图案指路。"陈娅说。她家住在"熊"栋楼，家门口那一区域的线是绿色的，"我就告诉我母亲，回家时候，沿着绿线走，找到有熊的那一栋就能回家了。"

2019年6月13日，西秀区彩虹社区启新学校的学生过"校内斑马线"（卢志佳　摄）

（三）"走心"的"红绿灯"

"这是什么标志？"

"这是减速线！"

"这个标志呢？"

"斑马线！"

"现在红灯亮了，能不能走？"

"不能——"在安顺市西秀区启新学校，每一名新入学的学生都会上一堂安全教育教学活动课。上课的地点，则是在校园内的红绿灯路口，上课的老师则是当地的交警。

启新学校，顾名思义，就是"开启新生活"的意思。启新学校里设置红绿灯，并非因为校园里车流量大，而是因为这所学校很"特殊"——作为安顺市最大的易地扶贫搬迁安置学校，启新学校为九年一贯制学校，可容纳44个班2000名学生。2020年，该校在校生已有680余名，其中80%以上都是易地扶贫搬迁随迁子女。

"很多学生都是从非常偏远的山区搬来的，他们刚搬进城，普遍缺乏交通安全意识。很多孩子连最基本的红绿灯都不认识。"启新学校的校长伍丽蓉说。2018年4月，彩虹社区迎来了第一批易地扶贫搬迁户，作为配套设施的启新学校也迎来了第一名学生。"不用说孩子，很多家长也缺乏交通安全意识。"

于是，学校想出了在学校安装红绿灯的办法，让学生们在可观、可感、可视的场景中，逐渐培养遵守交通规则、安全出行的意识。这个想法得到了相关部门的支持。很快，启新学校的校园里不仅出现了人行横道、车辆减速线、车辆停止线等交通标线，还设置了人行横道红绿灯，简直就是一条迷你版的马路。

为学好交通安全知识，学校请当地交警到学校给学生进行现场指导，并教学生们做交通安全手势操。同时，学校还从五年级的2个班级里挑选出20名"小交警"，督导学生们遵守交通规则。每逢家长会等重大活动，小交警们就会穿着制服在校园内"指挥交通",培养了他们的责任心、参与积极性和集体荣誉感。

"每天大课间,只要天气允许,学校都会组织学生跑操、做交通安全手势操等。"伍丽蓉说,"通过做手势操、画斑马线、安装交通灯等形式,将理论和实际结合起来,让学生们在学习、生活中慢慢培养安全意识,并且通过小手牵大手,学生们的行为也会影响他们的父母。"

"在交通安全教育活动课上,我认识了很多交通标志,这对我在日常生活中有很大帮助。"启新学校六年级学生石启尚说,"可以让我更好地适应城里的生活。回到家后,我也会把这些知识告诉爸爸妈妈和邻居们。"

彩虹社区党支部书记沈辉说,扶贫先扶志,教育当为先,启新学校领导用心、教师尽心、学生开心;学校还提供了保安、保洁等工勤岗位,在让搬迁群众受益的同时,也使得随迁学生心更安稳了、归属感也更强了。

(四)"贴心"的"乡愁馆"

乡愁,可以是一湾水,一碗酒,一道饭食;也可以是一个节日,一种风俗,一个画面;还可以是一句乡音……为了缓解搬迁群众思乡之情,贵州多个安置点通过多种方式给搬迁群众的乡愁安了个家。

"试问岭南应不好,却道:此心安处是吾乡。"这是北宋著名文学家苏轼《定风波·南海归赠王定国侍人寓娘》中的名句。黔西南州贞丰县一个名为"心安处"的安置点,就取名于此,寓意为搬迁出来的新市民能"搬得出、稳得住、能融入、快致富"。

从空中俯瞰心安处社区,一栋栋青瓦白墙的居民楼鳞次栉比,一条条柏油路宽阔笔直,从使用功能到美观度,一点不比商品房差。为了消除搬迁群众对高楼的陌生感,在新家园留住乡愁,安置区的每栋楼都以原迁出地的小地名来命名,搬迁群众也自发用打油诗表达对易地扶贫搬迁政策的感激之情。我们先来看几首打油诗:

三河

咱家住在三河村，对面山上草长青。

听党话来跟党走，努力奋斗啥都有。

胆大坡

三河有个胆大坡，山高路窄弯又多。

扶贫队伍进村寨，今后酒肉装满锅。

路鸡茅

咱们来自路鸡茅，搬出深山都自豪。

如今定居心安处，未来不愁找媳妇。

保山田

土山沟里安个家，爬坡上坎山旮旯。

党恩照进保山田，搬进城镇笑哈哈。

"三河""胆大坡""路鸡茅""保山田"都是搬迁群众老家的小地名，通俗易懂的打油诗则直截了当点出了该地的特点。

"比如5栋2单元的路鸡茅，以前路鸡茅地理位置偏僻，男青年找媳妇很难。搬出来后，生活条件、公共环境都很好，找媳妇自然不愁了。"心安处社区党支部书记张忠文说，"这些打油诗主题都是谢党恩，都是村民自己的切身体会，一方面为了打造乡愁文化，另一方面让上了年纪的老百姓能方便找到自己的家，现在类似这样的打油诗已经有50多首了。"

除了打油诗外，每个楼栋单元门口的打油诗下面，还附上了迁出地和新生活的对比图。来自龙场镇五里岗村克蚂井的新市民陈朝菊写的打油诗，也被张贴在了自己所在单元的大门处。她自豪地说："外出务工的人回来，看到这些诗，能够找回一点家乡的感觉。我们得了党的实惠，很感谢政府，看到邻里街坊都在写，我也写了一首。没想到，还被贴了出来。"

此外，心安处社区还推行"五色管理法"，即每一个小方块都是一户家庭，不同的颜色表示不同的身份：红色是党员户，绿色是残疾户，蓝色是贫困户，黄色是老人户，白色是非贫困户，分布格局一目了然。同时，发动党员和有意愿为大家服务的群众做社区的"五员"，即公共服务员、就业指导员、文化服务员、社会治理员、党建指导员，对残疾户、老人户经常上门走访，对贫困户主动对接，确保新市民的衣食住行、生老病死都能及时获得需要的帮助。

建立"乡愁馆"成为各地安置区普遍采取的方式，目的就是让搬迁群众在融入城市生活的同时，能睹物思情，一解乡愁。

打谷用的谷斗、割禾的镰刀、耕田的犁耙、吹奏的芦笙、劳作时的服饰……走进凯里市上马石易地扶贫安置点的"乡愁馆"，这些承载着父母和祖辈乡愁记忆的种种物件映入眼帘，古朴而宁静的气息扑面而来。

这座占地面积百余平方米的"乡愁馆"，分为生产、生活、服饰、文化四个展区，围绕"田园、家园、乡愁"这一主题，以凯里农村发展的历史脉络为主线，通过实物、文字等方式，展示生产生活家具、犁耙、锄头、石磨、服饰、芦笙等各类物件近百件。

一样老物件，就是一个故事；一件传统服饰，就是一段历史。它们承载着延绵的乡愁，穿越时空，历久弥新。而雷山县城边的易地扶贫搬迁安置点牛王寨，整个就是一座活生生的"乡愁馆"。

小青瓦、坡屋顶、小翘角、雕花窗……走进牛王寨，浓郁的苗族风情扑面而来。

"刚过去的苗族'三月三'情歌节那天，寨子里的小伙子站在寨门的连廊上，姑娘们聚集在台阶上对歌，十分热闹。"牛王寨党支部书记李将虹说，"苗寨的村民虽然搬到了城里，但是苗家的文化没有丢。"

雷山县地处黔东南苗族侗族自治州雷公山腹地，苗族人口占80%以上，民族风情浓郁，拥有包括芦笙舞、苗绣、苗年、苗族飞歌等13项国家级非物质文化遗产，是研究苗族文化的"活化石"，有"苗疆圣地"之称。

同时，雷山县又是国家扶贫开发工作重点县，居住在大山里的许多村民长期以农耕维持生计，脱贫增收困难。按照规划，"十三五"期间，全县计划实施易地扶贫搬迁2万人。牛王寨是其中的一个安置点，入住来自全县8个乡镇的贫困群众4480余人。

"我们寨子是根据地形设计的，从空中俯瞰，就像一头卧着的水牛。"牛王寨安置点以苗族"牛文化"为主题，配套建设有斗牛场、苗族芦笙舞场、苗族特色凉亭等文体设施。

"搬得出，还要稳得住。"牛王寨安置区在建筑风格、基础设施建设上充分吸收了苗族文化元素，让搬迁群众有亲切感，还引进苗族刺绣、苗族银饰制作等"非遗"传承人领办企业，实现搬迁户"楼上住新家、楼下进工厂"的美好设想。

在苗族刺绣省级传承人杨阿妮的刺绣作坊里，六七个苗族妇女正在飞针走线。"在家门口做，既能补贴家用，又能照顾家人。"杨阿妮说。

李将虹说，政府部门在牛王寨配套建设了200余个门面，优先与建档立卡贫困户签订"3年零租金"协议，鼓励搬迁群众自主创业实现脱贫。

苗族妇女周凤一家5口从雷山县西江镇龙塘村搬到牛王寨，没花一分钱就申请到一个铺面，开起了以制作苗族传统服饰为主的裁缝店。"一个月下来有3000多元的收入。"周凤说。她家属于因学致贫户，大女儿刚大学毕业，一对"龙凤胎"孩子上高中，丈夫在城里打工，她靠手艺赚钱，日子正一天天好起来。

不少在少数民族地区从事易地扶贫搬迁工作的基层干部说，注重少数民族文化的传承与保护，实现"搬人也搬文化"，这是少数民族地区实施易地扶贫搬迁的一条重要经验。传统民族文化搬进县城，也就留住了"文化的根"，为下一步加快发展文旅一体化产业，带动更多移民搬迁户脱贫致富创造了条件。

2019年9月12日，贵阳市花溪区清溪社区"南溪苑"小区的搬迁群众在迎中秋活动上吹芦笙（卢志佳　摄）

四、挪穷窝，换穷业

通过易地扶贫搬迁在城里安居的群体，或继续外出打工，或就近就地就业，开启了新的生活模式。那些没有搬迁的群体，他们生活得怎么样？

6月的黔中大地，到处绿油油一片，各种庄稼拼命汲取着大地的养分，拼命地生长着。

"有'南山婆'订单收购，我不担心卖不出去，就希望不要有什么天灾，产量能高一些。"望着自家地里的辣椒，66岁的布依族老汉罗德亮笑逐颜开。

罗德亮家住安顺市西秀区鸡场乡新合村磨满组，四面被大山环绕，从空中俯瞰，仿佛一个巨大的"天坑"。"天坑"底部有一片200多亩的土地，全组19户人家就在这片土地上刨食。

罗德亮回忆说，以前主要种玉米、土豆，每到夏天，地里绿油油一片。以前寨子里不通车，种出来农作物要想运出去，只能靠人背马驮，由于运输成本太高，根本换不了什么钱，起早贪黑忙活一年也没什么收入。

近年来，在各方面的支持下，寨子里逐渐通了毛路，后来又争取民族发展资金、一事一议资金等进行了水泥硬化，车子总算可以开进寨子了。从鸡场乡政府到磨满组大概6.5千米，3.5米宽的水泥路硬化花了100多万元。路面是好了，可弯道很大，有几处弯度要超过90度、坡度超过60度，不熟悉路况或者驾驶技术不好的人，车子根本开不上去。

七拐八拐之后，正当被颠簸得七上八下时，突然眼前豁然开朗，一弯平地出现在眼前，宛如世外桃源。田地里，几位勤劳的村民在除草、施肥，颇有点"采菊东篱下，悠然见南山"的感觉。

近年来，磨满组有8户人家通过易地扶贫搬迁搬出了大山，入住城镇，开启了新生活，剩余的11户人家继续耕种这片田土。2020年夏至那天，笔者与罗德亮在他家院子里，聊起了他的"昨天""今天"和"明天"。

"老罗，您年轻时出去打过工吧？"

"没得，没得。哪里也没去。"

"您今年66岁，您那个年代一般都出去打工啊。"

"我们这里信息太封闭了，年轻时候没有人带，没出去打工。等到有门路出去了，孩子又半大不小的，出不去了。一晃这大半辈子就过去了，现在想出去也出不去了。"

"您最远去过哪里？"

"去过鸡场、安顺，最远到过贵阳。"

"现在家里有几口人？"

"6口人。我们老两口，儿子、儿媳妇，还有一个孙女、一个孙子。"

"儿子他们一家在哪里？"

"在福建打工，儿子在厦门开挖掘机，儿媳妇带孩子，有时候打点零工。"

"您知道易地扶贫搬迁政策吧？"

"知道啊。帮扶的领导、镇里的领导来宣传动员过多次。像我们家6口人，能分120平方米的房子。"

"为什么不搬呢？"

"年轻人可以搬出去，我们老了，在这里还能搞点庄稼，自己够吃；搬出去后，干不了什么了。我们干活干惯了，又闲不住，还不憋出病来啊！"

"现在的房子多大呢？儿子一家人回来住哪里呢？"

"现在的房子，还是前几年农村危房改造项目补助的，有60平方米。儿子他们不经常回来，三五年才回来一次。回来时，他们也是到亲朋好友家去住。"

"您看，搬出去的人家都脱贫致富了，您家没搬，您不后悔？"

"各家有各家的活法，我们现在的日子也不差。"

看见院子里，有几只鸡悠闲地散步，我随口问道："您养了多少鸡？"

"买了100只鸡苗，不过鸡苗小的时候没照顾好，已经死了10多只了。"

"好像还有牛吧？"

"对，还喂了5头牛，有时候用来耕地的。"

"看您身体还可以，现在种了多少地？"

"有将近20亩。不过，我自己家的只有两亩多，其他都是流转已经搬走的那些人家的。"

"怎么有这么多地？"

"有几户搬走了，但他们的地搬不走啊，就由我们来种。"

"流转费怎么算？"

"这个要商量了，有的不要钱，只要别荒了就行，有的象征性地收个三五百元。"

"这20亩地，种的什么？"

"种了8亩辣椒，3亩生姜，还有一些玉米、土豆等小杂粮。"

"收成怎样？"

"前几年不行，虽然够吃、够穿，贫困帽也摘了，但还是感觉用钱紧张。自从'产业村长'包总帮到我们村后，保底收鸡、收姜、收辣椒，我们的日子就好多了。"

"产业村长？"

"'产业村长'是我们西秀区探索出的一个帮助贫困村发展产业的办法。"见笔者不解，怕老罗说不明白，陪同采访的鸡场乡党委书记杨鹏赶紧介绍说。2018年在"百企帮百村"精准扶贫行动号召下，万绿城集团董事长包爱明主动申请到鸡场乡开展帮扶，并担任鸡场居委会、联兴村、新合村3个贫困村的"产业村长"，这3个村均是以布依族、苗族人口为主的传统农业村。

被聘任为"产业村长"后，包爱明带领专业帮扶团队实地调研后发现，当地的辣椒、花椒、小红蒜、小黄姜等都是世代传承下来的品种，品质非常好，很受市场青睐，但由于当地劳动力外流，产业规模不大，销售渠道不畅通，再加上群众抗风险能力弱，一旦受灾，很容易"一夜回到解放前"，迟迟不敢扩大规模。

万绿城集团决定以旗下的贵州南山婆食品加工有限公司为中坚力量，采取订单式农业模式，带领群众发展生态种植、养殖，既解决群众增收问题，也为公司"南山婆"系列产品提供稳定、优质的特色食品原材料。

然而，一开始当地群众对这一做法兴趣不大。"种了大半辈子辣椒了，自己吃还行，种多了卖给谁？"罗德亮说。2019年，他禁不住"产业村长"的多次劝说，抱着"试试看"的心态，在原先种玉米的地里试种了2亩辣椒。因为"南山婆"公司保底每斤2元收购，当年每亩毛收入3000多元，除去成本，每亩纯收入2000多元。

这一消息很快传遍了整个寨子，也让其他村民吃下了"定心丸"。2020年，磨满组家家户户都种上了辣椒、小黄姜等经济作物。70岁的罗德义也是未搬迁的11户之一。2019年，贵州南山婆食品加工有限公司工作人员来宣传动员种辣椒时，他压根儿就不相信，总以为是骗人的。看到罗德亮卖辣椒挣了钱，他2020年也跟着种了两亩。

"全组19户，有8户通过易地扶贫搬迁脱了贫。剩余11户分享原来19户的土地资源，通过与企业合作，完善企业与农民的利益联结机制，没搬迁的也有了稳定的产业，已经陆续脱贫了。"杨鹏说。

而在西秀区、紫云县等地，万绿城集团已建起了1万多亩高标准辣椒基地，辐射带动农户种植5万亩以上。"目前已投入产业扶贫资金3458万元，直接帮扶贫困群众367户1214人。"万绿城集团总裁郑美燕说，"预计今年农产品原材料收购总额达2亿元以上，由于公司"南山婆"系列食品集研发、生产、销售为一体，还能解决1000多人就业，其中不乏易地扶贫搬迁贫困户。"

这是西秀区推行"产业村长"模式助推脱贫攻坚、乡村振兴的一个生动实践。

据统计，2018年以来，西秀区按照"村企资源、互利共赢、就近帮扶、统筹均衡"的原则，共选派117家企业挂任全区130个村的"产业村长"，实施帮扶项目300余个。这些企业结合实际做产业、拓市场、找就业、送温暖，让没有进行易地扶贫搬迁的群众也走上了加快增收的步伐。

五、新市民·追梦桥

2020年1月，贵州在全省范围内大力推进实施"新市民·追梦桥"工程，通过整合工会、共青团、妇联组织力量，联合创建"新市民·追梦桥"服务品牌：主要是通过搭建群众思想引领"感恩桥"，创建奋进之家；通过搭建群众创业就业"致富桥"，创建幸福之家；通过搭建群众排忧解难"连心桥"，创建温暖之家；通过搭建群众权益维护"平安桥"，创建和谐之家；通过搭建市民意识培养"融合桥"，创建文明之家。通过"搭五桥、创五家"，促进搬迁群众加快融入新生活、成为"新市民"。

（一）"花蜜行动"温润移民家

"今天，'爱心妈妈'教我包饺子，给我买了新衣服，我们刚刚还一起玩游戏，我特别开心。"

"我很喜欢'爱心爸爸'送的书包，以后会更加努力学习。"

"您明天还会来这里吗？"……

2020年5月29日，在"六一"国际儿童节即将来临之际，在铜仁市碧江区正光安置点、万山区旺家社区安置点，91名易地扶贫搬迁随迁的困境儿童在91名爱心"妈妈（爸爸）"陪伴下，度过了难忘的一天。

困境儿童一般指在出生、发育和成长过程中，遇到特殊困难境遇的儿童群体。

人生如花，爱是花蜜。为帮扶困境儿童，铜仁市妇联倡议于2017年发起了"花蜜行动"，在全社会招募"童伴妈妈（爸爸）"，让困境儿童"童享阳光、共享甜蜜"。

这次，花蜜行动将目光聚焦于易地扶贫搬迁子女群体。据铜仁市妇联对全市易地移民搬迁点特困及监护缺失儿童进行的摸底统计，全市尚有近500个事实无人抚养儿童和特困儿童，这些儿童享受不到父母的关心关爱，在生活、学习等方面存在困难。

"岂曰无衣，与子同袍！"

"岂曰无爱，爱心妈妈（爸爸）我来当！"

铜仁市妇联发挥自身优势，凝聚全市巾帼力量，用爱搭起"连心桥"，用情创建温暖之家，用心关爱易地扶贫搬迁困境儿童。此前，为关爱搬迁安置点监护缺失儿童，铜仁市妇联发起了《"新市民追梦桥——温润移民家花蜜关爱行动"倡议书》，向社会各界招募爱心妈妈（爸爸），倡导通过开展"搞一次爱心慰问、做一次上门家访、吃一回连心饭、过一次感恩生日、来一次亲子阅读"的"五个一"关爱行动，弥补儿童感情缺失，帮助儿童健康成长。

铜仁市妇联主要负责人说，易地扶贫搬迁点的困境儿童，虽然搬迁进了城市，居住环境变好了，但是由于各自家庭的具体情况，在精神上得不到亲生爸爸妈妈的关爱与呵护。招募"爱心妈妈（爸爸）"，就是为了与易地搬迁点的孩子建立"一对一"帮扶关爱机制，关心孩子们的学习、生活与心理健康，帮助他们解决学习、生活以及成长道路上的困惑和烦恼，让孩子们真正有人爱、有人护、有人帮，充分感受到政府和社会的温暖。

活动当天，"爱心妈妈（爸爸）"们拿出自己提前为结对帮扶的小朋友精心挑选购买的新衣服、新鞋子，为孩子们穿上漂亮的新衣服并赠送爱心书包。孩子们开心极了，并不时摆出各种造型。

随后，"爱心妈妈（爸爸）"们与困境儿童建立了"一对一"结对帮扶联系，与孩子们一起做亲子游戏、包连心饺子、唱感恩歌曲、跳欢快舞蹈……孩子们敞开了封闭已久的心扉，活动现场气氛温馨热烈、温暖有爱、充满童真童趣。

通过游戏互动、现场聊天、亲子活动，孩子们渐渐与"爱心妈妈（爸爸）"拉近距离，一张张羞涩的小脸上，一会儿露出浅浅微笑，一会儿发出哈哈大笑……那一刻，他们真真切切感受到社会大家庭的温暖。

那一刻，孩子们忘却了自己是从大山里面搬迁出来的身份，让尘封已久的心灵得到尽情释放。

那一刻，爱心"妈妈（爸爸）"们忘记了自己的职务，他们只是最普通的爸爸与妈妈，与自己的孩子酣畅淋漓地游戏、玩耍。

"这样的公益活动，我觉得十分有意义。我结对帮扶的这个孩子，性格有些内向，不太爱说话，家里情况也比较特殊，十分缺少关爱。今后我会多和她沟通联系，关心她、帮助她、引导她快乐成长……"铜仁市中心血站"爱心妈妈"芦岭嵩说。

在2020年端午节来临之际，铜仁市的"爱心妈妈（爸爸）"再次走进搬迁家庭，对易地扶贫搬迁点监护缺失儿童开展走访慰问和上门家访活动。走访中，"爱心妈妈（爸爸）"们先后到碧江区正光社区、矮屯社区、白岩溪社区，万山区旺家社区、龙生社区、贵苑社区、丹苑社区、河坪社区廖家安置点等地家访，深入了解孩子们的生活状况，送去了新书包、文具、衣物和副食等慰问物资。

铜仁市人大常委会秘书长"爱心爸爸"冯华到8岁的小学生杨嵘杰家里，了解到孩子的父亲因事故去世，母亲患有精神病于5年前出走未归，家里还有一个姐姐和妹妹，全靠60多岁的奶奶一个人照顾。"爱心爸爸"鼓励孩子们一定要好好学习，靠知识改变命运，要学会坚强面对生活中的挫折和困难，三姊妹要团结互助，在家帮助奶奶做些家务事，长大后孝敬奶奶。

小学生吴广燕的父亲10年前因病去世、母亲离家出走。她从3个月大开始就跟着大伯家一起生活。大伯妈因意外残疾瘫痪10余年，大伯家自己有3个孩子，还要照顾年迈多病的爷爷，一家的生活重担全部落在大伯身上。

"爱心妈妈"罗秀红教育吴广燕要好好学习，要学会感恩，平时要帮伯母多做些家务事。同时，还疏导大伯妈的心理。"这些年把孩子们拉扯大很不容易，你们要顶住生活的压力，让孩子好好学习，今后一定能够苦尽甘来。"罗秀红对大伯、大伯妈说。

（二）新"四险一金"

提起"四险一金"，一般常见的是指养老保险、医疗保险、失业保险、工伤保险和住房公积金。而近些年来，为解决易地扶贫搬迁新市民后顾之忧，黔西南州逐步探索建立了新"四险一金"。

新"四险"指的是"新市民安居险""新市民就业险""农调扶贫险""防贫扶助险"，"一金"则是指"农民扶助金"，分别由人保财险公司、国寿财险公司、平安财险公司、太平洋财险公司和国元农险公司五家保险公司进行承保。

据黔西南州保险行业协会相关负责人介绍，"新市民就业险"是保障参加人社部门组织的培训后，未能就业和出于身体原因不能继续就业的易地扶贫搬迁群众，可以在3个月未就业期享受每月450元的失业补助。同时，参保贫困群众因参加就业培训发生意外致身亡、伤残等情况的，也可享受人身意外险赔付。

"新市民安居险"则是参保群众可享有意外死亡、意外伤残、意外医疗、疾病死亡、家庭财产自然灾害及盗抢损失等多重风险保障，保障金额最高达32万元。

2020年，黔西南州已为全州易地扶贫搬迁群众投保"就业险"16.3万份、"安居险"23.6万份。义龙新区步马社区的新市民杨胜惠已经尝到"新市民就业险"的甜头。

"幸亏去年办了就业险，今年每月领到450元，能领3个月。过段时间，我就外出打工了。"杨胜惠说。他原本打算正月初八就去浙江打工，但是新冠肺炎疫情突然发生，外出打工没去成，就在家暂时待着，开始心里很着急，没想到后来领到了补贴，"钱虽然不多，但还是能解决一些问题。"

"就业险"让新市民安心，"安居险"使新市民放心。"双险"齐头并进，让像杨胜惠一样的易地扶贫搬迁新市民解决了后顾之忧。

"要不是因为有安居险，可能我现在要欠一屁股的外债。"家住兴义市洒金安置点的易地扶贫搬迁户邓伟说。2018年9月，他父亲在晴隆县长流乡老家干农活时不慎摔倒昏迷，被送到黔西南州人民医院救治，结果在重症监护室住了一个多月，还是没能把父亲抢救过来。

邓伟的父亲住院期间一共花了28万多元，即使报销下来，也需要自己掏5万元左右，这对于原本就很困难的邓伟一家来说，是很大一笔钱。没想到关键时候，政府给易地扶贫搬迁户购买的"安居险"帮了大忙，邓伟获得5.5万元的保险理赔。

"这个政策太好了，要是没有这笔钱，很难想象现在的日子会怎么样。"邓伟说。他处理好父亲的后事，也几乎没欠债。

按照统一规定，实施易地扶贫搬迁后，腾退的宅基地、林地、承包地等资源进一步盘活利用。但农业生产面临的自然灾害风险系数高，生产经营风险大。对于贫困地区的农户来说，一场自然灾害就可能将其再次推入贫困的泥潭。

为从源头上撑起"防贫伞"，筑牢"防贫堤"，黔西南州还探索创建了"农调扶贫险"和"防贫扶助险"，让种植企业和建档立卡贫困户"应保尽保"，一般种植农户"愿保尽保"。瞄准易致贫风险群体，抓住因病、因学、因灾、因盗等返贫致贫关键因素，用保险扶助的办法防贫堵贫，筑牢贫困发生的"截留闸"和"拦水坝"。

"多亏了政府帮我们买了'农调扶贫险'，才让我这一年没白干，有了保险，我们农民可以安心搞农业了。"安龙县贫困户杨利江在拿到"农调扶贫险"理赔后激动地说。

2019年，他种植了150亩水果，都购买了"农调扶贫险"，9000元的保费由政府财政资金补贴。当年，病虫灾害造成了63亩水果损失，本来眼看辛苦种植一年的水果打了水漂，没想到人保财险公司接到反馈后，立即组织工作人员到现场查勘定损，直接赔款了18900元。

此外，黔西南州还探索实践精准预防欠稳脱贫人口返贫、非建档立卡低收入人口致贫机制，创建了"农民扶助金"，实施农民扶助。2020年，已筹集1亿元农民扶助金，其中，州级安排农民扶助金1000万元，各县（市、新区）分别安排农民扶助金1000万元，主要用于因病、因学、因灾、因盗等可能致贫，以及经三重医疗保障、教育资助、民政兜底等政策保障外，仍可能返贫的欠稳脱贫人口和可能致贫的非建档立卡低收入人口，经核查后对符合条件的对象给予扶助。

（三）社区工会解民忧

"工会核实情况后，和我一起去协调。最后，对方很配合，承诺今年8月之前补齐拖欠了我半年多的工资。"凡黎感激地说。工会的维权服务让她感受到了"新家"的温暖。

初中毕业、25岁的凡黎，老家在铜仁市碧江区瓦屋乡溪坎村。得益于易地扶贫搬迁政策，2017年，他们一家6口带着对新生活的期待，搬到了碧江区易地扶贫搬迁安置点矮屯社区。

安居之后，"乐业"过程却有点曲折。

"搬迁前，我一直在家带孩子。那时候，最大的梦想就是能在城里有自己的一个'小窝'。"凡黎说。为了能尽快扎下根儿，她尝试了多份工作，都感觉不太适合。2019年12月，她从一家美容机构辞职。没想到，这家机构却扣押了她两个月工资，总共有7000多元。

7000多元对于很多人来说，可能算不了什么巨款，可对于一名搬迁户来说，这是一笔不小的数目，凝聚了两个多月的心血。凡黎多次上门讨要，但都无果而终。万念俱灰的她几乎都要放弃了，突然有一天，她想起了工会组织，就抱着试试看的想法，向社区工会求助。

"还是工会有力量！"凡黎说。社区工会负责人出面协调后，很快就把问题解决了，"加入工会后，遇到类似的事情有工会撑腰，感觉心里有了依靠，比以前踏实多了。"

矮屯社区工会副主席黎璇介绍说，社区共安置了来自碧江区、印江县、松桃县、沿河县等地的1.3万余名搬迁群众。为了更好地服务群众，安置点于2018年11月成立了工会，开设"信访维权窗口"，设立"职工心灵驿站"，并安排专人定点办公，及时解决老百姓诉求。

贵州一个易地扶贫搬迁安置点新市民社区服务中心，一名工作人员正在向移民群众讲解政策（2019年10月24日　卢志佳　摄）

据统计，截至2020年，矮屯社区工会有会员1900余人，已帮助困难群众协商解决纠纷16起，涉及226名搬迁群众，帮助追回工资87万余元。

工会的暖心服务赢得搬迁群众广泛点赞。如今，曾求助于社区工会讨薪的凡黎，也变成了社区工会的一名劳动保障协管员。

"每一户人家的基本信息，家庭成员的就业情况、收入情况在我们这个平台上清清楚楚……"梳着丸子头、戴着金边眼镜、一身工会制服，如今，已经在工会工作的凡黎逐步进入了状态。她落落大方的表现，让人很难相信两年前，她还是一名普通搬迁户。

"我会尽一己之力帮助其他搬迁群众推荐工作、维护权益。"她说，"在社区工会上班，离家近，每月工资2000多元，希望在自己的工作岗位上，帮助更多人找到合适的工作。"

凡黎的经历是铜仁市社区工会为搬迁新市民维权服务的一个典型案例。

为让搬迁新市民尽快融入城市生活，铜仁市一些社区工会还充分利用自身优势搭建"连心桥"，开展便民利民服务，创建温暖之家。

在铜仁市松桃县育才社区易地扶贫搬迁安置点的爱心超市，刚下班的搬迁户王克珍正在挑选新鲜蔬菜。"去年办了工会会员卡，价格有优惠，蔬菜、粮油打九五折，水果打八五折，日积月累能省不少钱。"王克珍说。

爱心超市的经营者梅佐斌也是社区的移民搬迁户。在社区工会支持下，他大胆创业，2020年4月在社区开了一家爱心超市，工会对超市水电费、门面租金给予一定补贴。笔者看到，超市面积大约有100平方米，蔬菜、水果、粮油等生活必需品一应俱全。

"超市的服务对象都是搬迁群众，所以每天会推出几款蔬菜打折出售，对持有工会会员卡的群众，买米、油、调料等还有额外优惠。"梅佐斌自己也是一名工会会员，他说，老百姓得到了实惠，超市也增加了客源。

2020年，地处武陵山区腹地的铜仁市已有29.3万余人搬出深山，入住城镇。为帮助这些新市民更好融入新生活，铜仁市已在144个易地扶贫搬迁安置点成立工会组织73个，吸纳会员8.4万余人，建立爱心超市21家，协调劳动争议矛盾纠纷79起，协调解决拖欠工资316万余元。

（四）"移二代"看新家

2020年上半年，共青团江口县委在全县8个易地扶贫搬迁安置点上组织开展"新市民·追梦桥"青少年感恩感言征文绘画比赛活动，邀请安置点青少年畅谈他们对"新生活"的感受感言。

参与比赛活动的青少年用最单纯、最真实、最简单的视角绘出了欢乐、绘出了梦想、绘出了新市民"新风采"，记录了安置区新市民、新生活、新变化。让我们感受一下他们眼中的易地扶贫搬迁。

梵瑞社区的姜庆小朋友在征文《我家乡的变化》中这样写道：

从前，我外婆和外公家在偏僻的山坡上，那里人烟稀少，没有什么意思。但人很勤劳。每天，天不亮就起床，夜（晚）才回来。早起晚归。

那里的人，也很和谐，有说有笑。但那里十分贫穷，房屋是用木头和瓦片做成。木头要是稍微没有选好，做好，就会被虫驻（蛀）。要是下点冰雹，瓦片就会被打的（得）落下来，搞不好还会砸到人。把瓦片打破了，当然会漏雨了！还有庄稼地也会被打蔫。冬天就会没粮食吃，妈妈和爸爸就会给外公外婆送米来。

但自从搬到社区来，外公和外婆的生活就大有变化了。我外公和外婆本来人就老了，外婆还有尿酸高、糖尿病。

我最幸福的事是，交了许多朋友，有福同享，有难同当的朋友。我觉得朋友是一束阳光，在你冷心是（时）温暖你。朋友是一盏灯，照亮你的前方……一生能交一个朋友，是你的荣信（幸）……

看着社区里的人像石榴籽一样抱在一起，看着外公外婆有（与）大家一起有说有笑，看着那明亮干净的房子，看着小朋友在玩耍区快乐的笑容……社区真是个好地方。

锦绣小区9岁的杨天进在征文《我的新家》中写道：

　　我的新家装修好了，你能想象出我的新家是什么样子的吗？你肯定猜不出来，就让我当你的小导游带你参观一下吧！

　　我的新家在景（锦）绣小区，一进门，首先映入眼帘的是一面白色的入户背景墙，上面有两个造型。一个造形（型）是元宝的形状，代表财源广进的意思。另一个造型是三个台阶，妈妈告诉我这是对我的期望，无论是现在的学习，还是以后的工作，都要一步一个脚印，脚踏实地的（地）步步高升。

　　左拐进入宽敞的大厅。电视墙上挂满了一根根绿藤，藤上长着许多小嫩叶。嫩叶间飞舞着栩栩如生的蝴蝶，它们正煽（扇）动着翅膀在跳舞呢！我很喜欢这幅画面，因为这让我有一种身临其境的感觉，随时都能呼吸到嫩叶散发出的新鲜空气。最重要的是这个墙纸是我选的！

　　下面就让我带你参观一下我的房间吧！站在房门口就看见对面的窗户下面是我的写字台。窗户两侧是书柜，如果书柜摆满了书，那我就可以每天躺在书的海洋里尽情的（地）看书了！我最喜欢的是头顶上那盏可爱的海豚吸顶灯。那只海豚小小的头，圆圆的身子，真像只肥肥的企鹅。我觉得它真应该减肥了！现在房间就少一只（张）舒服的大床了。

　　我的新家还行吧？希望你能经常来我家做客，我会热情招待你噢！

从小朋友稚嫩的文字中，能感受到他们内心的喜悦，而一些年龄稍大的青少年则体会更深。杨绍华是贵州民族大学大二学生，也是一名搬迁户子女。他家从江口县凯德街道白云村搬迁到周屯社区，爱好传统文学的他用一篇文言文《居周屯村记》描述了他的新家：

　　余弄瓦于白云，一介书生。双亲因余束修以致家困难自给。然欣逢盛世，时遇国策以渡穷困之家。丙申季夏，又遇国恩移陋室居于此。至今近四秋矣。弱冠之年，学无所成，难解家贫，羞愧难容。今遇幸时，得作此记以解心中情。

　　庚子孟夏，黔中故郡，周屯新村，梵天之所。新居之地，净土之隅。上连玉女洗头盆；下接天河分派水。周围若虎踞龙蟠；四面多鸟啼蝉鸣。山高摩云，神秀天工，诸峰秀丽于天地；青如削翠，佳木繁荫，林壑尤美于沟谷。日出林霏开，云归岩穴暝；雨落山水间，风成幽谷中。如临仙境，时无常有。常有歌者至于途，行者休于路。

　　村中屋舍百余间，俨然成列。或六七一合，或八九成排。

周屯安置点的李飞同学画的《我眼中的新家》（杨洪涛　摄）

若即若离，浑然一体。阡陌交通，鸡犬相闻。左右逢邻，皆他乡之客；前后往来，尽故乡之人。门前屋后，草木成林；草间林中，蝉鸣半夏。其中翁童相善，皆似一家之亲，黄发垂髫，自乐怡然。日暮西山，天命古稀之人，游于毗之家，谈素日之琐事，抑或论家国天，时有妙句令人嗟叹仰首望天去，悲从凌霄来，云卷云舒，难知我意，今生此世，苦为何人。侵晨拂晓，童稚幼儿皆出，或戏于亭中，或逐于路野之间，嬉笑玩闹不知疲累。思及吾今，白驹过隙。忽觉花开花落，少年难再，心之所往，出路何方？

今逢盛世，国富民强，古之难及。蓬莱仙岛，弃之何惜。九万里风鹏不梦里，遨游四海八荒；三千现任魂归故乡，未及宇宙穹苍。蛟龙出海，天宫建仓；北斗七星，移动导航；神州大地，名扬万芳；蜉蝣微身，心游海沧。百姓安居，人民无恙。使幼有所教，壮有所用，老有所依，鳏寡孤独废疾者皆有所养；困有所扶，难有所助，此乃小康。

余三尺微命，逢国策以济家中穷困。恩泽如海，涌泉难报。惟将此生投于家国之中，不负国恩。穷且益坚，不坠青云之志；年少有为，不负韶华之约。才疏学浅，敢竭鄙怀，暴疏知记。幸承恩于周社，以表此情，难登雅堂。登高作赋，是所望群矣。

庚子年辛巳月壬戌时作此斯文。

与杨绍华居住在同一个移民小区的凡艳所写的《小村风貌——周屯新村》几乎可以视为《居周屯村记》的“白话文版本”：

依山傍水、环境优美的周屯新村，位于江口县凯德街道明星村。距街道办事处两公里，总占地面积1348平方米（实际应为13480平方米）。四周群山环绕，高大巍峨的山衬得小村娇小可人。

连墙接栋的房屋错落有致地排列着，是有若有无（应为若有若无）的（地）探出了脑袋，看看经过的人是谁？像是在向他们打招呼。村前路旁的一排小树，摇曳着它的树枝像是在欢快（地）跳舞。花坛里的小草偷偷地探出脑袋，嫩黄的小脑袋透着一丝丝的可爱。干净的小路直通每家每户。"四合院"的设计，给人们更强烈的归属感，觉得我们是一家人。站在阳台上，可以看见整个小区的风貌。错落有致的房屋，嬉戏打闹的孩童，休闲散步的老人，显得整个小区格外有生机。村委会前的篮球场是人们活动最密集的地方。打篮球、羽毛球的，骑自行车的……各种各样的人都会在晚饭后欢聚在这里。这里虽然没有大城小县的繁华热闹，却有着大城小县没有的那份宁静祥和。

305国道经过小区，公交车直达小区大门口。便捷的交通让人们不再为出行而担忧。门前的锦江河水，是本村的丰富水资源，养育着这里的人们，滋润着小村的成长。

这里的人虽然都来自不同的山区，但是我们都有着大山里人的朴实，从而相处得十分和谐。白天，人们都会在田间辛勤耕耘，晚上便谈笑天地。从陌生到熟悉的过程是如此温暖人心，路过邻居家他会问道："吃饭了没？今天去做什么来？"一切的一切是如此地熟悉。每个人都真心相待，需要帮助的时候，大家都能拧作一股绳，一家有事百家帮忙。

村虽小，但力量却不小，人们团结的力量是不容小觑的。小村的人们都团结起来，小村便一定会越来越好，小村里的人也将越来越好！

22岁的朱进红在《过去，现在》中，提到了老家、新家的对比情况：

过去，成了一段记忆。虽然已经有些时日，但依旧在脑海深处。在过去，我家住在交通不便利、经济也非常落后的山区。

2020年8月3日，毕节市柏杨林易地扶贫搬迁安置点内，小朋友们在玩耍（刘续　摄）

那里没有宽敞平坦的大马路，晚上也没有明晃晃的路灯。每天天没亮就要早早起床，打着手电筒走两个小时的山路去上学，还要带上自己的午饭。下午放学后，再走两个小时的山路回家。我家也没有漂亮的楼房，住的是爷爷年轻时修的木房子，由于年久失修，每次下雨，屋里都有好几处漏水。现在回想起来，那时的方方面面都是那么艰苦与不易。

现在，我在衣食住行中真真切切地感受这越来越好的生活。响应国家的政策，我们加入了易地搬迁的队伍，搬进了现在的这个小区，住上了漂亮的楼房。这儿交通便利，环境优美，我们生活的方方面面有了很大的提高。为了让生活更加有保障，相关部门充分利用当地资源，修建了大水厂，让搬迁到这里的人，有班可上，有经济来源。小区还组建了青年志愿者大队，开设了四点半课堂，我也很荣幸地成为其中一员，辅导小朋友们做作业，教他们写字画画，每次和他们一起，总能被他们的笑容所感染。他们是幸福的，因为他们有那么好的生活环境和学习条件。天气晴朗的日子，总能看见小区里的老人们，约上三五好友，晒晒太阳，拉拉家常。也许，这就是属于他们的幸福生活。老有所依，幼有所教，失有所济，伤有所保，这些种种，都是我在当下所感受到的美好。我想，这些也都是对现如今美好生活的赞歌吧！

　　未来，我将更加向往，也期待着这越来越好的生活，因为我知道，它一定比现在更加美好。飞速发展的时代，引领着我们，前方，一定还有更多的惊喜，让我们一起努力与期待。

附录一：易地扶贫搬迁贵州战法

　　反贫困是古今中外治国理政之要事，中国一直是世界反贫困事业的积极倡导者、有力推动者、务实实践者。在反贫困的具体路径上，国际社会一般对移民持审慎的态度。然而，近年来，一些专家学者对中国实施易地扶贫搬迁刮目相看。

　　"中国中央政府集中力量办事情可以成为脱贫的一种典范。"吉尔吉斯斯坦国家吉卡巴尔通讯社社长库班就"如何看待中国脱贫"这一话题接受《参考消息》记者专访时说。中国的扶贫模式正在成为许多贫困水平仍然很高的国家的指导方针。

　　古巴全国经济学家和会计师协会主席路易斯接受《参考消息》记者采访时说："我对中国的公共服务和交通基础设施的改善，以及水利工程、建筑和城市发展的高水平感到震惊，但令我印象最深刻的是，过去两年来，中国重新安置了900万贫困人口，为他们提供了就业机会，使他们摆脱了贫困。"路易斯说，"最引人注目的是，中国在脱贫攻坚方面形成了一整套方案。对于那些因措施不当而脱贫受阻的国家来说，中国是一个可以学习的好榜样。"

　　在国内，有观点认为，新时期的易地扶贫搬迁是继土地改革、实行家庭联产承包责任制之后，在中国贫困地区农村发生的又一次伟大而深刻的历史性变革。

　　党的十八大以来，作为脱贫攻坚的"头号工程"和"标志性工程"，易地扶贫搬迁是"五个一批"中最难攻克的堡垒，也是成效最明显、根治最彻底的脱贫措施，自然是路易斯所言"一整套"方案中的一部分。

这其中，贵州探索的独具特色的易地扶贫搬迁路径，是全国易地扶贫搬迁的重要篇章。

2015年12月，贵州率先在全国打响易地扶贫搬迁"当头炮"。自此，贵州以"开局就是决战、起步就是冲刺"的决心，按系统思维和辩证思维方法，闯出了一条不同于西部其他省份、具有时代特征和贵州特色的易地扶贫搬迁路子，取得了社会认可、群众满意的实践成效，向党和人民交出了亮丽的"贵州答卷"。

这一非凡成就，是中国实施1000万易地扶贫搬迁的一个缩影，是人类反贫困历史上搬迁脱贫"中国方案"中的一个重要篇章。

这一辉煌成就，是中国社会主义制度优越性的集中体现，是国家治理能力现代化的重要体现，是中国共产党人民至上思想的重要体现。

这一伟大成就，离不开千千万万基层干部、群众的创造。在推进易地扶贫搬迁过程中，围绕"搬得出、稳得住、能致富"，贵州举全省之力、集全省之智，探索创新出的"六个坚持""五个三""五个体系"等做法，确保了易地扶贫搬迁"贵州奇迹"的诞生。

一、贵州易地扶贫搬迁的特点

基层干部普遍认为，从全国乃至全球来看，贵州省情特殊，新一轮的易地扶贫搬迁没有现成的经验可以借鉴。而今，贵州的易地扶贫搬迁任务已经完成，回头来看，贵州易地扶贫搬迁有4个"最"的特点。

（一）最难得的机遇

2015年6月，习近平总书记在贵州考察调研时强调，要对"一方水土养不活一方人"地方的贫困人口实施易地搬迁，从根本上解决他们的生计问题。2015年11月27日至28日，中央扶贫开发工作会议在北京召开。2015年11月29日，《中共中央国务院关于打赢脱贫攻坚的决定》印发实施，发出了脱贫攻坚作战令，吹响了脱贫攻坚战的冲锋号。2015年12月1日，国务院召开全国易地扶贫搬迁工作电视电话会议，对新时期易地扶贫搬迁工作进行具体安排部署，并将其作为脱贫攻坚最具标志性意义的头号工程。

中央高度重视新一轮易地扶贫搬迁工作，对于贫困面大、贫困程度深、自身财力弱的贵州来说，这是实现"一方水土养不起一方人"地区贫困人口脱贫致富的难得机遇，也是加快发展、推进城镇化的最好机遇。

贵州省委、省人民政府认为，如果贫困人口是全面建成小康社会最突出的"短板"，那么做好易地扶贫搬迁工作就是补"短板中的短板"，将有助于贵州彻底撕下困扰其千百年的贫困标签，大幅提高贫困群众的福祉。

"按照人均6万元投入概算，这是史无前例的，是真正拔除穷根的治本之策。"贫困地区尤其是深度贫困地区的基层干部认为，这是"千年等一回"的历史机遇，也是实现后发赶超的绝佳路径。

（二）最艰巨的任务

易地扶贫搬迁是一项复杂的、浩大的、系统性极强的民生工程。纵观人类历史上的大迁徙，动辄几十万、上百万人口规模的迁徙，几乎都与饥荒、疾病、战争等有关，而发生在贵州高原上的这次壮阔大迁徙，却是带着"对美好生活的向往"奔去。

贵州这次以脱贫为目的、足以写入人类历史的移民大迁徙，更是一项无比艰巨的任务。

从数量上看，国家下达贵州搬迁计划为151.4万人，约占全国搬迁总人口的15%，约占全省"十三五"时期脱贫任务的30.6%；加上自然村寨整体搬迁中的同步搬迁人口，搬迁总规模达到192万人（含恒大集团援建毕节搬迁4万人），是全国搬迁规模最大、任务最重的省份。搬迁规模相当于5个冰岛的全国总人口。

从搬迁时间看，堪称"世界奇迹"的三峡移民工程历时17年，举全国之力搬迁安置129万人，其中农村安置只有55万人。而贵州，近200万人的搬迁任务要在四到五年内完成，搬迁强度前所未有。

从搬迁范围看，涉及全省9个市（州）、84个县、1254个乡镇、9449个行政村，其中96.5%以上的搬迁人口分布在集中连片特困地区、少数民族地区和国家扶贫开发工作重点县。

从搬迁对象看，需要搬迁的人口，都是经过多年多轮扶贫开发没有"啃下来"的硬骨头，面临故土难离、穷家难舍、穷业难弃、习俗难改等一系列问题。

从安置方式看，由于95%以上实施城镇化集中安置，现有本地经济社会活跃度不高、就业岗位有限、产业发展滞后的贵州，需要攻克各年龄段劳动力就业、适龄青少年就学、老年人城市融入等诸多堡垒。

（三）最有情怀的担当

近200万人短短几年内发生"位移"，必然给城乡格局、产业格局、社区管理等方面带来深刻的变化，并产生深远的影响。这不仅仅是一场从边远农村到中心城镇的地理位置大迁徙，也是一场从封闭落后到开放先进的思想观念大跃升，还是一场从小农经济到现代文明的发展方式大变革。因此，"搬迁谁""搬到哪""怎么搬""搬后怎么办"，每一个命题都面临着艰难的选择，每一个环节都必须要有精准的答案。一步也不能错，一刻也不能耽搁！同时，从全国来看，没有任何一套系统成功的经验，且即使有，也不能直接奉行"拿来主义"，还必须要结合贵州的实际，贵州只能"摸着石头过河"。这对于贵州各级党委、政府都是一场严峻考验。

（四）最受关注的实践

习近平总书记指出，我们不能一边宣布全面建成了小康社会，另一边还有几千万人口的生活水平处在扶贫标准线以下，这既影响人民群众对全面建成小康社会的满意度，也影响国际社会对我国全面建成小康社会的认可度。

世界反贫困看中国，中国扶贫看贵州。长期以来，贵州一直是全国挂末的省份，一直贴着贫困的标签。党的十九大报告明确指出，"让贫困人口和贫困地区同全国一道进入全面小康社会是我们党的庄严承诺"。贵州脱贫攻坚是中国反贫困的一个缩影，是国际上尤其是广大发展中国家和地区关心、关注的焦点。

二、"六个坚持"书写"上半篇文章"

在易地扶贫搬迁过程中，贵州省委、省人民政府紧紧围绕"人往哪里搬""钱从哪里筹""地在哪里划""房屋如何建""收入如何增""生态如何护""新村如何管"等关键问题，结合本省的实际和以往水库移民、扶贫生态移民等经验教训，不断探索创新，以脱贫为导向，以城镇化集中安置为重点，把精准要义贯穿全过程，探索形成了"六个坚持"的基本路径，顺利书写了易地扶贫搬迁"上半篇文章"。

（一）坚持省级统贷统还

坚持省级统贷统还，是指由省级成立市场化运作的投融资主体，负责筹集管理除中央预算内投资以外的易地扶贫搬迁所需资金，承接用于易地扶贫搬迁的国家专项建设资金、地方政府债券和金融机构贷款，统贷统还融资本息的投融资管理体制。

按照易地扶贫资金人均6万元匡算，贵州规划搬迁总投资居全国首位。具体补助标准是：对建档立卡的贫困搬迁对象，住房建设资金人均补助2万元，配套基础设施人均投资2万元，签订搬迁及旧房拆除协议并按期拆除旧房的每人奖励1.5万元，个体对原宅基地复垦复绿的人均补助0.3万元，个人自筹资金人均不超过0.2万元。对自然村寨整体搬迁中的非贫困人口，住房建设资金人均补助1.2万元；配套基础设施人均投资2万元，签订搬迁及旧房拆除协议并按期拆除旧房的每人奖励1.5万元，个体对原宅基地复垦复绿的人均补助0.3万元。

（二）坚持自然村寨整体搬迁为主

坚持自然村寨整体搬迁为主，是指聚焦"一方水土养不起一方人"的地方，界定迁出地区域条件和搬迁家庭个体条件，设置11个识别登记程序，以50户以下、贫困发生率50%以上的自然村寨整体搬迁为重点，精准落实搬迁对象。搬迁对象为建档立卡贫困人口，非贫困人口为符合要求的自然村寨同步搬迁人口。

经反复测算，"十三五"时期，贵州全省共锁定整体搬迁自然村寨10290个。

（三）坚持城镇化集中安置

坚持城镇化集中安置，是指把安置点主要布局在县城和市（州）政府所在城市，组织和引导搬迁群众到城镇集中安置，依托城镇化发展成果和区位优势实现稳定脱贫和可持续发展。

贵州省委、省人民政府决定，从2017年起，贵州省易地扶贫搬迁全部实行城镇化集中安置，以市（州）政府所在城市和县城为主、中心集镇为辅。城镇化是指县城、重点集镇和工业园区，不含旅游景区、服务区和中心村；集中是指以安置点为单元集中安置，不得分散安置。

（四）坚持以县为单位集中建设

坚持以县为单位集中建设，是指为了规范工程项目建设，贵州省从2017年起，所有易地扶贫搬迁安置点的项目全部实行以县为单位集中管理，由县级人民政府整合相关资源要素，统筹各部门力量统一组织实施，实行统规统建，为工程进度、建设质量、建筑成本和就业落实提供有效的保障。

坚持以县为单位集中建设，是适应城镇化集中安置项目建设方式的需要，是推进资源集约化配置、消除过去以乡镇为单位建设弊端的需要。

（五）坚持不让贫困户因搬迁而负债

坚持不让贫困户因搬迁而负债，是指在不突破投资标准和搬迁群众自筹标准的前提下，按照"保基本"原则，为贫困搬迁户在安置点提供安全住房，防止因搬迁而负债，进而影响脱贫。

贵州省在起步阶段就强调要精准把握"搬迁"与"脱贫"的关系，防止为了搬迁而搬迁，防止贫困户因搬迁而负债。

（六）坚持以岗定搬、以产定搬

坚持以岗定搬、以产定搬，是指易地扶贫搬迁在安置点选址和前期规划时，就要做好就业市场与搬迁劳动力的"双向调查"，根据安置地可就业岗位和可脱贫产业合理确定安置点建设规模。本县难以满足就业需求的，支持在省域范围内跨行政区域搬迁安置，确保搬迁群众在安置地有业可就，有钱可赚，有更好的发展前景。

围绕"以岗定搬、以产定搬"，贵州提出了明确的政策要求。

一是要求每户实现1人以上在城镇就业。做到稳定外出务工解决一批、本地就业安置一批、产业项目扶持一批、公益性岗位兜底一批，精准落实搬迁对象每户1人以上的就业目标，消除"零就业"家庭。

二是要求对搬迁劳动力实行全员培训。由各级人社部门和移民部门制定培训方案和操作办法，对所有搬迁劳动力实行全覆盖、有针对性培训，提高生产劳动技能，促进劳动力充分就业。

三是要求实施产业配套。通过招商引资办法创办扶贫车间，通过整合扶贫资源等办法配套建设产业项目，重点解决留守妇女和老年人的就业增收问题，实现"以就业保脱贫、以产业促发展"。

"六个坚持"凝结了全省广大党员和干部的心血。它从系统工程的视角，顺应人口迁移的内在规律，构建了贵州易地扶贫搬迁的实施路径和政策框架。每一个"坚持"都具有鲜明的目标指向、清晰的推进逻辑和具体的政策支撑，构成了相互贯通、相互促进和系统联动的有机整体，蕴含着丰富的系统思维和辩证方法。

三、"五个三"定位"围绕脱贫抓搬迁"

搬迁只是手段，脱贫才是目的。为纠正一些地方出现的"为搬迁而搬迁"等违背易地扶贫搬迁政策初衷的倾向，贵州创造性地提出了"五个三"，进而明确了易地扶贫搬迁的方向，主要解决搬迁之后怎么办的问题。

（一）盘活"三块地"

盘活"三块地"，即盘活承包地、山林地和宅基地，对搬迁户"三块地"进行确权，赋予相应承包经营权，确保搬迁群众按照政策享受的土地、林地的惠利政策不变。通过合作社、扶贫公司等组织方式对土地打包开发、规模经营，把农村资源变成资产、把资产变成资金，让土地继续成为搬迁户的收入来源，成为他们可持续的生活保障。

（二）统筹"三就"

统筹"三就"，即统筹就业、就学和就医，切实做到稳定外出务工解决一批、本地就业安置一批、产业项目扶持一批、公益性岗位兜底一批，确保每户就业1人以上，并实现就近就医和子女入学。

（三）衔接"三类保障"

衔接"三类保障"，即衔接低保、医保和养老保险，搬迁群众既可继续在原迁出地入保，也可通过灵活方式在安置地入保，确保应保尽保、同等待遇、平稳衔接。

（四）建设经营性"三个场所"

建设经营性"三个场所"，即建设经营性服务公司、小型农场和公共服务站，把安置点商业门面和其他政府性资产交给公司经营，收益用以补贴搬迁户水、电、讯和物管支出；流转适当土地开办"微田园"，让60岁左右的老人耕种蔬菜自给自食，记住乡愁；在安置区配置老年活动中心和儿童托管中心，避免因年轻人外出务工导致老年人和儿童无人照顾，让搬迁群众有更多获得感和幸福感。

（五）探索建立服务群众"三种机制"

探索建立服务群众"三种机制"，即探索建立集体经营、社区管理服务、群众动员组织，通过集体经营方式统筹提高安置点资源资产效益，成立社区管委会、党小组、互助组等做好安置点社会管理和精神文明事业，组织动员搬迁群众投工投劳建设新家园，帮助搬迁群众解决具体困难，全面提升搬迁质量和工作成效。

四、"五个体系"续写"后半篇文章"

搬迁入住只是完成了第一阶段目标，后续扶持和社区管理是决定成败的关键。按照人口迁徙和工程移民的一般规律，搬迁人口要经历政治、经济、社会、文化心理四个层次的融入过程。易地扶贫搬迁是一项社区再造、重建工程，更是一项人口分布、资源环境、经济社会的重新分配调整的过程。城镇化集中安置，给搬迁群众的生产生活方式、思想观念、生活习惯等带来重大改变，存在一个较长的磨合和社会适应过程。

2018年下半年，随着全省搬迁的推进，贵州省委、省人民政府及时把工作重心逐步转移到后续扶持工作上来，经过7个多月的深入调研、反复论证，于2019年2月出台了《中共贵州省委贵州省人民政府关于加强和完善易地扶贫搬迁后续工作的意见》及7个配套文件，着力构建基本公共服务、培训和就业服务、文化服务、社区治理和基层党建"五个体系"，对后续扶持工作做出全面性、制度性安排。具体做法如下：

（一）构建基本公共服务体系

通过强化安置点公共服务功能，推动搬迁群众在城镇获得均等的生存发展机会，公平享受公共资源和社会福利，增强获得感、幸福感和安全感。

保障群众基本权益。衔接好搬迁群众农民和新市民"两种身份"、迁出地和安置地"两种利益"。在保持搬迁农户土地承包权、林地承包权、集体收益分配权和其他惠农政策权益不变的前提下，本着自愿原则，积极引导搬迁群众落户安置地。暂时未迁移户籍的，对跨县（市、区）安置的办理居住证，对县内安置的办理"易地扶贫搬迁市民证"，纳入当地居民管理，享有同等基本公共服务。

完善公共教育服务。精准掌握搬迁群众子女就学需求和安置地教育资源供给情况，提前对接搬迁群众子女就学工作，绝不能让一个搬迁群众子女因搬迁而辍学。对现有教育资源能够满足需要的，按照就近入学原则做好转学衔接工作，让搬迁群众子女及时入学；对现有教育资源存在一定缺口的，按照"缺多少补多少"的原则，通过校舍设施的就地改扩建满足就学需要；对搬迁安置规模大、现有教育资源严重不足的，及时调整教育规划布局，与安置点同步配套建设幼儿园、小学、初中教育项目，确保教育学位能够满足搬迁群众子女就学需求。创新编制管理，探索建立教职工编制省级统筹、市域调剂、以县为主、动态调配机制。加强跨区域搬迁安置师资统筹协调，按照"编随事走"的原则，及时划转编制，保障安置地师资力量。

完善公共医疗卫生服务。根据区域卫生规划和医疗机构设置规划，综合搬迁安置点服务半径、地理条件等因素，合理配套建设安置点医疗机构，按标准配置医疗设备和医护人员。原则上每个安置点应有1个卫生服务机构，城镇安置点可以参照农村卫生室标准建设一个或多个卫生室，也可以根据人口规模建设社区卫生服务站或社区卫生服务中心。就近医疗服务机构能够充分满足安置社区搬迁群众医疗卫生服务需求的，可根据实际情况升级改造后整合使用。乡镇卫生院所在地行政村或社区卫生服务中心所在地原则上不新设村卫生室或社区卫生服务机构，避免重复建设。

完善社会保障服务。按照群众自愿选择的原则，做好各类社会保障政策的转移接续，不得因搬迁出现漏保断保，做到应保尽保。搬迁群众迁入城镇居住后，可自愿参加安置地城乡居民基本医疗保险、城乡居民基本养老保险，灵活就业人员和有稳定劳动关系的可参加城镇职工基本医疗保险、城镇职工基本养老保险。已经落户或办理居住证、"易地扶贫搬迁市民证"的搬迁群众，只要符合政策条件的，都可按安置地标准纳入城市低保。"十三五"期间持续实施搬迁贫困群众一次性临时救助政策。

完善社区综合服务设施建设。打造便民利民"六个一"服务工程：一个社区综合服务中心（站），开设户籍管理、就业、就学、就医、社保、法律咨询等各类公共服务窗口，提供"一站式"服务；一个新时代文明实践中心，运用图书室、广播室、乡愁馆、宣传栏、微信群等载体，开展形式多样的宣传教育活动；一个文体活动中心，利用社区现有广场配置相应设施，满足社区居民文体休闲娱乐需求；一个老年服务中心，为老年人特别是空巢老人、留守老人、高龄老人等提供关爱服务；一个儿童活动中心，为儿童提供集中活动场所，打造儿童之家；一个平价购物中心，利用安置点商业门面资源，提供价廉物美的生活用品和副食品。

（二）构建培训和就业服务体系

围绕推动搬迁群众生计方式的非农化转变，实行搬迁劳动力全员培训，确保有劳动力家庭实现1人以上稳定就业，盘活迁出地承包地、山林地、宅基地"三块地"资源，实现搬迁群众生计保障和可持续发展。

推进搬迁劳动力全员培训。坚持培训与就业同步规划、同步推进，根据市场需求，统筹各相关部门培训资源，对搬迁劳动力开展针对性全员培训，逐户建立培训档案，不断提升就业技能。针对省内外企业用工需求和贫困劳动力特点，以制造业、建筑业、服务业、旅游业、电子商务等就业容量大的行业用工需求为重点规范开展常态化培训；依托现有职业教育资源和东西部扶贫协作对口帮扶资源，引导搬迁家庭中未继续升学的初、高中毕业生就读职业学校和技工院校接受专业化的职业教育，深化职业技能教育和职业技能培训；鼓励企业通过多种方式广泛开展订单式培训、在岗技能提升培训和高技能人才培训，适应企业产业升级和技术进步的要求。

促进搬迁劳动力充分就业。推动建立稳定可持续的就业机制、技能提升机制、收入增长机制。拓宽就业渠道,按照有劳动力家庭1人以上稳定就业要求,大力推进和精准落实搬迁劳动力在城镇稳定就业,实现有劳动力"零就业"家庭动态清零。围绕当地工业园区、产业园区等挖掘就业岗位,促进搬迁劳动力就地就近就业;提高劳务组织化程度,巩固外出务工人员稳定就业;加大创业扶持力度,鼓励和支持有条件的搬迁劳动力积极创业,以创业带动就业;加大招商引资力度,开办扶贫车间和就业扶贫基地,开发弹性工作制就业岗位,重点促进留守妇女和老年人居家就业;统筹开发保洁保绿、治安协管、护河护路、孤寡老人和留守儿童看护等各类公益性岗位,多渠道多层次优先落实困难人员就业。

加快安置点产业培育和发展。鼓励安置点利用现有资源,组建建筑施工队、家政服务、保洁、物业管理公司等,培育和壮大社区经济,增强社区自我发展能力。利用东西部扶贫协作对口帮扶和社会帮扶资源,整合扶贫、农业农村等部门项目资金,结合当地产业结构布局,引进有实力的龙头企业和经营主体,尽可能为安置点配套建设有市场前景的产业项目。建立完善产业和搬迁群众的利益联结机制,确保搬迁群众从产业发展中获得稳定收益。

推进迁出地资源盘活和收益分配。稳步推进搬迁户旧房拆除和宅基地复垦复绿工作,用好用足城乡建设用地增减挂钩政策,对搬迁户宅基地复垦复绿的土地计入承包面积给予确权登记。引导土地有序流转,对整体搬迁的自然村寨,鼓励和支持龙头企业、农业合作社统一流转和开发,一时难以流转的由县级平台公司统一收储和开发;对零星搬迁户的承包地,鼓励群众自行流转,或由村级集体经济组织和合作社统筹流转开发;对25度以上的坡耕地纳入退耕还林政策优先实施。对确权颁证的搬迁户林地,按照相关政策享受的公益林补助、抵押担保、林业增值收益等政策要继续予以保障;鼓励龙头企业、农业合作社流转林地,发展林下经济,增加搬迁群众收入。

（三）构建文化服务体系

通过丰富搬迁群众精神文化生活，促进社会交往和社会互动，增强社区归属感和身份认同感。

开展感恩教育。坚持教育引导、实践养成、制度保障三管齐下，加强搬迁群众思想政治工作，教育引导搬迁群众自觉拥护党的领导，感党恩、听党话、跟党走。用好新时代文明实践中心、道德讲堂、移民夜校，宣传党的路线方针政策，合理引导社会预期，自觉把个人和小家的幸福与国家的发展联系起来，培育自尊自信、理性平和、积极向上的社会心态和精神面貌。以感恩教育激发脱贫致富内生动力，大力宣传勤劳致富典型事迹和人物，用身边事教育身边人，以身边事感染身边人，引导群众树立自强自立、不等不靠的思想，通过自身的辛勤劳动实现脱贫致富，用自己的双手建设美好家园、创造幸福生活。通过每户张贴新旧住房对比照片，乡愁馆展示迁出地、迁入地生产生活设施变化等方式，教育和引导群众牢记社会主义好，感恩党的好政策。

创建文明社区。大力开展公民基本道德规范和社会公德、职业道德、家庭美德教育，在社区内形成助人为乐、团结友善、扶贫济困的新型人际关系和良好道德风尚，不断提高社区文明程度。大力推进移风易俗，引导搬迁群众破除红白喜事大操大办、奢侈浪费、厚葬薄养、互相攀比、封建迷信、酗酒赌博等各种陈规陋习，形成崇尚科学、文明、节俭、诚信的良好风尚，树立健康生活观念和生活方式，不断提升居民文明素质。切实贯彻落实"谁执法谁普法""谁主管谁普法""谁服务谁普法"普法责任制，大力开展社区普法教育，强化搬迁群众的社会责任意识、规则意识、集体意识，正确引导搬迁群众依法管理自己的事情，不断增强群众法制观念，维护社区秩序和安定团结。建立社区评先选优常态机制，推进"文明家庭""勤劳致富模范户""身边好人"等评选宣传活动，以身边人身边事宣扬关爱社会、关爱他人、睦邻友善、守望相助、孝敬老人的美德，不断提升搬迁群众精神风貌。

加强社区公共文化建设。按照有标准、有网络、有内容、有人才的要求，采取盘活存量、调整置换、集中利用等方式，在易地扶贫搬迁安置点规划和建设配套公共文化服务设施，完善社区基本公共文化服务体系。深入推进文化惠民工程，公共文化资源要重点向安置区倾斜，为搬迁群众提供更多更好的公共文化产品和服务。结合中华传统节日、重要节假日、少数民族特色节日等节庆活动，开展贴近生活、群众喜闻乐见的各种文体活动，促进搬迁群众的互动交往和感情交流，增强群众社区归属感和认同感。支持易地扶贫搬迁题材文艺创作生产，鼓励文艺工作者不断推出反映搬迁群众生产生活巨变的优秀文艺作品，讲好贵州易地扶贫搬迁故事。

培育市民意识。针对搬迁群众长期在农村生活和文化程度普遍偏低的情况，循序渐进，推动市民意识的培育和养成。对搬迁群众特别是少数民族群众中的文盲群体，开展扫盲和扫盲后继续教育，让他们听得懂普通话，看得懂新闻，写得了汉字；通过工会、共青团、妇联组织及其活动的全覆盖，开展城镇生产生活方式适应性教育，帮助搬迁群众熟悉家电使用，养成文明卫生习惯，遵守交通规则和公共秩序，爱护公共财物和公共环境等，逐步由乡村居民向城镇市民转变，更快更好地融入现代城市生活。

加强民族文化传承与保护。尊重少数民族搬迁群众的风俗习惯和民族感情，尽可能实现文化与人一起搬，增强搬迁群众的民族文化记忆。因地制宜，在安置点充分融入民族建筑文化元素和标志性民族符号，重现迁出地地理风貌、文化，展示搬迁群众使用的生产生活用具等，打造"乡愁馆"。支持搬迁群众保留好本民族特色手艺，充分挖掘搬迁群众中的民族文化艺人和民族民间工艺，有条件的安置点实施少数民族传统手工艺领军人才培训计划和少数民族传统手工艺企业扶持计划，发展一批民族刺绣、蜡染、银饰等民族传统手工艺产业，既解决就业，又留住乡愁。

（四）构建社区治理体系

把夯实基础作为固本之策，通过加强党的领导，发挥政府主导作用，鼓励和支持社会各方参与，实现政府治理和社会自我调节、居民自治良性互动。

合理设置管理单元。按照便于管理、便于服务、便于居民自治的原则，结合安置点人口规模和当地实际，以强化组织管理和提升公共服务为重点，合理设置管理机构。城镇集中安置点安置人口在1万人及以上的，可综合考虑城市规划、建设规模、发展空间、社会管理等因素，适当调整周边乡镇（街道）行政区划，设立街道办事处。安置点安置人口在1万人以下、1000人及以上的，可结合实际设立1个或多个社区居委会，由所在乡镇（街道）进行管理。具体方案由各地根据实际情况确定，并按规定程序报批。

合理设置管理机构。街道办事处要结合搬迁群众特点和发展需要，强化就业培训、产业发展、社会事务、治安管理等职能，合理设置内设机构。办事处人员编制应适应工作需要，给予保障和倾斜，原则上从本市（州）、本县（市、区）统筹调剂解决。安置区各级党委、政府要选派政治素质过硬、熟悉政策业务、善做群众工作的干部到办事处和社区工作。重点迁出地乡镇要抽调熟悉情况的干部，到办事处和社区联合办公，共同做好搬迁安置和后续工作。

建立健全社区居民自治机制。及时启动安置区社区居民委员会的选举工作，对搬迁群众中拥护党的领导、有威信、能力强、肯负责的优秀人才，要重点培养、优先提名。注重把年轻党员群众、致富带头人、离任村干部、退役军人选配为居民小组和楼栋负责人，构建"居委会—网格—楼栋"的网格化管理机制。推进安置社区民主决策制度建设，完善村（居）务公开制度和民主监督制度。推动搬迁群众参与社区治理，对涉及搬迁群众公共利益的重大决策事项，关乎搬迁群众切身利益的实际困难和矛盾纠纷，原则上由社区党组织牵头，组织搬迁群众协商解决。

建立健全群团组织和社会力量协同参与机制。工会、共青团、妇联等群团组织服务要覆盖到各安置点，搭建服务平台，创新服务载体，提高服务实效。积极引导安置区以外的社会组织、慈善组织、社会专业工作力量和志愿者为搬迁群众提供家政培训、文体活动、心理疏导、医疗保健、法律咨询、交通安全宣传教育等各项服务。

建立健全治安防控机制。对3000人及以上的安置点，安置地公安机关要根据当地治安情况，合理设置警务室，原则上实行一室一警；对于治安复杂、人口较多的，可实行一室多警。跨县安置的，警力人员编制由所跨区域的共同上级机构编制主管部门统筹调剂解决；县域内安置的，警力人员编制由所在地公安机关内部统筹调剂解决；办公场地和警务车辆由地方政府统筹配置。选派的警力应当政治立场坚定、服务意识强、善做群众工作。加大群防群治工作，统筹实施安置点"天网工程"和"雪亮工程"，确保搬迁入住半年内实现全覆盖。

（五）构建基层党建体系

以党的建设为引领，健全组织、配强干部、完善机制、强化功能，不断提升基层党组织的政治领导力、思想引领力、群众组织力、社会号召力，确保易地扶贫搬迁后续工作始终坚持正确的政治方向。

强化政治功能。全面加强党对易地扶贫搬迁各项工作的领导，坚持党要管党、全面从严治党，以提升组织力为重点，突出政治功能，把安置地社区党组织建设成为宣传党的主张、贯彻党的决定、领导基层治理、团结动员群众、推动改革发展的坚强战斗堡垒。充分发挥基层党组织领导核心作用，健全党组织议事规则，及时讨论决定涉及本安置地的社会建设、社区治理等重大事项、重要问题，发挥好基层党组织组织群众、宣传群众、凝聚群众、服务群众的作用。加强安置地社区党风廉政建设，强化基层干部和党员的日常教育管理监督，弘扬新风正气，抵制歪风邪气，坚决纠正损害搬迁群众利益的行为，严厉整治群众身边腐败问题。

健全组织体系。按照党的组织和政权组织、经济组织、自治组织、群团组织、社会组织同步建设"六个同步"的要求，建立和完善组织构架，形成以党组织为核心、基层政府为主导、群众自治组织为基础、群团组织和各类社会服务组织为纽带、经济组织为支撑的安置地基层组织体系。对应安置点管理单元，设置街道办事处的安置点同步设置党（工）委；设立社区居委会或居民小组的，及时成立党支部或党小组，由所在乡镇（街道）党（工）委进行管理。

配强干部队伍。强化安置点街道办事处综合协调能力，党（工）委书记可由县（市、区）党委常委或政府负责人兼任。社区党支部书记可以选派正式干部担任，或从社区居民中选举产生，具体由各地结合实际确定。鼓励优秀搬迁党员群众通过民主选举程序担任社区党组织或居委会成员，特别优秀的，可作为党组织负责人或居委会主任人选。

完善工作机制。加强党组织领导下的社区治理体系和治理能力现代化建设，健全自治、法治、德治相结合的社区治理机制，制定完善居民公约，建立健全居务监督委员会，加强民主监督，推进社区法治建设，提升德治水平，建设平安社区。保障和改善民生，努力解决群众最关心最直接最现实的利益问题，加强对留守儿童、妇女、老年人和残疾人等人群的关爱服务。注重运用现代信息技术，提升社区治理智能化水平。

后续扶持"五个体系"建设，进一步系统解答了"搬出来后怎么办"的难题，符合社会融入的一般规律和贵州实际，是对易地扶贫搬迁的再丰富、再升华、再发展，为全国易地扶贫搬迁后续扶持工作率先进行了探索和实践。

五、破解疫情"加试题"的"新钥匙"

在决战决胜脱贫攻坚的关键节点上，一场突如其来的新冠肺炎疫情打乱了全国所有人的工作、生活节奏。易地扶贫搬迁群众自然也不能例外。

据贵州省生态移民局统计，截至2019年底，全省搬迁42.36万户中有劳动力家庭40.89万户、劳动力97.92万人中，已经实现就业85.49万人，就业率87%，基本实现了一户一人以上就业。

然而，受新冠肺炎疫情影响，2020年3月中旬的调度数据显示，全省搬迁劳动力已就业76.6万人，占搬迁劳动力总数的78%，就业率较去年底下降约10个百分点。随着全省疫情的有效控制和复工复产的深入推进，就业率稳步提高，截至2020年3月底，全省搬迁劳动力已就业83.69万人，占搬迁劳动力总数的85.5%。

战"贫"又战"疫"，两个"战场"都要赢！

面对新冠肺炎疫情这道"加试题"，贵州省有关部门未雨绸缪，提前调研，于2020年4月底出台了《贵州省人民政府办公厅关于进一步加强易地扶贫搬迁群众就业增收工作的指导意见》（以下简称《指导意见》），受到各地广泛"点赞"。

"十三五"易地扶贫搬迁实施以来，贵州省易地扶贫搬迁工作在政策制定、工作落实、搬迁成效等方面都走在了全国前列，2016年、2019年全国两次现场会在贵州省召开，4年3次获国务院办公厅激励表扬。2020年，全省易地扶贫搬迁工作已全面转向后续扶持阶段，进一步解决好搬迁群众就业问题至关重要。

作为这一政策的主要参与者之一，徐元刚介绍了政策的主要内容。《指导意见》主要包括三个部分：

一是巩固劳务输出成果，保障外出务工搬迁群众基本权益，包括：强化劳务输出组织化程度、强化跟踪服务和权益保障等。

二是拓宽就业渠道，确保有劳动力搬迁家庭1人以上稳定就业，包括：制订就业增收帮扶计划、用好资源增加就业、落实产业扩大就业、引进企业促进就业、加强就业扶贫载体建设促进就地就近就业、鼓励创业带动就业、鼓励开发公益性岗位、落实兜底保障政策等8个方面。

三是强化就业增收政策扶持，促进搬迁群众稳定就业增收。此部分是《指导意见》的重点内容，主要包括外出务工和就近就业扶持政策（给予市场主体一次性跟踪服务补贴、搬迁群众一次性求职创业补贴、就业扶贫援助补贴）、培训扶持政策（给予一般技能培训补贴、给予培训生活补助、职业技能培训补贴、职业培训补贴）、给予市场经营主体奖励和优惠政策（给予吸纳就业一次性补贴、资金奖补、鼓励县级人民政府结合实际出台优惠政策）、给予创业扶持政策（给予搬迁群众创业担保贷款政策、搬迁群众创业补贴政策、搬迁群众场地租赁政策、企业水电优惠政策、企业场所租赁物业管理优惠政策、吸纳搬迁群众资金奖励政策）、税收优惠政策、金融扶持政策、财政资金扶持政策。

徐元刚介绍说，《指导意见》体现了三个"最"的特点：

第一，《指导意见》是目前全国范围最为系统、最为全面的易地扶贫搬迁后续就业增收工作指导政策。《指导意见》对2016年以来贵州省出台支持易地扶贫搬迁的政策进行了梳理归集，并结合国家和贵州工作实际提出，包括劳务输出、培训、就业、创业、财政、金融、税收、县级自主、兜底保障等内容，构成了一个有机整体，形成了更加强大、更加全面、更加有效的攻坚合力，成为目前全国范围内支持易地扶贫搬迁群众就业增收文件中最为系统、最为完善、最具操作性的文件。

《指导意见》将为全省搬迁群众如期脱贫发挥重大作用，能够有效解决基层反映的易地扶贫搬迁就业增收政策分散在多部门、多文件中难以掌握的问题，以及解决前一阶段实施过程中出现的问题。

第二，《指导意见》是目前全国范围最具含金量的政策文件。《指导意见》都是看得见、摸得着、能够解决基层具体困难的"真材实料"。既有对搬迁群众就业增收工作的提出的10条具体要求，也有明确支持就业增收共7个方面20条支持政策，全都是干货。此外，《指导意见》对每一条工作要求和提出的政策，均明确了省直牵头部门，在抓落实中明确责任主体为县级人民政府，做到工作部署和责任落实"两个明确"。

第三，《指导意见》出台成为全国最先建立易地扶贫搬迁后续产业扶持资金机制的省份。根据要求，按照"因需而安"的原则，做好财政专项扶贫资金的统筹和精准使用管理。建档立卡搬迁群众迁入城镇后，各县在安排财政专项扶贫资金时，对易地扶贫搬迁城镇安置区建档立卡搬迁群众的后续产业发展要给予支持。

对于跨县区搬迁的建档立卡农户，按照"资金跟着人走"的原则，由市（州）扶贫开发领导小组统筹组织相关县（市、区）做好搬迁建档立卡农户管理工作交接，并以市（州）扶贫开发领导小组正式文件报省扶贫开发领导小组进行搬迁建档立卡农户行政区域变更及相关工作，省级财政专项扶贫资金管理部门依据变更后的贫困人口信息按照"因素法"将资金分配到跨区域迁入地，统筹用于搬迁安置区建档立卡贫困群众的后续产业发展。这是结合贵州城镇化集中安置的省情实际所提出的，可以说是在全国范围内首次明确的创新性的提法。既不新增各级财政负担，又能有力促进安置区后续发展，是长远的制度性安排。国家财政部、国务院扶贫办在下达的2020年财政专项扶贫资金时，明确贵州2020年的财政专项扶贫11.2亿元要专项用于人口较多易地扶贫搬迁集中安置区后续产业扶持。

此外，《指导意见》大力鼓励搬迁群众自力光荣脱贫。比如，明确了6条创业扶持政策，鼓励和支持搬迁群众创业，符合条件的搬迁群众若创办企业，可申请最高不超过15万元的创业担保贷款，并可按规定获得一次性5000元创业补贴、500元每月的场地租赁补贴，以及水、电、税等方面的优惠和支持政策等。目的是通过政策的支持和政府的帮助引导，不断激发搬迁群众内生动力，强化主体意识，扶上马，送一程，让更多的搬迁贫困群众通过勤劳奋斗实现光荣脱贫。

同时，《指导意见》给予县级人民政府更大的自主权限。在当前就业压力形势下，除国家和省既有支持政策外，各地还会遇到很多具体的问题，越到后面越具体。《指导意见》明确鼓励地方政府结合实际，创新工作方式出台支持就业增收政策和措施，进一步确保贫困搬迁群众稳定脱贫。

比如，鼓励有条件的地方采取多种方式对劳务输出贡献大的劳务输出机构给予奖励，对本县搬迁群众在就业扶贫车间稳定就业的给予支持政策措施，对县域内企业吸纳搬迁群众稳定就业1年及以上的可给予企业一次性资金奖励，对使用安置区门面等固定资产创业的搬迁群众或企业给予场地租赁、物业、用水用电等方面的优惠和支持政策等。

"相信只要抓紧抓实这些措施，必将激发干部、群众积极性，进一步推进解决搬迁群众就业，确保按时高质量打赢易地扶贫搬迁硬仗。"徐元刚说。

2020年12月22日，为进一步让全省干部群众切实深刻认识到易地扶贫搬迁后续扶持工作的长期性、艰巨性、复杂性，贵州省印发了《关于高质量推进易地扶贫搬迁后续扶持工作的意见》，坚持把易地扶贫搬迁后续扶持作为重大政治任务，作为巩固脱贫攻坚成果重点和关键，持续深化"五个体系"建设，确保政策不松劲、力量不减弱、工作不断档。

六、贵州实践的多重效应

贵州易地扶贫搬迁，是习近平新时代中国特色社会主义思想在贵州的生动实践，是中央易地扶贫搬迁政策与贵州实际相结合的实践创新，充分体现了中央打赢脱贫攻坚战的决策初心，不仅为贵州按时打赢脱贫攻坚战奠定了具有决定性意义的基础，而且对衔接乡村振兴、助力城乡和区域经济高质量发展，都具有重大而深远的意义。

（一）彻底改变192万贫困群众的穷苦宿命

搬迁群众一步跨千年、同步达小康，深切感受到社会主义的优越性，发自内心地"感党恩、听党话、跟党走"。

贵州是全国唯一没有平原支撑的山区省份，居住在深山区、石山区、石漠化地区的群众，受资源环境制约，生存条件恶劣，是多年脱贫攻坚工作中都没有啃下来的硬骨头。192万搬迁群众中，安置在县城和中心城镇的占95%以上，不仅当前搬出来的这一代群众收获了幸福感、获得感，更彻底改变了其子孙后代的命运。

民间曾有一个"两只老鼠的故事"广为流传：

> 农民离开家乡打工，就留下一把锁，于是出现了两个问题：第一个问题是，没人住的房子变成"老鼠窝"；第二个问题是，农民到了城里以后，两手空空，租人家的地下室，变成了"地老鼠"。辛辛苦苦打工攒下一点钱后，回家盖房，今年挣一点钱起个地基，明年攒一点钱搞个框架，后年再装修，甚至有的处于"一生建房、一生空房"的状况。

为了破解上述难题，在"安居"的同时，安置地通过劳务输出、扶贫车间、"微工厂"、公益性岗位等方式，分类破解各年龄段劳动力就业问题，"乐业"的局面正逐渐形成。

盛夏时节，走进铜仁市碧江区裕国香菇产业园，一排排盖着黑色遮阳网的香菇大棚依山就势而建，采菇、运菇的工人穿梭在大棚之间忙碌着，一派欣欣向荣的景象。"这是第二茬香菇，前几天第一茬香菇卖了1万多元。"在自家承包的大棚里，37岁的搬迁户黄乾芳言语中透露着丰收的喜悦。

他的老家在200千米之外的沿河县沙子街道。家里的几亩薄田根本养活不了一家人，夫妻俩只好到广东、福建等地打工。2018年搬迁到市区所在地碧江区的安置点，一家5口住上了100平方米的新房子。2019年，他申请了2个大棚，学种香菇，已基本掌握种植技术。"离家近，还自由，公司保底回收无风险，算下来收入并不比到沿海打工差。"黄乾芳说。他老家的旧房早拆除了，复垦后已经种上了空心李。"大棚里忙得很，根本没时间回老家。"

碧江区经济开发区政务代办中心主任杨文宣说，黄乾芳这样的移民户实现了"三个跨越"，一是地理位置上，实现了跨越行政区域搬迁；二是身份上，实现从"村里人"到"城里人"的跨越；三是职业上，从收入不确定的"打工者"跨越为固定的"产业工人"。

从"忧居"到"优居"，从"迁徙"到"迁喜"。如今，贫困群众在城镇拥有了一套属于自己的住房后，系统实现了"两不愁三保障"的主要目标。搬迁子女与城市子女站在同一起跑线上，彻底改变了子孙后代的命运，从根源上阻断了贫困的代际传递。2019年7月，随机入户调查结果显示，群众对搬迁政策、搬到城镇、生活环境、干部服务、政府后续扶持措施的满意度均在98%以上。

（二）提升脱贫"成色"

"要一步住上好房子，更要快步过上好日子。"易地扶贫搬迁不仅要改善人居条件，更要实现可持续发展。在实现"居者有其屋"之后，原来横亘在深山贫困群众和城镇居民之间的社会福利鸿沟，被逐渐填平，长期以来由城乡二元结构造成的公共服务短缺，得到一定程度的弥合，社会保障和公共服务水平显著提高。

按照政策规定，符合政策条件的贫困群众搬进城镇后，全部享受"农低保"转"城低保"政策。比如，望谟县对易地扶贫搬迁98户340人调查显示，340个保障对象在原居住地月领取农村最低生活保障金为6.37万元，搬迁到易地扶贫安置点麻山社区转为城市低保后，月领取最低生活保障金16.91万元，增加比例165.4%。

在贫困地区，"得天独薄"的资金、人才等各种要素大量外流，有些地方"输血"赶不上"造血","造血"抵不上"抽血",甚至陷入扶贫"越扶越穷"的怪圈。经过多轮扶贫都未能脱贫的群体,从深山老林一步跨越到城镇县城,意味着从落后闭塞一步跃入现代文明。在融入过程中,必然会遭遇"阵痛",会遇到各种各样的困难和问题,可能需要一辈人时间来适应,但这与原居住地是不同层面的问题,是向好发展中遇到的问题。

与农村相比,城镇具有资本技术、交通运输、人力资源、通信设施等方面优势,搬迁群众无论是就业,还是创业,都比原先更具有条件,这就为搬迁群众稳定脱贫、实现可持续发展奠定了基础。

(三)增添城乡经济增长新引擎

贵州城镇化集中安置方式,让众多"一方水土养活不了一方人"的贫困地区群众跳出了深山,实现了脱贫攻坚与城镇化的联动发展,以非常规手段、用"空间"换"时间",初步实现了贫困地区城乡人口、产业、社会的空间重构、生态再造,迅速改变了贫困地区城镇化进程缓慢的历史轨迹,开辟了贫困地区新型城镇化的新路径。

百万级的人口搬进城镇,资源要素随之向城镇集中,为新型城镇化注入新的动力和人口红利。据统计,183万人实现非农化转移,将提高全省城镇化率约5个百分点。易地扶贫搬迁工程直接投资达1000亿元,不仅消化大量钢材、水泥等建材过剩产能,带动了建筑业、运输业、装潢业、餐饮业等相关产业发展,而且促进了城镇基础设施和公共服务设施进一步完善。

从贵州的实践来看,易地扶贫搬迁多个安置点规模在1万人以上,多的达到2万人以上。而在黔东南州雷山、剑河、丹寨等地,整个县城常住人口也就一两万人,可以说"一个安置点就是一个新城区"。这短期内为加快发展制造业和服务业提供了就近可得的劳动力,再加上产业扶贫配套扶持政策的跟进,为承接东部产业转移提供了有利的资源和条件。

从需求侧看,城镇居民与农村居民对工业品以及相关服务的消费需求存在很大差异。随着搬迁群众的持续发展和生活水平逐步提高，为城镇增添一个新的庞大消费群体，成为拉动消费增长、扩大城镇内需的新引擎。

贵州省统计局统计数据显示，2018年全省城镇常住居民人均可支配收入31592元，人均消费性支出20788元；农村常住居民人均可支配收入9716元，人均消费性支出9710元。当移民群众真正转变为新市民后，收入增长潜力巨大，消费支出也将大幅增加。群众入住新居后，进一步激发对美好生活的向往，更加积极主动谋生计，他们将改变消费习惯，并逐步提高消费水平，对食品、家电、汽车等产生巨大"消费效应"。

从供给侧看，近200万人"洗脚上楼"后，提供了大量劳动力（甚至有些60岁以上的老人仍可从事一定的工作），只要城镇发展起与劳动力相适应的产业，他们将为城镇经济增添新动力，成为推动城镇发展的生力军。

（四）从根源上筑牢了生态底线

贵州生态脆弱，人类活动一旦超过土地、环境承载能力，容易导致水土流失频繁、土地石漠化严重，进而陷入"越穷越垦、越垦越穷"的恶性循环，造成"一方水土养不起一方人"。按照政策规定，实施易地扶贫搬迁后，除一部分区位和生产条件好的耕地和居住点用地继续保留外，大部分土地都可以生态退耕，为"山水林田湖草"生命共同体修复提供了土地资源保障。搬迁后原住民对于当地生态系统的扰动也随之消失，有利于实现青山绿水的优良生态环境。

贵州192万人从生态环境敏感区、生态脆弱区、生态功能区和石漠化地区迁出，缓解了人口活动对生态环境的压力，修复和增强了自然生态系统功能，从根源上化解了迁出区群众生存需求与生态保护的矛盾。

同时，实施迁出地旧房拆除并复垦复绿，25度以上坡耕地退耕还林，生态正在逐步修复，搬迁脱贫与生态保护双赢效果日益显现。此外，易地扶贫搬迁后贫困地区土地与人口的矛盾压力得到缓解，为区位条件相对较好的优质耕地流转、适度集中经营和农业结构调整创造了条件，有利于贫困地区发展经济效益高的山地特色农业，有助于实现农民增收和乡村产业振兴。

（五）巩固了党的执政基础

伟大的战役硕果累累，伟大的时代英雄辈出。易地扶贫搬迁是创造奇迹的过程，也是英雄辈出的过程。苦干实干铸就的易地扶贫搬迁伟大史诗中，数以万计的各级干部书写了一部部绝境突围、决战贫困的英雄传奇，矗立起一座座令人敬佩、永不褪色的精神丰碑！

易地扶贫搬迁对象是贫困群体中最"锅底"的部分，无论是动员搬迁，还是搬迁入住，无论是拆除旧房，还是搬后融入，都需要基层党员干部冲锋陷阵、攻坚拔寨。在这场世所罕见的"大考"中，奋战在一线的各级党员干部把责任扛在肩上，变压力为动力，将一幅幅美好图景变为现实。

贵州各级把脱贫攻坚实绩作为选拔任用干部的重要依据，在脱贫攻坚第一线考察识别干部，激励各级干部到脱贫攻坚战场上大显身手。要把夯实农村基层党组织同脱贫攻坚有机结合起来，选好一把手、配强领导班子。

"安置点建到哪里，党的组织就延伸到哪里，社会管理和社区治理体系就覆盖到哪里。"按照这一要求，贵州各地及时建立健全党的基层组织、行政管理机构、群团组织、居民自治组织。各集中安置点基层党组织和党建工作得到全面加强，基层治理能力和管理水平明显提高。

通过系统推进易地扶贫搬迁，打造了一支"召之即来、来之能战"的干部队伍。尤其令人欣慰的是，广大青年干部了解了基层，学会了做群众工作，在实践锻炼中快速成长。在2020年的新冠肺炎疫情防控中，易地扶贫搬迁安置区干部展现出较强的战斗力，许多工作队拉起来就是防"疫"队、战"疫"队，这同他们连续几年在易地扶贫搬迁工作中的摸爬滚打是分不开的。

贵州将易地扶贫搬迁政策与本省贫困地区实际有机结合，将鲜明时代特征和地方特色相结合，为那些既想快速彻底摆脱贫困、自身各方面资源又匮乏的地区提供了一条可复制、可借鉴的路径。

2019年4月，全国第四次易地扶贫搬迁后续工作现场会在贵州召开。中央领导同志出席会议并发表了重要讲话，充分肯定了贵州易地扶贫搬迁政策体系和实施路径。

贵州易地扶贫搬迁实践为中国减贫事业提供了生动的案例，也丰富了世界反贫困事业的路径，为人类反贫困斗争提供了新的视角，为其他国家开展易地扶贫搬迁提供了更多可借鉴的经验。

贵州与非洲，有着许多相同的地方。2018年10月28日，一个由来自埃塞俄比亚、冈比亚、加纳、利比里亚、南苏丹、乌干达6个非洲国家的33位作家评论员组成的考察团来到贵州，开启了他们为期一周的多彩贵州之旅。此次贵州之行主要目的是寻找中国脱贫攻坚"贵州样本"一说形成的原因。

一周的考察，让他们对贵州的脱贫攻坚刮目相看。一名利比里亚记者接受媒体采访时说："贵州之行让我印象深刻的有几点：一是教育扶贫。黔西县职业中学，在这里上学的学生都是免费的，贫困学生在这里可以学到赖以生存的技术；二是易地扶贫搬迁。政府将不适合居住地区的贫困人口搬到城镇，住进漂亮的房屋；不仅如此，政府还考虑他们的就业，通过组织培训让他们掌握一种技术来养活自己和家人……"

乌干达《新景报》记者穆克霍利·大卫接受媒体采访时表示："首先，我要为中国的易地扶贫搬迁政策点赞。在黔西县锦绣花都安置点上，政府为贫困人口建好房屋、提供家具，甚至培训他们掌握一项技能，稳定他们的收入，保障能长久住下来。其次，我要为湄潭的'茶旅一体化'点赞。那里的人们一边种茶，一边发展乡村旅游，茶旅融合，村民从中受益，稳定了收入，走上了脱贫致富之路。"

"贵州是我见过的最令人鼓舞的脱贫范例之一。""贵州的脱贫成果令人惊喜和震惊，许多减贫经验值得发展中国家借鉴。"世界银行原行长金墉和摩洛哥参议院副议长苏伊里在贵州考察后感触良多。

美国库恩基金会主席、中国问题专家罗伯特·劳伦斯·库恩率领《中国脱贫攻坚》摄影组多次到贵州采访，向世界报道贵州易地扶贫搬迁工作的政策与经验，称贵州模式具有"世界意义"。

"我们还要咬定青山不放松，脚踏实地加油干，努力绘就乡村振兴的壮美画卷，朝着共同富裕的目标稳步前行。"2021年新年前夕，国家主席习近平通过中央广播电视总台和互联网，发表二○二一年新年贺词时强调。

如果说，搬迁工程是一场攻坚战，那么，后续扶持是一场持久战。当前，贵州各级领导干部正进一步增强工作的责任感、紧迫感、使命感，奋力写好易地扶贫搬迁的"后半篇文章"。毋庸置疑，高质量做好后续扶持，还面临着一系列重大挑战：

> 首先，从重要性来看，近200万人的搬迁规模，如果后续扶持跟不上，后果不堪设想，即使有1%存在问题，那绝对数也涉及近2万人。尤其是如果迁入地产业发展不起来、迁出地资源没盘活，搬迁群众无法就业，甚至会存在回迁的可能。

> 其次，从艰巨性来看，易地扶贫搬迁是一项人口分布、资源环境、经济社会重新调整和完善的、复杂的、庞大的社会系统工程，在所有扶贫措施中难度最大。比如，贵州以城镇化集中安置为主的搬迁方式，随着大量农村人口进城，必然带来教育、医疗等方面压力，迁入地的承载能力面临挑战。

> 再次，从长期性来看，搬迁群众的融入需要一个周期。"身搬"不代表"心搬"，搬迁群众真正融入社区、融入现代城市文明，需要相当一段时间的磨合期和适应过程。这需要各级基层干部要保持耐心，既千方百计帮助群众实现"稳得住、能致富"，又要按照规律，持续推进，万万来不得丝毫松懈。

如今，贵州已经取得了大搬迁"前半篇文章"的重大胜利，相信一定能取得"后半篇文章"的更大胜利！

附录二：贵州省易地扶贫搬迁大事记

机构沿革

2001年7月13日　贵州省大中型水电工程移民开发领导小组办公室成立，为省人民政府直属事业单位（正厅级），履行全省大中型水电工程移民开发行政管理职能。

2009年11月16日　贵州省水利水电工程移民局成立，为省人民政府直属正厅级事业单位。

2014年4月14日　贵州省水库和生态移民局成立，为省人民政府正厅级直属事业单位。

2018年12月17日　贵州省生态移民局成立，为省人民政府正厅级直属机构。

贵州省易地扶贫搬迁大事记

2015年

5月6日至9日 中共中央政治局委员、国务院副总理汪洋在贵州省考察扶贫开发工作。

6月16日至18日 中共中央总书记、国家主席、中央军委主席习近平到贵州调研，王沪宁、栗战书和中央有关部门负责同志陪同。18日，习近平总书记在贵州召开部分省区市党委主要负责同志座谈会，对居住在"一方水土养不起一方人"地方的贫困人口，总书记明确"要实施易地搬迁，将这部分人搬迁到条件较好的地方，从根本上解决他们的生计问题，这样做还有利于这些地方的生态环境保护"。

12月2日 贵州省新一轮易地扶贫搬迁项目集中开工仪式在黔南州惠水县举行。

12月29日 贵州扶贫开发投资有限责任公司在贵阳成立。

2016年

1月14日 全省易地扶贫搬迁工作会议在贵阳召开。

3月20日 国家发展改革委党组副书记、副主任何立峰在贵州省宣讲解读新时期易地扶贫搬迁政策。

8月1日 贵州省人民政府印发《关于深入推进新时期易地扶贫搬迁工作的实施意见》（黔府发〔2016〕22号）。

8月22日至23日 全国易地扶贫搬迁现场会在贵州省召开。中共中央政治局常委、国务院总理李克强做出重要批示，中共中央政治局委员、国务院副总理、国务院扶贫开发领导小组组长汪洋出席会议并讲话。

11月23日 召开2016年全省第三次项目建设暨易地扶贫搬迁现场观摩督查会。

2017年

3月9日　贵州省委、省人民政府印发《关于精准实施易地扶贫搬迁的若干政策意见》（黔党发〔2017〕6号）。

4月　根据《国务院办公厅关于对2016年落实有关重大政策措施真抓实干成效明显地方予以表扬激励的通报》，因易地扶贫搬迁工作积极主动、成效明显，国务院办公厅对贵州省予以表扬激励。

9月25日至12月31日　在"砥砺奋进的五年"大型成就展中，《新时期易地扶贫搬迁省际成就巡礼》以视频方式在第五展区滚动播出。该视频时长12分钟，内容以贵州为典型范例，全方位展现新时期全国易地扶贫搬迁成就。大型成就展期间，前往参观的人数累计达到266万人，网上展馆参观量累计达到2283万人次。

2018年

8月5日　贵州省委办公厅、省人民政府办公厅印发《关于贯彻落实"六个坚持"进一步加强和规范易地扶贫搬迁工作的意见》（黔委厅字〔2018〕54号）。

11月1日　全省抓党建促脱贫攻坚推进易地扶贫搬迁安置地党的建设工作座谈会议在黔南州龙里县召开。

2019年

2月15日　贵州省委、省人民政府印发《关于加强和完善易地扶贫搬迁后续工作的意见》（黔党发〔2019〕8号）。

2月23日　全省易地扶贫搬迁后续工作推进会在贵阳召开。

4月11日至12日　全国易地扶贫搬迁后续扶持工作现场会在贵州省召开。中共中央政治局常委、国务院总理李克强日前对易地扶贫搬迁后续扶持工作做出重要批示，中共中央政治局委员、国务院扶贫开发领导小组组长胡春华出席会议并讲话。

5月23日至26日　中央政治局委员、全国人大常委会副委员长王晨在贵州调研"脱贫攻坚，人大代表在行动"时，先后考察了黔东南州、铜仁市和贵阳市的易地扶贫搬迁工作。

5月　根据《国务院办公厅关于对2018年落实有关重大政策措施真抓实干成效明显地方予以表扬激励的通报》，因易地扶贫搬迁工作积极主动、成效明显，国务院办公厅对贵州省予以表扬激励。

8月21日至23日　中共中央办公厅调研室调研组一行到贵州省开展易地扶贫搬迁工作调研。

10月22日　全省易地扶贫搬迁工作现场推进会在黔西南州举行。

2020年

4月23至26日　中共中央政治局常委、全国政协主席汪洋在云南、贵州调研脱贫攻坚工作，实地考察了毕节市七星关区柏杨林易地扶贫搬迁安置点。

4月　贵州省人民政府办公厅印发《关于进一步加强易地扶贫搬迁就业增收工作的指导意见》（黔府办发〔2020〕11号）。

5月　根据《国务院办公厅关于对2019年落实有关重大政策措施真抓实干成效明显地方予以表扬激励的通报》，因易地扶贫搬迁工作积极主动、成效明显，国务院办公厅对贵州省予以表扬激励。

12月22日　贵州省委办公厅、省人民政府办公厅印发《关于高质量推进易地扶贫搬迁后续扶持工作的意见》（黔党办发〔2020〕36号）。

后　记

十年贵州人，一生贵州情！

从加入国社的第二天开始，我就与贵州的"三农"或者说脱贫事业，结下了不解之缘。在职业生涯的第一个十年，我早已跑遍了贵州所有88个县（市、区），足迹踏遍贵州所有集中连片贫困地区，目睹了贵州的山乡巨变：

这十年，贵州经济增速连续位居全国前列，可谓是贵州的"黄金十年"；

这十年，贵州年均减贫超百万人，从全国贫困人口最多的省份，变为全国减贫人口最多的省份，创造了全国脱贫攻坚的"省级样板"；

这十年，曾长期戴着"人无三分银"穷帽的贵州山区群众，奋力撕下贫困的标签，与全国人民一道同步进入小康社会；

这十年，每一次在基层采访，我都会被那些勤劳、勇敢、质朴的群众感动着；每一次调研，都会被那些扎根、坚守、奋战在脱贫一线的各级干部激励着。一次次地调研采访变成一篇篇新闻稿，见了报、上了网，有的还引起了"热搜"。

从"扶贫"到"脱贫"，从"水库移民"到"生态移民"，再到"新一轮易地扶贫搬迁"……

在这个伟大的时代，我亲历如此伟大的事业，但仅仅是进行了新闻报道，心里始终觉得少了点什么。

时光在指尖悄悄流淌，转眼间，已是2020年春。有一天，单位领导突然问我："贵州易地扶贫搬迁工作，能不能写一本书？"我先是一愣，脑海中迅速闪出一幅幅画面：

搬迁前：在高寒边远的深石山区，弯着腰、背着背篼的妇女气喘吁吁爬到山顶，只为在贫瘠的石头缝里撒下几颗玉米种子；寒气逼人的冬日黎明，穿着单衣、打着手电筒的山里娃，在鸡鸣犬吠中匆匆赶往学校；滂沱大雨之夜晚，破旧的木房里，发着高烧、伴着咳嗽的老人，因交通不便无法去医院看病；散居在荒山野岭的大龄男青年，为娶媳妇"传宗接代"愁苦终日……

搬迁后："洗脚上岸"的妇女坐在厂房里，当了产业工人，有了固定工资；搬到城镇的学生们，坐着"大鼻子"校车上下学；看病就医就在社区，行动不便之时，签约"家庭医生"上门服务；腰包鼓了、有了经营头脑的搬迁户们，走上了致富新门路；在山里穷了几辈子的群众，不但"一步住上了新房子"，还"快步过上了好日子"……

"我想想。"没有立刻回复领导，我回到办公室后，翻起了来贵州工作这十多年来的"家底儿"。30多本采访笔记、100多吉字节（GB）的照片、上百段视频录音资料，看着手里这些"宝贝"，我觉得写一本记录贵州易地扶贫搬迁的书应该问题不大。

决定创作之后，便感"压力山大"。写稿子几千篇，但从未写过书，尤其是像易地扶贫搬迁这种政策性强的题材，更是不知如何下笔。从此，每天下班之后、周末、节假日便一头扎进了资料堆里。三个多月后，拿出了初稿，虽显得稚嫩，却也勉强成书。

在本书写作过程中，我力求将5年多来所看到、听到，所理解、感悟的贵州易地扶贫搬迁的故事、案例原汁原味呈现给大家。有些故事十分精彩，限于篇幅未能收录。因时间仓促、能力有限，难免有疏漏之处。

感谢贵州省生态移民局的支持。无论我在一线当记者跑口调研时，还是在本书的写作过程中，生态移民局都给予了大力支持。多位领导同志不但在百忙之中接受我的采访，还提供了大量的故事线索、图片等信息，并为本书引用的数据亲自核对把关。

感谢中共贵州省委宣传部的信任。在该书的立意、内容、思想乃至装帧方面，贵州省委宣传部多位领导同志多次召开专家研讨会，对本书进行指导、审议，并给予了充分肯定和极大鼓励，为我坚持创作提供了不竭动力。

感谢中国社会科学院农村发展研究所党委书记、副所长、研究员杜志雄老师在百忙之中为本书作序。我与杜老师素未谋面。杜老师对本书的高度肯定让我受宠若惊，更让我深受鼓舞。

感谢新华社这个中国新闻界质量最高、最好的执业平台。如果不是国社提供了平台，我可能就无法参与到脱贫攻坚这项伟大的事业中，也就没有了这次创作的可能。是这份职业，让我深入到中国的极贫角落，把党中央的好声音传到边远深山的千家万户，把贫困群众疾苦哀乐反映到决策者的案头；是这份特殊的经历，让我懂得了易地扶贫搬迁这项工作的伟大意义；是这份深厚的情感，让我鼓起勇气，用拙笔记录下这段历史。

在本书的构思、写作过程中，新华社贵州分社的多位领导提出了很多宝贵的、中肯的意见；段羡菊、齐健、崔晓强、潘德鑫、施钱贵、郑明鸿、吴思等多位同事提供了很多精彩的故事线索，欧东衢、刘续、杨文斌、陶亮、周远钢、卢志佳等多位同事及邓刚等同行提供了大量精美的图片；贵州人民出版社的马文博、杨悦等同志为本书提出了不少真知灼见，在此一并致谢。

最后，要感谢我的家人。全书整个创作过程几乎都是在周末、节假日和平常加班时间内完成的。在此期间，我牺牲了陪伴两岁多女儿的时间；感谢我的爱人李惊亚毫无怨言、默默支持，以及在全书写作过程中贡献的大量灵感、思路、素材；感谢我的父母，你们的悉心照顾，让我可以心无旁骛地投入写作。

平凡铸就伟大，英雄来自人民。

记者，记着，我只是一名记录者。多少参与其中、洒下热泪甚至热血的基层干部，胸怀"功成不必在我，功成必定有我"的信念，不问得失，不计代价，他们才是时代造就的英雄。历史是人民书写的。192万人的壮阔大迁徙，不仅为撕扯着贵州千百年的贫困画下句点，更挥笔画就新时代宏伟蓝图的起点。

忆往昔，披荆斩棘，已走过千山万水；望今朝，继续奋斗，期待更加灿烂的未来！

杨洪涛

2020年12月